海岸列車　上

宮本　輝

集英社文庫

目次

下巻目次

海岸列車　上

第一章　無人駅

　二十年前から父親代わりとなって自分たち兄妹二人を育ててくれた伯父《おじ》の初七日が済むと、その翌日、手塚《てづか》かおりは朝一番の新幹線に乗った。十二月の中旬にしては、いやに暖かい東京の朝だったが、山陰地方はうんと寒いだろうと考えて持って来た厚手のコートで膝のあたりを覆い、すぐに目を閉じた。

　五日間の、ほとんど不眠の看病、それにつづく通夜と葬儀との疲れで、すぐに眠りこんでしまうだろうと思っていたが、かおりは結局、京都まで一睡も出来なかった。

　京都から山陰本線に乗り換え、亀岡《かめおか》を過ぎたころ、やっと少しまどろんだ。しかし、突然の雨が車窓を打ち、それが次第に固い音に変わっていくのに気づいて目をあけると、強い眠気で頭がふらふらするのにもかかわらず、二度とまどろみには戻れなかった。

霰《あられ》は、豊岡《とよおか》の手前から雪に変わり、城崎《きのさき》に着いたときには、枯れた畑も民家の屋根も薄い雪に包まれていた。かおりは〈あさしお一号〉から降り、二十分後に大阪からやって来る急行列車を待ってベンチに坐《すわ》った。その急行列車は、城崎から浜坂《はまさか》までの区間は各駅に停車するのである。

そばとうどんを売る売店からは、汁の生温かい湯気が立ちこめて、それはかおりの疲れた心身を不快にさせた。かおりは売店から遠く離れ、コートを着て衿《えり》を立て、ベンチに坐った。かおりの目的地は、城崎から鳥取のほうへ向かって五つめの駅の〈鎧《よろい》〉である。そこは無人駅で、東西に低い山があり、北西に暗い口をあける日本海の小さな入江が切り込んでいる。南側にも低い山並がつづき、三十数戸の民家は、窮屈な山あいの隙間に、人間の気配を感じさせずに密集している。

そこには、かおりの母が住んでいるのである。かおりは、これまでに五回、無人の鎧駅を訪ねているが、一度も母と逢《あ》ったことはない。それどころか、駅から入江へとつづく幾つにも折れ曲がった急な坂道の途中まで下りはしたものの、そこからまだ二、三十メートル眼下にある村に足を踏み入れたことすらないのだった。

それは、兄の夏彦《なつひこ》も同じだった。伯父の民平《たみへい》にも、かおりにも内緒で、夏彦は高校一年生の冬に、鈍行列車を乗り継いで、東京からはるばる山陰の海沿いの鎧駅まで出向いたが、海に面した急な坂道の、ほんの十メートルばかりを行きつ戻りつしただけで、ついに入江のところまで降りて行くことが出来ず、帰路についたのだった。兄の夏彦は、伯父には決して言わないという約束をさせてから、自分が鎧駅まで行ったことを、当時中学一年生だったかおりに話して聞かせた。——三日前、鎧って駅まで行って来たんだ。かおり、俺、お母さんと逢ったぜ——。

その兄の嘘《うそ》を信じて、わけのわからない激情の中で身をすくませて泣きじゃくった日から十二年がたっている。

かおりは、雪まじりの風を受けて、ベンチに腰かけたまま、駅のホームのポスターとか看板とかに目をやった。旅館の名が列記された木の看板は、新しく塗り替えられてホームの壁に打《う》ちつけてあり、売店の上には〈ようこそ温泉と蟹《かに》の町へ〉と書かれた横長の看板が吊り下がっている。海産物の広告も、数年前と比べると、幾らか垢抜《あかぬ》けてきてはいるものの、かおりは〈かにかまぼこ〉も〈かにちくわ〉も、その文字を見るたびに、いつも伯父への申し訳なさを湧きあがらせる符丁のついた図柄のように感じるのだった。

「まあ、根雪《ねゆき》にはならんじゃろ。初雪じゃけ」

「そうそう、根雪にはならんが、あしたの朝までは降りそうやなあ」

改札口から、地元の人らしい中年の女性がホームに歩いて来て、売店の女と言葉を交わし合った。そうか、初雪なのか……。コートのポケットに突っ込んだ片方の手を出し、衿元を合わせて、かおりは胸の中でそうつぶやいた。向かい側のホームに、京都行きの上り特急が入って来た。

かおりは、伯父への言い知れぬ感謝の念に、ひとときひたって、視線をぼんやりと上りの列車に投げていた。伯父の民平は、かおりの両親が離婚したのとほとんど時を同じくして、妻に先立たれ、それ以後、ずっと独身をとおしてきたのだが、そこには、夏彦とかおりという二人の甥《おい》と姪《めい》の親代わりであることを誠実に遂行しようとした意志が強く働いている。兄妹の父は、妻と離婚して二年後に病死してしまった。しかし、母親はすでに他の男と結婚し、消息が途絶えた。伯父は自分のたったひとりの弟の遺児を引き取り、育て、夏彦だけでなくかおりまでも大学に進学させたのであった。伯父に子供がいなかったということがあったにしても、その行為は、何らかの代償をもくろむものではなかった。二人の兄妹を引き取って、伯父が物質的に得るものはおよそ何ひとつなかったが、浪費しなければならぬ金銭的負担と精神の労苦は数知れなかったに違いないのである。

向こう側のホームで、上り列車があと三分で発車するというアナウンスが響いた。

「あの調子じゃあ、絶対に、間に合いませんよねェ」

その声で横を見ると、コートの衿から、濃い緑と薄い緑とのタータンチェックのマフラーをのぞかせた三十七、八歳かと思える男が、かすかに微笑《ほほえ》んで改札口のあたりを見やっていた。かおりが、男の見ているところに目をやると、ともに足の不自由な、やたらに着ぶくれした老夫婦が、上り列車に乗ろうとして、ホームとホームとをつなぐ屋根つきの階段に急いでいる。しかし、その歩き方はおぼつかなく、あと三分で階段を昇り降りし、向こう側のホームに辿《たど》り着けるとは思えなかった。

「これは、手伝ってやらないと、乗り遅れるな。あなたは婆《ばあ》さんの尻を押して下さいよ」

男は、かおりにそう言って駆けだした。

かおりは一瞬、ぽかんと男のうしろ姿を見ていたが、男が老夫婦の手荷物を持ってやり、八十歳近い夫のほうの腕をつかんで、

「早く、早く」

と手招きすると、慌ててベンチから立ち上がって走った。

「あなたは、荷物を持ってあげて下さい。押しても引いても転びそうだから、二人をおんぶして、とにかく電車に放り込みますよ」

男は、先に老婆をおんぶし、階段を駆けあがった。

「おーい、ちょっと待ってくれよ」

駅員にそう叫んでいる男の声が聞こえた。かおりは、老夫婦たちの杖《つえ》とおそらく何匹かのカニが入っているらしい箱を持って、男のあとを追った。

「いやあ、ご親切なこって。ありがとさんです」

ひとり残された老人が階段の手すりをつかみ毛糸の帽子を取って、かおりに頭を下げた。かおりが、上り線のホームに駆け降りると同時に、男は若い駅員に、

「こら、きみも手伝わんか」

と命じて、再び階段を昇って行った。かおりは駅員に荷物を手渡した。

「重いなァ。おじいさん、ちょっと太りすぎですよ」

男は老人をおんぶして、階段を降りて来ながら、

「着てる物だけでも五キロはあるんじゃないか?」

と息を弾ませて言った。

無事に老夫婦が乗った列車を見送りながら、男は肩で息をしてベンチに坐り、

「いかに運動不足かがわかりましたよ。もう息があがっちゃった。あの爺《じい》さん、石みたいに重たいんだから。膝が、がくがくしてますよ」

と言い、何度も深呼吸をした。かおりは、気だけ焦って、階段を昇ろうとしていた老夫婦の、まるで水の中を走っているかのような手足の動かし方を思い出し、笑いがこみあげて来た。それで、かおりは、細かい雪の中に消えて行こうとしている列車を目で追いながら、手で口元を覆って笑った。男が立ち上がり、

「なんか無理矢理手伝わせて、申し訳なかったですね」

と言って、声を殺して笑った。

「何がおかしいんですか？」

とかおりは訊《き》いた。

「あの爺さん、ぼくにおんぶされながら、なにもそんなに慌てんでもって、文句言うんだから」

「でも、誰にも助けられなくても、案外ちゃんと間に合ったかもしれませんわね」

「そうですね。そういうもんかもしれませんね」

かおりは、自分と同じ旅行者らしい男と顔を見合わせて笑ったが、下り線のホームに目をやって、あらっと声をあげた。いつのまにやって来たのか、かおりの乗る急行列車が停《と》まり、その発車のベルが鳴っていたのである。

「あのう、失礼します。私、あの列車に乗りますので」

かおりが、ホームを走りながらそう言うと、

「ぼくも乗るんですよ」

男もそう言って走り出し、階段を二段とばしにして、かおりを追い越して行った。下り線のホームに駆け降り、一番近くのドアから列車に乗ろうとして男を見ると、男はまだホームを走りつづけている。ホームの後方に自分の荷物を置いてある様子だった。男は車掌に何か言い、列車の最後尾よりもまだずっと後方に走って行き、ボストンバッグをつかむと車掌に手を振った。それを見届けると、かおりも車内に入り、海側の席に坐

った。

列車が動きだすと、すぐに、大きな汚れた水溜《みずたま》りみたいな池の横を過ぎ、あっというまに通り抜ける短いトンネルに入った。それから円山川《まるやまがわ》の河口が見え、城崎港の一部が見えたが、やがて低い山に囲まれた田圃《たんぼ》がつづいた。雪景色の中で、まだ実をつけている柿の木が、何かの火の玉みたいに見えた。

ハンドバッグを膝の上に置き、一息ついて、かおりが小型のスーツケースから時刻表を出したとき、さっきの男が、青いプラスチック製の手提げ籠をかおりの目の高さに掲げて横に立った。

「はい、忘れ物」

と男は笑顔で言った。かおりは、時刻表のページをひらいたまま、その籠と男とを交互に見つめた。

「私の物じゃありませんけど……」

「えっ、だって、あなたの坐ってたベンチに置いてあったんですよ。これだけぽつんと」

「でも、私のじゃありませんわ」

男は指を自分の額にあてがい、表情を曇らせて、窓外を見たり車内の床に視線を落としたりしていたが、

「困ったな。ぼくは、てっきり、あなたが忘れ物をしたんだと思って……。こりゃ、大変だ。ぼくのやったことは置き引きですよ」

「あのう、車掌さんに事情を話して、次の駅で駅員さんに渡してもらったらいかがですか。そしたら、城崎まで送り返してくれると思いますけど」

「そういうわけにはいかんでしょう。とにかく、誰の物かわからないのを勝手に持って来たんですから。故意に盗んだのに、気が変わって返す気になったって、車掌は考えるかもしれない。仕方がないな。次の駅で降りて、城崎へ引っ返しますよ」

かおりは、何と言ったらいいのかわからなくて、男の顔から視線を外した。自分には何の責任もないと言ってしまえばそれまでなのだが、男は乗り遅れるかもしれないのに、かおりのためにベンチまで走ってから列車に飛び乗ったのに違いなかった。

男が自分の席に戻って行ったあと、列車は三つめのトンネルに入った。かおりは、とりたてて美男子というわけではないが、柔和な顔だちのどこかに堂々としたものを持つ男のことが気になってきた。立派な顔という言葉が浮かんだ。中肉中背で、とくに目立つ体格ではないが、着ているものからだけとは思えない都会的な洗練は、きのうやきょう、男にそなわった道具立てではないことも、かおりには判別出来た。きっと妻も子もいるのだろうが、無邪気さも喪《うしな》っていない。なかなか上等ね……。かおりは、そうひとりごちて、遠くの入江と、増えてきた民家を眺めた。もうあと四、五分で竹野《たけの》駅に着く筈《はず》である。

かおりは、中学校の入学式の日、伯父が、

「ほう、女らしくなったね。かおりは、もてるぞ。うん、たいしたもんだ。二十歳《はたち》になったら、もっときれいになるぞ。そのためには、自分を律することが必要だよ」

と言った言葉を、折にふれて思い出すのだった。しかし、伯父が予言したほどには、男子学生に特にもてたという記憶はなかった。けれども、伯父の言葉が嬉《うれ》しくて、顔を赤らめ自分の部屋にこもり、長いこと鏡の前に坐っていた時間のときめきは、心の奥にしまってある。

伯父は、自分が感じもしないことを、あたかも感じたかのように口にする人ではなかったのである。兄に言わせると、

「お前、ちょっと顔が小さすぎるのに、目が大きすぎるんだよ。鼻も、あと三ミリほど高けりゃなァ。でも、うしろから見たら、いい女だよ。スタイルはいいからな。それは認めてやるよ」

ということになるのだが、かおりは自分の目が、そんなに大きいとは思っていない。きっと顔が小さいから、そう見えるのだと自分で自分を納得させていた。

かおりは、随分迷ったあげく、席を立って、後部の車輛《しやりよう》に行った。男は、がらすきの列車の最後尾に坐っていた。

「やっぱり、車掌さんに相談してみましょう。駄目でもともとですもの」

かおりの言葉は、車掌室にいる車掌に聞こえたのか、いかにも実直そうな中年の車掌が、車掌室のドアを半開きにして、

「何でしょうか？」

と応じ返してきた。男はプラスチック製の籠を持って、車掌室に行くと、事のあらましを説明した。

「はあ……、間違えて持って来たっちゅうわけですか」

小柄な車掌は、プラスチック製の籠に鼻を近づけて嗅いだあと、

「これは柿ですな。熟しすぎて、崩れかけてますよ」

と、至極のんびりした口調で言った。それから、しばらく考え込み、

「いいでしょう。次の駅で駅員に渡しましょう。どのへんに置いてあったか、何か紙きれにでも書いといて下さい」

そう言って、速度をゆるめた列車の窓から顔を出した。男は、ボストンバッグをさぐって、手帳とボールペンを出し、手帳の空白の部分を破ると、籠の置いてあった場所を書きつけた。列車が停まり、車掌が籠と紙きれを持ってホームに降りると、男も列車から出て、一緒に駅員のいるところについて行った。かおりは、窓越しになりゆきを窺《うかが》いながら、自分の席に戻って行った。

男は、しかめっつらをした駅員と話し込んでいる。車掌だけが笑顔で、列車から降りて来て、雪の積ったホームを歩く地元の人々と言葉を交わしていた。

かおりが、自分の席に坐って、ホームを振り返ると、男の姿も駅員の姿も見えなかった。駅名の書かれた標示板に積っている雪をぼんやり見ているうちに、かおりの中で、伯父が息を引き取る二日前に言った言葉が膨れあがってきた。

——俺は、お前たちに、ずっと嘘をついていたんだ——。

それは、伯父の最期のひとことであった。伯父は、そのあとすぐに昏睡《こんすい》状態に陥り、かおりと夏彦の呼びかけに、ときおりかすかな反応を示すだけで、二度と言葉らしい言葉を口にしないまま、六十四歳の生涯を閉じた。

その嘘とは、おそらく母のことに関してではあるまいか。かおりは、そんな気がしていた。伯父の最期の言葉について、兄と話し合う機会はなかった。兄の夏彦は、葬儀の翌々日、あとのことをかおりに託して、ミュンヘンへ発《た》った。仕事だと言っているが、そうではないことを、かおりは知っていた。また四十過ぎの、裕福な女をカモにしたのに決まっているのだった。かおりが知っているだけでも、夏彦の歳上《としうえ》の相手は、これまでに三人いた。最初の女は、兄が大学生のときだったから、およそ二十歳近くも年長ということになる。ある著名な政治評論家の妻で、内緒の関係は、夏彦が大学を卒業するまでつづいたようである。二人目の女は、うさん臭い不動産屋の後妻だったが、この女が、最も夏彦に金を貢いだ。三人目の女の素性を、かおりは知らない。ただ、それまでの女と比べて、関係を持った期間が一番長いということを知っているだけだった。

「老いを感じ始めたときに浮気に走る女って最低ね」

かおりは、兄が三人目の女とつきあっているとき、何度、兄にそう言いかけてやめたかしれない。かおりが、喉元まで出かかったその言葉を、ついに口に出せなかったのは、当時、十九歳だったかおりもまた、妻も子もある三十五歳の男との恋愛に転がり込んでいたからだった。

相手の男は、かおりの大学でフランス文学を教えていた。かおりの周囲には、妻子ある男との関係を誇示する女子大生も幾人かいた。ある者は、お小遣い目当てであり、ある者は、同年齢の歯ごたえのない若者にあきたらず、小娘などいともたやすく掌に載せられる中年男の、格好の遊び相手になっていた。

かおりの場合は、少し違った。かおりは、真剣に、その助教授になったばかりの男を好きになったのだが、肉体の関係へと進ませたものは、自分もまた生身の女なのだという、周りの友人たちへの反発だった。

かおりは、自分の外見が、ひどく子供っぽくて、世に言う〈いい子〉の典型みたいであり、両親を早くに喪ってはいたが、厳格な伯父に育てられたことで自然に身にそなわった礼儀正しさや、ある種の幼さを漂わせているのを自覚し、それらから脱《ぬ》け出したかった。

大学の男友だちは、かおりを〈いい子〉だと評したが、〈いい女〉だとは思ってくれなかった。彼等《ら》の中でかおりを嫌う者はいなかったが、彼等の性の対象は、かおりではなく、脳味噌《のうみそ》があるのかどうかわからない、はすっぱではあっても派手な、一見成熟しているかに思える娘たちだった。そんな劣等感と言えば言える鬱屈は、自分の大学の助教授の、かおりに注いでくる視線とか言葉によって、見境いなく爆発した。男に妻子があるということも、逆に爆発力を増加させる材料となった。その男の視線は、かおりの〈生身〉を覗《のぞ》き、言葉は、かおりの〈女〉に向かって分け入って来たからである。

かおりは、最初、十九歳の自分が、妻子ある三十五歳の男と持つ秘密の時間そのものに酩酊《めいてい》し、同年齢の男を手玉に取って他愛なくうぬぼれている友人を、わざと偽悪ぶった目で見やり、勝ち誇った気分を味わった。けれども、誰にも知られてはいけない秘密の時間を楽しめたのは、二、三カ月のことで、その時間がかおりにもたらす誇りとか酩酊は、やがて嫉妬に変わった。それは、男の妻や家庭に対するものではなく、友人たちの、誰に知られても困らない、と言うより、誰かに見せびらかしたくてたまらない恋に対してである。

一番仲の良かった友人が、自分の恋人を紹介するため、かおりを食事に招待した。二人のあけっぴろげな、稚拙な恋の動作は、断じて知られてはならない自分の恋を、ひどくつまらないものに思わせ、〈いい子〉でいたときよりもはるかに暗い嫉妬を感じさせたのだった。その嫉妬が、初めてかおりに、男の妻や家庭への嫉妬へと転じさせていった。大学の助教授とは、一年近くで別れた。別れるきっかけとなったものは、男の、己を守ろうとする些細《ささい》なひとことだったが、それは、かおりの中に芽ばえた罪の意識やうしろめたさを、ふいに強くあおったのである。

十九歳のときの、誰にも打ちあけたことのない出来事は、いまのところ、かおりにとっては小さな傷でしかなかった。たまたま好きになった男に妻子がいたのだと、いかにも訳知り顔な連中が口にしそうな言葉を、かおりは、ときおり自分に言い聞かせる瞬間を持つにすぎない。そんな折、彼女はもうひとつの言葉を必ずつけくわえる。私は、たったの十九歳だったのだ。十九歳の娘に、先のことなんか計算出来るものか、と。

列車は、上り列車がホームに入って来ると竹野駅を発車した。

「助かりました。べつに急いでいるわけじゃないけど、もう一度、城崎に戻るなんて、やっぱり面倒ですからね」

その声で顔をあげると、男がボストンバッグを持って立っていた。

「ぼくは、浜坂まで行きます。気が向いたら、米子《よなご》まで行ってもいいし、次の駅で降りたっていい。この線には、もう何回か乗ってらっしゃいますか？」

男は、そう訊きながら、かおりの向かい側の席に坐った。

「ええ、五回ほど」

するとと、男は、かおりの口を封じるみたいに、両の掌を拡《ひろ》げて突き出した。

「賭けをしたんですよ。もう一年前ですけど、なかなか暇がなくて、結着をつけられなかったんです」

「賭け？」

「ええ、馬鹿みたいな賭けですけどね」

列車がトンネルに入ると、男は、口をへの字にし、軽く舌打ちをした。

「ぼくは、この山陰本線の、城崎から浜坂までのあいだは、ずっと海に沿って走ってるんだって思ってたんです。何かのときに、友だちにそう言うと、それはお前の錯覚だって言う。海なんて、山やトンネルのあいまに、ちらっと見えるだけだってね」

再びトンネルに入った。かおりの記憶では、竹野駅から次の佐津《さつ》駅までには、六つか七つのトンネルがある筈だった。

「幾ら賭けたんですか？」

かおりは、そう訊いてみた。

「一万円。どうも、ぼくの敗《ま》けみたいですね」

トンネルを抜けたかと思うと、すぐ次のトンネルに入って、男は煙草《たばこ》に火をつけながら、そんなに悔しそうでもなくつぶやいた。

「もう二十年も前ですけど、学生時代に、米子まで行ったことがあるんです。友だちの実家が米子で小さな旅館をやってて、遊びに来い、ただで十日ほど泊めてやるって誘われたもんだから。でも、いくらなんでも、まったくのただってのは図々しいと思って、十日ほどアルバイトをして、その金を持って東京駅から夜行に乗ったんです」

竹野駅を出た列車が、五つめのトンネルに入ったとき、男はついに観念したように、かおりを見て苦笑した。かおりも、つられて笑った。トンネルを抜けると、低い山が線路の両側に立ちはだかり、それが途切れると、ほんの一、二分だけ、波濤《はとう》の揺れ動く日本海が見えた。

「二十年前、この山陰本線に乗ったとき、ぼくはひどい二日酔いだったんです。夜行で眠れなくて、一晩中、安酒を飲んでた。城崎からは、ほとんど、うつらうつらしどおしです。でも、目をあけると日本海が横にあった……」

男は、ふいに黙り込み、かおりが奇妙に感じるほど暗い表情を作って、座席の端あたりに、虚《うつ》ろな視線を投じていた。佐津駅に近づき、列車が速度を落とし始めたころ、男は相変わらず同じところを見やったまま、

「トンネルとか山あいを走るときは、車内が暗くなるから眠ってた。海沿いに出ると明るくなるから、ちらっと目をあけた。目をあけてるときの記憶だけが残って、ずっと海の横を走りつづけてるって思い込んだんですね」

と言った。

「二十年間、そう思いつづけたなんて、なんだか気味が悪いな」

かおりに話しているのか、自分に言い聞かせているのか判別のつきかねるつぶやきを漏らしたあと、男は視線をゆっくりとかおりに注ぎ、

「どうも失礼しました」

と言って、いったん微笑みかけたが、その微笑を無理に消すみたいにして気難しい表情を作り、窓外に顔をねじったまま、それきりかおりを見ようとはしなかった。

見知らぬ若い女性に、なれなれしく話しかけたことを恥ずかしく思って反省している……、そんな横顔の明晰《めいせき》な線を、かおりは外の景色に見入っているふりをして盗み見た。

幾つものトンネルを抜け、初雪に覆われた民家の瓦屋根や狭い畑の横を走り、急な斜面の山に沿ったあと、再びトンネルへ入る直前に、冬の日本海があらわれた。海上には、一隻の船も見あたらなかった。駅の近くの入江や港には、カニ獲《と》りの漁船がひしめきあって停泊し、甲板《かんぱん》に何十個もの電球を吊るしたイカ釣り漁船も、その船体の半分を陸にあげている。

このあたりでは最も活況を呈する香住《かすみ》港に近づいたころ雪はやんだが、それと同時に日本海の彼方《かなた》が光った。雷は、何かの猛烈な気まぐれのように、鉄路の海側と山側とで鳴り響いて、閃光《せんこう》を走らせた。

「あーあ、冬じゃ、冬じゃ。冬が来よるわい」

かおりのうしろの席から、そんな女の声がした。雷光は、水平線のあたりでひらめくたびに、海の暗さをいっそうつのらせた。

香住駅の次が、かおりの目的地である鎧駅だった。かおりは、時刻表をスーツケースにしまい、降りる準備をした。立ち上がって、コートを着、ボタンをしめているうちに、自分がなぜ、はるばる東京から、この但馬《たじま》の寒村の無人駅に来たのかわからなくなった。これまでは、確かに明確な目的があったのではない。しかし、きょうは違う。かおりは、雷に臆しているらしい自分を鼓舞するように、そう考えた。伯父の死を、母にしらせるのだ。夫と別れたあと、自分の子を夫の兄にまかせたきり、たった一通の葉書すら寄こさなかった母に、思いきり罵倒の言葉を浴びせてやりたいのだ。

トンネルを抜けた途端、小さな入江と村落が眼下に見えた。どの家にも、テレビのアンテナは立っていない。前方が海で、左右もうしろも山で囲まれたこの村は、電波を捕えられないため、別の場所に共同のアンテナを設けてある。

男は、列車の窓に顔を近づけ、村の風情を見つめてから、かおりに軽く頭を下げた。かおりも応じ返し、

「失礼いたします。どうぞお気をつけて」

と言った。雪のプラットホームに降り、幾分おとなしくなった雷から逃げるために、

小走りで駅舎に向かった。冷たい木の椅子に腰かけ、雷のおさまるのを二十分近く待った。

駅には、かおり以外誰もいなかった。雷の音がまったく聞こえなくなると、かおりは駅舎から出て、地下道を使わず、線路を横切って海側のホームへ移った。予想していたよりも風は弱く、空気も冷たくなかった。駅から入江への急な斜面には、かつてサバ漁で賑《にぎ》わった鎧港の名残《なご》りとして、錆《さ》びて風化した鉄のレール敷きだけが一直線に下りている。陸あげしたサバを列車に積み込むためのケーブルの残骸であった。

その横に、村へと降りて行く折れ曲がった錆色《さびいろ》の道がある。列車の車輪とレールとが撒《ま》きちらす鉄粉によって色を染めた道は、ほんの十数メートルで、黒ずんだ古いコンクリート道に変わるのだが、かおりは、その道の錆色の部分しか歩いたことはない。錆色の薄くなるあたり、急な坂道が最初に鋭角に折れる地点に墓地があり、道はそこから左に下る。そしてまた鋭角に右に折れ左に折れして、入江と村の入口へとつづくのである。

入江に面して設けられたベンチが、たったひとつだけ、いかにも観光客のためにといったふうにして置いてあった。かおりは、手で雪を払い、ハンカチで拭くと、そこに坐った。これまでと同じように、鳶《とび》がはるか眼下で飛んでいた。この駅において、かおりは、かつて一度も、頭上を舞う鳶を見たことはなかった。

入江には、イカ釣り漁船が二隻と、小型の船、それに釣人のためらしい船が二、三隻つながれ、その近くに、船底を上にした廃船があった。

「伯父さんが亡くなったわ」

かおりは、よそ者を頑として拒絶しているかのような村落に向かってつぶやいた。

「私、伯父さんが、一番がっかりして哀《かな》しむことをしたの……」

そんな言葉を口にしようとは、およそ考えてもいなかったのに、かおりは、声をひそめて喋《しゃべ》りだすと止まらなくなった。

「私が大学に入ったとき、伯父さんにこう言われたの。年寄りが古いことを言うと思うだろうが、妻子ある男を好きになったりしちゃいけないよ、どんな恋も自由だが、それだけはいけないよ、俺は恋愛に関しての道徳をかおりに教えてるんじゃない、損得の問題でもない、つまり、男と女とは、生命の汚れ方や傷つき方に違いがあるってことを教えたいんだ、心の傷はいつか修復出来るが、生命の傷は、おいそれと治らないどころか、その人の新たな不幸の原因を作る……」

かおりは口をつぐみ、そのときの伯父とのやりとりを思い浮かべた。かおりは、伯父の言う生命という意味がよく理解出来なかったし、若い娘としての正直な疑問も抱いていた。

――でも、好きになるっていう感情は抑えられないでしょう？

――好きになっても、それは遠くからの恋として終わらせるんだ。肉体の関係にはまり込まずにね。

——肉体の関係にさえならなければかまわないってこと？　そんなのおかしいわ。

——何がおかしい。

——だって、お互いが好きになって、手を握りあったり、キスしたりするけど……、セックスはしない。それだったらかまわないって言うわけ？　好きになった男と女がキスをするってのはセックスよ。

——それは違う。なぜ違うかは、口では説明出来ん！

伯父は、きつい目でかおりを見据えたあと、気まずそうに笑みを作り、

——まあ、この問題はいつまでも平行線だ。かおりは、そんな運の悪い娘じゃないだろう。年寄りの冷や水で、ちょっと余計なことを心配して口出ししただけだよ。

そう言って、話を打ち切ったのであった。

かおりは、入江に打ち寄せる波の繰り返しを見つめているうちに、伯父の言葉のある部分が気にかかってきた。〈かおりは、そんな運の悪い娘じゃないだろう〉という言葉に。

日本海の、海と空とがひとつになっているあたりで雷光が走った。けれども、どこからも雷鳴は聞こえなかった。

普通なら、そのような問題について年長者が若い娘に忠告する場合、〈そんな愚かな

娘ではないだろう〉とか、〈そんな馬鹿な娘ではないだろう〉という言い方をする筈だったが、伯父は、そうは言わなかった、とかおりは考えた。愚かでもなく馬鹿でもなく、運が悪い……。

かおりは強く顔を振って、落ちてきた前髪を戻すと、潮の香りのする空気を吸った。それは、あえて気分を変えようと試みる際の、かおりの癖であった。そんなときには、かなりひらきなおった気分も混じっている。

「お母さん、ほんとにここに住んでるの？」

再び、眼下の村落に話しかけた。その問いかけは、きょうが初めてではない。二回目に、この鎧駅を訪ねたときから、必ず一度は口にする疑問なのだった。かおりは、高校三年生の夏に、初めて、伯父にも兄にも内緒で、鎧駅にやって来たのだが、ここに母がいるという自分でも不思議なほど冷めた感情だけしか湧いてこなかった。お父さんと離婚して、別の人と再婚して、私たちをほったらかしにして……。そんな憎しみの目だけで、夏の陽《ひ》に照り輝く家々の瓦屋根を見つめていたのである。

けれども、二回目に訪れたとき、村の住人とおぼしき酒臭い老人が坂道を昇って来たので、かおりは意を決して訊いてみた。光子《みつこ》という四十六歳の女性を知っているかと。確か、十年ほど前に、この村のどこかの家に再婚して嫁いできた筈なのだと。

「おるかもしれんな。こんな貧乏な村に、再婚してくる女も、おるかもしれんな。光子か……。捜してみりゃあ、おるかもしれん」

老人は相当酔っていて、真剣に答えてくれなかった。だが、もし光子という四十六歳の女が住んでいるのなら、やはり、いると答えるだろう。かおりは、そう思ったのである。

かおりが、鎧という無人駅の、はるか眼下に存在する貧しい漁村の光景を絶えず心に秘め、事あるごとに、そこへ行きたいと希求するようになったのは、十六歳も歳上の、妻子ある大学助教授と別れたころであった。何年間も、母がいると信じつづけたその村は、いつのまにか、架空のふるさととしての郷愁を、かおりの中に造形していた。そこに母が実際に住んでいるのかどうかの、本気で調べてみればすぐに判明する謎を媒介にして、但馬海岸の一隅で息をひそめる、一歩も足を踏み入れたことのない寒村は、かおりのふるさとと化したのであった。

「伯父さんが、こんなに早く死んじゃうなんて……。伯父さんの会社、どうなるのかしら。伯父さんは、お兄さんのことは、あきらめてたわ。一生、女のヒモとして終わっちまえ、そう怒鳴ってた。だけど、やっぱり、お兄さんをやがては自分の後継者にって考えてたの。私には荷が重すぎる。だって、私はまだ二十五よ。大学を卒業して三年しかたってないのよ」

伯父の手塚民平が、〈モス・クラブ〉という名称の会社を設立したのは、四年前である。伯父は、大手の銀行の副頭取に就任した直後に、その要職から自ら身を退《ひ》き、しばらく何をするのでもなく、家でぶらぶらしていた。だが、経済界はもとより文化界にも顔がひろく、たまたま友人の奥方たちが作っている小さなサークルに頼まれて、滅多に講演を引き受けないある作家に口をきいた。それが機縁になり、奥方たちは、民平に、次にはシルクロード研究で名高い学者を呼んでくれるよう頼み、その次には国際政治学の権威を招いての講演と食事の会を企画した。そのうち、サークルの企画と運営は、民平の手にゆだねられた。それは極めて自然にそうなったのであって、民平にはもとより損得勘定などなかったのである。

ところが、民平の交遊の広さと人徳とによって、サークルのために時間をさいてくれる各界で一流と評される者たちの顔ぶれは、たかだか十二、三人の、時間と経済力に恵まれた奥方連だけが接するには勿体《もったい》なさすぎたし、そのための謝礼金もまかないきれなくなってきた。しかし、そのサークルの運営を持続させたいという奥方連の熱意はいっそう強まった。

民平はその時点で、やっと、サークルを正式なクラブに発展させ、会員の質を厳選して増やせば事業として成り立つと考えたのである。民平が銀行の副頭取の座から退いたのは、健康上の理由だった。元来、心臓が弱く、副頭取に就任して一カ月目に、かなり強い狭心症の発作で倒れ、半年近く療養したが、民平は、その期間中に辞意を固めた。

幾つかの会社の顧問や相談役としての報酬は約束されていた。体をいとのいながら、自分の好きなことをして暮らせた筈なのに、〈モス・クラブ〉を設立したのは、おそらく、夏彦とかおりという自分の弟の遺児のためと思えるふしがあった。

かおりも夏彦も、実の父が死んだ直後に、民平の正式な養子として入籍されたのではない。その点に関しては、民平は兄妹の意志を尊重するという態度を崩さなかった。ただ、持病をひきずる人間の常として、自分の死後に絶えず考えをめぐらせ、財産問題で兄妹が他の親戚の者たちの卑しい争いに巻き込まれるのを避けようと心を配った。だから民平が、二人に正式な養子縁組の話を持ち出したのは、彼がモス・クラブの設立準備に動きだしたときとほぼ同時期であった。

――とにかく俺の心臓は頼りなくて、いつ停まるかわかったもんじゃない。そうなったときのことを、そろそろお前たちと相談しなきゃならん。つまり、俺のものを何もかもお前たちに譲るというわけにはいかん事情があるからね。親戚の中には、ずるがしこい連中もいれば、本当に金に困ってる者もいる。何を誰に遺《のこ》そうが、俺の自由だといっても、そんなことをすれば、お前たちが余計な恨みをいだかれて、さきざき不愉快な思いをする。

そんな言い方で、伯父は初めて、養子縁組の件を、かおりと夏彦に切り出した。そのとき、クラブ設立の綿密な青写真も話してくれたのだった。

かおりは、伯父の望むとおりにしてあげたいと思い、即座に了承した。けれども、夏彦は四、五日、考えさせてくれと即答を避けた。女性問題のことで、伯父に厳しく叱責され、夏彦は伯父をうとんじるようになっていたが、それでも自分を吾《わ》が子同様に育ててくれた恩は忘れてはいなかった。四、五日と言ったが、夏彦はその翌日、手塚民平の養子として入籍することを、多少ぶっきらぼうな口調で伯父に伝えた。

伯父は、にわかに精力的に動き始めた。渋谷《しぶや》の新しいビルに事務所を設け、大学の講義のない日は、かおりを秘書として出勤させ、経理の勉強をさせたり、応対の際の言葉遣いや態度についても、さまざまな分野における人脈についても、贋物《にせもの》と本物を見きわめる眼力や思考法についても、クラブの長期的な概念についても、伯父の経験と独特の観点にもとづいて教育した。

――女は、訓練のしがいがない。

失敗したり、飲み込みが遅かったりするたびに、伯父はそう言って、かおりを叱った。そんなときの伯父は冷酷ですらあった。

モス・クラブは、わずか一年で会員の数を三百人に拡げ、三年目には八百人に達した。医者や弁護士や一流企業の社長や重役クラスの奥方連によって占められる会員は、北海道、東北、関東、信越、中部、関西、中国、それに四国と九州とを合わせた八つの支部に分割されるまでになった。

入会を希望する婦人はさらに増えつづけたが、伯父は八百人という会員数を、たとえ一人でも超えることのないよう、会則に新たな項目を設け、どんなに懇意な実力者の口ききであっても受け容《い》れなかった。

入会希望者に対して八百人という制限枠の意味を理解させ、そうした問題で恨まれたり、クラブの運営に支障が生じたりしなかったのは、ひとえに手塚民平の人徳に依《よ》るところ大であった。

マスコミを使っての宣伝はいっさいしなかったのにもかかわらず、モス・クラブの存在は、知る人ぞ知るといった形でひろまり、特殊な権威づけが口コミによって作りあげられた。欠員を待つ裕福な婦人たちの、会員数をせめて千人まで増やしてもらいたいという要望が、ことしの秋ごろからもちあがっている。

クラブは、東京事務所を中心として、八つの地区にそれぞれ事務所を持ち、正社員が三十六人、アルバイト要員も含めると、常時五十人の人間が動いていた。

「モス・クラブ、どうなるのかしら……」

かおりの背後を、上りの特急列車が通過していった。入江の波すれすれに円を描いていた鳶が、波打ちぎわに建つ物置小屋の屋根にとまった。その物置小屋から、痩せた老人が出て来て、駅への坂道を昇り始めたが、坂の中途に建つ民家にさえぎられて、すぐに視界から消えた。

「伯父さんは、きっとお兄さんのために、モス・クラブを作ったのよね。会社勤めをつづけられる性格じゃないってことを知ってたのよ。でも、お兄さんは、自分で働こうなんて気はないわ。歳上の女のペットになって、その日その日を楽しく暮らせたらいいの。いつのまにか、最低の男になっちゃった……」

かおりは、兄の新しいカモが、モス・クラブの会員ではないことを祈りたい気分だった。

「あさって、会議があるの。モス・クラブの会長の後任を誰にするか……。お兄さんの名前をあげる人なんて誰もいないわ。でも、私、モス・クラブをつぶしてしまいたくないの」

伯父と格別仲が良かった二人の財界人の顔が浮かんだ。いっそ、そのどちらかの人物に依頼して、クラブの会長を引き受けてもらったらどうだろう。そう考えたが、どちらも大企業の社長で、幾つかの小会社の会長職とか、相談役を兼務して繁忙を極めている。無理な相談だと思い直して、かおりは溜息《ためいき》をついた。

何度か溜息をついているうちに、かおりは気分が良くなった。きっと、海の空気を吸ったからだろうと思い、立ち上がって両腕を拡げ、深呼吸を繰り返した。ふいに、足元の枯れた灌木《かんぼく》から、あずき色の帽子が突き出て来たので、かおりは、びっくりしてあとずさりした。物置小屋から出て坂道を昇ってきた老人であった。老人の頭は灌木に消え、やがて、体はふらついているが、乱れてはいない息使いで、墓地の横を通り、かおりのうしろを通りすぎようとした。

「あのう……」

そんなつもりはなかったのに、かおりは我知らず老人に声をかけた。老人は振り返って足を停め、ひび割れた手の甲でしきりに口元をぬぐった。

「あのう、ここに、光子という名の女の人が住んでませんでしょうか。五十三歳の」

とかおりは訊いた。

「光子……。おらんなァ」

老人はそう答えてから、

「観光客には、ええ景色に見えよるそうやが、それは、こんな上から見おろしとるからじゃ。降りて行ってみィ、これほど住みにくいとこはない。隣の香住とえらい違いで、香住にはフウと風が吹くが、この鎧にはヒンと吹きよる」

と大声で言って、大きな掌に何やら字を書いてみせた。

「香住の港にはフウと吹く。この鎧の港にはヒンと吹く」

フウとは〈富〉であり、ヒンとは〈貧〉であることを、かおりにわからせようとして、老人は、二つの漢字を何度も自分の掌に書いた。その語呂合わせを、老人は相当気にいっている様子だった。

「富と貧ですね」

そう応じて笑わないと、老人はいつまでも掌に字を書きつづけそうだったので、かおりは、おかしくもないのに笑ってみせた。

「ここの風はヒンと吹く」

老人は線路を渡って、駅の南側にある酒屋へ入っていった。

もし、母がこの鎧に住んでいないとすれば、どうして伯父はそんな嘘をついたのであろう。なぜ、嘘をつきとおさなければならなかったのであろう。かおりは、知ってはならない汚れた翳《かげ》を感じて、墓地までの坂道を下ったり昇ったりした。

私には、やらなくてはならない仕事がたくさんある。そう思うことで、どこまでも重く沈んでいきかねない心をふるいたたせた。それなのに、きょうはどうしたことか、十九歳のときの、伯父の言い方をもってすれば〈運の悪い恋〉に対する後悔が、いやに執《しつ》拗《よう》につのってくるのだった。

相手の男は何ひとつ傷つかなかった。私と逢うときは薄氷を踏む思いだったかもしれない。でも、終わってしまえば、若い娘とのひとときの恋を楽しんだという思い出だけが残ってしまう。私には、後悔と自己嫌悪だけが残っている。

かおりは、モス・クラブの会員たちと、どこかのホテルのロビーで歓談していたときの会話を思い浮かべた。会員のひとりである婦人の長女が、母に内緒で男とハワイ旅行に出かけたのだが、それはたちまちばれたのだった。娘の母親はこう言った。

「調べたら、相手の男は医者でしたの。まだインターンですけど」

それは、娘のふしだらを恥じる口ぶりではなかった。すると、別の婦人が言った。

「まあ、結構なお話、いっそ、妊娠して帰って来てくれたら、なお結構ですのに。妻子持ちのつまらないサラリーマンじゃなくて、よかったじゃありませんの」

その中で最も歳若い婦人が、薄笑いを浮かべて口を挟んだ。

「どんな男と深い関係になろうが、一回シャワーを浴びたら、きれいさっぱり洗い流せますわ」

さすがにその言葉は、五十代の二人の婦人にとっては、眉をひそめる性質のものであったらしく、

「まあ、シャワーを一回浴びただけで、何が洗い流されるっておっしゃるの？」

と刺《とげ》のある物言いで、娘の内緒の旅をとがめる気配もなかった婦人が言い返した。

「その気になれば、何もかもですわ。男性にとっては、どんな種類の恋愛でも、あとになれば、みんな手柄話だとか笑い話になるのに、女性の場合は、そうじゃないでしょう？　女は、自分の過去の恋愛を断じて隠しておかなければならないときが必ず来ますもの。まだ右も左もわからない若い娘が、妻子あるしがないサラリーマンを好きになることだってあるかもしれない。それはそれでかまわないじゃありませんの。そのことで

苦しんだり悩んだりすることで、その若い娘は人間として少し成長したり、誰にもない魅力を得ていくってこともありえますもの。相手が医者の卵だったら、親に内緒で旅に出てもかまわない、あわよくば、妊娠して帰ってきてくれれば、なお結構だなんて、そっちのほうがよっぽど不潔だと思いますけど」

かおりは、その三十七、八歳の婦人の、だんだん挑発的になっていく口調や表情に慌て、どうその場を穏便に収めようかと苦慮したものだった。会員同士の収拾のつかないいさかいにまで発展せずに済んだのは、三人がこぞってかおりに意見を求めたからである。

「手塚さんは、どうお考えになるかしら。だってあなたは、いまをときめく若いお嬢さんなのよ」

「私、どちらの経験もないんですもの。そんな状態にならなければわかりませんわ」

「でも、誰かを好きになったことはあるでしょう？」

「そりゃあ、ありますけど、いつも片思いだったり、自分が思ってたほど素敵な人じゃなかったりして、長つづきしたことがありませんの」

かおりは、そう応じ返す自分をちらっと見やった歳若い婦人の、何もかもを見抜いているかのような視線を忘れられないでいる。

下りの列車が、無人駅に停まり、七、八人の小学生が降りてきた。名札をつけた傘を持ち、給食用の食器か図工用の道具かを入れてあるらしい布袋を肩から下げている。線路を渡ると、村への坂道を妙に押し黙って下っていった。かおりは、その小学生たちの沈黙を奇異に感じたが、鎧の村のたたずまいは、これから自分たちの家に帰っていく子供たちをも、一瞬、無言にさせる何物かを持っていそうに思った。

かおりは、自分を射るように見つめた婦人の名を思い出そうとした。三年前に入会したのだが、半年もたたないうちに退会したのである。退会の理由は、夫の死亡だったと記憶している。

その女の名が、高木澄子《たかぎすみこ》であるのをやっと思い出したのは、それから四十分近くたって、上りの列車が鎧駅に停まったときだった。

かおりは、列車に乗り、こんどはいつ来るかわからない無人の駅と、鎧の村や入江を眺めながら、高木澄子が言った〈女は、自分の過去の恋愛を断じて隠しておかなければならないときが必ず来ますもの〉という言葉を胸の奥で繰り返した。男性は結婚したあと、妻に、俺さあ、じつは学生のときに、亭主も子供もある女とつきあってたことがあるんだよな、と告白しても、そんなに強くとがめられはしないだろう。なぜならそれは、自分たちの知り合う前のことだから。

けれども、女性が、夫に同じことを告白すれば、只事《ただごと》では済まないに違いない。それは、個々の男性それぞれの、人間としての許容量の問題であろうか、それとも人間社会の規範の問題であろうか……。

かおりは、なぜか、そのどちらでもないような気がした。

「もうどうでもいいわ」

かおりは、声に出して言い、顔を振って前髪をあげた。列車は走り出し、トンネルに入った。

鎧の駅から入江の、坂というより崖に近い斜面にある、かつてのケーブルの残骸と同じように、十九歳のときの妻子ある男との関係は、すでに風化して錆びてしまっているものと思い込んでいたが、まだまだ生々しく残っている部分がある……。かおりは、そう思った。いまになれば、たいした男ではなかったのにと感じるし、自分の中で騒いでいたものが、はたして恋愛と呼べる代物《しろもの》だったのかどうかも曖昧としている。それなのに、生々しく残っているものが後悔を引きずり出し、それによって未来への虚無感までもたらしてくるのはなぜだろう。

「どうでもいい、なるようになるわ」

そう小声で言って、かおりは目をつむった。ふいに明るくなったので目をあけると、列車はトンネルを出て、香住港に近い海の横を走っていた。かおりは、城崎駅で出逢った男の言葉を思い浮かべ、男が二十年間錯覚しつづけた他愛ないからくりを試してみるつもりで、海が見えない地点では目をつむった。しかし、かおりが真にうつらうつらとしていないからなのか、それとも何回かこの列車に乗っているせいなのか、男と同じ錯覚には陥らなかった。

城崎で、京都行きの特急を待つあいだに、かおりは、東京事務所に電話をかけ、そのあと、今夜、京都で一緒に食事をする約束になっている今泉智子《いまいずみともこ》に電話をかけた。モス・クラブが、まだ何の名称もない十二、三人のサークルでしかなかったころ、今泉智子はその世話役として面倒な役どころを引き受けていた。伯父の民平と今泉智子はおない歳で、民平にはただひとりの、気のおけない女友だちでもあった。電話に出てきた今泉智子は、九時に、祇園《ぎおん》の〈はな野〉で待っていると告げ、

「さっき、夏彦さんから電話があったわよ。スイスから」

そう声を忍ばせ、詳しくは逢ってからと言って電話を切った。

京都に着いたのは、八時を少し廻《まわ》ったころであった。京都駅から南座の近くまでタクシーに乗ったが、京都の狭い道は車が渋滞していて、予想していた時間の倍近くかかり、かおりが、祇園の北のはずれにあるこぢんまりした京料理店の格子戸を開いたときは、約束の時間より十分ほど遅れていた。

店にひとつきりの和室で、今泉智子はかおりを待ちながら、古参の仲居と雑談していた。かおりは、あらためて今泉智子に、伯父の葬儀への参列に対する謝辞を述べたあと、仲居にすすめられ、今泉夫人と向かい合って坐った。

「民平さんが私より先に死んじゃうなんて……」

モス・クラブの設立の話がもちあがったころに胃癌《いがん》の手術をした今泉夫人は、そう言って、かおりを見つめたあと、床の間の掛け軸に視線を移した。大病を患《わずら》う前の、豊かな頬はかなりそげていたが、血色は良かった。

「これ、本物の鉄斎《てっさい》なのよ。うちの主人が、開店祝いに差し上げたの。あげちゃってから後悔するんじゃありませんかって、私が言ったら、鉄斎の作品の量は厖大《ぼうだい》なんだ、これは鉄斎の中ではそれほどたいしたもんじゃない。そう言ってたくせに、最近になって、〈はな野〉にやった鉄斎はたいしたもんだった、あれ、何とか取り返せないかって、私にせっつくのよ。うちの主人て、いつまでたっても、気前がいいくせにケチなの。性格だから直らないわね」

と言って、かおりを見て笑った。この、大手の石油会社の社長夫人と話をしていると、かおりはいつも、この人のように歳を取りたいと思う。狡猾《こうかつ》ではない世間智、人を萎縮させない貫禄《かんろく》、年齢に見合ったはなやぎ、底の深い教養といったものが、柔和な面立ちの奥で、やはり刃《やいば》のようにちらついているのだった。モス・クラブという名称も、彼女の口癖である〈MORE STUDYING〉、もっと勉強を、という言葉からつけられた。二つの単語の初めの二文字をくっつけると〈モスト〉になるのだが、そこから一字を抜いて、モス・クラブと名づけたのである。

「何かお飲みになる？　女二人が昆布《こぶ》茶をすすってるなんて味気ないもの」

今泉夫人は言った。かおりは、〈はな野〉にたどり着いて、今泉夫人の顔を見た途端、ここ数日来の疲れをにわかに感じて、坐っているのも億劫《おっくう》なほどになったので、アルコールが入るとかえって気分が悪くなるのではないかと思った。相手が他の人間ならば、こんな場合、ビールとか酒とかをいちおう注文するのだが、今泉夫人には、欲しくないものは欲しくないと言えた。

「そう、じゃあ、お料理を運んでもらいましょうか。そんなときはね、寝る前に、ウイスキーだとかウオツカだとかの、かあっとくるお酒を少しだけ飲むのがいいのよ」

今泉夫人の胃が、正常な人の三分の一しかないのを承知している料理屋は、それに合わせた分量の料理を運んできた。

「私と民平さんとは、とっても長いあいだのお友だちだったの。もう三十年以上ものつきあいで、お互い六十に近くなっても民平さん、智ちゃんて呼びあってたの。私、もう寂しくて寂しくてたまらない。どんなことでも話が出来る大切な、たったひとりのボーイフレンドがいなくなっちゃった」

手に持つ箸を宙に停めたまま、今泉夫人は、少し目を潤ませて、かおりにそう言った。大切なボーイフレンドという言葉は、六十四歳の今泉夫人の口から出ると、つい数日前までこの世に存在した人間の生きざまに対する讃辞のように感じられた。確かに、伯父と今泉夫人は、男と女という枠を超えて、滅多にない友情で結ばれていたなと、かおりは思った。かおりは、伯父の住む白金台《しろかねだい》のマンションにかかってくる今泉夫人からの電話を何十回も取りついでいるし、伯父に頼まれて、代官山《だいかんやま》の今泉邸に電話をかけている。二人は、いつも長電話で、ときには夜中の一時二時まで、話し込んでいた。もうあの婆さんの長電話には困ったもんだよと伯父は言い、今泉夫人は、寂しいやもめの長電話でしょっちゅう寝不足よと言っていたが、一週間も電話がないと、どうしたのだろう、体の具合でも悪いのだろうかと心配しあうのだった。

「伯父は、電話ではすごく無愛想な話し方になる人だったんです。でも今泉のおばさまだけは別。いつもとっても楽しそうでした」

とかおりは言った。

「うちの主人に、何回か訊いたことがあるの。ねェ、私と民平さんとが夜にしょっちゅう長電話してて、少しは気がもめたりなさらないのって。そしたら、女房のお喋りの相手をしてくれて、俺は民平に感謝してるよ、お陰で俺は安らかに眠れる、ですって」

かおりは、今泉夫人と顔を見合わせて笑った。

「寂しいわね。あの、夜の長電話の代わりになる人なんて、他にはいないわ」

今泉夫人は、そうつぶやいて、やっと料理に箸をつけた。かおりは、城崎から電話をかけたあと、ずっと気になっていたことを切り出した。

「あのう、兄は国際電話で、おばさまに何を言ってきたんですか？」

「モス・クラブの次の会長についてよ。いちおう自分が副会長ということになってるけど、かおりが会長になるのが一番いいと思う、今泉のおばさんは、どう思うかって」

「私が？」

こんどは、かおりが箸を宙に停めた。その問題に関して、兄がわざわざスイスから、京都の今泉夫人宅へ国際電話をかけてよこしたことにも驚いたが、用件そのものも、かおりには予想もつかないことだった。

「かおりさんの気持ちひとつだって答えたら、夏彦さん、こう言ったの。かおりが跡を継いでくれるのを、伯父は望んでたと思うって」

兄の言動には、モス・クラブの今後に、冷静な熟慮を重ねたというより、自分の人生を投げて捨てたと感じさせるものがあった。

「ことしのヨーロッパは暖冬で、スイスのスキー場は雪不足で困ってるって言ってたわ。あさって、ロンドンへ行って、オリエント急行でイスタンブールまでの豪華列車の旅を試してから帰るそうよ」

今泉夫人は、そう言ってから、

「傍《そば》に誰かいるみたいな気配だったわ。そういうことって、何となくわかるもんですからね」

と微笑んだ。

「私、兄のこんどの相手が、クラブのメンバーでなければいいのにって、それだけが心配なんです。お兄さんたら、いったい何を考えてるのかしら。大学を卒業して二、三年のあいだは仕事に意欲をもって真面目《まじめ》に働いてたんです。伯父の本心は、やっぱり兄が跡を継いでくれることだったたと思います」

かおりは、すこし居ずまいを正し、

「伯父は、そのことに関して、今泉のおばさまに自分の意志を伝えてたと思うんです」

と言った。

「女がほっとかないのよ。つまり、夏彦さんは遊びたがってる中年女にはたまらない魅力があるんでしょうね。そんな青年が、同年齢の女性にもてるとは限らない。民平さんが案じてたのは、かおりさんのことよ。かおりには少々荷が重いだろうが、モス・クラブは、かおりがやっていくのがいいと思う、ただ、そうなれば、かおりは何かを犠牲にしなければならん、おそらく婚期が遅れるだろう、下手《へた》をすれば、子供を生むってことを放擲《ほうてき》するはめになるかもしれない、モス・クラブの会長として誰からも認められ、社員を引っぱっていくまでになるには、難儀な問題が次から次へと出てくるだろうからね。そんな厄介な荷物を俺が遺言として残すわけにはいかない……。民平さんは、そう言ってたわ」

「兄についてはなにか言ってませんでしたか?」

「男が人生を失敗するのは、金、酒、女の三つだ、あいつは、三拍子揃《そろ》えて、甘い汁を吸うことを覚えちまった。あいつが、まともになるのには荒療治《あらりょうじ》が必要だ。それも、自分で自分に対して荒療治をしなければならん、あいつがそのことに気づくには、もっともっと時間がかかるだろう——。だいたいそんなところかしら」

さあ、どうするの? 考える時間は、あさってまでよ。そして確かに、二十五歳のあなたには大変な仕事よ。だけど、どうやら、あなたがモス・クラブの会長になるのが、いまの段階では最良の方法みたいね。今泉夫人の微笑に、そんな言葉が含まれているのを、かおりは察知した。察知したが、拒否をも承諾をも出来ぬまま、ただ黙して今泉夫人を見つめるしかなかった。

伯父は、私を買いかぶっていたのだ。私は十九歳のとき、伯父の前では、潔癖で天真《てんしん》爛漫《らんまん》な娘を演じつづけた。そうやって、伯父が最も忌み嫌う行為にひたっていたのだ。実の娘でもない私を、小学生のときから引き取って大切に育ててくれた伯父を、私はあの一年間、じつにあざとく裏切りつづけた……。そんな思いが、かおりの表情を、自分でもわかるほどに暗くさせた。すると、今泉夫人は言った。

「民平さんが、しょっちゅう私に言ってたことがあるの。かおりは、何かしたひょうしに、非常に暗い顔をするときがある。結局、俺は育ての親以上にはなれないんだろう。

仕方がないね、どうしたって本当の父と娘じゃないんだから——。民平さんは、あなたたち兄妹に、自分のことを無理矢理、父親だと思わせようなんて考えてなかったわ。でも、何か通じ合わないものが、ふっと湧いてくると、やっぱりそんなふうに考えてしまうのね」

かおりは胸を衝《つ》かれたような気がしたが、わざと無邪気さを装って、

「あら、私、暗い顔をするときがありますか？」

と訊いた。今泉夫人は、それには答えず、

「かおりさんが、とても女らしくなってきたころに、民平さんは電話でこんなことを言ったわ。かおりが家にいると、殺風景な家の中に突然小さな花が咲いて、そいつがひらひら舞ってるって感じなんだ。こういう感情ってのは、やっぱり俺がほんとの親父《おやじ》じゃないからかな。ほんとの親父だったら、もっと別の視線がある、そんな気がするね——」

微笑を浮かべたまま、今泉夫人はそれきり何も言わず、料理を口に運んだ。かおりも黙って、柚子《ゆず》の実を器の代わりにして、中に鯛《たい》のすり身を詰めてある料理に箸をつけた。

蒸した餅米と漬け物が運ばれてきたころ、今泉夫人は、やっと沈黙を破って、白金台のマンションの処置や、三十年近く手塚家のお手伝いとして働いてきたフク子の今後についての話し始めた。

「西麻布《にしあざぶ》にいいマンションがあるの。いまの白金台のマンションは、いくら何でも広す

ぎるし贅沢《ぜいたく》すぎるでしょう」

「ええ、これからは、ひとり住まいですから、兄と相談して、いまのマンションを売ろうと思うんです。伊東《いとう》の別荘も売るんですけど、それは伯父が、四人の従兄《いとこ》に譲りました」

「でも、白金台のマンションを相続したら、相続税で大変よ。そういう問題は、うちの主人に相談したらいいわ。それに、フク子さんのこともあるし……。フク子さんは幾つになったのかしら」

「来年の二月で、六十二歳だと言ってました。フク子さんにはとても気の毒なんですけど、兄にも私にもお手伝いさんは必要ありませんから。ただ、伯父の手持ちの株とか債券は、ことしの四月にお金に代えて、モス・クラブへの融資金として口座に振り込みました」

フク子には、二人の息子がいて、どちらも所帯を持っているのだが、その嫁たちとフク子とはうまくいっていなかった。幾分、神経質なくらいきれい好きで、絶えず体を動かしていないと落ち着かない性分は、お手伝いとしては重宝されたが、姑《しゅうとめ》としてはけむたがられるのである。

「夏彦さんとは一緒に住まないのね？」

と今泉夫人は念を押した。

「はい。お互い生活の時間帯が違うんです。兄は、たいてい朝に寝て、お昼の二時か三時ごろ起きますし、それに一週間のうち四日は、家に帰ってきませんから。別々に暮らすのは、兄にとっても、私にとっても、いいことだと思います」

今泉夫人はうなずいて、

「確かに、かおりさんの生活に、お手伝いさんは必要ないわね。でも、モス・クラブの会長になったら話は別だと思う。とくに、最初の二、三年はね」

その今泉夫人の口調で、かおりは、自分がモス・クラブの会長になることを、今泉夫人も勧めているのだと解した。

「ほんとに東奔西走の毎日になるわよ。八百人の経済力のある女性の団体は、何かにつけて金になる……。それを狙わない商売人はいないわ。高級品の頒布《はんぷ》会、不動産の説明会。これまでだって、何度そんな企業からタイアップの話があったか知れないでしょう？　でも、民平さんは、断固拒否してきた。彼は大資本の怖さを知り抜いていたし、モス・クラブの趣旨を絶対に守りとおしたかったの。もし、かおりさんが会長になれば、相手は、これで切り崩せると考えて、いろんな手口で接近してくる。それはもう火を見るよりも明らかかね。身も心も綿みたいになる日がつづくのよ。そんなかおりさんが、誰もいないマンションに帰って行くのは、体にも心にも良くない。体にも心にも良くない生活をつづけてると、人生までがこわれていくわ。私は、フク子さんがいたほうがいいと思うんだけど」

　また沈黙がつづいた。やがて今泉夫人は、若い娘をからかうようにして、かおりの顔をのぞき込み、

「この人となら、一緒に暮らせるって男性はいないの？」

　と質問した。

「いません」

「まあ、勿体ない。世の中の若い男って、見る目がないのね」

　かおりは、目に見えない重しが、体を圧《お》しつぶすみたいにのしかかってくるのを感じ、そっと肩の力を抜いた。大変なことになりそうだと思った。かおりは、モス・クラブの跡を継ぐのは、いろんな反対があっても、結局、兄になるだろう、そうなれば、兄の補佐として、自分はいままでの二倍も三倍も頑張ろうと考えていたのである。

　しかし、事態が思いがけない方向に進んでいきそうな気配は濃厚だった。兄の電話の内容といい、今泉夫人の話しぶりといい、かおりをクラブの会長の座に坐らせようとする意志が、すでにそこかしこで動いている気がした。ひょっとしたら、伯父は生前、そのための根回しを、何らかの形で行なっていたのかもしれないとさえ思われた。

　かおりは、自分を冷静にさせようと努め、モス・クラブの役員たちや、東京事務所の主《おも》だった社員の顔を脳裏に描いた。まだ二十五歳の自分が会長に就任することを苦々し

く思うであろう顔ぶれと、それを歓迎してくれるであろう顔ぶれを。かおりの、重圧に耐えかねる心の片隅に、野心と言ってもさしつかえないものが顔をのぞかせた。

「もし、私がモス・クラブの会長になったとしたら、仕事によって消耗するものとは別に、結婚だとか、子供を生んで育てるってことも犠牲にしなければいけないんでしょうか。女が働こうとしたら、どうしても、それは避けられないんですか？」

かおりは、今泉夫人にそう訊いたが、自分の口調が多少居丈高《いたけだか》になっているのを感じて恥ずかしかった。

「仕事の質によって違いはあるでしょうけど、残念ながら、世の中って、そんなふうに出来てるみたいね。結婚したら、自分の夫を放っとけないわ。子供が出来たら、べったりと母親でなければいけない時間が必要なのよ。どこかの会社に勤めるだけでも、そのために費やす労力と気苦労は大変なものでしょう。それが、ひとつの会社の経営者だとしたら、どうなるかしら。社員は、みんな羊じゃないのよ。役員は役員で、それぞれの野心とか思惑がある……。一年も城をあけたら、家来の誰かが城主に取って代わるわ。結婚して、子供を生んで、ちゃんと育てて、会社の経営者としても絶えず的確な手腕をふるうなんて、現実問題としては不可能ね。だから、その三つのうちの何かを犠牲にするか、もしくは手抜きをするしかなくなってくる」

「でも、それは日本の社会が……」

言いかけたかおりを、今泉夫人が、ゆっくりと首を振って制した。

「社会がどうのこうのって言ってるあいだは、おとなじゃないのよ。そんな女の人がたくさんいるわ。そして、そんな女の人は、社会の制度を糾弾して、とうとう自分が女であることまでを糾弾してしまうの。だって、女性が好きな男性の子を身ごもって、生んで育てたいっていうのは、本能なんだもの。家庭を持って、子供を生みたい。けれど仕事もしたい。社会制度がその欲求を保護してくれて、赤ん坊の面倒を見てくれる国もあるわ。でも、赤ん坊は、自分の母親に育てられたがってるわ。そんな赤ん坊の心はどうなるの？　心って、とても大切よ」

今泉夫人は微笑を絶やさずに言った。だが、かおりには、その今泉夫人の微笑が、だんだん冷酷で意地悪なものに見えてきた。

今泉夫人は、さらにつづけた。

「かおりさんは、すでに夫がいて、子供もいたうえで、モス・クラブの会長に就任するんじゃないのよ。あなたは、まだ二十五歳で独身なのよ。そして、かおりさんの仕事は、朝の九時から夕方の五時までで終わるんじゃない。そのうえ、何十人て人間を使っていくのよ。それがどんなに大変な闘いか、かおりさんにわからない筈はないでしょう？」

かおりは、心に浮かんだ言葉をすぐに口にしようとしてやめた。それは、今泉夫人の言葉を受けて即座に返せば、すねた小娘の他愛ない反発としか受け取られかねなかった。

かおりは、いかにも熟考の最中であるかのように目を伏せて黙り込んだが、何も考えてはいなかった。ただ、今泉夫人の言葉にむかっ腹を立てていただけである。

頃合を見はからって、かおりは今泉夫人を真っ向から睨《にら》み、

「私には、モス・クラブの会長なんて、とても務まりません。そんなことをしたら、伯父がここまで築いたクラブをつぶしてしまうことになります」

と言った。今泉夫人は、デザートの柿をひとくち食べ、そう、と応じたあと、

「やっぱり、女は訓練のしがいがないわね」

そう言って、鉄斎の掛け軸に視線を移した。

「伯父が、その言葉をいつも私に言ってましたわ」

「私も民平さんに、よく言われたわ。それでしょっちゅうケンカしたもんよ。だけど、民平さんは、精魂込めて、かおりさんを訓練したのよ。訓練半ばで民平さんは死んじゃった。かおりさんがモス・クラブを継がなくても、モス・クラブは遅かれ早かれ、つぶれるわ。それとも誰かに乗っ取られて、単に金になるだけの、女性のカルチャークラブになっちゃうわね」

「そんな変な挑発の仕方はやめて下さい。私、自分が出来ないことを出来るなんて言えません」

そう急いで結論を出さず、一日ゆっくり考えてみてからでもいいではないか。今泉夫

人は、駄々っ子をなだめるみたいに言って、

「私、年が明けたら東京へ帰るわ。京都の冬は寒くて、いつも腰から下が冷たくてしようがないの。京都の家は、手放すことにしたの。何が、老後のための家よ。仕事から退いたら京都の静かなところでのんびり暮らそうって買った家だけど、うちのご亭主、死ぬまで仕事をやめないわ。あの人、仕事をやめたら絶対ぼけるわね。なんだかそんな気がするの。私、最近、癌が再発することよりも、自分がぼけることのほうが怖くなってるの」

と話題を変えた。かおりは、腹立ちがおさまらなくて、その話題に乗っていけなかった。

「あら、何を怒ってるの？　私、かおりさんを怒らせるようなこと言った？」

その今泉夫人の問いかけは、かおりの腹立ちを、いっそうあおった。黙っていれば、ますます自分が子供みたいに思われるだろうと考え、

「だって、社会の制度がどうのこうのなんて言ってるあいだは、おとなじゃないっておっしゃいましたけど、私、自分をおとなだとは思ってません。それに、伯父の言葉には、私、断じて異議があるんです。女は訓練のしがいがないって言い方は、女性への冒瀆《ぼうとく》です。伯父が本気でそう思ってたのなら、どうして私に、いろんな事柄を教えようとしたんですか？　伯父は、私を秘書にして、どこへでも連れて行きました。一度お逢いした

方とまた仕事の打ち合わせをしなければならないとき、わざと私ひとりを行かせたりしました。それで話がまとまらないと、身が縮むくらい怒られました。お客さまにお茶をお出しするときの、茶碗《ちゃわん》の置き方で、三日も怒られつづけたこともあります。そのたびに〈女は訓練のしがいがない〉って馬鹿にするみたいに言うんです。しがいがないのなら、初めから訓練しなければいいのに……」

そうかおりは言ったが、途中から語気は弱まり、感情だけがたかまって、泣きだしそうになった。

「人間が、本当の意味でおとなになるのは、五十歳をすぎてからよ。でも、幾つになっても、おとなになりきれない人がいる。私は、そんな種類の人間について言ったのよ。かおりさんのことじゃないわ」

今泉夫人は、会話を楽しんでいるときに、きまって見せる癖の、掌と掌をこすりあわせる動作をせわしげに始めながら言った。

「女は訓練のしがいがないって言葉は、私も女性に対する冒瀆だと思う。って言うより、思ってたの。つい二、三年前まで。だけど、全面的には認めたくないけど、やっぱりそうかなって思うようになったわ。女の中にある階段は、いつもどこかで二、三段外れてるんだもの。感情という階段も、理性という階段も。だから、一定の速度で昇り下りしてた女が、ある瞬間、急に段をとばして、ぬうっと突き出たり、すとんと急降下したりって例は、世間に山ほどあるじゃない」

「それは、男性も同じじゃありませんかしら」

とかおりは言った。今泉夫人は、かぶりを振った。

「女の階段の外れ方のほうが、男よりもはるかに支離滅裂よ」

こんな言い方は嫌いだがと前置きし、今泉夫人は、

「かおりさんが五十歳をすぎたら、私の言ってる〈女の中の階段の外れ方〉ってことがわかるわ」

と言った。そして、さらにつづけた。

「うちの亭主が、こんなことを言ったわ。七、八年前、何か仕事のことで苦しんでた時期だったんだけど、夜中に起きて、ベッドに長いこと坐ってるの。私も目を醒《さ》まして、どうしたのって訊いたら、〈俺は、五十を過ぎた人間の情熱以外信じない〉って、ぽつんと言ったの」

今泉夫人は、あらかじめ時間を指定しておいたらしく、仲居が座敷の外から、タクシーが来たことを伝えた。五、六分、待っていてくれるように頼み、今泉夫人は、

「二十代には二十代の情熱がある。三十代には三十代の、四十代には四十代の情熱がある。しかし、俺は五十をすぎた人間の情熱以外信じない……。うちの亭主が、たぶん仕事に関連したことで、私に強い感情を見せたのは、あれが初めてだったわ。その亭主の

言葉の意味が、私、六十をすぎてからわかったような気がしたの」

身を乗りだして、相変わらず穏やかな口調でかおりに言うと、掌と掌をこすりあわせるのをやめた。

かおりは、店の主人と一緒に、今泉夫人を表まで送った。タクシーに乗って、窓ガラスを降ろし、今泉夫人は、

「あさっての会議が、かおりさんの初陣《ういじん》ね」

と言って、そっとかおりの手を握った。

かおりは、いったん座敷に戻ると、仲居が新しくいれてくれた茶を飲んだ。

「タクシーをお呼びしまひょか？」

仲居が盆を膝に乗せたまま訊いた。予約してあるホテルまでは歩いて二十分ほどの距離だった。かおりは疲れていたが、歩きたくなり、

「京都に来るのは久しぶりだから、散歩がてら歩いて行きますわ」

と答え、自分がモス・クラブの会長になることは、もう決まっているのだと暗示していたかのような今泉夫人の別れ際の言葉を思った。

コートの衿を立て、河原町《かわらまち》の交差点まで行くと、かおりは車のクラクションやエンジンをふかす音や、行き交う人々の怒鳴り声や笑い声に耳を傾けた。そのときやっと、かおりは、伯父の死によって、自分がたったひとりになったことを知った。もう兄をあて

にすることなど出来なかった。

　ホテルへの大通りを歩きながら、今泉夫人の言った〈女の中の階段の外れ方〉について、ぼんやりと考えた。——ある瞬間、急に段をとばして、ぬうっと突き出たり、すとんと急降下したりする——。

「私も、十九歳のときに、そんなことをやったわ」

　かおりは、うなだれて、ひとりごちた。京都は、但馬の海沿いよりも寒かった。ブティックや呉服店の並ぶ大通りから路地の奥が見えたが、そこには、ピンクや緑の曲がりくねったネオンが凝った店名を浮きあがらせ、何かの女性雑誌からそのまま飛び出たかのような高価な服やアクセサリーを身にまとった、かおりと同年齢の娘が、薄っぺらい顔つきの青年に体を寄せていた。

「私、上昇志向って、あんまりない女なのよねェ」

　そうつぶやいたあと、かおりは、なるようになるということに身をまかせれば、きっと自分が伯父の跡を継ぐだろうと予感した。

第二章　鏡の街

日本に帰国してから三日間、手塚夏彦は、都心のホテルにこもり、三時間おきに電話をかけてよこす高木澄子と会話を交わす以外は、酒を飲むか、うたたねをするか、面白くもないテレビに漫然と視線を投げかけるかして時を過ごした。

最初の二日間は、時差ボケのせいで自分でもあきれるほど眠れたが、三日目になると、体を持て余し、かおりのことが多少心配になってきた。しかし、白金台のマンションにも、渋谷の事務所にも、電話をかけるのはためらわれ、受話器を手に持つことは持つのだが、結局、元に戻すと、そのたびにバスルームに行き、鏡に映る自分の顔を見つめた。

夏彦は、しばしば澄子に買ってもらったティファニーの腕時計を外し、文字盤を覆うガラスやら裏蓋を柔らかい布で磨いて楽しんだ。夏彦が澄子に何か物をねだったのは、秋に二人でニューヨークで数日を過ごした際に立ち寄ったティファニーで、その時計を目にしたときだけである。それは、ティファニーにひとつしかない型の腕時計であった。

夏彦は、腕時計をはめ、ホテルの地下にあるサウナ風呂《ぶろ》にでも行こうかと考えた。三日間、髪も洗っていないし、髭《ひげ》も剃《そ》っていなかった。それよりも、先にアスレチック・クラブで、ゆるんだ筋肉を引き締めてこようか。彼は、どっちにしようかと考えて、ベッドに寝そべり煙草《たばこ》を吸ったり、また腕時計を磨いたりして、一時間近く腰をあげなかった。

伯父《おじ》の死に、格別の感慨はなく、モス・クラブがどうなろうと知ったことではなかった。

「満員電車に乗って、上役に顎《あご》で使われて、汗水たらして、はした金の月給をいただいてなんて、もう金輪際《こんりんざい》、俺には出来ねェだろうな。とにかく、俺には、人間の最小限の愛情すらなく、努力を試みようとする心もないんだからな」

夏彦は、ベッドサイドの電話機を見つめたまま、胸の内で言った。それは、伯父が、夏彦を罵倒した言葉だった。伯父は、夏彦に無感情にそう言ったとき、冷たく突き放すように長いあいだ夏彦を見た。その凝視は、時がたてばたつほど、とてつもなく憎々しげな、永遠の拒否をたたえたものとして甦《よみがえ》ってくるのである。

彼はとりたてて目的もなく手帳のページをくりながら、高校生のときに書いた短い文章をそらんじた。

「ぼくは、いつも明け方に寝る。夜中じゅう、誰かからの電話を待っている。そうやって電話を見ているうちに、ときおり電話が舌打ちをする」

詩を書こうとしたのか、小説の真似事《まねごと》を書こうとしたのか、それとも、ただ思いついた文章をしたためたのか、夏彦にはもう思い出せないのだが、確かに誰かからの電話を待ちつづけて夜を明かした日々があったことだけは覚えている。

夏彦は、まあ、とにかく髭だけでも剃ってから、ホテルの部屋を出ようと思い、羽織っていたカーディガンを脱いだ。そしてレースのカーテンを半開きにして、眼下の日比《ひび》谷《や》公園の一角とか、その周辺で渋滞する車の群れとか、地下鉄の昇降口を出入りする人々の寒そうな身のすくめ方とかに視線を投じた。

高層のオフィスビルの窓のところどころには、電話の受話器を耳にあてがっている男や、デスクに向かっている女の姿が、豆粒ほどの大きさで見えたが、雲が冬の陽《ひ》の下を流れすぎると、ガラス窓はぎらぎらと反射し、内部のことごとくを遮断した。見渡せば、巨大な鏡と化した高層ビルに取り囲まれて、太陽の当たらない場所までが、日なたでもなく影でもない、何色《なにいろ》ともつかない微光で覆われている。

レースのカーテンを半開きにしたまま、夏彦はバスルームに行き、シェービングフォームを丹念にもみあげの下から塗っていった。顔の下半分が泡で隠れた自分の顔を鏡に近づけると、夏彦は、兄妹であっても、かおりとは似たところがひとつもないのを改めて認識する。けれども、兄妹と親しい人の多くは、誰に教えられなくても夏彦とかおりが、兄妹であることが即座にわかるくらい似ていると口を揃《そろ》えて言うのだった。ある人は、目元がそっくりだと言い、ある人は鼻から顎にかけての線が似ていると言う。全体の雰囲気が似ていると言う人もいる。

「似てないよ。とくに、目元なんて、似ても似つかないさ」

夏彦は、鏡に映る自分に言った。そして、やはり、かおりにだけは連絡しなければならぬだろうと思った。だが、渋谷の事務所に電話をかけるわけにはいかない。伯父の死で、今回の旅行を取りやめることは簡単に出来たくせに、それを強行し、そのうえ日程を延長して、あと一週間で年が改まるという日に帰国した。そして、帰国の報告もせずにいる。そんな俺を、事務所の連中は、もう相手にしないだろう。しかし、モス・クラブの会長には誰が就任したのだろう。十中八九、かおりが跡を継ぐことに決まったとは思うが、どこかの策士が、思いもかけない作戦を練って、モス・クラブを我が物にしてしまったということも充分考えられる。

髭を半分ほど剃ったとき、彼は、もし、かおりが伯父の跡を継いだのならば、生前、伯父が坐《すわ》っていた椅子を使っている筈《はず》だと思った。事務所には代表電話と、会長用の直通電話がある。そうだ、直通電話にかけてみよう。外出していないかぎり、かおりが直通受話器を取る可能性が強い。もし他の者が出てくれば、切ってしまえばいい。

夏彦は、残りの髭を乱雑に剃ると、ベッドに坐って、煙草を二、三服吸い、会長用の直通電話にかけてみた。かおりの、もしもしという声が聞こえた瞬間、夏彦は、ほっとすると同時に、かすかな罪悪感を抱いた。

「もしもし、俺だよ」

夏彦は、自分の妹なのに、かおりには、どこか頭のあがらないところがあった。それで彼は、電話での話し方が卑屈にならないように、しかもその逆作用として尊大にならないよう気を遣ったので、最初の切り出し方が、幾人かの女に電話をかける際の物言いに似てしまった。

「お兄さん？　いまどこにいるの？」

かおりは、声をひそめて訊《き》いた。

「日本の東京だ。モス・クラブの件は、どうなった？」

「電話で済ませることじゃないでしょう。逢《あ》ってからじゃないと詳しい話なんか出来ないわ」

「詳しいことを訊きたいんじゃないさ。かおりが、モス・クラブの会長になったのかどうかってことだけを知りたいんだ」

「そういうことになったわ。正式に決まったのは、きのうの夜よ」

「役員の中で、難色を示したのは誰だい。まあ、だいたいの見当はつくけどね」

とにかく逢って、いろいろと相談しなければならない、とかおりは言った。

「白金台のマンションの処分もあるし、お兄さんの今後のこともあるわ。お兄さんは、東京事務所の所長なのよ」

「まだ所長かい？　俺は、とうに馘《くび》になったもんだとばかり思ってたよ。どうして馘にしないんだ。つまんない情《じょう》にしばられてたら、会社なんて、やっていけないぜ」

かおりは黙り込んだ。それは、かおりが烈《はげ》しく怒っているときの癖だったが、夏彦は、女ってのは、怒ると、黙り込むか、泣きながら金切り声でまくしたてるかのどちらかだと思っていたので、べつに気にもとめなかった。

「かおりも、たまには髪を振り乱して感情を爆発させないと体に悪いぞ。恨みとか怒りを溜《た》めると、胆嚢《たんのう》に悪いそうだぜ」

「お兄さん、何もかもを捨ててしまうつもり？　お兄さんは、もうおとなでしょう？そのときそのときが楽しければいいの？」

夏彦は、何と答えようかと考え、適当な言葉が見当たらないので、

「かおり、お前、これから大変だな」

と言った。言ってから、それが自分の真情であり、しかもこの時点における最も適当な言葉であったに違いないと感じた。これが、仕事の仕納めだと思いながら、夏彦は、

こんどのヨーロッパ旅行の感想を伝えた。

「オリエント急行の旅は、十人以上のツアーを組んじゃいけないな。日本人の年配の女は、あのての格式に慣れてないから、モス・クラブが結果的に恥をかくはめになる公算が強い。だけど、十人以下のツアーとなれば、こんどは採算が合わないだろう。それに、スキーを楽しもうって連中以外は、冬のヨーロッパ旅行は面白くないね。ことしは暖冬だったけど、来年はわからない。春や夏や秋のヨーロッパにはあきた、冬のヨーロッパを味わいたいっていう人だけで、少人数のツアーを組んだほうがいいよ」

そして夏彦は、幾つかの有名なホテルの名をあげた。

格式ばって、とりわけ日本人に対して、いかにも泊めてやるといった態度を取ったホテルを、ミュンヘンとジュネーブとロンドンに分けてかおりに教え、各国の信頼出来る通訳やガイドの名もあげた。そうしているうちに、ミュンヘン最後の夜の、澄子とのいさかいを思い出した。

あす、ミュンヘンを発《た》って、スイスのジュネーブへ向かうという日の夜、夏彦と澄子は、ドイツ料理をフランス料理風にアレンジすることで人気を博しているレストランで食事をした。その日、澄子は四十歳を迎えたのだが、自分の口からは決して、きょうが誕生日であることを告げなかった。夏彦は、澄子の誕生日を知っていたので、あらかじめ贈り物を用意して、レストランの席についた。そして、テーブルにメインディッシュ

が運ばれて来たとき、上着の内ポケットから贈り物の包みを出し、

「ますます成熟へ向かう記念の日に」

と言った。澄子は、妙にうろたえた表情で礼を言い、美しいけれど、よほど楽しいことがないかぎり優しく崩れない目元を、いっそうきつくさせて、

「私と娘とは、誕生日が同じなの。あの子は、きょう十八になったわ」

とつぶやいた。そして、夏彦が、ときおり澄子の長女の泉《いずみ》と逢っていることをなじり始めたのだった。

「もしもし、聞いてるの?」

そのかおりの声で、夏彦は我に返り、年が明けたら白金台のマンションに電話すると言い、一方的に電話を切った。後味の悪さだけが残り、夏彦は、まだ約束の時間まで二時間もあるが、とにかく外へ出て歩こうと思いたった。澄子の娘である泉と、六時に西麻布のカフェ・バーで待ち合わせているのだった。

ホテルのロビーに降り、部屋の鍵をフロントに預けて、玄関の回転扉に向かって歩きだしたとき、夏彦は見覚えのある懐しい顔をみつけて足を停《と》めた。大学を卒業して以来、一度も逢っていなかったが、夏彦は、ロビーの端に立ったまま煙草を吸っている男が、関口礼太《せきぐちれいた》であることを疑わなかった。何日も洗っていないだけではなく、櫛《くし》もブラシもとおしていないのではないかと思わせる頭髪と、つねに何かをためらっているみたいな

表情や身のこなしは、大学時代と寸分も変わっていなかったのである。

夏彦は、関口礼太に声をかけようかどうか、少し迷った。関口が、誰かを待っているみたいだったのと、モス・クラブの東京事務所長の座をみずから捨てて、中年女のヒモとして定職も持たずに生きていこうとしている自分に、ひけめを抱いたからだった。

だが、目と目が合って、関口が、

「あれっ?」

と声を発し、眉間に皺《しわ》を寄せて夏彦を見つめたので、もう知らんふりをして行き過ぎるわけにはいかなくなった。

「久しぶりだな」

夏彦は、新聞記者となり、岩手県の盛岡《もりおか》支局に行ったきり疎遠になっていた関口礼太に歩み寄ってから、そう言った。

「いつ、東京に戻って来たんだ」

「三カ月前だよ」

関口は、眉間に皺を寄せたり、その皺をほどいて、ふいに本来の神経質そうであっても、どこか純なものを漂わせる穏やかな顔に戻したりという行為を交互に繰り返して、夏彦を見た。

「何か、変わったな、お前の顔」

と夏彦は言った。

「なんとなく人相が悪くなったぞ」

「眼鏡《めがね》だよ。眼鏡を失《な》くしてね」

そう言われて、夏彦は、関口礼太が、学生時代に白金台のマンションに遊びに来て、洗面所に度の強い眼鏡を忘れて帰ったことがあったのを思い出した。

ロビーの横の、広々としたラウンジに目をやり、夏彦は何か冷たいものでも飲もうかと誘った。関口は、腕時計を見ると、夏彦に先に行っててくれと言い、館内電話の置いてある場所に向かった。

ラウンジのソファに坐り、夏彦は、館内電話で誰かと話をしている関口の、およそお洒落《しやれ》とは縁遠い姿を見やり、

「何とかならないのかい、あの髪型に、あのセンス」

とつぶやいた。

「新聞記者的ファッションてやつが、頑固にまだ存在してるんだろうな……」

夏彦は、学生時代、自分が白金台のマンションに連れて来る友人の中で、関口礼太が伯父に一番気に入られていたのを思い出した。そうだ、関口が新聞社に就職が内定したとき、伯父はライターを就職祝いだと言ってプレゼントしたっけ。

関口は、館内電話を切ると、混雑するロビーを横切ってラウンジに入って来ると、夏

彦と向かい合って坐り、煙草をくわえた。そして、上着のポケットから見覚えのあるライターを出して火をつけた。

「それ、伯父から就職祝いにもらったライターだろ？」

と夏彦は言った。

「ああ、これだけは、どこに置き忘れても不思議に戻って来るんだ」

その、使い込まれたダンヒルのライターに目を注ぎ、

「伯父は死んだよ。十二月の十日に」

と夏彦は言った。

関口は、また眉間に深い縦皺を刻み、指に挟んだ煙草を宙に浮かせたまま、

「えっ！」

と小さく叫んだ。

「十二月って、今月じゃないか。どうしてしらせてくれなかったんだ」

「お前だって、三カ月前に東京に戻って来たことを俺たちにしらせなかったじゃないか」

「盛岡のほうに連絡してくれたら、俺が東京勤務になったことはすぐにわかるだろう」

関口は、怒って、煙草をもみ消す手を震わせた。

大きな封筒を持った男が、紺色のカーディガンを着て、ラウンジの入口に立ち停まり、

誰か人を捜していたが、関口を見ると近づいて来て、

「お待たせして申し訳ありませんでした」

と言った。関口は立ち上がり、男から封筒を受け取ると、

「いえ、こちらこそ、急なお願いをして」

そう言って、男に坐るよう勧めかけたが、夏彦に気を遣ったのか、それとも男に気を遣ったのか、ソファに向けて差し出した腕を中途半端に上着のポケットに突っ込んだ。

それで、夏彦は、

「どうぞ」

と男に言って立ち上がりかけた。

「仕事だろう？　俺は失礼するよ」

しかし、男は丁寧な物腰で、そんな夏彦を制し、

「いや、私はすぐに部屋に戻ります。朝の八時から、ぶっとおしで仕事をしてたもんですから、ビールでも飲んで寝ようと思ってたんです」

と言って微笑《ほほえ》んだ。すると、関口は、じゃあ、ここでビールをいかがでしょうと勧め、夏彦を男に紹介した。

「私の学生時代の友人で、手塚といいます。さっき、偶然にロビーで顔を合わせたもんですから」

男は、

「戸倉《とくら》です」

と名乗り、

「この三日間、ホテルの部屋に閉じこもったままだったから、どこでもいい、とにかく違う場所で一杯ひっかけたかったんです」

そう言って関口と夏彦に勧められるままソファに坐り、ビールを注文した。夏彦は、戸倉という男が何者なのかわからなかったが、確かに長時間、何か原稿を書いていたらしい跡を、幾分充血した目や、溜息《ためいき》に似た深い呼吸から見て取った。そして、関口と戸倉との短い会話によって、関口が、東京本社の学芸部に配属されたことも知った。

グラスのビールをうまそうに一息に飲み干して、戸倉は、自分で自分の肩を揉《も》み、いたずらっぽく笑うと、

「一杯って言ったけど、もう一杯飲もうかな」

と言った。関口礼太は、ウェイトレスを呼び、ビールを追加したあと、

「賭けの結果は、どうでしたか？」

と戸倉に訊いた。

「敗《ま》けたよ、見事に。やっぱり、ぼくの大いなる錯覚でね、城崎から浜坂までは、トンネルと低い山ばっかりで、海なんて、ほんのちらっとしか見えやしない。米子まで行く

つもりだったんだけど、餘部《あまるべ》鉄橋を渡ってるうちに気が変わって、浜坂から、また城崎に引っ返した。それから、日本海に沿って金沢まで行って、三日ほど、北陸をうろうろして……」

戸倉は、それきり黙った。夏彦は、城崎から浜坂までという言葉を耳にしたとき、少し驚き、ロビーを見ているふりをして、戸倉の話に耳を傾けた。もう一年近く足が遠のいている鎧《よろい》の駅や、そこからはるか眼下に密集する寒村の風景を心に浮かびあがらせた。

「だから、うちのデスクが、もう先に一万円払っといたほうがいいですよって言ってたじゃないですか」

その関口の言葉に、戸倉は苦笑し、

「だって、ぼくは、ずっと海が見えつづけるって信じ切ってたからね。誰に何と言われようが、自分の目で確かめないと、はい、敗けましたって一万円を払えないよ」

と言い、運ばれて来たビールを、こんどは、ゆっくりと喉に流し込んだ。夏彦は、城崎から浜坂までの途中に、鎧という駅があり、自分はかつて何度もそこにおもむいたことがあると言いかけてやめた。母がそこに住んでいると伯父に教えられたことは、誰にも口外していなかったからである。城崎から竹野までは三つ、竹野から佐津までは七つ、佐津から柴山《しばやま》までと、柴山から香住《かすみ》までは二つずつ、そして香住から鎧までは一つ、トンネルがあり、自分は列車がそこを通るたびに、なんとトンネルだらけの鉄路であろうとうんざりする。自分にとって、山陰本線の城崎と鎧とのあいだは、トンネルばかりの、暗黒の鉄路なのだ。楽しい思いで帰路についたことなど一度もない。

夏彦は、ソファの肘掛けに凭《もた》れ、そんな思いにひたったが、

「すごい時計ですね」

という戸倉の言葉で、視線をあげた。

「その腕時計ですよ。私は、その腕時計を、ことしの夏、ニューヨークに行ったときティファニーの店で見ました。ティファニーが、たったひとつだけ特別に作らせた時計です。それ、いつお求めになりましたか」

「ことしの秋です。十月の初めぐらいかな」

「じゃあ、私が夏に見たやつですね。あのときのレートで、日本円にして三百二十万円ぐらいでした。へえ、ここで、あの時計と再会するなんてねェ」

「時計に興味がおありですか」

と夏彦は戸倉に訊いた。戸倉は自分の腕時計を夏彦に見せ、

「六千二百円の、デジタル時計です」

と言って笑った。夏彦は、そんな戸倉の笑顔を見ているうちに、自分が愚弄されているような気がしてきた。

まだ三十前の若造が、三百二十万円の腕時計をはめている。当然、自分の稼ぎで買え

る代物ではない。よほどの大富豪のおぼっちゃまか、それとも人様に公言出来ない、うさん臭い仕事をしているかのどちらかであろう……。

夏彦は、戸倉が、わざわざ自分の安物の時計を見せたのは、腹の中でそう思ったからに違いないと考えたのである。

「でも、一回見ただけのこの時計を覚えていらっしゃるのは、やっぱり気にかかっていたからでしょう?」

夏彦は、わざと薄笑いを作って、戸倉に訊いた。

「ええ、女房に何か買ってやりたくて、ティファニーに行ったんですけど、私がこの時計を見て、『べつにダイヤとかエメラルドだとかの宝石なんかひとつもあしらってないのに、どうしてこんな値段がつくんだろう』って言ったら、女房のやつ、『欲しかったら買ってもいいわよ』って言うんです。こいつ、本気かなァって女房の顔を見たら、どうも本気みたいで、こっちがびっくりしましてね。『冗談言うなよ。幾ら何でも、三百万円以上もする時計なんて買えないよ』って、結局、この時計の飾ってある場所から離れたんです。女房は、三万円くらいの指輪を買って、店から出ちゃいました。『せっかく来たんだから、もっといい物を買えよ、遠慮しなくてもいいのに』って言ったんだけど、私はこれで充分だと言って、嬉《うれ》しそうにしてる」

「どうも、うるわしい夫婦愛を聞かされてるみたいですね」

夏彦は鼻白《はなじろ》んで、そう言った。戸倉は、照れを隠すみたいに、大声で笑った。

「そうですね。私も喋《しゃべ》ってる途中でそんな気がしてたんです。いや、失礼しました」

戸倉は立ち上がり、夏彦に軽く一礼すると、関口と仕事に関することを手短かに打ち合わせ、ラウンジを出て行った。

「彼、何者なんだ」

と夏彦は関口礼太に訊いた。

「戸倉陸離《りくり》。本業は国際弁護士なんだけど、最近、国際問題に関する本を出して、そっちのほうでも注目されてる」

「リクリ?」

「陸を離れるって書くんだ。ほら、光彩陸離《こうさいりくり》って言葉があるだろう。あの陸離だよ」

苦学と言えばなんだか古めかしいが、あの人くらい苦学した人も少ないだろうと関口は言い、戸倉陸離の経歴をかいつまんで夏彦に説明した。

戸倉陸離は、高校生のときに両親を一瞬にして交通事故で亡くした。高校を卒業後、デパートに就職して金を貯《た》め、二年後、自力で大学に進学したのち、奨学金を受けて卒業した。その後、単身でアメリカに留学し、キャッチ・バーまがいの店とか、ダウンタウンのガソリンスタンドとかで働きながら、ハーバード大学に入学した。

「ハーバードで奨学金をもらって、やっと一息ついたって言ってたよ。そのあと、修士課程に進んで国際法を専攻してね。弁護士の試験に通ったのはいつごろだったかな。寄り道が多かったから、なんとか食えるようになったのは三十四、五歳のときくらいからだろうな。彼はいま四十二歳だけど、子供さんが、まだ五歳だよ。結婚が遅かったんだ」

関口礼太は時間を気にしながら、いかにも戸倉陸離を信奉しているといった口ぶりで言い、

「でも、子供さんを生んでから、奥さんの体の具合が悪くてね。もともと心臓が丈夫じゃなかったそうなんだけど」

とつけくわえた。

ふーん、苦学してハーバード大学か……。夏彦は胸の内でつぶやき、戸倉について、まだ話をしようとしている関口に、

「かおりが、モス・クラブの会長になったよ」

と言った。なぜか、戸倉陸離の話題から離れたかったのである。

「えっ、お前じゃなくて、かおりさんがか？　どうしてだい」

「いろいろあってね。俺はもうモス・クラブとは関係のない人間になった」

しかし夏彦は、自分で言いだしたくせに、モス・クラブの話題からも離れたくなり、

「お前のその頭、ちょっとひどすぎるぜ。よくもまあ、それだけ不思議な寝癖がつくも

んだなァ。どんな寝方してるんだよ」

関口は、頭のてっぺんに集まって、そこで鶏のトサカみたいに突き出ている頭髪を手で押さえ、

「そんなにひどいか?」

と眉根を寄せた。

「失くしたんなら、新しい眼鏡を買えよ。しかめっ面した名古屋コーチンみたいだ。それに、そのネクタイとジャケットの取り合わせも何とかならないかねェ」

関口はネクタイをつかみ、その柄に見入ってから、格子縞《じま》のジャケットの袖に重ね、

「おかしいかな……。でも、このネクタイ、イタリア製で、結構高かったんだよ」

そう言って、首をかしげた。

「高けりゃいいってのは、成り金の、脂ぎったおっさんの感覚だよ」

さすがに気を悪くした様子で、

「でも、人は見かけによらないからな」

と関口は夏彦から目をそらして言った。

「最近、その諺《ことわざ》は変わったんだ。〈人は見かけによる〉ってね」

関口は幾分身を乗り出し、

「さっきの、かおりさんのことだけど、ほんとに彼女がモス・クラブの会長になったの

か？」

「ああ、ほんとだ。きのう正式に決まったそうだ」

「実権を持った会長か？　うしろで誰かが院政をしいてるっていうんじゃなくて……」

夏彦がうなずくと、関口はふいに黙り込んで、視線だけをせわしげに動かした。

「俺、かおりさんとは五年も逢ってないよ。俺が新聞社に入ったとき、かおりさんは二十歳だったよな。ということは、まだ二十五歳だぜ」

関口は、また時計を見やって、そう言ったあと、

「お前、さっき、もうモス・クラブとは関係のない人間になったって言ったけど、あれはどういう意味なんだ。別の新しい仕事をやるって意味か？」

と訊いた。

「しばらく遊んで暮らすんだ」

「遊んで暮らす？　しばらくって、どのくらいだよ」

夏彦の真意をはかりかねるといった顔つきで、関口は頬杖《ほおづえ》をついて眉根を寄せた。

「お前、急いでるんだろう？　時間ばかり気にしてるじゃないか。社に戻らなきゃいけないんだったら、俺に気なんか遣わないで行けよ」

夏彦は、ぶっきらぼうな口調で言った。彼は、何事につけても〈ほどほど〉という枠を守りたかったのである。人間と人間とのつきあいにおいても、生きることに費やす労

力においても……。だから、他人が〈ほどほど〉の線を超えて立ち入って来そうになると、不快感に襲われ、そこから身をかわそうとする。

「俺、いま、連載小説も担当してるんだけど、その作家の原稿が遅いんだよ。あしたは絶対に三日分渡しますって言って、翌日、ちゃんと三日分書いてたためしがない。いまだって、ストックは五日分しかないんだぜ。印刷局の現場の古狸《ふるだぬき》には怒鳴られるし、デスクには文句を言われるし。でも、原稿が遅いのは、俺のせいじゃないんだ。その作家が書かないからだよ。きょうも、夕方までに原稿が入るかどうか心配でね。もし入らなかったら、って思うと、印刷局の古狸の怒る顔がちらつくんだ。あのおっさん、ほんとに灰皿をぶつけるんだから」

と関口は言い、奇妙な寝癖のついた頭髪をかきむしった。

「俺は、作家をせかせるのはいやなんだ。だけど、もうどうしようもなくなって、『あのう、きょう中に、せめて二回分いただかないと困るんですが』って電話をすると、『困ってるのは、待ってるあなたじゃなくて、書いてる私のほうです』って言いやがる。まあ、確かにそのとおりなんだけどね」

その関口の言い方や顔つきがおかしくて、夏彦は笑った。そして、関口の頭髪をあらためて見入り、ふと、自分と親しい、日本でも五指に入る有名な美容師の顔を思い浮かべた。

「関口、お前、きょうはいつごろ仕事が終わるんだ？　久しぶりに一緒に飲まないか」

「その作家次第だね」

夏彦は、関口にボールペンを借りると、ある店の電話番号をマッチの中箱の裏に書いて渡し、

「俺は、八時ぐらいから、そこにいるよ」

と言って立ち上がった。

ホテルを出て交差点を渡り、いったん地下鉄の階段を降りかけたが、夏彦は、なまっている体を動かしたくなり、公園に入って行った。冬枯れた公園の砂利道を歩きながら、両腕を大きく廻《まわ》したり拡《ひろ》げたりした。裸木が、強い風にしなっていた。

彼は、突如、鎧の駅に行きたいという衝動が湧いて来て、足を停めた。そして、ぼんやりと砂利道に目を落とした。

小さな鉛色の入江と、一羽の鳶《とび》、それに、そこだけは都会の住居よりも上等な瓦屋根と焼き板の壁を持つ村落の、どんな季節にあっても、くすんでいるたたずまいが浮かび出て、波音が聞こえ始めた。

いったい何度、あの無人駅に立って、眼下の村を眺めたことだろう。大学に入るまでは、自分は、そこに母がいると信じて疑わなかったのだ。そのことに疑いを抱いてからも、さらに何度か、鎧駅へ行った。行くたびに、東京からはなんと遠い場所だろうと思

う。けれども、俺は、もはやあそこに母がいるなどとは信じていない。しかも、伯父がなぜそんな嘘《うそ》をついたかを詮索《せんさく》しようとも思わない。母が、自分たち兄妹を捨てたあと、どこで、いかなる人生を送っているのかなど、知りたくもない。俺は、肉親との修羅場に巻き込まれなくて、結構なことだと思っている。無惨に老いつづける身内が傍《そば》にいなくて、身軽な生活が出来る。俺は、なによりも、自分が身軽でいたいのだ。だけど、かおりには悪いことをしたな。かおりは寂しいだろう。いま、途方に暮れているだろう。兄を恨んでいるだろう……。

夏彦は、鎧の風景と波の音を、自分の中から消した。足の屈伸運動をし、腰を曲げたり反らしたりして、それから、鼻で深く空気を吸い込み、ゆっくりと口から吐くという行為を繰り返した。

彼は、自分で作った禁忌を破りたくなった。あの駅からの、折れ曲がった急な道を下って、鎧の村に足を踏み入れたくなったのである。その道連れとしては、澄子は適した相手であろうと思った。彼女は、酸いも甘いも嚙《か》みわけた女を演じつつ、俺の手を取って、小さな漁村への坂道を下るだろう。包容の背後に性的欲望を隠して、俺を愛《いと》しげに見やり、躊躇《ちゅうちょ》する俺の手を引っ張るに違いない。

夏彦は時計を見た。意外に時間がたっていた。彼は、結局、タクシーに乗った。

――苦学して、ハーバード大学か。

夏彦は、暖房のききすぎたタクシーの窓を細くあけ、そう胸の内で言った。戸倉陸離という男の風貌が、いやに気にかかっていたが、夏彦はその理由を、自分には真似出来ない労苦を乗り超えてきた者に対する嫌悪だと分析することで、やりすごそうとした。

膝を組み直し、泉の相談事とは何だろうと考えた。その十八歳になったばかりの、来年、大学受験を控えた澄子の一人娘と話していると、夏彦は、いつも色男ぶることを忘れて、大声で笑えるのだった。

前を走っているトラックの排気ガスが、タクシーの車内を臭くさせた。街に師走《しわす》の風情はなく、いつもと同じ車の波が、信号の手前で停まったり動いたりした。

きっと、自分たちの世代は、疲れ果てて社会へ出てしまったのだと夏彦は思った。何のための受験勉強だったのであろう。いい大学へ入るということが、まるで人生のすべての目的であるかの如《ごと》き錯覚を与えられた。しかし、いい大学に合格した者たちの大半は、大きな傘の下での組織人となって、街の中で埋《うず》もれていく。小学校で疲れ果て、中学校で疲れ果て、高校でとどめの疲弊を得て大学に入ると、そこでやっと解放され、もう勉強なんかこりごりだという心持ちになっていく。

しかも、そんなにも自分の青春をすりへらして入学した大学は、適当に講義を受け、適当に単位さえ修得すれば卒業させてくれるのだ。みんな、馬鹿になって当たり前だ。柔軟な心の時代に、真に豊かなものに触れず、受験勉強に追い立てられ、やっと自由な時間を得たときには、ありとあらゆる快楽と怠惰が口をあけて待っている。この国の教育制度は、青年を愚かにするための巧妙な罠《わな》だ。

夏彦は、つい一カ月ほど前に、泉に対して、珍しくムキになってまくしたてた言葉を、無言で何度も反芻《はんすう》した。

――この国の教育制度は、青年を愚かにするための巧妙な罠だ――。

タクシーが西麻布の交差点に着くまでに、日は暮れてしまった。

「年の瀬ですね。車が多くて、いやになっちゃいますよ」

タクシーの運転手は、夏彦が耳にしたことのない訛《なま》りで言った。夏彦は、交差点の信号を渡り、通りを歩いて、急な坂道へと曲がった。小さな大使館の建物に近い路地の奥に、泉との待ち合わせ場所のカフェ・バーはある。

店は開店直後なのに、もう若い女性客で混んでいた。泉は、店の奥の、一段高くなっている予約客用のテーブルで頰杖をついていたが、夏彦が手を振ると、両手を振り返して応じた。高校の制服を着ているときのほうが、泉はおとなっぽく見える。泉は、夏彦がヨーロッパへ行く何日か前に見立ててやったニットのスーツを着ていたが、その、年齢にそぐわないおとなっぽい服装は、どうかしたひょうしに、泉を十四、五歳に見せた。

「やっぱり、もっと派手な色のほうがいいな」

夏彦は、泉の顔から足へと視線を移して言ったが、その色だとかえって子供っぽくなるよという言葉は口に出さなかった。

「だって、これがいい、絶対、これにしろって言ったのは、手塚くんだぞ」

泉は、初めのうちは〈夏彦さん〉と呼んでいたのだが、うちとけるに従って、〈手塚くん〉と言うようになっていた。

「いや、よく似合うんだけど、泉の良さが、もうひとつ発揮されないって感じなんだ」

「でも私、お嬢さまっぽい服って大嫌いなんだもの」

夏彦は、ウェイターに、頼んであったシャンパンを抜いてくれるよう頼み、店の真ん中のカウンターにいる女性客をそっと指差した。

「あの子の着てる服とバッグと靴とを合わせたら、総計で四十万は下らないな。でも、金持ちの娘でもないし、女子大生でもない」

「どうして、そんなことがわかるの？　ヒモの、女を漁《あさ》る勘てやつ？」

「うん、まあそういうところかな」

それから夏彦は、人差し指で泉のおでこを軽く突き、

「そんな大きな声で、ヒモって言うなよ」

とたしなめて、周りを見やった。

「だけど、このあたりに集まってくる女の人って、そんなのばっかりよ」

泉は夏彦の唇の上を覗《のぞ》き込み、同時に夏彦も泉の目や目の下を覗き込んだ。

「口髭に剃り残しがあるわ」

「目の下にくまがあるぞ」

二人は、それもまた同時に言って、顔を見あわせて笑った。

「遅くまで受験勉強か？　一日何時間ぐらい寝てるんだ」

「いまは四時間ぐらい。年が明けたら、もっと頑張るの」

「俺も、そんな時代があったよ。でも、もうちょっと寝たほうがいいな。いくら若くても、睡眠時間が四時間てのは、きついよ。疲れると、記憶力は確実に落ちるからね」

　自分の大学受験当時を思い出し、幾つかの、アドヴァイスを与えてから、

「相談事って何だい？」

　と夏彦は泉に訊いた。泉が喋りだそうとしたとき、ウェイターが白い布を巻きつけたシャンパンを持って来、派手な音をたてて栓を抜いた。

「ちょっと遅れたけど、泉の誕生日のお祝いだ。でも、あんまり飲むなよ。とにかく寝不足なんだから」

　二人は乾杯した。夏彦に言われたとおり、ほんの一口か二口を飲んだきり、神妙な顔つきでシャンパングラスから手を離した泉を見て、夏彦はなぜ、かおりには、兄貴らしいことがしてやれないのだろうと思った。

「私、手塚くんに、もっとお母さんに親切にしてあげてほしいの。だって、手塚くんの

ことで苛々《いらいら》してるお母さんを見てるのって、とってもいやなんだもん。私の勉強にも、さしつかえるのよね」

「それが、折り入っての相談事か？　変な娘だなァ」

「変かなァ……」

「まあ、世の中の常識から判断すると、変だよな」

「そんなこと言うんなら、私と手塚くんが、こうやって逢って、仲良く話をしてるほうが、よっぽど変よ」

夏彦は、父親似だという泉の、どことなくかおりと共通したものを漂わせているようにも思える目元を見つめた。

しかし、泉は、かおりと比べると、何もかもが晩生《おくて》のようだ。ひょっとしたら、もう二、三センチ、背が伸びるかもしれないし、胸も大きくなるかもしれない。顔つきも、勿論《もちろん》十八歳だから出来あがってはいないが、まだまだ輪郭は深まっていきそうだ。それにしても、母親に似て、随分思慮深く意志の強そうな目をしてやがる。

夏彦は、外面という部分に限っても、泉が、完成の途上にいることを匂わせている肩の線だとか、膝から足首にかけての幼さだとかを発見し、そこを観察した。

「俺と、泉のお母さんとは、十二歳も歳《とし》が違うんだ。俺のほうが若いんだ。それに、俺は、泉のお母さんと結婚しようなんて考えちゃいない。それは、泉のお母さんもおんなじだよ。つまり、愛人という関係なんだ。愛人同士であるからには、双方共に、男と女のお芝居ってやつが必要になってくる。この、お芝居という領域では、つねに俺が主導権を握ってる。なぜなら、俺のほうが若くて、泉のお母さんは、女として若いという年齢じゃないからね。女としてという意味は、つまり、肌の張りだとか、小皺の数だとかの問題だ」

「小皺じゃないわ。もう大皺よ」

その言葉で、夏彦は、小粒なニキビが散らばる泉のおでこを、また指で突いた。

「俺の愛人に失礼なこと言わないでくれよ」

「失礼しました」

泉は、いつもと違うおどおどした視線を、カフェ・バーの客たちに向けながら、シャンパンを舐《な》めるみたいにして飲んだ。

「ねエ、私、すごく子供っぽく見えてるんじゃない？　中学生ぐらいに」

「中学生ってことはないけど……」

「やっぱり、この服が似合わないんだ。だって、この服、三十代の女性しか着こなせないわ」

泉は、夏彦をなじるように睨《にら》みつけ、唇を尖《とが》らせた。そして、声をひそめた。

「お父さんとお母さん、とっても仲が悪かったの。私、お父さんが、お母さんをよく殴ったり蹴ったりしてるのを見たわ。私、お父さんをすごく好きだったから、どうして、急に違う人みたいになって、お母さんに暴力をふるうのか理解出来なかったの。だって、お父さんは優しい人だったし、お母さんも悪い奥さんじゃなかったんだもの」

それは、これまでにも幾度か、泉が夏彦に言った言葉だった。けれども、きょうは、どこか喋り方や目の光が固かった。

泉は、夏彦の表情を窺《うかが》い、

「どうしようかな、やっぱり黙ってるほうがいいかな」

と言いながら、ますます混んできた店内に目をやった。そんな泉の目元に赤味がさし、心なしか涙ぐんでいるみたいに見えたので、夏彦は不審に思って、

「何だい、相談事って、まだ他にあるんだろう」

と水を向けてみた。

泉は、シャンパングラスに視線を落とし、それから上目使いで夏彦を見るという動作を何度か繰り返していたが、

「私が手塚くんに、こんな話をしたなんてこと、お母さんには絶対に黙っててくれる？」

と言った。夏彦は、黙っていると約束した。

「ほんと？　絶対によ」

「俺が、泉の内緒話を、澄子に喋ったことが一度でもあったか？」

泉は、力なくうなずき、途切れ途切れに語り始めた。

「私、もうだいぶ前から、変だなァって思ってたことがあったの。お母さんのアルバムに張ってある写真のことで」

「写真？」

「そう、五冊あるの。お母さんが生まれたときから、お父さんと結婚するまでの写真。その中で、学校で写した記念写真が変なのよ。ほら、新学期に入ったら、どこの学校でもクラス別に記念写真を撮るでしょう？　担任の先生と一緒に。あの写真なの。だって、お母さんが高校二年生のときの写真と、高校三年生のときの写真とでは、着てる制服の形が違うの。二年生のときはセーラー型なのに、三年生のときはブレザー型になってるの。私、お母さんに、どうしてなのか訊いたことがあるんだ。そしたら、学校の方針で、急に制服の型が変わったのよって言ったわ。でも、制服を廃止して私服にするっていうのならともかく、セーラー型がブレザー型に変わるなんて、変だと思わない？」

「でも、学校なんて、どっちでもいいような理由をこねくりまわして、校則を変更することってよくあるぜ」

その夏彦の言葉に、泉はかぶりを振った。

「お母さん、転校してたのよ。つい最近、わかったんだ。べつに引っ越したわけでもないのに、転校したの。でも、お母さんは、自分が転校したってことなんか、ひとことも言わない……。お母さんだけじゃないわ。お祖父《じい》ちゃんもお祖母《ばあ》ちゃんも、伯父さんも、それに、とても仲のいいお母さんの従妹《いとこ》も」

「とんでもない番長で、なんか悪いことでもやったのか？」

夏彦は笑顔で訊いたが、すぐに自分の笑みを消した。泉の伏せた目から、涙が伝い流れたからであった。

「おい、よせよ、俺は」

俺は、他人の人生の秘密に関する深刻な話なんか聞きたくないんだ。夏彦はそう言おうとしたが、泉はすでに喋りだしていた。

「お母さん、高校二年生のとき、何人かのならず者に車に引きずり込まれて……。その日、お母さんは友だちの家に寄って、その友だちと一緒に夜の九時ごろ、自分の家の近くまで帰って来たんだって。お母さんがみつかったのは、あくる日の朝、逗子《ずし》の海岸近くで。車につれ込まれたのは、お母さんだけだったの。だから、お母さん、転校したのよ。だって、一緒にいた友だちは、運良く助かったんだもの。その人がひとことでも喋ったら……」

激した感情を鎮めようとするみたいに、泉は、ほんの少ししか口にしていなかったシャンパンを一気に飲み干し、それから壜《びん》を両手で持つと、すでに空《から》になっている夏彦のグラスについだ。

　夏彦は、泉の涙を見たとき、話の内容が、かなり深刻なものであることは予想したが、まさか澄子の過去に、そのような不幸な出来事があったとは思いも寄らなかったので、何を言えばいいのかわからず、ただ泉が落ち着きを取り戻すのを待った。

「誰からきいたんだ。お母さんが、泉に言ったのか？」

　泉は、かぶりを振り、ハンカチで涙を拭くと、

「手塚くんとお母さんがヨーロッパに行ってるとき、お祖父ちゃんとお祖母ちゃんが、私のことを心配して、泊まりがけで遊びに来たの。二人とも早寝早起きで、五時ごろには、もう起きてるのよ。私は四時ごろまで勉強してて、それからベッドに入ったんだけど、なんだかお腹がすいて眠れなかったから、下の台所へ降りて行ったの。そしたら、お祖父ちゃんとお祖母ちゃんの話し声が聞こえたんだ。『おかしなもんだ。俺たちが、克夫《かつお》くんの遺《のこ》した家に、こうやって泊まりに来るなんて、三年前には考えもしなかった。あとは、二人が離婚届に判を捺《お》すだけってところまで、話が進んでたんだから』ってお祖父ちゃんが言ったら、『克夫さんが、会社の近くの道で死んだのは、天罰ですよ』ってお祖母ちゃんが、とっても憎々しげに言い返したの」

　その二人のやりとりを盗み聞きしていた泉は、亡くなった父親が、ある日を境に、なぜ突如暴力をふるうようになったかの、おぼろげな理由を知り、その謎をもっと詳しく

知りたくて、居間のドアを開け、祖父と祖母に詰め寄った。泉の執拗《しつよう》な追及で、とうとう祖母が話して聞かせたのだった。

「私、お父さんを、すごく嫌いになっちゃった。もうお墓参りになんか行かないんだ」

「死んだ人を嫌いになったって仕方がないだろう」

「でも、嫌いになったの。卑怯《ひきょう》だわ。最低だわ。だって、お母さんは被害者なのよ。それなのに、どうしてお母さんを殴ったり蹴ったりするの？　それも、お父さんと知り合う前の事件を持ち出して」

「きっと、他の人にはわからない、夫婦だけの、いろんな難しい感情とか問題とかが絡んでたんだよ」

夏彦はそう言うしかなかった。澄子の、男と女の問題に関する処し方のどこかに、極端に冷淡であったり寛容であったりする振幅の烈《はげ》しさが、確かに奇異な形で存在するのを感じていた。

「女性にとったら、ただもう災難だとしか言いようがない。道を歩いてて、上から石が落ちてきたようなもんだよ。だから、泉のお父さんとお母さんとのいさかいは、それだけが原因じゃないよ。俺は、そう思うけどね」

しかし、祖母の話によれば、不仲の原因は、ただ単に、自分の妻の、高校時代の災難に依《よ》っていたらしいと、泉は、にわかにしょんぼりとつぶやいた。

「どうして、俺に隠してたんだっていうのが、そのことで暴力をふるうときの切り出し方なんだって。でも、誰だって隠すわ。それが、自分のためでもあるし、結婚する相手のためでもあるでしょう？」

泉は、テーブルクロスの上に、人差し指でなにやら字を書きながら、そう言った。夏彦は、泉の祖母に対して腹が立ってきた。いくら孫にしつこく追及されたとしても、決して打ち明けたりしてはならない秘密ではないか。適当に誤魔化すか、知らぬ存ぜぬで押し通しつづけるのが年寄りの知恵というものだ。追及されて、ついに話して聞かせるという形をとって、結局は、年寄りの愚痴をぶちまけているのだ。自分の娘の亭主が、いかに理不尽に、娘に暴力をふるったかを。

「私、自分がもしそんな目にあったらって考えてみたんだ。そしたら、なんだか勉強に身が入らなくなっちゃった。だって、考えてみただけでも恐ろしいんだもの。もし、私が、何人かのならず者に、車の中に引きずり込まれて、どこかへ連れて行かれたら、私、きっと、殺されるっていう恐怖しか感じないと思うの。私が抵抗したら、その人たちは私を殺すかもしれないわ。抵抗しなくても、相手が目的を果たしたあと、私を殺すかもしれない。そんな状況に置かれた女にとったら、貞操とか屈辱とかは二の次の問題よ。生きるか死ぬか、なのよ」

泉は、貞操という言葉と、生きるか死ぬかという言葉に、とりわけ力を込めたので、客たちの多くの視線が、二人に集まった。

「そんなとき、自分の体が汚されるとかを考えると思う？　生きるか死ぬかの恐怖以外ないわよ」

泉は、言いながら、こぶしでテーブルを叩《たた》いた。

「わかった、わかった。そんな大きな声を出すなよ。みんな、見てるぜ」

夏彦の言葉で、泉は、カフェ・バーの客たちの視線に気づき、それらに背を向ける格好で坐り直した。

貞操か……。またなんと、このような店にやって来る若い女客とはそぐわない言葉であろう。彼女たちは、自分の月給の何倍もする服とか装身具を手に入れるためなら、金持ちの中年男といつでもベッドを共にするし、中には、いかがわしいアルバイトを平気でやってのける者もいるのだ。貞操なんて言葉すら知らない女たちもいるに違いない。夏彦はそう考えながら、無表情に見つめ返すことで、自分と泉に向けられた多くの視線を追い払った。

「今夜は、ゆっくり休めよ。勉強なんかするな。全休日を週のうち一日作るってのは、受験勉強のコツなんだ。うまい物をご馳走《ちそう》するよ」

と夏彦は言って、泉の肩を叩いた。

いちおううなずきはしたが、泉は気乗りしない顔つきで、

「きのうも、おとといも、机に坐ってるだけで、勉強らしい勉強なんてしてないのよねェ」

と溜息混じりに言い、頬杖をついた。

「だから、気分転換をするんだよ。お母さんの、その高校時代の災難も、お父さんのことも、頭のどこかから、きれいさっぱり振り捨てろ。だって、泉のお父さんは、もう三年前に死んだし、お母さんのことも、二十年以上も昔の、降って湧いたみたいな災難なんだ。過去のない人間なんて、いないよ」

「でも、私、お父さんを、とっても好きだったんだもの」

夏彦は、だんだん不愉快になってきた。泉が、いつもの泉らしくなく、十八歳とは思えないおとなの機知を閃《ひらめ》かせた会話を始めないからではなく、やはり、澄子の存在が、泉に聞かされた話によって、それまでとは異質になったのを知ったからだった。

そうだったのか、澄子にはそんな哀《かな》しい体験があったのか、という思いは、澄子の強情や矜持《きょうじ》や、欲望や打算や愛情そのものの裏に息づいている何物かが、ふいに夏彦にとっては、目にする必要のなかった夾雑物《きょうざつぶつ》として見え始めたのである。夏彦にしてみれば、澄子は、やがて別れるであろう金づるであり、まだ女として充分楽しめて、多少はそこに恋愛の要素も持ち込める相手でさえあればいいのだった。関係が、それよりも稀《き》薄《はく》になっても濃密になっても、破綻が生じる。夏彦は若い愛人として、自分だけでなく、相手も楽しめるための、規範と言えば言える形式を作って、そこから外れたくはなかった。そうでなければ、男と女とは、しょせん、腐れ縁のつながりと化して、みっともない泥沼であえぐ結果になると、夏彦は思っていた。

「こんどは、俺の相談に乗ってくれよ」

と夏彦は、笑顔で言った。

「俺の友だちに、新聞記者がいるんだ。きょう、ホテルのロビーで五年ぶりに逢ったんだけど、こいつを、いまはやりの髪型、いまはやりのファッションに変えてもらいたいんだ。とにかく、むさくるしい格好をしてるんだよ。と言っても、ガキのファッションじゃ駄目だぜ。そろそろ二十九だからな。渋いおとなのセンスでまとめたい。つまり、泉に、そいつのトータル・コーディネーター役をやってもらいたいんだ」

「私が？」

「そう。だって、俺の着てる服のほとんどは、泉のお見立てだろ？　俺は、泉のセンスには一目《いちもく》置いてるんだから。それに、そいつは、学生時代にアルバイトで大学受験生の家庭教師をやってたんだけど、泉が受ける大学に、三人の生徒を合格させたという実績がある」

「あっ、それ、すごくいい話」

「だろう？」

「試験まで、あと二カ月ちょっとだけど、その人、特訓してくれるかしら」

　泉の顔が、シャンパンのせいで、赤くなってきた。

　店内には、著名なカメラマンが、モデルらしい女と話し込んでいる姿も見受けられた。

「また相手を変えたな」

　夏彦は、そのカメラマンをちらっと見やって言った。すると、

「あの人のお相手って、どうしておんなじタイプなのかしら。みんな、自分の奥さんに似てるのよ。髪が長くて、目が大きくて、一見、清楚《せいそ》なんだ。浮気なんだから、奥さんとは違うタイプにすればいいのに」

　と泉が応じた。

「やっぱり、好みってものから離れられないんだよ」

　夏彦は、関口礼太について、かいつまんで泉に説明した。その頭髪の寝癖とか、ネクタイと上着の色や柄を思い出すままに喋っているうちに、彼は、ほんのいたずら心でしかなかった自分の思いつきに対して、だんだん本気になっていった。人間は、ほんとに〈見かけによる〉のであろうか。それとも、人間の手によって変えられる範囲の外見をいかに変えようとも、ひとりの人間が発散するものは、少しも変化しないのであろうか。それを、関口を使って実験してみようと。

「だけどねェ、そういう男性って、意外に頑固な美学を持ってたりするのよ。その人、

大学では何を専攻してたの？」

「フランス語。あいつ、フランス語はペラペラなんだよ」

「あっ、私の苦手なタイプ」

「どうして？」

「フランス語がペラペラだとか、フランス文学の研究を突っ込んでやった人には、変人が多いんだもの」

「それは偏見だよ」

やっと本来の泉らしさを取り戻し、彼女は夏彦のグラスにシャンパンをつぐと、

「どこか、浮世離れした人が多いの。私の友だちに、お父さんは大学のフランス文学の教授で、お兄さんはフランス語を教えてる一家がいるんだけど、みんないい歳をして、どこか浮世から外れてるとこがあるわ」

そういう人間分析にかけては、泉の、ちょっと独断じみた突拍子もない考え方は、しばしば的を射るのである。

どこか浮世から外れてる……。夏彦は、関口礼太の、学生時代の言動を思い出そうとしたが、それほど昔のことでもないにもかかわらず、明確な映像として甦ってこなかった。

「でも、いいやつだぜ。仕事の段取りさえつけば、今夜、電話をかけてくるよ」

夏彦は、ここから歩いて十分ばかりのところにある割烹《かっぽう》料理店の名を泉に言い、

「うまいこと、相手をその気にさせてくれよ。俺は、あいつが、頑固な美学を持ってるとは思えないけど、そうあっさりと、あの鶏のトサカみたいな頭から訣別《けつべつ》するとも思えないからね」

割烹料理店には、七時半に行くと予約してあった。勘定を済ませてカフェ・バーから出ると、夏彦は泉に、どんなことがあっても、澄子の昔の忌《いまわ》しい出来事を、胸の奥に納めておくようにと囁《ささや》いた。

まったく、東京の街のアスファルト道ってやつは、夜でも光ってやがる。昼間、太陽があたってるときの、あのあさはかな光り方も気味が悪いが、人工の光を反射してる夜のアスファルト道ときたら、なんだか底無し沼の表面みたいで、ぞっとするよ……。

夏彦は、泉と並んで坂道を下りながら、前方の大通りを見つめて、ひとりごちた。近辺には何カ国かの大使館があるせいか、ガソリンスタンドには、大使館関係者は無税ガソリンが買えることを示す看板が吊《つ》ってあった。

「どうして、外国の大使館員は、無税のガソリンが買えるの？」

と泉が訊いた。これまでにも、二、三度、泉は同じ場所で同じ質問を夏彦に投げかけている。

「さあ、わからんな。外交官特権てやつだろう」

「特権かァ……。でも、母子家庭の家族は、ガソリンを無税で買えないわよ。私んとこは、お金持ちの母子家庭だけど、私の友だちには、毎月の生活費で四苦八苦してる母子家庭の子がいるわ。たいした額じゃないのに、国から出る母子家庭へのお金をもらうために、指定された日に区役所に行かなきゃいけないらしいの。そのたびに、区役所の役人が、どんな嫌味を言うか。まるで、乞食に金を恵んでやるみたいな口のきき方なんだって。それなのに、豪邸みたいな大使館に住んでる高給取りの外交官は、無税のガソリンが買える……。日本て、変な国ね。だいたい国立大学が授業料を取るってのも、おかしいわよ。じゃあ何のための国立なんだって言いたくなっちゃう。ひとつひとつあげていったら、もう矛盾だらけよ。どうして、みんなもっと怒らないのかしら」

その、すねたような口ぶりの泉の肩が、夏彦の腕に当たった。夏彦は大通りに出ると、道路脇に停めた車の側で立ち話をしていたり、ブティックのショーウィンドーを覗き込んでいたり、身を寄せて歩いていたりする若いカップルの男の面構《つらがま》えに視線を配って、薄笑いを浮かべた。

「こいつらが、世の中に対して怒るような顔をしてるか？　どいつもこいつも、見事なくらい存在感がない。栄養の足りてる幽霊みたいじゃないか。こいつら、新聞なんか読んでないぜ。若者向けの情報雑誌で、ファッションとか新しい車とか、洒落た喫茶店やレストランのことばっかり頭に詰め込んでるんだ。日本はおろか、世界でいまどんなことが起こってるかなんて、どうでもいいんだよ。こいつらが、世の中の悪に立ち向かえる顔をしてるか？　政治家は、腹の中で、ほくそ笑んでるさ」

しかし、俺もあまりでかい口はきけない人間だ。定職につかず、中年女のヒモとして、しばらく遊んで暮らそうと考えてるんだからな。それにしても、俺はなぜ、モス・クラブをかおりに押しつけて、自分の仕事を捨てたのだろう。夏彦は、いっとき暗い気持ちになり、足元の歩道ばかり見つめた。

関口礼太が電話をかけてきたのは八時過ぎで、割烹料理店に彼が着いたのは、その三十分後だった。

泉は、関口礼太を見たとたん、笑いをこらえるのに懸命な様子で、顔を伏せて隠しながら挨拶をした。そんな泉と夏彦とを交互に見つめながら、関口はカウンターの椅子に坐って、

「どういう関係なんだ？」

と小声で夏彦に訊いた。

「俺の知り合いの娘さんだ。もうじき、大学受験が控えてる。よろしく頼むよ」

「よろしく頼むって、俺が彼女のために、具体的に何かするのか？」

「強制はしないよ。お前も忙しいんだから。でも、その気になったら、学生時代に家庭教師をやったときのコツを思い出して、彼女に伝授してくれればありがたいね」

夏彦は、泉が受験しようとしている名大学の名を関口に教え、

「あの大学に、お前は三人を合格させたんだ。彼女はそれを聞いて、飛びあがって喜んだね。百万の味方を得たつもりでいるみたいだな」

と言って、彼の肩を叩いた。関口が当惑顔で、眉根に皺を寄せた。すると、泉が関口に話しかけた。

「あら、急に人相が悪くなった」

関口は、泉を見つめ返し、ますます眉間の皺を深くさせ、

「この皺ですか？」

と訊いたあと、しきりにまばたきをした。

「これはですねェ、眼鏡を失くしまして、物が見えにくいものですから……」

「じゃあ、いまから眼鏡を買いに行きましょうよ。私、関口さんにすごく似合う眼鏡をみつけてあげます」

「あっ、そうしろ、そうしろ。俺のことなんか気にしないで、眼鏡を買いに行ってこいよ。泉の見立ては抜群だぞ」

関口は、せわしげに上着のポケットを探り、煙草を出して火をつけると、夏彦のほうにそっと体を傾け、

「彼女、本気か？」

と訊いた。

「本気だと思うよ」

「俺、顔をしかめると、そんなに人相悪くなるか？」

「ひどい顔になるね」

関口は、あまり強くないのに、泉の、銚子を差し出す慣れた手つきにつられて猪口《ちょこ》に酒をついでもらい、たてつづけに五杯飲んだ。

「彼女、ほんとに十八歳か？」

関口は、また夏彦に声を忍ばせて訊いた。

「ああ、十八になったばかりだ。でも、十八だと思って舐めてかかると、とんでもない目にあわされるぞ」

泉は、カウンターに片肘を立てて、そこに顎を載せ、わざとらしく関口にからみだした。

「あっ、私のこと、中学生みたいだって言ったでしょう」

さっそく始めやがったな……。夏彦はそう思いながら、板前に、人が揃ったので料理を出してくれるよう頼んだ。

「きょうは何が新しい？」

板前は品書きを指差し、

「いい平目《ひらめ》が入ってますし、タラの白子《しらこ》もうまいですよ。それに、但馬からさっき届いたカニ。朝、獲《と》って、その場で茹《ゆ》でたやつですね」

「但馬のカニか。香住かい？」

　板前は、そうだと答え、香住港の漁師と特別に契約しているのだが、この二、三日は海が荒れて出漁出来ず、きのうの夜中にやっと船が出せたのだと説明した。夏彦は、板前の勧めたものを全部注文し、熱燗《あつかん》も追加した。澄子のことが、妙に気にかかっていた。きっと、何回もホテルに電話をかけていることだろう。もしかしたら、業《ごう》を煮やして、ホテルの部屋で待っているかもしれない。しかし、俺はいまのところ、澄子が望むように、二人だけの内緒の住まいを持つ気はない。澄子との時間は、ホテルで取ればいい。どうせ、ここ当分は、澄子は顔を合わせれば、青山《あおやま》に買ったマンションに移るよう強要するだろう。そして、俺がモス・クラブから身を退いたことをなじるだろう。

「サツ廻りは苦手だったなァ。どうも、ぼくの性に合わなくて……」

「でも、新聞記者がサツ廻りが苦手だなんて言ったら仕事にならないでしょう？」

　その泉と関口の会話に入って行こうとしたが、夏彦の胸では、ホテルの一室で歳下の愛人からの連絡を、苛々しながら待っている澄子の姿が、だんだん大きくなってきた。

「私が、幼く見えるのは、この服のせい。この服は手塚さんのお見立てなの。だけど、関口さんは、歳より十五歳は老けて見えるわ」

と泉が関口に言った。

「十五歳も、ですか？　つまり、そうすると、ぼくは四十三歳に見えるってことになるんだなァ。そりゃあ、ちょっとひどいな」

「その頭と服装のせいだわ。顔のせいじゃないわよ」

「いやあ、しかし、泉さんから見たら、もうぼくなんか、おじさんの部類だろうけど、それにしても四十三歳に見られるってのはねェ」

夏彦は、手洗いに行くふりをして席を立ち、店の奥の電話を借りた。ホテルの交換手に部屋番号を伝えると、予想していたとおり、澄子の、女性にしては太くて低い声が聞こえた。

「どこにいるの？」

と澄子が訊いた。

「学生時代の友だちと飲んでるんだ」

「もう、青山のマンションに住んでちょうだいなんて言わないわ」

怒っているようでもあり、力なく、あきらめたようでもある言い方は、澄子らしくなかった。

「俺は、澄子と俺とのあいだに、鍋だとか茶碗《ちゃわん》だとか洗濯機だとか、つまり、所帯じみた道具を持ち込みたくないんだ」

と夏彦は言った。

「もういいわ、わかったわよ。私、先に寝てるかもしれないから、部屋の鍵はフロントに預けとくわ」

澄子はそう言ったが、必ず起きて待っているに違いなかった。夏彦は受話器を耳にあてがったまま、何気なくうしろを振り返った。いつのまに来たのか、泉が立ちつくして、夏彦を見ていた。泉は夏彦と目が合うと、ちらっと舌を出して笑みを作った。

「そんなに遅くならないと思うよ」

泉を見たまま、夏彦は澄子に言った。じつは、ここに泉もいるのだ、受験勉強でへとへとになっている泉にうまいものをご馳走して、気分転換させてやるつもりなのだ、ということを澄子に言うわけにはいかなかった。内緒にしなければならないようにさせたのは、澄子だったが、夏彦は、泉と見つめ合っているうちに、突如、内緒にしなければならない感情が、泉に対して仄《ほの》かに湧いてくるのを感じた。

「もしもし、どうしたの？」

と澄子が訊いた。

「いや、遅くならないって言ったけど、遅くなるかもしれない」

「かまわないから、ゆっくり友だちと飲んでたらいいわ」

夏彦が電話を切ると、泉は、

「お母さんでしょう？　いま、どこにいるの？」

と訊いた。

「ホテルだ」

「手塚くんを待ってるんでしょう？」

「まあ、そうだな。でも、先に寝てるってさ。友だちとゆっくり飲んでたらいいって」

「無理してそう言ってるのよ。行ってあげてよ。そんな冷たくしないで」

「冷たくなんかしてないさ。関口をここに呼んだのは、俺だぜ。俺が行ってしまったら、関口に悪いよ。それに、まだカニも食べてないし、泉を家の近くまでちゃんと送らなきゃいけない」

「私のことなんか心配しなくていいわ。関口さんは、私が引き受けるから」

どうあっても、泉は、夏彦をホテルに帰らせたい様子だった。

「変なやつだな。普通は、泉にとって俺は憎しみの対象だぜ。自分の母親の愛人なんだ。泉っていう人間が、俺には理解しがたいね」

「私が、手塚くんを憎む理由なんて、どこにもないわ。だって、お母さんは、三年前に夫を亡くして、どんな恋愛をしようと自由だし、私はお母さんの恋人を気に入ってるんだもの」

片方の掌をひろげて突き出すと、泉は、あと二、三品を注文して、おじやも食べたいと言った。夏彦は何枚かの紙幣を、その掌に載せた。

夏彦の頭に、なぜか何の脈絡もなく、〈この狂った時代〉という言葉が浮かんだ。彼は、この狂った時代、この狂った時代、と何度も胸の中で叫びながら、関口礼太が心細そうに坐っている席の隣に戻った。

しかし、狂っていなかった時代など、歴史上一度もなかったのだ。夏彦は、そう自分に言い聞かせ、今朝、香住港から陸あげされたというカニの身を一心に食べた。その食べ方は、いささか尋常ではなかったらしく、

「すさまじい食べ方だな。よっぽど腹が空いてたのか？」

と関口が話しかけた。

「急に腹が立ってくるときがあるんだ。そんなとき、目の前にうまいものがあると、むさぼり食うんだ。癖だな。まずいものだと、手をつけないで、じっと睨みつけてる」

「何に腹を立ててるんだ」

「それがわかってたら、こんなにうまいカニを、こんなふうに乱暴に食ったりしないさ」

関口は、箸でカニの身を無器用につつき、

「戸倉さんも、お前とおんなじようなことを言ってたな。あの人も、何かに腹を立ててるときは、飢えたハイエナみたいな食い方で、際限なく食う」

「戸倉って、きょう、ホテルで逢った男か？」

「ああ、あの人は、外国から帰って来ると、たいてい腹を立ててる。日本人は愚かだ、日本人は無節操だ、日本人は、どいつもこいつも、みんなチンピラだ、それなのに、俺の祖国はやっぱり日本なんだ。いつもそう言って、入りきれないくらい、口の中に食い物を放り込んでいくよ」

泉は、素知らぬふりをして、タラの白子をゆっくりと味わっていたが、二人の会話に耳を傾けていることは、その素知らぬふりによって、夏彦にはわかるのだった。きっと泉は、俺の腹立ちの原因が自分にあると誤解しているだろう。早くホテルに帰ってやってくれなどと指図した自分に腹を立てているのだ、と。

それで、夏彦は、そうではないことを教えてやりたくて、

「俺は自分に何の才能も才覚もないくせに、なんだか世の中に腹が立って仕方がなくなるときがあるんだ。自分のことは棚にあげといて、この世の中、狂ってやがるって思う。人間のいるところは、みんな狂ってる。狂ってなかった時代なんて、いまだかつてなかった。どうしてだろう。俺は、高校生のとき、死んだ伯父に、よくそう言って、どうしてだ、どうしてだって訊いたもんだ。伯父は、俺のことが嫌いだった。と言うより、伯父は人間が嫌いだった。あれくらい、人間を嫌ってた人も少ない。だから、幅広い交遊と人脈を持てたんだろう。あの人は、冷たい人だった」

伯父のことについて話をしようなどとは、まったく考えてもいなかったので、夏彦は慌てて、口をつぐんだ。

「感情を出さない人だったからね。でも俺は、お前の伯父さんを冷たい人だとは思わないな」

と関口は言って、さらに何か言いかけ、顔をしかめて、そのまま口を閉じた。

その関口の口の閉じ方が気にさわり、夏彦は猪口をコップに代えてもらうと、自分で酒をついだ。関口の態度には、お前と議論をしても無駄だといったところがあった。

「こんな平和な日本をありがたく思え、ってのが、いつも伯父の言い分だったよ。俺たちの世代は、戦争という時代を経てきた、俺は終戦のとき、十九歳だった。俺たちの青春というのは、死ぬことがすべてだった、いまみたいな平和な時代に青春をおくって、世の中が狂ってるなんて言うのは、なまけ者のセリフだ。伯父はそう言ったよ。でも、俺が、この世の中、どこかおかしいんじゃないか、狂ってるんじゃないかって疑問は、戦争下にあるかないかの問題じゃなくて、もっと違う次元のことだったんだ。だけど、戦争っていう言葉を出されると、俺はひとたまりもない。それ以上、話なんか出来やしない」

夏彦は言いながら、コップの酒を二杯飲んだ。ああ、例の飲み方を始めたなと自分で思った。早いピッチで飲みだすと、つぶれるまで飲みつづける癖があった。泉が、心配そうに、夏彦の持つコップを見ていた。乱暴な飲み方はしないということを、夏彦は泉に約束させられていたのだった。夏彦は泉を見やって微笑み、

「大丈夫だよ。このへんでやめるよ」

と言い、コップを板前に返すと立ち上がった。

「悪いけど、急用が出来たんだ。ゆっくり飲んでってくれよ。勘定は俺がもつから」

慌てて何か言おうとした関口の肩を叩き、

「この高木泉さんが、お前の接待をするから、でも、帰りは、ちゃんと家まで送ってやってくれよ。それから、泉の大学受験、よろしく頼むぜ」

夏彦は泉のおでこを人差し指で軽く突き、料理屋の階段を昇って表に出た。関口が追って来た。

「困るよ。あの子、まだ高校生なんだろ?」

関口は、実際、当惑というよりも苦悩に近い表情であった。

「俺は、初対面の人間とは、まるでつきあえないんだ」

「よくそれで新聞記者がつとまってるな。心配するな。あれは並の高校生じゃないんだ。お前、学ぶところ多いぞ」

「学ぶところ多いって……」

「二、三時間も泉と話をしてたら、なるほどって感心するよ。まあ、それもお前の器次

第だけどな」

やって来たタクシーを停めると、夏彦は、かなりうろたえている関口礼太に一瞥《いちべつ》もくれずに、運転手に行き先を告げた。

なんだか、泉の術中にはまった気もしないではなかったが、彼は、自分を待っている女のもとに向かっているという満足感に包まれて、酒の酔いを楽しんだ。そうしながら、俺は、伯父のあてがいぶちの中で生きたくはなかったのだと思った。

あの冷たい完全主義者、無償の行為を盾にして、俺を支配しようとした男……。夏彦は、しきりに浮かんでくる亡き伯父の風貌を心から払いのけ、息苦しいいましめから解き放たれた身軽さにひたって、何度も溜息をついた。

そのうち、この数週間、脳裏から遠ざかっていた想念が甦ってきた。――俺は、いったい誰の子なんだ。戸籍のうえでは父であり母である夫婦は、本当に俺の両親なのか――。

夏彦と伯父との関係にひずみが生じたのは、夏彦が中学生のときに、その疑問を恐る恐る伯父に投げかけた日を境にしていた。伯父は、最初あきれ顔で、やがて不快感をあらわにさせて、

「馬鹿なことを言うもんじゃない。戸籍抄本を見ればわかるだろう。お前は、間違いなく、手塚晃平《こうへい》と光子という夫婦の長男として生まれた。生まれてから十日後に出生届が

出され、戸籍にちゃんとそのことが記載された。かおりも、おんなじだ。戸籍抄本に、養子という言葉が入っているか？　お前は、宮参りのときの写真を見ただろう。赤ん坊のお前を抱いているのは、お前のお祖母さんで、その両脇に立ってるのは、お前の両親だ。かおりが生まれたとき、お祖母さんは死んでたから、俺の家内がかおりを抱いてる。だけど、その横で笑ってるのは、お前の両親だよ。なぜ、そんなくだらんことを考えるんだ」

と言ったのだった。夏彦は、それならばどうして、母は一通の手紙も寄こさず、俺たち兄妹を伯父さんに預けたままなのかと訊いた。再婚した相手が気難しい男で、その新しい亭主に気がねしているのだろう。お前のお母さんにも新しい家庭での悩みがあるのだろう。伯父はそう説明したが、夏彦は納得しなかった。それで、高校に進学すると、伯父にもかおりにも内緒で鎧へ行ったのだった。

しかし、夏彦は鎧駅に着いたとたん、鎧という小さな漁村の寂しさと、その彼方《かなた》にひろがる荒れた日本海の海鳴りに圧倒されて、身がすくんでしまい、逃げるようにして帰って来たのだった。

彼は、こんどこそ母に逢おう、こんどこそ、こんどこそと心に期して、トンネルの多い海沿いの鉄路をめざしたが、一度たりとも、決意を実行に移せたことはなかった。もし、この折れ曲がった急な坂道を降りて行ったら、どうにも収拾のつかない現実に取り込まれて行き場を失くしてしまいそうな気がするのである。夏彦における〈行き場〉とは、自分という人間の存在であった。

そのような少年期と青年期を経て、夏彦の内部では、〈母〉はいつしか〈自分の本当の故郷〉という言葉に置き換えられ、やがて〈祖国〉という概念に転じた。青年期特有の憂鬱が、自分のような人間こそ、真の意味での、〈祖国のない人間〉と言えるのだと思わせ始め、その言葉遊びは次第に説得力をもって、夏彦の物の考え方の根底にすえられてしまったのである。

だから、夏彦は外国で暮らしたいと思っている。その思いは強く、そのためには、断じて自分の周りにしがらみを作ってはならないのであった。

夏彦は、タクシーが日比谷公園の横にさしかかったとき、無数のテールランプと、夜のアスファルト道を見入った。彼は再び、この底無し沼めと、憎悪を込めて胸の内で罵倒した。この、あらゆるものが反射《もう》している街。無思想な街。生きるものすべてを、絶え間なくむしばんでいく街。金を儲けるためだけの街。正義を駆逐しつづける街。誰とでも寝る娘たちを生みだす街。俺は、こんな街から、いつでも、おさらばしてやるさ……。夏彦が胸の内でつぶやく〈街〉という言葉は、〈祖国〉に変じ、ついには〈日本〉と化すのだった。

夏彦はホテルのフロントで部屋の鍵を受け取ると腕時計を見た。まだ十時前だった。

澄子はソファに坐ってテレビを観ていたが、夏彦を見ると、背を向けたまま首をのけぞらせ、両腕をあげた。夏彦は、澄子の求めに応じて、うしろから頰をすり寄せた。

「こんなに早く帰って来るなんて、どういう風の吹きまわし？」

と澄子はテレビを切ってから言った。

「電話で声を聞いているうちに、なんだかムラムラしてきたんだ」

「ほんと？」

「ああ、証拠を見せようか？」

澄子は、もう一度首をのけぞらせて、低い声で笑った。確かに、四十には見えないな。三十五、六ってとこだ。でも、泉と一緒にいると、ちゃんと親子に見える。目元はきついが、娘の泉が焼き餅を焼くくらい美しい。夏彦は上着をハンガーに架けながら、そう思った。

「三光電鉄はどうなった？」

夏彦は冷蔵庫からトマトジュースを出して澄子の坐っているソファの肘掛けに腰をかけ、一カ月前に彼女が買った株のことを訊いた。

「きょう売ったわ。九八〇円が一二二〇円にまで上がって、まだ四、五〇円上がるだろうって井沢《いざわ》さんは言ったけど……」

「幾ら儲けたんだ？」

「仕手株だから、あんまりたくさん買わなかったの。でも、だいぶ儲かったことは確かね」

夫の死によって澄子のものとなった財産は、井沢晴夫《はるお》というマネージメント会社の社長によって運用されていた。井沢は、五十代半ばの、政界に何本かのパイプを持つ人物で、金持ちの資産を動かし、その利潤の何パーセントかを報酬として得る会社を営んでいる。

「何もかもを、井沢にまかせるのは、危ないんじゃないか」

と夏彦は言った。

「何もかもを預けてないわ。私はバクチは嫌いなの。井沢さんが持ち逃げをしても、私の生活に影響しない分しか預けてないのよ。井沢さんは切れ者だから、怖いのよ。でも、怖いくらいの人でなきゃあ、あんな仕事は出来ないでしょう？」

澄子はイヤリングを外し、夏彦の腰のあたりに顔をすり寄せ、目を閉じると、

「私は、自分のことを、運がいい女なのか悪い女なのか、わからなくなるときがあるわ」

と言った。

「でも、私が運の悪い女だなんて自分で考えたりしたら、ばちが当たるでしょうね。五体満足で生まれて、大きな病気もしたことがない。貧乏も経験したことがない。そのう

え、美しいわ。だけど、私の持って生まれたものの正体が暴露されてくるのは、たぶん四十を過ぎてからだろうなって気がしてるの。私だけじゃなく、人間て、みんなそうじゃないかしら。四十歳を過ぎてからが勝負ね。だんだん皺が増えてくる。疲れが一晩で取れなくなる。知り合いの中から、落伍者《らくごしゃ》が出てくる。成長する人と、そうでない人との差が残酷なくらい目立ってくる。人相の良し悪しがはっきりしてくる……。どれも、四十歳を過ぎてからよ。私も、四十歳になっちゃった」

夏彦は、澄子のうなじを撫《な》で、彼女の傍から離れると、バスルームに入って、バスタブに湯を溜めるためにコックを開いた。〈持って生まれたものの正体〉という言葉が、変に心に引っ掛かってきた。そして、澄子は、二十年以上も前の忌しい災難を、いまでも思い出すことがあるのだろうかと思った。

彼は、しばらく、湯が溜まっていく音を聞き、鏡に映る自分の顔を見つめたが、若い愛人の役割を果たすために、澄子の傍に戻った。

「ねェ、外国で二、三年暮らそうよ。泉ちゃんが大学生になったら、もう母親がずっと近くにいてやる必要はないだろう。本気で考えてくれないかなァ」

そう言ってベッドに横たわり、両手を差しのべて、澄子に来るよう促した。澄子は、わざと緩慢に立ち上がり、夏彦の胸に倒れ込んだ。

「夏彦は、その二、三年の外国生活で何をしようって言うの？」

「ひたすら、澄子につかえるんだ」

「つかえる?」

澄子は笑い、

「私が、そんなことを信用すると思う? 夏彦は、半年もしないうちに、堂々と若い恋人と遊びまわるようになるわ。だって、日本にいるよりもずっと退屈な生活がつづくのよ。ひどい目にあわされるのがわかってて、夏彦と一緒に外国で暮らすなんて、飛んで火に入る夏の虫だわ」

と言い、身をせりあげて、夏彦の腕を枕にあお向けになった。澄子は、まだストッキングをはいていた。

「朝食は、毎日、俺が作るよ。それに、寝る前は必ず澄子の体をマッサージする。オイル・マッサージのやり方をスイスで習ったからね」

「愛情がなければ出来ないってことを、してもらいたいわ」

もしそうならば、望みをきいてやってもいい。澄子はそんな顔で、夏彦に見入った。

「愛情がなければ出来ないご奉仕って、たとえば?」

夏彦が、自分よりも年長の、しかも一緒に連れて歩いても恥ずかしくない女とのつきあいの中で感じる醍醐味《だいごみ》は、気のきいた会話と、どっちから求めたにしても決して淡白にはならない性の営み、そして金であった。その最初の、ある種の儀式と言えば言える会話の取っかかりが気に入って、夏彦は体を横向けにすると、澄子の目を覗き込んで訊いた。

「ご奉仕じゃないわ。私、ご奉仕なんて言わなかったわよ」

「じゃあ、愛情がなければ出来ないことって、たとえば、どんなこと？」

「そうね、たとえば安心させてくれるってことも、愛情が必要ね」

「安心か……。でも、それはお互いに言えるぜ。だって俺は、澄子に対して安心感なんて持ってないからね。誰もが振り返る美人で、そのうえ、金持ちの未亡人ときてる。そんな格好の獲物なんて、ざらにいない。たとえば、井沢晴夫。あいつの澄子を見る目は、間違いなく男の目だ」

「嬉しいわ。いつまで、そんなふうに妬《や》いてくれてるかしら」

「俺は、ほんとに心穏やかじゃないんだ。でも俺は、離れて行く女を、絶対に追いかけないけどね」

「それは、愛してないからよ」

夏彦は、腕時計を外し、サイドテーブルに置いた。なぜか、戸倉陸離の風貌が心をよぎった。おそらく、まだこのホテルに泊まっているに違いないと思った。彼は、バスタブに湯が溜まったころだと計算し、バスルームに行くとコックを閉じた。曇った鏡を掌で拭き、自分の顔を見ながら、

「昔の映画で〈モロッコ〉ってのがあるだろう？　観たかい？」

「観たわよ」

という澄子の声が聞こえた。同じ建物の一室に戸倉陸離がいる……。そのことが妙に夏彦の気を乱してきた。

「あの映画の最後のシーンが、俺には気に入らないんだ。あそこだけ、作り物みたいに思っちまう。どうせ死ぬに決まってる男を追って、ヒロインは砂漠の向こうに消えていくだろう？　約束されてる裕福な生活を捨てて。女は、絶対に、あんなことはしないさ。もし、砂漠の向こうに希望とか人並の生活があるのなら、行くかもしれない。でも、女が追って行くのは、敵が待ち受けてる死地に行進する外人部隊の一兵卒なんだぜ。女は、そんな場合、ハイヒールを捨てて裸足《はだし》になって、砂漠へ歩きだしたりするもんか」

バスルームの鏡は、夏彦の掌でひと撫でされた部分だけ、歪《ゆが》む像を映していた。

「私は追いかけるわ。そんなことをしてみたい」

澄子は、それまで羽織っていたカーディガンを脱ぎ、ストッキングも脱いで、バスルームの入口に立って、そう言った。

澄子は、よほどその気になったときでなければ、夏彦と一緒に風呂に入ったりシャワーを浴びたりするのを好まなかった。そのうえ、彼女はとりわけ長湯だったので、夏彦は、その間、澄子のハンドバッグの中味をそっと覗くのを常としている。

すでに、化粧道具を入れてあるバッグは、バスルームの鏡の前に置かれてあったので、夏彦は、澄子と入れ代わるようにしてバスルームから出ると、

「してみたいからって、いざとなって実行に移すかどうかは別問題だろう？　だいいち、澄子は、ひとかけらの希望もない男に惚《ほ》れたりしないさ」

と言った。

「じゃあ、どうして私は、夏彦を好きになったのかしら」

「俺は、ひとかけらの希望もないの？」

「モス・クラブを辞めたでしょう。どうしてなの？」

なんだ知ってたのか。夏彦はせっかくうまく流れていた会話の腰を折られた気分になり、バスルームの入口に立って腕組みをし、

「誰に訊いたんだ。まさに地獄耳だな」

と言った。

「井沢さんよ。地獄耳は彼のほう。だって、彼の客の中には、モス・クラブのメンバーが三人いるんだもの。どうも辞めたらしいですよって、夕方、私に電話をかけてきたの」

まだ辞表も出していないし、正式に辞意を認められたわけでもないのに、なぜメンバーが、たとえ噂《うわさ》としても知りうることが出来るのだろう。夏彦はそう考えながら、やっ

ぱり伯父が死んだらハイエナが動きだしやがったと思った。

「妹に迷惑をかけたくなかったからさ」

彼は、やや上目使いで澄子を睨みつけて言った。

「伯父は、俺には言わなかったけど、本心では、かおりに跡を継がせたかった。あいつは頑張り屋で仕事熱心だ。こんな兄貴がいると、モス・クラブの会長の職をまっとうしにくい。お互い、やりにくいさ。そうだろう？」

「ほんとに辞めたのね。私は、半信半疑だったわ」

「じゃあ、どうして、もう辞めちまったことを知ってるみたいな訊き方をしたんだ」

「そういう訊き方をしないと、夏彦はほんとのことを言わないと思ったからよ」

夏彦は、だんだん腹が立ってきて、自分のほうからバスルームの扉を閉めた。風呂に入るのをやめて、もっと問いつめてくるかと思い、澄子を待ったが、やがてシャワーの音が聞こえた。彼は、澄子が最もいやがる手口を使って、怒らせてやりたくなり、そっと足音を忍ばせると、部屋を出た。風呂から出てきて、俺がどこかへ行ってしまったのに気づけば、澄子は逆上するだろう。汚ないやり方だとののしるだろう。でも、俺とはまだ別れられないさ。エレベーターを待つあいだ、薄笑いを浮かべて、そうひとりごちた。

夏彦が、腕時計を部屋に置き忘れてきたのに気づいたのは、ホテルから出てタクシー乗り場に歩きかけたときだった。

彼は舌打ちをして、風の強いホテルの玄関先で立ち停まった。この腕時計を置いて出て行く筈はない。澄子はそう思って安心するだろう。たとえいつまでたっても帰ってこなくても、ホテルのどこかにいると思えば、澄子の中に生じるものは、不安ではなく、単なる腹立ちだけなのだ。それならば、わざわざ、つまらないお芝居のために無駄な労力を使うまでもない。

「あーあ、部屋に戻るか」

夏彦は、ロビーを横切り、エレベーターのほうに歩いて行ったが、このまま部屋に戻ってしまう気になれなくて、ラウンジの横のバーに入った。満席だった。

「カウンターはあいてないのかい？」

夏彦はウェイターにそう言って、バーの中を見渡した。すると、ひとりの男が、夏彦を見ていた。男は、二人掛けのテーブルにひとりで坐って、ウイスキーを飲んでいた。

戸倉陸離であった。

「ここ、あいてますよ」

戸倉は自分の前にある椅子を指差して、夏彦を招いた。夏彦にしてみれば、一緒に飲みたい相手ではなかったが、部屋に戻るのも抵抗があったので、戸倉のいるテーブルまで行き、

「お邪魔じゃありませんか?」

と訊いた。

「どうぞご遠慮なく。ぼくは、そろそろ部屋に戻ろうかと思ってたところです」

戸倉は、ひとなつこく笑い、いっとき、両の手で目を押さえた。

「お疲れみたいですね」

「疲れました。きょう、関口くんに原稿を渡したら、これでことしの仕事は全部終わったと思ったんです。そしたら、急に疲れが出て……」

「さっきまで、西麻布で関口と飲んでたんです」

夏彦の言葉に、戸倉は、ああそうですかと応じたが、

「お連れの方がいらっしゃったら、言って下さい。ぼくは席をあけますから」

と言い、さらに何か言おうとして、かなり濃いめの水割りを、言いかけた言葉とともに飲み込んだ。

「どうして、ぼくがひとりでこのホテルに泊まってるんじゃないってことがわかるんです?」

夏彦は、笑みを浮かべて訊いたが、自分がなぜ、この戸倉陸離に対して、知らず知らずのうちに挑戦的になるのか不思議に思った。

「いや、失礼なことを言ったみたいですね。すみません。ぼくは、ただそんな気がした

だけです」

「なぜ、そんな気がしたんです？」

戸倉は、手に持ったグラスを小さく廻し、

「だって、あのすごい時計をはめてない」

そう言って微笑んだ。

「ひとりで泊まってるんなら、あの時計を置いて、部屋から出るなんてことはないでしょう。まさか金に困って質屋に入れたってこともなさそうですし」

その戸倉の言い方がおかしくて、夏彦はさっきまで時計をはめていた手首のあたりをさすりながら笑い、ウェイターに水割りを注文した。

「よっぽど、あの時計のことが心にひっかかってらっしゃるんですねェ」

酔うと陽気になるタイプなんだな。夏彦は、戸倉のくつろいだ表情を観察したが、おそらく見た目よりもはるかに凄腕《すごうで》なのであろうと思わせる芯の強さが、疲労を宿した目つきの底にあった。

「正直言って、あなたがあの時計をはめていらっしゃるのを見たときは、夢か幻かと思いましたよ。だって、ぼくはティファニーの店の者に訊いたんです。この腕時計は一個きりなのかって。そしたら、時計の由来を説明してくれた。スイスのメーカーに特別に注文して、文字盤にメーカーの名ではなく、ティファニーの名を入れた。これは世界でひとつしかないんだって言いました。ぼくが、一瞬、買おうかなって迷って、結局あきらめた時計をはめてる人と逢うなんて、偶然てやつを通り越してる」

「戸倉さんの奥さんは、買ってもいいって言ったんでしょう？　気前のいい奥さんですね。もし、戸倉さんが買ってたら、ぼくは手に入れることが出来なかった。そして、きょう、関口に戸倉さんを紹介されて、びっくりして、時計に目をやるってことになったわけです。だって、ぼくは、初めてニューヨークに行ったとき、ティファニーでこの時計を見て、それからずっと買えるチャンスを狙ってたんです」

戸倉は部屋に帰るつもりだと言ったのにもかかわらず、ウェイターを呼び、水割りのお代わりを注文した。

「ダブルじゃなくてトリプルで頼むよ」

氷だけになったグラスを掲げ、戸倉はウェイターに、ここまでウイスキーを入れてくれというふうに指で示した。

「相当、いけるくちですね。ぼくも、おんなじ量でお代わりだ」

夏彦は、泉との誓いを忘れ、水でも飲むようにして、自分の水割りを喉に流し込んだ。

「このごろ量が増えて、ちょっといかんなと思ってます」

と戸倉は言った。

「お仕事のためにホテルにお泊まりになってらっしゃるんですか？」

夏彦は、客のほとんどが欧米人によって占められているバーの、そこで談笑している客たちに目をやりながら訊いた。

「滅多にホテルにこもって仕事なんかしないんですけど、四日前、うちのマンションの上の階で火事がありましてね。さいわいボヤですんだんですが、それでもスプリンクラーの水とか、消防車の水が、私の部屋もびしょ濡《ぬ》れにしてしまって」

戸倉は、そう言い、妻と子は実家に一時身を寄せ、自分は仕方なくホテルに部屋をとったのだと説明した。

「夜中でしたから、ボヤですんで、不幸中の幸いです」

戸倉が敗けた賭けが、どんな賭けだったのかは、関口と戸倉との会話で、だいたい察しはついたものの、そこに自分との関わりの深い地名が出てきたことを思い出し、夏彦は、その賭けについて訊いてみた。戸倉は笑いながら、自分の錯覚を詳しく話して聞かせた。聞き終わって、夏彦は、なるほど、そのような錯覚は、状況次第で充分におこり得るだろうと思い、自分でもどうしてかと思えるほどに、戸倉に対して心を開きかけているのを自覚した。それは、断じて、戸倉への正体不明の敵対心が消えたわけではなく、話し相手としての波長とか歯ごたえが気に入ったにすぎなかった。けれども、世の中や人間へのすが目を抱きつづける夏彦の肩の力を抜かせる何物かが、戸倉という人物にそなわっていることも、夏彦は認めざるを得なかった。

「城崎から竹野までは三つ、竹野から佐津までは七つ、佐津から柴山《しばやま》までは二つ、柴山から香住までも二つ、香住から鎧までは一つ、トンネルがあるんですよ。このトンネルの数に間違いはありません。ひとつでも間違っていたら、ぼくが一万円を払う。賭けましょうか？」

と夏彦は、顎の肉をつまみながら言った。

ウェイターが、濃い水割りを運んで来て、それをテーブルに置き、そのあとすぐに、灰皿を取り換えるあいだ、戸倉は、顔をやや壁のほうに向けたまま、手品を見せられた子供みたいな笑みを、夏彦に注ぎつづけた。

「鉄道マニアなんです」

夏彦はそう言って、煙草に火をつけた。

「日本中の鉄道に乗って、トンネルの数をかぞえるマニアってわけですか？」

「そう、トンネルが好きなんですよ」

戸倉と夏彦は、しばらく見つめあってから、どちらからともなく声をたてて笑った。

「種明かししてもらいたいなァ。どうして、そんなに詳しいんです？　あのへんに、よく行かれるんですか？」

「昔、知り合いが、鎧に住んでて、ときどき遊びに行ったんです」

「鎧？」

「ええ、無人駅で、駅の真下に、日本海への入江と小さな村が見えたでしょう？」

と夏彦は言って、グラスを掲げ、乾杯の仕草をした。

戸倉も、軽くグラスを掲げたが、夏彦が詳細に城崎駅から鎧駅までのトンネルの数を知っている理由については、それ以上の質問は投げかけてこなかった。夏彦も話題を変え、

「関口は、あなたを崇拝してるみたいですね。あなたのことを、あんなに苦学した人も昨今珍しい、そんな言い方をしてました」

「ぼくの学生時代の苦労なんて、苦労のうちに入りませんよ。ぼくがニューヨークへ行ったのは二十五歳のときですが、同じ安アパートに住んでたビルマ人の学生の、奨学金を受けるための勉強ぶりとか、それ以前の、生活のための奮闘はすさまじいものでしたね。ボウ・ザワナって名の、ぼくとおない歳の青年でした。それにもうひとり、ケニアのナイロビから留学してきた、ぼくより二つ歳下の青年も、大変なファイターでした。ぼくたちは、不思議に気が合って、助け合いながら暮らした時期がある。ケニアの青年は、いまはナイロビで弁護士をしていますが、ボウ・ザワナは、建築工学の学位を取得して祖国に帰ってから三年目に、結核で死にました。ニューヨークにいるときに病気にかかったんです。咳《せき》ばかりして、ときどき熱も出してたんで、ぼくたちは医者に診《み》てもらうよう、しつこく勧めたんだけど、彼は一日も早く学位を取って、祖国へ帰ろうと焦

ってたんです。ぼくは、ボウが死んだことを三年間知らなかった。剽軽《ひょうきん》で、優しいやつでした」

戸倉はそこでふいに口をつぐみ、水割りを半分ほど残したまま立ち上がった。

「もうじき、正月ですねェ」

とつぶやいてから、丁寧にお辞儀をし、

「いいお年を」

そう言い残して、戸倉はバーから出て行った。

酔いによって感情が昂《たか》まったのか、ビルマ人の友人について語り始めたあたりから、戸倉の目の光がぼやけていったので、夏彦は、そんな戸倉を見つめることを失礼だと思い、目をそらしていたのである。しかし、戸倉が去ってしまうと、空疎で騒々しい場所にひとり置いてけぼりをくわされたように感じ、いままで戸倉が坐っていた椅子に向かって、

「そんな感傷も、あんたの勲章さ」

と夏彦は小声で毒づいた。

彼は、ラストオーダーの時間まで飲みつづけた。

「時計だ。あの時計を取りに帰らなきゃ」

夏彦は、ふらつく足でエレヴェーターに乗ったが、自分の部屋があるフロアとは違う

番号のボタンを押して、それに気づかないまま、廊下を歩いて行ったために、他人の部屋のチャイムを鳴らし、あげく、ドアに額を押し当てて、

「俺だよ。あけてくれよ」

とわめきながらドアを靴で蹴った。

「部屋を間違えてるんだろう。ちゃんと番号を確かめなさい」

中から不機嫌そうに男が言った。それでも夏彦はドアを蹴りつづけた。やがて、ホテルの部屋係が三人やって来て、立っているのがやっとの夏彦を部屋に連れて行った。

第三章　ペーパーナイフ

大晦日《おおみそか》から正月の五日までを、沼津《ぬまづ》で家具店を営む妻の実家ですごすと、六日の昼に、戸倉陸離は東京に戻った。妻の亨子《きようこ》と、娘の亜矢《あや》は、ボヤのとばっちりを受けたマンションの修理が済むまで沼津にいることになっていた。

戸倉には、年が明ければ、早急に着手しなければならない仕事が幾つかあった。さしあたって急がねばならないのは、アメリカに工場を建設しようとしている日本のスポーツ用品メーカーと、その用地の斡旋《あっせん》やら工場の建設を請け負う、ニューヨークに本社を持つ不動産会社とのあいだに締結する契約書の作成である。

そのためには、何度か日本とニューヨークとを行ったり来たりしなければならなかった。

彼は、もう正月の風情などすっかり消え失《う》せた東京の街並を眺めながら、タクシーで四谷《よつや》の事務所に向かった。そこには、ボヤの際、彼ひとりで何とか持ち出すことの出来た数十冊の書籍や衣類や重要な資料が、およそ仕事のためのわずかな空間も作れないほど詰め込まれていた。

戸倉は、事務所に足を踏み入れると、先に来ていた片田《かただ》セツと新年の挨拶を交わす間もなく、

「やっぱり新しい事務所に引っ越そうか」

と言った。片田セツは、ことし四十九歳になる女性で、戸倉の日本の大学における恩師の娘だった。十年前に離婚し、二人の息子は自分が引き取って育てて来た。英語が堪能で、五年前に戸倉が四谷に事務所を持ったとき、秘書兼助手として勤めるようになったのである。気丈だったが、その気丈さを表に出さない、微笑を絶やさない女性で、戸倉にとっては、安心してすべてをまかせられる大切なスタッフであった。

「でも、奥さまの具合が悪くならなくて、よかったですわね」

セツは、家から持って来た手製のしるこを椀《わん》に入れて、戸倉の机の隅に置いた。

「朝、マンションのほうに行って来ました。ボヤがおきたときが年の瀬で、きのうまで仕事休みだったから、修理は、きょうから突貫工事でやるそうです。でも住めるようになるまで、最低一週間はかかるだろうって、管理人さんが言ってました」

「まだ一週間もかかるのか？　そのあいだ、この荷物、どうするんだ。仕事もなにも出来やしないぜ。やっぱり、六本木《ろっぽんぎ》に空《あ》いてた事務所を借りようか。家賃、高いんだけどね」

あそこなら、恥ずかしくない応接間の空間も、自分だけの仕事部屋も持てる。

「あのビルの社長、ふっかけてきやがったからなァ」

戸倉が、マンションの状態を伝えるため、妻のいる沼津の実家に電話をかけようとすると、セツが、

「マンションのほうに届いてた年賀状だとか郵便物です」

と言って、大きな紙袋を持って来た。

戸倉は、プッシュホン電話を押しかけて、紙袋の中から半分突き出ている封筒に張られた切手に目を止めた。その切手は、あまり見慣れない外国のもので、封筒も、何か小さな小包といった形だったので、彼は受話器を元に戻し、封筒を手に取った。

ビルマのラングーンからの船便で、差出し人は〈シン・タゴンターヤー〉となっている。戸倉は、その名に記憶はなかった。戸倉が知っているビルマ人は、いまは亡きボウ・ザワナと、彼の婚約者であった女性だけだった。

封筒の中には、英文タイプで打たれた手紙と、ボール紙で包まれた品物が入っていた。彼は、先に手紙を読んだ。

――私は、あなたの友人であったボウ・ザワナの小学校時代の教師であり、現在は僧侶となって、ラングーンの寺院で仏につかえる者です。ボウ・ザワナの最期に立ち合った一人でもあります。

ボウは、死ぬ三週間ほど前に、上質の白檀《びゃくだん》の木を自分で彫って、二本のペーパーナイフを作りました。一本は、彼のアフリカ人の親友の名が彫られてあったのですが、もう一本は、私たちの知らない名前が彫られていました。to Rick と。

ことしの九月、ボウをしのぶ小さな集まりがあり、そこで、Rick とは誰であるのかを、みなで考えました。私たちは、ボウの形見であるペーパーナイフを、彼が渡そうとした人間のもとに、なんとかして届けなければならぬと考えたのです。死者の日記を読むことは礼儀に反するのですが、私たちはボウの父の許可を得て、彼がニューヨークに留学していた時代に書かれた日記を読みました。そして、Rick が Rikuri Tokura の愛称であることを確認しました。なお、ペーパーナイフの柄の部分に彫られているビルマ語は、英語に訳せば〈私利私欲を憎め。私利私欲のための権力と、それを為《な》さんとする者たちと闘え〉という意味です――。

手紙はそこで終わり、一九八七年十一月五日の日付が添えられていた。

戸倉は、ボール紙をハサミで切った。何枚もの柔らかい紙で包まれた白檀の、ボウ・ザワナ手製のペーパーナイフが、戸倉の掌に載った。柄の部分は長方形で、縁には曲線が、その曲線の中には、花や小鳥が彫られてあった。柄の片側に、to Rickと、さらに片側にはビルマ語がびっしりと彫られている。ナイフの部分は、長さ十センチほどで、紙ヤスリで丁寧に磨かれていたが、多少いびつな形は、ボウ自らが丹精込めて作りあげたことを証明しているようであった。

戸倉は、そのペーパーナイフを握ったまま、長いこと立ちつくしていた。私利私欲を憎め――。彼は、ボウ・ザワナがペーパーナイフの柄にビルマ語で彫り込んだ言葉を嚙《か》みしめた。

「さあ、始めましょうか」

片田セツはスーツの上着を脱ぎ、ブラウスの袖をまくって、机の上に積み上げてある書籍に手をかけたが、ペーパーナイフを握りしめて立っている戸倉を見ると、

「どうなさったんですか？」

と声をかけた。戸倉は涙で滲《にじ》んでいる目を見られたくなくて、セツに背を向け、通りに面した窓辺に行った。

死ぬ三週間前だとしたら、きっとボウは、もうベッドに坐《すわ》るのがやっとの状態であっただろう。そんな体で、俺とデダニ・カルンバのために、白檀の木をけずり、それでペ

ーパーナイフを作ったのだ。アフリカ人の親友といえば、デダニしかいない。俺たちは、外国人留学生のための寮に移っても、同じ部屋で暮らした。いつも助けあって生きていた。ボウは、理学系だったから実習が多く、ときには研究室に何日も泊まり込むこともあった。ビルマ人のボウと、アフリカ人のデダニは、贅沢《ぜいたく》というものから極力自分を遠ざけていた。俺が何かのパーティーに呼ばれ、ご馳走《ちそう》を持ち帰っても、滅多に食べようとはしなかった。美食を覚えれば、祖国に帰ってから辛《つら》い思いをする……。二人は、よくそう言っていたっけ。

　ボウは、なぜ俺とデダニに、自分の手でペーパーナイフを作ったのだろう。デダニのためのペーパーナイフの柄にも、やはり同じ言葉がビルマ語で彫られていたのだろうか。

　――私利私欲を憎め。私利私欲のための権力と、それを為さんとする者たちと闘え――。

　戸倉は、いつになったら、デダニ・カルンバとの約束を果たせるだろうと思った。デダニとは、一年に二、三度、手紙のやりとりがあった。そのデダニの手紙の最後には、必ず、いつケニアに遊びに来るのかという一行が添えられ、そのときは出来るだけのもてなしをし、ケニアのあちこちを案内する、としたためられていた。

　戸倉は、ケニアに行くときは、妻の享子も一緒に連れて行きたかったのである。しかし享子は、三カ月に一度くらいの割合で心臓の調子が悪くなり、とても外国に行ける体ではなかった。去年の夏、ニューヨークに行ったときも、爆弾をかかえているような気分で、当初は十日間の予定だったのだが、六日間滞在しただけで帰って来た。

だが戸倉は、享子が、いつか元気になって、夫と一緒に、デダニ・カルンバ一家が待つナイロビに行ける日を楽しみにし、アフリカの写真集を眺めていることを知っている。

「下の喫茶店、もうあいてたかな」

と戸倉は、ちらかっている部屋の整理を始めたセツに訊《き》いた。

「ええ、あいてました」

「コーヒーでも飲んでくるよ」

彼は、机の引き出しから、航空便用の便箋と封筒を出し、それを持って事務所を出た。デダニに手紙を書きたくなったのだった。

喫茶店の窓ぎわの席に坐ってコーヒーを注文し、戸倉は便箋の頭に、英語で、親愛なるデダニへと書いたが、書き出しの文章がどうしても浮かんでこなかった。ボウの手製のペーパーナイフが船便で届いたこと、妻の体の調子が悪く、ことしも約束を果たせそうにないことをしたためればいいのだが、彼の心の奥には、もっと他のことを書きたいという衝動があった。

それは、城崎から浜坂までの日本海べりを走る列車がずっと海に沿っていたと、およそ二十年近くも抱きつづけていた己の錯覚についてであった。それは、経済的に豊かな国々に生きる人間たちすべての、毒の酒にたぶらかされて、暗闇を暗闇とは感じず、薄氷の上に構築された物質的繁栄と平和の脆《もろ》い土台で踊り狂うさまに似ている。確かに、あの列車からは海が見えた。けれども、それは自分が目を醒《さ》ましたときだけで、眠っているとき、低い山に挟まれたりトンネルの中を走ったりしていたのだ。

そして、眠っている場合のほうがはるかに多く、列車は視界を閉ざされた鉄路を進んでいる時間のほうが長かった。だが、自分は眠っていることを知らなかったし、その間、山と山の隙間と絶え間ないトンネルの中にいるのに気づかなかった。日本と日本人は、もう随分前から、そのような錯覚の中にいる。その錯覚は、一個の小さな家庭にまで及び、少年たちや青年たちの精神を希薄にし、やがて彼等《ら》は、そのような状態のままおとなになっていく。

いやいや、俺が言いたいことは、それだけではない。もっと重要な何かを、あの列車の中で感じたのだ。だが、それは、あだおろそかに言葉にすることなど出来はしない。それにしても、いつのまに日本と日本人は、深いまどろみの中で遊び始めたのだろう。

戸倉は、手に持っていたボールペンを便箋の上に置き、運ばれて来たコーヒーを飲んだ。彼は、山陰本線の車窓から見えていた風景を心に甦《よみがえ》らせた。すると、鎧《よろい》という無人駅のホームで、列車に背を向けてホームに立っていた若い女性の姿が浮かびあがった。

戸倉はあの日、気が向けば米子まで行って、旧友の実家を訪ねるつもりだったのだが、なぜか、餘部《あまるべ》の鉄橋を渡っているうちに気が変わり、滅多にない休暇なのだから、まだ行ったことのない地方を旅しようと決め、浜坂で列車から降りると、上りの特急に乗り換えて引き返したのである。列車が鎧駅を通過した際、戸倉は、城崎駅で老人を運ぼうとして声をかけた女性が、駅のホームから出ず、入江や村落に見入っているうしろ姿を見たのだった。戸倉が、その女を見つめていた時間は、ほんの五秒か六秒ほどであったが、その妙によるべない、だが清潔で知的な風情を、彼は金沢に着いて、旅館の大きな岩風呂《いわぶろ》につかっているときも、しばしば思い浮かべた。

戸倉は、女と列車で短い会話を交わし、彼女が鎧駅で降りたとき、てっきり、東京から故郷へ帰って来たものと思ってしまったのだった。

つまり戸倉の目には、女が、どうしても旅人には見えなかったし、無論、地元の人間とも思えなかったのである。何かの所用で、但馬《たじま》海岸の一角にあるふるさとに帰って来たのであろうと推量し、そしてそんな場合、彼の判断はたいてい外れはしなかった。

戸倉が、浜坂駅で上りの特急を待っていた時間はおよそ四十分であった。とすれば、女は一時間近くも、鎧駅の無人のホームの、海に向けて置いてあるベンチに腰かけたり、立ちあがったりしていたことになる。彼は、あのとき、特急列車が香住《かすみ》駅に停《と》まった際、女のことがいやに気になって、鎧駅に引き返そうかと迷ったほどだった。まさか、海に身を投げようってんじゃないだろうな……。戸倉は真剣にそう思ったのである。彼が、うしろ髪をひかれつつも、特急列車から降りず、そのまま城崎へ向かったのは、女の様子を案じるという理由にことかけて、さもしい魂胆を抱いているなどと思われたくなかったからだった。

「幾つぐらいかな。二十三、四ってとこかな。うん、なかなかいい女だったな」

戸倉は再びボールペンを持ち、そう小声で言った。

彼が、デダニ・カルンバ宛の手紙を書き終え、冷たくなったコーヒーを飲んでいると、交差点を渡ってくる人々の群れの中に、関口礼太の、身長に比して小股な歩調と、相変わらず寝癖をつけたままの頭髪が見えた。戸倉は、喫茶店の窓越しに、関口に手を振ったが、すぐ前を歩いているくせに、関口は気づかなかった。戸倉は表に出て、ビルの玄関の扉に手をかけようとしている関口を呼んだ。

「俺に用事かい？」

関口は、顔をしかめ、戸倉を見ると、あともどりして来ながら、新年の挨拶を述べた。戸倉も挨拶をして、喫茶店に誘った。

「ちょっと手紙を書いてたんだ。この店のカレーはうまいんだけど、もう昼飯はすましたのか？」

「いえ、まだです」

「じゃあ奢《おご》るよ」

喫茶店の席に坐ると、さっそく煙草《たばこ》に火をつけ、

「ぼく、人相悪いですかねェ」

と関口は訊いた。

「眼鏡《めがね》をはめてないから、物が見えにくい。きっと、そのせいだろう。だから、しょっちゅう顔をしかめるんだ」

「やっぱり……。戸倉さんもそう思いますか」

「誰かに言われたのか？」

「ええ、若い女性に」

「ほう、関口くんが若い女性に？」

「あっ、それは失礼だなァ。ぼくにだって、若い女の友だちぐらいいますよ」

「なんだ、友だちか。恋人じゃないのか」

「とにかく、面と向かってひどいことばっかり言うんですよ。浮浪者の一歩手前みたいな髪型だとか、顔をしかめたら、皺《しわ》と一緒に目の玉まで真ん中に寄ってしまうとか」

関口はそう言って、顔をしかめたが、慌てて指で皺を元に戻した。

戸倉はネクタイをゆるめ、喫茶店の客の何人かが驚いて見つめるくらい、大声で笑った。

「そりゃあ、ひどいね。若い女に、そんなことを面と向かって言われたら、やっぱりシ

ヨックだ」

戸倉はそう言ったものの、内心では、じつに的を射た表現だなと思った。

「まだ十八歳で高校生なんですよ。それなのに、逢《あ》って、初対面の挨拶も終わらないうちに、そんなことを言うんです」

と関口は言ったが、本当に腹を立てているのかどうかわからない顔つきで、煙草のけむりの行方を追っている。

「十八？　そりゃまた若い友だちだな」

「若すぎますよ。それなのに、ああしろ、こうしろって指図ばっかりする。何とかって名の有名な美容室に行って、日本で三本の指に入るっていう美容師に髪をカットしてもらえとか、眼鏡のフレームは、あの店で買えとか、ジョルジュ何とかってイタリアのデザイナーの服よりも、日本人のデザイナーの作る服のほうが、関口さんには合うだろうとか。それで、来週の火曜日に、まず髪をカットしに行き、その足で眼鏡のフレームを買い、給料日の翌日に、青山の何とかって店で、上から下まで揃《そろ》えようって勝手に決めちゃったんです。美容院ですよ、美容院」

関口は、やたらに煙草をふかし、

「人は見かけによるんですって。べつに給料日の翌日でなくったって、そのくらいの金はありますよ。ぼくだって、ちゃんと貯金してるんです」

さっきよりも、もっと大きな声で笑い、

「人は見かけによる、かァ。それもまた真理だな。いいじゃないか。その十八歳のガールフレンドの指図に従って、頭のてっぺんから足の爪先まで、徹底的に変えてみたらどうだい」

と戸倉は言った。彼も、髪型を変え、洒落《しやれ》た眼鏡をかけて、最新流行の服を着た関口を見てみたくなった。

「社で、笑い者になりますよ」

「いや、一躍人気者になるかもしれないぞ」

関口は思い出したように、カレーライスを注文し、わざわざ戸倉の事務所までやって来た目的を切り出した。

「モス・クラブってご存知ですか?」

「ああ、名前だけは知ってる。金持ちの奥方ばっかりがメンバーの、要するにカルチャークラブだろう?」

関口はうなずき、短くなった煙草を揉《も》み消すと、

「モス・クラブでは、二カ月に一度、メンバーを集めて、講演会を催すのが恒例の行事なんです。戸倉さん、このクラブで講演する気はありませんか」

「俺が? 俺なんて力不足だよ。たくさんの人間の前で講演するなんて柄じゃない。だ

いいち、何を喋《しやべ》るんだい」

「たとえば、国際弁護士とは、どういう仕事をするのか、とか、ニューヨークでの何年間かの留学生活を通して見たアメリカ社会、とか」

関口は、上着の内ポケットから、二つ折りにしたパンフレットを出した。

それには、過去二年間の、モス・クラブで講演を行なった者たちの顔ぶれと、その際の演題が印刷されてあった。

戸倉がそのパンフレットに目を走らせていると、関口は、自分もモス・クラブの前会長には、学生時代によく世話になったことを話して聞かせ、

「その人の娘さんが、といっても弟の娘さんを養女にしたんですけど、まだ二十五歳でモス・クラブの会長職を継いだんです。ほら、年末にホテルで、ぼくの友人をご紹介したでしょう。彼の妹です」

と説明した。戸倉は、パンフレットから視線を離し、

「ああ、あのすごい時計をはめてた人？」

「ええ、そうです。いまのモス・クラブの会長は、手塚かおりといって、彼の妹なんです」

「彼は、モス・クラブとは関係ないのかい」

「前の会長が去年の十二月に亡くなったあと、モス・クラブの副会長兼東京事務所長を

辞めちゃったんです。どうして辞めたのかは、ぼくにはわかりませんけど」

戸倉は、手塚夏彦をホテルのラウンジで初めて見たとき、大金持ちのドラ息子か、人には言えない稼業で荒稼ぎをしている青年であろうと思ったのだった。でなかったら、三百万円以上もする腕時計を、あの年頃で買える筈《はず》はない、と。しかし、同じ日の夜、バーで再び顔を合わせて、しばらく一緒に酒を飲んでいるうちに、そのどちらでもなさそうな気がしてきた。大金持ちのドラ息子にしては、他人の腹の裏を読もうとする視線がすばしこすぎたし、あこぎな稼業についているにしては、他人の心に気を遣いすぎたからである。戸倉は、酔いと疲れのせいで、いささか感傷じみた思い出話を、手塚夏彦に語ったのだが、そのとき、ほんのつかのま、不覚にも目頭を熱くさせた。手塚夏彦は、そんな戸倉の目の滲みから、それとなく視線を外した。その外し方が、思いやり以外の何物でもないことを、戸倉は誤たず見抜いたのだった。だから、戸倉は、部屋に戻ってからも、あの青年の職業は何だろうと考えてみたのである。

「モス・クラブの副会長だったたってわけか」

戸倉はそうひとりごち、パンフレットを、こんどは気を入れて見つめた。

「錚錚《そうそう》たる顔ぶれじゃないか」

戸倉は、講演者の氏名を仔細《しさい》に見やって、思わず言った。

「国際政治学の横沢喜一郎を、二年前に講師として呼んでるし、数学者の下田源一なんて、講演嫌いで通ってる。それに、この常岡寛介なんて、中東問題では、日本で彼の右に出る者はないって男だ。マスコミ受けはしないけどね」

「すごい人選でしょう？」

と関口は、多少得意そうな顔で戸倉を覗《のぞ》き込み、なぜか声の調子を高くさせて言った。

「前の会長だった手塚民平氏が、来年度の講演依頼者のトップに、戸倉陸離の名をあげてたんです」

関口礼太は、手塚民平の死を去年の暮れまで知らなかったこと、そのため、大晦日の前日、手塚民平の住んでいたマンションに焼香に行き、かおりと五年ぶりに逢って話をし、その折に、戸倉陸離の名を彼女の口から聞いたことなどを語り、

「年が明けたら、早々に講演依頼のためのご挨拶に行くつもりだけど、関口さんがお知り合いなんだったら、その前に耳に入れて、戸倉さんの意向を打診しておいてもらえないかって頼まれたんです。彼女、戸倉さんの〈人材の大陸〉を、ちゃんと読んでました」

と言った。戸倉は、自分の著書名が出たので、少し居ずまいをただした。それは、アメリカという国家の、あらゆる分野における人材の躍動と、そのために開かれた無数ではあっても極めて狭い門戸とを語ることで、過去の発展や現代の混沌《こんとん》、さらには未来への糸口を示そうとした長い評論集だった。

「へえ、あのぶあつい本を買って読んでくれたのか」

彼は、照れを隠そうとして、喫茶店の主人に煙草を頼んだ。

「あれ？　煙草、やめたんじゃないんですか？」

と関口が訊いた。

「ああ、女房のために半年やめてた。でも、セツさんがヘビースモーカーだろ？　事務所にいると、俺はセツさんが吐き出す煙を全部吸ってるようなもんだ。セツさんに、俺もやめたんだから一緒にやめようって気はないのかって訊いたんだ。そしたら、まったくありません、私の煙草は私の歴史なんです、歴史はやめられません、そうきっぱり明言されてね。だから、これからは家の中だけで禁煙するんだ」

戸倉は、半年ぶりに、煙草を吸った。半年間の、禁煙に費やした努力を思うと、なんだかうしろめたかったが、

「俺には煙草が必要なんだ。煙草がないと、脳味噌《のうみそ》が縦横無尽に動いてくれないよ。あーあ、吸っちゃった、吸っちゃった。最初からやめようなんて思った俺がどうかしてた。人間は、医学のみにて生きるにあらずだ。チクショウ、吸っちまったじゃないか」

と自分でも支離滅裂だと感じる言葉を、煙と一緒に吐き出した。

「モス・クラブの講演の件、いかがですか？」

と関口が訊いた。

「この錚錚たる顔ぶれを見ると、俺なんて、まったく無名だぜ。モス・クラブのメンバーにしてみたら、戸倉陸離っていったい誰なの？　ってなもんだよ」

「そんなことありませんよ。〈人材の大陸〉は、隠れたベストセラーになってますからね。モス・クラブのメンバーって、確かに知的向上心に関しては熱心で真面目《まじめ》です。そこいらのカルチャークラブとは気がまえが違います。いい金儲《かねもう》けだと思って、甘く見て喋りだした講師は、途中で泡を食うそうですよ」

関口は、カレーライスをスプーンでぐじゃぐじゃに混ぜ合わせた。

こんどは戸倉のほうが、眉根に皺をつくって、目の前のカレーライスと、それをスプーンで混ぜ合わせる関口の手つきを見た。

「それ、癖かい？」

と戸倉は関口に訊いた。関口は、カレーライスを頬張ったまま戸倉の問いを目で訊き返した。

「カレーとライスを、最初にぐじゃぐじゃに混ぜてから食うってのは、関口くんの癖かい？」

関口は、口の中のものを嚙み下し、

「あっ、気がつかなかったなァ。ぼくは、いつもこうやってから食べますけど、他の人は違うんですかねェ」

「まあ、どんな食べ方をしようが自由だけど、その混ぜ方が、ちょっと変わってるな」

「そうですかねェ」

関口は、食べるのをやめ、しばらくカレーライスを見つめたが、

「どうも最近、いろんな人から、ぼくは否定されてるんじゃないかって気がしてきましたね。髪型、表情、歩き方、カレーライスの食べ方、服装……。それだけじゃない。社にいるときでも、ぼくが、ほんのちょっと席を外したときにかぎって、大事な電話が入るんです。トイレに行ったときとか、昼飯を食べに行ったときとか、調べ物があって資料室へ行ったときとか。それで、いつもデスクに文句を言われる。理不尽な怒られ方だなァって思うんだけど、デスクに言わせると、要するに、お前という人間は、何をやるにしても、不思議なくらいタイミングが狂う、つまり、タイミングが狂いつづけてる男だって。でも、ほんとに、ぼくが席を外したときにかぎって大事な電話が入るんですよね。不思議だなァ。ひょっとしたら、ぼくの人生は永遠にタイミングが狂いつづけたまま終わるんじゃないかなァ」

関口が、カレーライスをぼんやり見つめたまま、そのままスプーンを置いたので、戸倉は、

「おいおい、そんなに深刻に考え込まないでくれよ。余計なこと言って悪かったよ。どうせ腹の中で混ざっちゃうんだ、最初から混ぜといたほうが、手間がはぶける。気にし

ないで自分流に食べてくれ。なにも関口くんの存在を否定してるわけじゃないんだ」

と言った。そして、もう一本、煙草を口にくわえ、

「しかし、何が相手を傷つけるか、わかったもんじゃないな。カレーライスの食べ方で、きみがそんなにしょげちゃうなんて、考えもしなかったね」

そう言いながら、戸倉はスプーンを取って、それを関口の指に握らせ、なだめるように肩を叩《たた》いた。

「あの子の言うとおりにしてみようかなァ」

関口は、再びカレーライスを食べながら言った。

「いちおう、来週の火曜日に待ち合わせしたんですよ。その十八歳の高校生と、青山の美容室の前で」

「多少なりとも、変身してみようかという願望が、なきにしもあらずってとこかい？」

と戸倉は訊いた。

「いや、それはまったくないと思うんですけど、その子の強引さにひきずりまわされてるってとこですね」

関口は、そう言って、戸倉の目から視線をそらした。

「つまり、十八歳のガールフレンドにひきずりまわされて、美容室の椅子に坐るのも、また楽しいってとこかな」

戸倉は笑いながら言い、自分も一度、そんな楽しい役廻《やくまわ》りを演じてみたいなと思ったが、それを楽しいと思うことが、中年になった証拠かもしれないぞと胸の中で自分に言い聞かせた。

「まあそうですね。不愉快じゃないですね。生意気なとこもあるけど、なかなか、気持ちのいい子なんです。ぼく、きのうから、その子の家庭教師をやってましてね。それが予想以上によく出来るんです。彼女の志望校のレベルがいまどのくらいなのか、正確にはわからないんですけど、ぼくが家庭教師をしなくても、充分に合格する実力は持ってますよ」

「家庭教師……。でも、関口くんの仕事、夜が遅いだろう」

「ええ。でも、週に二日ぐらいは、八時ごろに社を出る日もあるんです。そんなとき、ぼくのほうから彼女の家に電話をかけることになってます。それから、ぼくが彼女の家に行く。彼女のお母さんとは、きのう初めて逢ったんですけど、派手な顔だちの美人で、びっくりしちゃった。とても十八歳の娘の母親だとは思えないんですよ。三年前にご主人を亡くしたそうですけど」

「なんだか、関口くんの身辺は花盛りって感じになってきたんじゃないのか？」

「そうなんですよ。年末から、にわかに」

関口はそう言って、照れ臭そうに笑った。そして、ぶあつい紙袋を戸倉に手渡した。

「これ、だいぶ前に頼まれてたアフリカの資料です。うちの新聞に、この三年間に載ったアフリカ関係の記事をコピーしときました」

「えっ、ほんとに集めてくれたのか。忙しいのに申し訳ないな」

戸倉は紙袋をテーブルの隅に置き、関口に頭を下げた。

「いつ完成しますか、〈アフリカの時代〉は」

と関口は訊いた。

「まだ、書き出しの五行から先に進まないんだ。でも一九八〇年代に書いておかないと意味がない。あと二年しかないよ。かなり絶望的になってる」

同じ言葉を、戸倉は妻の享子に何度も口にしている。そのたびに、享子に、

「十年後に完成させるつもりで、じっくりかまえたら？」

と励まされるのだった。

彼は、二十一世紀の中頃あたりから、アフリカが世界の表舞台に登場してくるという確信を抱いていた。白人社会の制度と権力構造は強固だが、それでもなお、アフリカの時代が必ず訪れる、と。

「ヴィクトリア湖を知ってるだろう？」

と戸倉は言った。

「ケニアの南西とウガンダの南東、それにタンザニアの北とにまたがってる湖だ。北海

道とおんなじくらいの大きさだよ。北海道とおんなじ大きさの湖なんて、想像がつくか？　日本人には、およその輪郭すらつかめやしない。あの中国でさえ、その広大さという点では、日本なんて小指の爪みたいなもんだ。でも、アフリカ大陸は、その中国大陸の倍以上もあるんだぜ」

ただ国土が大きいから、俺はやがてアフリカの時代が来るなんて短絡的に考えているのではない。戸倉はそう思って、持論を展開させようとしたが、頭の中で適当な言葉がまとまらず、そのまま口を閉じた。

関口は、ふと思い出したように、

「ほら、何て名前でしたっけ、戸倉さんの友人の中国人」

と訊いた。

「劉慈声《りゆうじせい》か？」

「ええ。その劉さんと、このあいだ、おんなじ地下鉄で乗り合わせましたよ。すごく混んでたんで、向こうはぼくに気がつきませんでしたし、ぼくも急いでたから声をかける時間もなくて」

「慈声……。慈《いつく》しむ声。いい名前だな」

戸倉は、二度にわたる中国旅行で知り合った、自分とおない歳《どし》の中国人の風貌を脳裏に映しだした。名前もいいが、あの風貌もいい。長身を、幾分かがめるようにして速足で歩く、あの歩き方もいい。

「最近、中国ブームで、日本人の観光客が、列をなして中国へ行ってる。その中には、ホテルや食堂のウェイトレスの尻を平気でさわったりするおっさん連中がいるんだ。俺は、そんなやつの近くにいると、恥ずかしくて、身が縮むような気がするよ。日本人てのは、なんて恥知らずなんだろうって哀《かな》しくなる。南京に、例の日本軍による南京大虐殺の記録をとどめおこうとして建てられた記念館があるんだ。日本人のおっさん連中は、そんなところにも観光気分で入って行くんだぜ。入口に、虐殺された中国人の、何百体ものしゃれこうべだとか肋骨《ろっこつ》だとか脚の骨が、大きなガラスケースの中に積みあげられてるんだ。日本人は、いちおうはそこで殊勝な顔をして手を合わせる。だけど、その手には、がっぽり買ったみやげ物の詰まった袋がぶらさがってる。記念館の奥には、日本の兵隊が、中国人の首を軍刀で切り落とす瞬間の写真なんかが展示されてる。その日本人のおっさん連中はなァ、『軍刀って、こんなによく切れるもんだったんですなァ』とか、『慣れると、片手でも首を切り落とせるんですねェ』とか言ってるんだ。俺も、歴史っていうものを見ておこうと思って、中に入ったけど、五分もいられなかったよ。日本人の中には、礼儀知らずの恥知らずが山ほどいるんだ」

また俺は突然怒りだしたな。戸倉はそう思い、関口を見て苦笑した。

関口礼太は、カレーライスを食べ終わると、紙ナプキンで口元を拭いてから、

「戸倉さんは、ニューヨークに行って帰って来るたびに、日本と日本人に腹を立ててますよ。中国に行っても、おんなじように腹を立ててる。それでアフリカへなんか行ったら、もう祖国なんか捨てちゃって、帰ってこないかもしれませんね」

と真顔で言った。

「うん。でも、外国で、日本を批判されると、だんだんその外国人に腹が立ってくるんだ。この野郎、日本人を舐《な》めやがって。じゃあ、てめえの国は、どれだけ立派なんだよう、ってね」

二人は顔を見合わせて笑った。

関口とは、喫茶店の前の路上で別れ、戸倉は事務所に戻った。片田セツと二人で、事務所の中に積みあげられた書籍とか衣類とかを整理し、それから、郵便物に目を通した。返事が必要な郵便物は四通あり、それを全部書き終えると夕暮れになっていた。

「きょうは仕事始めなのに、遅くまで働かせて申し訳ないね」

と戸倉はセツに言った。セツは、戸倉のしたためた四通の手紙を封筒に入れながら、あしたの予定を言い、

「今夜から一週間、どこへお泊まりになりますか?」

と訊いた。戸倉は、そのことをすっかり忘れていたので、

「ああ、そうか、まだマンションには帰れないんだ」

そう言って、セツを見やった。

「もしよろしければ、私のところにいらっしゃいませんか？　狭くてご不自由だと思いますけど」

セツは言ったあと、いたずらっぽく笑った。その笑いで、戸倉はセツの魂胆を知り、椅子に凭《もた》れると腕組みをして笑い返した。

「血も涙もない母親と息子二人が、鴨《かも》がネギをしょってやって来るのを待ってるんだな？」

「うちは、いつも、ひとりメンバーが足りないんです」

戸倉は、片田セツと、彼女の二人の息子に手ほどきを受けて、去年の春ごろから麻雀を習い、やっと最近、自分で点数をかぞえられるようになっていた。

「麻雀のまの字も知らない男に、甘い言葉で麻雀を教えて、いったい幾ら巻きあげたら気が済むんだよ。俺が初心者だっていうのに、片田家の悪党どもは、まったく容赦しない。俺のチョンボを見逃してくれたのは、たったの一回だけだぜ。とくに片田家の母親ってのが、血も涙もない女で、汚ない待ちをするんだ。ホテルに泊まったほうが安くつきそうだなァ」

セツは、口元を押さえて笑い、

「下の息子は、陸離おじさんからいただいた授業料で、パソコンを買いました」

と言った。

椅子に坐ったまま、戸倉は身をのけぞらせて笑い、

「何が授業料だよ。この母親にしてあの息子あり、だ。まだ大学二年生だってのに、麻雀の腕はプロ級だ」

しかし戸倉は、妻と二人の息子を捨てて若い女との生活に走った夫からの援助が途絶えたあと、頼みの父にも死なれ、女手ひとつで息子を育ててきた片田セツの、ささやかな道楽につきあうことが楽しかった。

「よし、敵地に乗り込もう。俺も、いつまでも悪党どもの鴨にされちゃあいないぞ」

戸倉が立ち上がると、セツはロッカーから彼の背広の上着を出した。そのとき電話が鳴った。

「きっと、奥さまからですよ」

そう言ってセツは受話器をとったが、セツの、よく当たる勘は外れた。

「モス・クラブの手塚さまとおっしゃる方からです」

「ああ、講演の依頼だよ」

戸倉は自分のデスクの電話のボタンを押した。若い女の声が聞こえた。そつのない話し方で用向きを喋り始めたが、戸倉は相手が全部喋らないうちに、

「ああ、きょう、関口くんからお話はうかがいました。でも、講演なんて、やったこと

がないものですから」

と言った。手塚かおりは、講演といっても、そんなに固苦しくお考えになる必要はない、多少ともお引き受け下さる可能性があるならば、ぜひお逢いしてご挨拶やら、ご説明やらをさせていただきたいと述べた。

「講演料は、幾らいただけるんですか？」

と戸倉は訊いた。自分のだいたいの見当よりも倍近い金額が、手塚かおりから返ってきたので、戸倉は思わず、

「え、そんなにいただけるんですか」

と言い、さもしい根性を簡単に口にするようでは、弁護士としての能力を疑われるなと反省した。

「ご都合はいかがでしょうか」

「そうですねェ、あしたの二時ごろだとあいてます」

「それでしたら、あすの二時に戸倉先生の事務所にうかがわせていただいてよろしいでしょうか」

戸倉は、それで結構だと言いかけたが、小さな応接間に、ぎっしり詰め込まれている荷物に気づき、

「事務所のあるビルの一階に喫茶店があります。そこでいかがです」

と言った。モス・クラブの若い女性の会長は、丁寧に礼を述べて電話を切った。

戸倉は、講演料をセツに伝えた。セツは嬉《うれ》しそうに手を叩き、

「それじゃあ、きょうの麻雀のレート、いつもの倍にしましょうか」

と真顔でつぶやき、スケジュール表にボールペンを走らせた。戸倉は、あきれ顔でセツを見つめた。

「そんな、鬼みたいなこと……」

翌日の午前中、戸倉は、有楽町《ゆうらくちょう》にある外資系企業の東京支社で打ち合わせを済ませたのち、その会社の支社長であるアメリカ人と昼食をとった。レックス・バーマンという名の、東京に赴任してまだ三カ月目の支社長は、自分と戸倉が同じ大学の出身であることで、特別の親しみを持っているらしく、しばしば戸倉を昼食に誘ったり、週末には享子と一緒にホーム・パーティーに招いてくれたりした。

戸倉より四つ歳上のレックス・バーマンは、食後のコーヒーを飲みながら、享子の体の具合を訊いた。

「火事の騒ぎで心配したけど、元気だよ。去年、ニューヨークから帰ったあと、知り合いの医者が、いい漢方医を紹介してくれた。日本人で、もともとは西洋医学を学んで、大学病院の内科医長をしてたんだけど、漢方に興味を持ち始めてから大学病院で異端視

されるようになった。それで病院勤めを辞めて開業したんだ。薬は、抗生物質とか鎮痛剤以外は、ほとんど漢方薬を使う。それが、女房の体に合ったみたいだね。具合が悪くなっても、回復が早くなった」

日本人の目からは、到底五十歳以下には見えないレックス・バーマンは、少し風邪気《かぜ》味らしく、しきりにハンカチで鼻の下を拭きながら、

「どうして、漢方薬に興味を持つと、日本の医学界では異端視されるんだ？」

と訊いた。

「さあ、自分たちの権威に背を向けたように思うんだろうな。学者の中にはそんな連中が多い。それに、薬品会社から、うんと小遣いを貰《もら》ってるからかもしれない」

「権威……」

レックス・バーマンは、何度も小さくうなずき、

「権威主義の亡者がたくさんいるが、そんな人間は、自分が権威を振りかざしてるとは思ってない。正義を行使してると思い込んでる。ぼくは、十年前に、権威というものに腹を立てることをやめた」

と言って、コーヒーのお代わりを注文した。

「なぜ？」

「人間というものに腹を立てなければならなくなるからね。そんなことをしてたら、ぼ

くはすぐに脳溢血《のういっけつ》で死ぬだろう」

戸倉は声をたてずに笑い、こんどの土曜日の夜に行なわれるバーマン家でのホーム・パーティーには、せっかくだが行けないと言って立ち上がった。

「どうして……。奥さんが一緒でなくてもいいじゃないか」

戸倉は、さっきバーマンの秘書から手渡された書類を見せ、

「これを来週の水曜日までに、正式な契約書にまとめろって言ったのは誰だよ」

と言って、バーマンと握手をした。別れぎわ、バーマンは、自分の末っ子が虚弱体質で、日本に住むようになってからアレルギー症状が強くなったと話し、

「漢方は、アレルギーにも効くかい？」

と訊いた。

「漢方医を紹介しようか？　でも、きみの奥方が、お国の医学の権威を振りかざさないという保証はないよ」

戸倉がそう言うと、バーマンは笑いながら、

「ぼくの妻は冒険好きだ。冒険家であることの権威を守ろうとするだろうね」

と言ったあと、戸倉と並んでレストランから出、

「でも、まさか、七歳の子供に鍼《はり》をうつってことはないだろう？」

「必要とあらば、鍼をうつだろうな」

バーマンは、大袈裟《おおげさ》に顔をしかめ、それから戸倉に手を振ると、自分の会社のあるオフィスビルに帰って行った。

戸倉は、タクシーを停めようとして、歩道に立ったが、時計を見ると、一時二十分だった。二時にモス・クラブの会長と逢う約束になっている。もし、道が混んでいたら、相手を待たすことになる。電車のほうが確実だと考え、戸倉は急ぎ足で歩きだした。

事務所に帰り着くと、片田セツが、

「もうお越しになって、下の喫茶店でお待ちですよ」

と伝えた。彼は鞄《かばん》をセツに渡し、

「女房から電話はなかったかい？」

と訊いた。

「ありました。きのう主人は片田ホテルに幾ら宿泊代を払ったのかって訊かれましたので、一銭も払わないどころか、かよわい母子家庭から二日分の食費をむしり取って行きましたってご報告しときましたわ」

戸倉は片田セツの肩を叩き、

「ざまあみろ。いつもいつも、鴨にされてたまるか。俺は、もう嬉しくて、きのうは寝られなかったよ。ついに、片田家の悪党どもをやっつけたぞ、そう思うと、目をつむっても、自然に顔がゆるんできてね」

「たまに勝たせとかないと、もうこなくなったりしたら困りますから。奥さまにも、そう申しあげておきました」

「そしたら、女房のやつ、何て言ってた？」

と戸倉は訊いた。

「そうよ、たまには情をかけてやらないと、幾ら人のいい鴨でも、片田ホテルに足を向けなくなるものねって」

「人のいい鴨……？」

彼はエレベーターを使わず、階段で一階まで降り、待ち合わせ場所の喫茶店に入った。奥の、通りに面した席に、若い女性の客が坐っていた。他に客はいなかったので、それがモス・クラブの会長であることは、ほぼ疑いようがなかった。けれども、戸倉はその女性を見て、

「あれっ？」

と声を発した。相手も椅子から立ち上がってお辞儀をしようとしたが、途中で顔をあげ、驚いたように、戸倉を見つめた。

「手塚さんですか？」

と戸倉が問う言葉と、

「戸倉先生でいらっしゃいますか？」

と手塚かおりが訊く言葉とは、同時に発せられた。

去年の暮れ、城崎駅でのちょっとした騒動に巻き込み、そのあと、鎧駅までを同じ列車に乗り合わせた女性よりも、いま自分の前にいる女性のほうが、目鼻立ちもくっきりして溌剌《はつらつ》としているように感じたが、いずれにしても同一人物であることは間違いなかった。

戸倉は椅子に腰を降ろし、月並な言葉だなと思いつつも、

「世の中、狭いですね」

と言った。手塚かおりも、

「ほんとに……」

と言い返し、しばらく戸倉と見つめ合っていたが、名刺を出すと、改めて挨拶をした。戸倉も自分の名刺を渡し、紅茶を注文したあと、

「ぼくは、関口くんを介して、あなたのお兄さんも紹介されました。その日の夜、ホテルのバーでまた逢って、一緒に酒を飲んだんです」

「はい、兄が戸倉先生に、ホテルでお逢いしたことは関口さんからお聞きしましたけど、でも、まさか……」

自分は、じつはもう一回、あなたを見ているのだ、戸倉はそう口にしかけたが、喉元まで出かけた言葉をおさえた。なぜか、黙っているほうがいいような気がしたのである。

すると、上りの特急列車の窓から、ほんの一瞬目にしただけの、鎧駅のホームで背を向けて立っていた手塚かおりの姿は、風景も、そのうしろ姿も、ひどく寒々とした一枚の動かない映像となった。

「ご旅行はいかがでしたか？」

と手塚かおりが訊いた。戸倉は、予定を変更して浜坂で降り、やって来た特急に乗って引き返したということさえ、口にしようかどうか迷って、

「米子で一泊して、あくる日、金沢へ行き、それから秋田まで足を延ばしました」

と言った。もし本当のことを言えば、この女性は、あるいは自分の鎧駅における姿を見られたのではないかと考えるかもしれない。それは、決して愉快なことではなかろう。とっさにそう思ったのである。

注文した紅茶が運ばれて来て、店主がカウンターの奥に去ると、手塚かおりは、講演依頼に関する話を切り出した。

「本来は、ご講演をお願いします場合、だいたい半年前にはご依頼のためのご連絡を差しあげるのですが、私どもの都合で、今回は急なお願いになってしまいます」

「急って、いつごろを予定なさってますか」

「出来ましたら、四月の最初の土曜日に」

「たとえば、ぼくの本業のほうで、急にその日が都合が悪くなったら、どうしたらいい

んですか？」

仕事柄、そのような事態はおおいに起こり得る。戸倉はそう考えて軽い気持ちで質問したのだが、手塚かおりの口からは、

「万難を排して、その日は、私どもの講演のために、時間を作っていただきませんと……」

と多少強い調子の言葉が返ってきた。

「万難を排して、ですか」

と戸倉は微笑《ほほえ》みながら言った。手塚かおりは、顔を赤らめ、一瞬、戸倉の視線から自分の目を外したが、

「はい、万難を排してです。本業であろうがなかろうが、お約束なさったのですから」

と言った。

「まだ、ぼくはお約束したわけではありませんよ」

これは、中年のおじさんが、いかにも若い女性を甘く見てからかっているというやりとりだな。戸倉はそう思い、相手に対して失礼だと考えて、

「いや、講演なんて初めてですから、ちょっと訊いてみただけです。万難を排するのが当たり前です。約束をした限りはね」

彼は手帳を見た。四月の半ばから二週間、ニューヨーク行きの予定があった。

「じゃあ、一度、講演てやつをやってみましょう。土曜日ですから、急用も入らないでしょう」

戸倉がそう言うと、手塚かおりは、いかにも、ほっとした表情を見せ、礼を述べて、時間とか場所とかの打ち合わせを始めた。石みたいに事務的なのも良くないが、自分の腹の内を、こんなにも出していて、モス・クラブの会長が務まるのであろうか。

戸倉は、彼女の二十五歳という年齢を考え、自分とは関係のないことだと思いながらも心配になってきた。しかし、なんといっても、まだ二十五歳なのだ。大学を卒業して就職した者なら、やっと仕事らしい仕事につかせてもらえるころだろう。どんな事情で、モス・クラブの会長の跡を継いだのかはわからないが、きっとその責を果たそうとして懸命であり、随分気も張っていることだろう。

戸倉は、そんなことを考えているうちに、妻のものではない女の香りを無意識に嗅いでいる自分に気づいた。それで彼は、自分の体を椅子に深く凭せかけ、そこから身を遠ざけた。

「〈人材の大陸〉、とても興味深く読ませていただきました」

打ち合わせを終えて、手塚かおりは、幾分くつろいだ口調で言った。

「日本の、いまの平和のうしろにあるものについても、考えてしまいました」

「そうですか。そういうふうに読んでいただけたら、嬉しいですね。でも、ぼくは、日本の悪口を書いたんじゃないんです。ところが、どういうわけか、あの本を出してから、ぼくを反日分子だと攻撃する匿名の手紙が五、六通届いたりしましてね。ぼくは〈人材〉の育て方という点において、日本はいつのまにか三等国になったって書いただけなのに、それでなぜ反日分子なのか、さっぱりわけがわからない」

「私、〈人材の大陸〉を読んで、アメリカに行ってみたくなりました。私、まだ行ったことがありませんの」

それから、手塚かおりは、まだ一度も外国を旅したことがないのだと言い、行きたいと思っている国々の名をあげた。

「私、学生時代は、スペインやポルトガルに行きたいと思ってましたの。でも、亡くなりました前の会長の影響で、それがだんだん中国になりました。クラブのメンバーの方々の中にも、中国を旅行したいとおっしゃる方が、とても多いんです。でも、戸倉先生の〈人材の大陸〉を読み終わったら、いま一番行ってみたい国はアメリカだって思ってしまいました」

戸倉は、手塚かおりが、年齢よりもうんと若い、まだ大学生と言ってもいいくらいの表情を見せる瞬間と、それとは逆に、老成とも疲弊とも、ある種の諦念によるものともつかない表情を作る瞬間を観察しているうちに、いつのまにか、あの鎧駅での彼女のうしろ姿を思い描いていた。

「クラブで、中国の旅を企画して、参加者も決まったんですが、前の会長が亡くなって、暗礁に乗りあげてしまいました」

と手塚かおりは言った。

「ほう、どうしてですか？」

「中国旅行専門の旅行代理店は幾つかあるんですけど、かなり大手のところでも、ホテルの予約に関しては弱気なんです。何カ月も前に予約して、出発の前に確認しておいても、現地に着くと部屋がないという事態が生じるそうなんです。そんなことになったら大変ですので、去年の秋に、うちの社員三名を視察旅行に出しました。北京《ペキン》のホテルで、やはり噂《うわさ》どおりのことが起こりました」

自分もそういえば、二年前に北京に行ったとき、同じような目にあったなと戸倉は思い、ふと劉慈声の長身を思い浮かべた。

「ぼくの友人で、二年前に日本に来て、ことしの四月に帰国する中国人がいます。日本文学の研究家で、翻訳家でもあるんですが、日本の社会というものを自分の目で見て学びたいと思い立って、女房と子供を北京に残して、日本に来たんです。ちょうど、ある企業が、社員に中国語を教える教師を捜してて、それならば日本で何とか暮らせるだろうってことになったもんですから。中国では顔のひろい男だから、ホテルの部屋の確保も、裏のコネクションを通じて、確実に出来るかもしれません」

戸倉の話を聞き終えると、手塚かおりは、ぜひ、その劉慈声という人物を紹介していただきたいと言った。

「じゃあ、今夜にでも、彼のアパートに電話をかけてみましょう。毎晩遅くまで、日本の小説を翻訳してるそうですから」

戸倉はそう言って、手塚かおりの名刺に見入った。

「慈声は、自分に出来ないことは、出来ないとはっきり言う人ですから」

戸倉と劉とは、中国においても日本においても、慈声、陸離と呼び合っていた。

忙しくて目が廻りそうだというのに、自分のほうから劉慈声を引き合わせようとしたりして、俺はこの娘にいやに親切だな。

戸倉は、自分で自分が照れ臭くなり、

「あした、お電話を下さい。慈声が、モス・クラブの中国ツアーの手伝いが出来るかどうかのご返事は出来るでしょう」

と言って立ち上がった。

「ありがとうございます。ご講演をお願いいたしましたうえに、ご面倒なことをお願いしたりいたしまして」

手塚かおりも立ち上がった。

「いいえ、べつに面倒なことじゃありません。慈声とは、ここんとこ逢ってないんで、一度電話で近況を訊いてみようと思ってたところですから」

それは本当だった。戸倉は、三カ月近く、劉慈声と連絡を取り合っていなかった。戸倉はどんなに忙しくても、一カ月に一度は劉のアパートに電話をかけることを忘れなかったし、劉慈声も同じだった。それで、戸倉は、劉慈声の日本での生活に、何か支障でも生じたのではないかと案じていたのである。しかし、きのうの関口礼太の話から、劉慈声が健康をそこねて、床に臥《ふ》しているのではないということだけはわかった。戸倉は外国でひとり住まいをつづけることによって生じるさまざまな精神的な問題を、身をもって体験していた。それは、たいてい半年周期で起こってくる。極度のホームシック、強い孤独感、生活習慣の違いによってもたらされる被害妄想、異国の人々に対する憎悪、未来への苛立《いらだ》ちと抑えようのない焦躁感《しょうそうかん》、そして性の処理に関する生理的な悩み……。

自分が留学していたときは、若さというとてつもない武器のほうが、そうしたもろもろの問題から派生する内部の敵よりも強かった。しかし、劉は四十二歳で、国には妻もいるし、今年、大学を受験する年頃の息子がいる。そのうえ彼は、社会主義国から、資本主義の国へやって来たのだ。

戸倉は、いつまでたっても喫茶店から出てこない手塚かおりを待ちながら、路上に立ち停まって、夥《おびただ》しい騒音をばらまく車の群れに目をやり、そんなことを考えていた。

彼は、不審に思って、喫茶店の中を覗いてみた。手塚かおりは、カウンターの端のところで、入口に背を向けて立っていた。店主が、ポケットをさぐったり、奥の部屋に行ったり来たりしていた。きっと一万円札しかなく、店には、あいにくそれへの釣り銭がないのだろうと戸倉は考え、それならば自分が払おうと思って、扉に手をかけた。けれども、店主がなんとか釣り銭をかき集めたらしく、それを受け取って財布にしまうと、手塚かおりは、入口のほうに向き直った。彼女は、戸倉を待たしていることに気を遣って、財布をハンドバッグにしまいながら、小走りで喫茶店の扉をあけた。そのために、戸倉の体にぶつかった。

その勢いには、戸倉に避《よ》ける隙も与えない、なにか猛然たるものがあった。

「あっ、すみません」

手塚かおりは、目を大きく開いて戸倉を見、それから自分のほうが一歩さがった。

「いや、うしろにさがって道をあけなきゃいけないのは、ぼくのほうですよ」

戸倉は微笑して言った。

近日中に、正式な講演依頼状を郵送する。手塚かおりは、顔を赤らめ、かすかにうろたえた様子で、そう言うと、丁寧にお辞儀をして交差点を渡り、反対の車線を走って来たタクシーに乗った。暖冬は終わり、本格的な寒気が訪れていた。

事務所に戻り、あまり気が乗らないまま、戸倉は契約書の下書きを作るために資料をデスクにひろげたが、しばしば片肘をついて窓の外を眺め、鎧という海辺の小さな村は、手塚夏彦とかおりの兄妹の故郷なのだろうかと考えた。兄妹の故郷だと考えるのが、至極妥当ではあったが、手塚かおりの、鎧駅でのうしろ姿といい、手塚夏彦の、城崎駅から鎧駅までのトンネルの数を数える口ぶりといい、単純にそこが二人の故郷だと決めつけられない何かが感じられた。

何をあんなに慌ててるんだろう……。戸倉は、手塚かおりが、真正面に立っている自分に気づかないままぶつかってきた勢いとその感触を、まだ胸のあたりに残して、物思いにひたった。きっと、あの若さでモス・クラブの会長職を継いで、何もかもに慌てて焦っているのだろう。

「俺も、親父《おやじ》とお袋が同時に死んじまったとき、ただただうろたえて慌てて焦ってたよな」

戸倉は、十七歳の自分を思い出し、そう無言で言った。一時間ほど前に、元気に出掛けて行った両親は、親戚の家の近くまで来たところで、ハンドルを切りそこねたダンプカーにはねられたのである。母は即死で、父は救急車で病院へ運び込まれて十五分後に死んだ。しらせを受けたとき、戸倉は留守番をしながら、テレビで相撲中継を観ていた。加害者であるダンプカーの運転手は、ちゃんとした会社の社員ではなく、借金をして自分でダンプカーを買い、砂利採取業者に仕事を貰っている男だったうえに、保険にも入っていなかった。放心と哀しみが、やや薄らいだころ、十七歳の戸倉に生じたものは、自分はこれからひとりで生きねばならぬという狼狽《ろうばい》だったのである。そのためには働かなければならぬ、と。

「ただもう、それしか頭になかったよなァ……」

いざとなったときの、親戚の者たちの冷たさは、戸倉がまだ十七歳だっただけに、実際よりも冷酷に感じられ、いっそう彼を焦らせたのである。しかし、デパートに就職し、少しずつ不幸から立ち直ってくると、大学に行きたいと思い始めた。父が遺《のこ》した、ある程度まとまった金と、デパート勤めで貯《た》めたわずかな金で食いつなぎ、彼は受験勉強に打ち込んだ。

戸倉は、受験勉強に没頭していた時期も、合格して大学に通い始めたときも、ひたすら何物かに向かって焦りつづけていた自分を、いまでもまざまざと思い出すことが出来た。

彼は、デスクの引き出しをあけ、ハンカチで包んである白檀のペーパーナイフを手に取った。それは、刀身の部分があまりに薄くて、ぶあつい紙を切る際に、不注意に扱えば折ってしまいかねなかったので、使わないまま、つねに自分の身近なところに置いておこうと決めたのである。しかし、戸倉は、ビルマ人のボウが作ってくれたペーパーナイフを、やはり使おうと思い直した。あいつも、焦っていたのだ……。戸倉は、留学生のための寮で、しつこい咳《せき》に悩まされながら、次第に痩せ細っていくボウが、まなじりを尖《とが》らせて、論文の作成のために何日も夜明けまで机に向かっていた姿を胸に描いた。

俺もデダニも、そんなボウ・ザワナを、無理矢理病院に連れて行く気になれなかった。もし入院ということになれば、ボウが学位を取得して祖国へ帰る日は、二年、あるいは三年、ひょっとしたらもっと遅れることになる。俺もデダニも、口には出さなかったが、お互い、心の中でそう思っていたのだ。だが、四十歳を過ぎて、当時を振り返れば、二年や三年の遅れなど、たいした問題ではなかったことがわかる。そして学位の取得に対して焦っていたのは、なにもボウだけではない。俺も焦っていたし、アフリカ人のデダニも焦っていた。隣の部屋の中国人も、ベトナム人も、みんな焦っていた。一年の遅れが一生を台無しにするような錯覚におちいっていた。その焦りは、若さというものの持つ愚かさのひとつなのだ。そしていま、あの手塚かおりも焦っている。焦ったら、最も大事なところで失敗する……。

戸倉は、ハンカチに包んだまま、ペーパーナイフを上着の内ポケットにしまった。

「講演、お引き受けになったんですか？」

片田セツが、老眼鏡をかけたまま、戸倉に声をかけた。

「うん、引き受けたよ。四月の最初の土曜日だ」

セツはスケジュール表のページをくり、

「ということは、四月二日ですね。何時からですか？」

「夕方の六時から一時間半だ。一時間半も、何を喋ろうかなァ」

「私は秘書ですから、当然同行させていただけますよね？」

「あんまり来てもらいたくないね」

「いいえ、私は戸倉先生の秘書ですから、同行させていただきます。それで、先生のお話を拝聴させていただきます。役得ですわ」

「よしてくれよ。セツさんが聴いてると思うだけで、かなりプレッシャーがかかるぜ」

するとセツは老眼鏡を外し、煙草に火をつけてから、

「きょう、お越しになった方が、モス・クラブの会長さんですか？」

と訊いた。

戸倉は、そうだと答え、手塚かおりと顔を合わせたのかどうかを、片田セツに訊いた。

「いいえ、下の喫茶店からお電話がありましたの。声の感じでは、とてもお若い方みたいで、ほんとにモス・クラブの会長なのかしらって思ったりしたもんですから」

「うん、あんまり若いんで、俺もびっくりしたよ。二十五歳だ。前会長が亡くなって、急遽《きゅうきょ》、跡を継いだらしい」

「へえ、二十五歳とはまた若い会長さんですわね。私が二十五歳のときは、昭和三十九年でした。東京オリンピックがあった年ですから、よく覚えてるんです。オリンピックの開会式は十月十日……。私の誕生日なんです。その年の暮れに、夫に愛人がいること

がわかって……。私には忘れられない年ですわ」

戸倉は回転椅子を廻し、セツと向かい合うと、

「セツさんのご主人だった人、もうそのころから、女がいたのかい？」

と訊いた。

「ええ、二十五歳の若妻にはショックでしたわねェ。だって、結婚して一年もたってなかったんですから。でも、その女とはすぐに別れたんです。だけど、二人目の子供が私のお腹の中にいるとき、また、よそに好きな女が出来ましたの。そんなことが、結婚して十五年のあいだに、何回もありました。十年前の離婚は、息子たちが自分の父を許さなかったんです。それで、私もやっと離婚する決心がつきましたの」

「いま、その人はどうしてるの？」

「さあ、どうしてるんでしょう……。六年くらい前に、神田の本屋さんの中で偶然に出くわしましたけど、随分白髪が増えてました。向こうも私に気がついたんですけど、ひとことも声をかけ合わないままでした」

電話が鳴り、セツは笑顔で、

「きっと奥さまですわよ」

と言った。セツの勘は当たった。

「いま近くまで来てるんだけど、事務所に行ってもいいかしら」

と享子は言った。

「近く？　どうして俺に相談もしないで、出て来たんだよ」

「だって、あなたに言ったら、工事が終わるまで沼津にいろって言うのに決まってるんだもの」

「俺は、今夜からホテルにこもって仕事だぜ。お前はどこへ泊まるんだよ」

「あなたの部屋」

享子はくすくす笑いながら言った。戸倉は、ちらっとセツを見た。するとセツは素早く視線をそらせ、帳簿にボールペンを走らせた。なんだ、この二人、しめしあわせてたのか……。戸倉はそれに気づくと、ふいに娘の亜矢を抱きたくなって、

「いいよ。きょうは客が来る予定もないからね」

と言い、電話を切った。

五分もたたないうちに、享子と亜矢は事務所にやって来た。

戸倉は、五歳の亜矢を抱きあげたが、胸ポケットにペーパーナイフをしまったことに気づき、それを出して机に置いた。亜矢の体で押されて折れたりしたら大変だと思ったのだった。

享子はコートを脱ぎ、戸倉に自分の爪を見せた。亜矢を生んだあと、心臓の具合が悪くなった享子は、それ以来マニキュアを塗らなくなった。発作の前兆は、決まって爪の

色にあらわれるのを自分で発見したからである。病名がはっきりするまで、幾つかの大きな病院で診《み》てもらった。病院によって病名は異なり、治療の方法も違ったが、鬱血性《うっけつせい》心不全であることを断定したのは、セツが紹介してくれた横浜の開業医だった。決定的な治療法のない病気で、その医者が漢方医を紹介してくれたのである。

「すごく元気よ。亜矢を抱いて、駅の階段を昇っても、どうってことなかったわ」

戸倉は、享子の笑顔を見て、かすかに微笑み返した。享子が、夫の眼前に自分の爪を突き出すのは、〈今夜、いかが?〉という符丁だったのである。

望むところだけど、こういう日に限って、夜なべ仕事があるんだよなァ……。戸倉はそう思いながらも、セツに、ホテルに電話して、ツインの部屋を取ってくれるよう頼んだ。

「子供も一緒だから、ひとつベッドを入れてくれって言ってくれよ」

するとセツは、

「あら、亜矢ちゃんは、今夜は私のところに泊まるんです」

と言った。

「よく眠る子ですし、うちの息子たちのペットですから。息子たちは、亜矢ちゃんが疲れ果てて眠るまで大サーヴィスで遊んでくれますわ。いままで、五回、うちに泊まりましたけど、一度もお母さんのところに帰るって泣いたことなんかありませんわよ」

セツはそう言って、戸倉から亜矢を抱き取り、窓の傍《そば》に行くと、何やら亜矢と話を始めた。

「まさか、俺の一人娘に麻雀を教えてるんじゃないだろうな。片田家の連中だったら、やりかねないからな」

そう冗談を言いながら、戸倉は四つ歳下の享子の顔を、眉をしかめて見つめた。ひょっとしたら、セツは、俺たち夫婦の符丁までも知悉《ちしつ》しているのではあるまいかと勘ぐったからだった。そんな夫の心を読み取ったかのように、享子は、

「亜矢が、セツさんのところに行きたいってきかないんだもの。それで、朝、セツさんのマンションに電話をかけたの。そしたら、雄一郎《ゆういちろう》さんが、ぼくが風呂に入れてやりますよ。ぼくは亜矢ちゃんを風呂で遊ばせるのが得意ですからって」

そう言って笑った。確かに、享子は元気そうであった。

戸倉は、だんだん不機嫌になっていった。たとえ娘がまだ五歳だとしても、父親以外の男に風呂に入れてもらうということに、心中穏やかならざるものを感じたのである。たとえ片田雄一郎が、家族同然の間柄だとしても。

享子は、夫の不機嫌を敏感に悟って、小声で、

「どうなさったの？」

と訊いた。戸倉は目配せして廊下に出ると、いっそう不機嫌な顔つきで、

「なんだか面白くないね」

と言った。

「なにが？　私が無断で東京に帰って来たから？」

「べつに一日ぐらい風呂に入らなくてもいいだろう」

享子は、ぽかんとして、夫を見ていた。

「亜矢のことだよ。雄一郎くんが亜矢を風呂に入れるってのは、あまり正しいことだとは思えん」

享子の目元に笑みが湧いた。享子は声を落とし、

「でも、雄一郎さんは、亜矢を、歳の離れた妹みたいに思ってるのよ」

と言った。

「いくらそう思ってても、やっぱり他人なんだ」

「いやだ、あなた、妬《や》いてるのね」

「馬鹿。妬いてるんじゃない。あまり正しいことではないって言ってるんだ。父親の、娘に対する気持ちってのを、もうちょっと大切にしてもらいたいね」

「じゃあ、お風呂からあがってきた亜矢の体を拭いてくれるぐらいだったらいいの？」

「うん、まあ、そのぐらいだったら、許してもいいな」

享子は声を殺して笑い、夫の手を握った。戸倉は、そんな享子を、いやに美しく感じ

た。

「じゃあ、亜矢は、もう五回も過ちを犯したのね。わずか五歳にして」

「過ちってことはないさ。ただ、親父以外の男と風呂に入っただけだ。済んだことは仕方がない」

享子は、とうとうたまりかねたように、身をよじって笑い、

「先が思いやられるわ」

と言った。

「亜矢が年頃になったら大変ね。あなた、仕事なんか手につかないで、亜矢のあとを尾行したりしないで下さいね」

「いや、やるかもしれんね。帽子をかぶってレインコートで身をつつみ、サングラスとマスクをかけてね」

「私に似て、美人になることは、もう間違いないし」

「そのとおり。俺にも似たから、並の美人じゃない。燦然《さんぜん》と輝くような美人になる」

事務所に戻り、机の上の書類を鞄にしまおうとして、戸倉は、ペーパーナイフを享子に手渡し、ビルマから届いた手紙も見せた。

享子は、夫と比べると、はるかに英語は下手《へた》だったが、それでもニューヨークでひとりで買い物をしたり、アメリカ人の友人たちと簡単な会話程度はこなせた。

ハンカチの包みを解いて、ペーパーナイフを見てから、享子は手紙を読んでいたが、

「十数年かかったのね。ボウ・ザワナさんがこのペーパーナイフを作って、それがあなたの手元に届くまで」

と享子は言った。そして、

「なんだか、ぽきんと折れてしまいそう」

とつぶやき、丁寧にハンカチで包んだが、すぐに包みを解き、セツに、何か小さな箱はないかと訊いた。セツが、自分の机の引き出しをさぐって、細長い箱を出した。それは、セツが事務所の中だけで愛用している白檀の扇子を入れる箱だった。

「あら、おんなじ白檀……。でも、このペーパーナイフは、もう匂いがないわ」

享子は、そう言ってペーパーナイフを箱にしまい、それをハンカチで包んだ。戸倉は、そんな妻の手を見つめた。発作で臥しているとき以外は、いつも機敏に動いている手。ときには、その色白の顔よりも表情を持つ手。眠っているとき、どういうわけか、枕の端をそっと握っている手……。

戸倉と享子は、亜矢とセツをタクシーで送り、そのままホテルに向かった。チェック・インしてすぐに、ホテルの地下にある中華料理店で食事を取った。デザートの果物を食べているとき、

「ねえ、あなたひとりでケニアへ行って来たら?」

と享子は言った。

「行きたくてたまらないんでしょう？　私も一緒に行きたいけど、私の病気、完全には治らないわ。治らないから長生きしないってことじゃないけど、やっぱり私を連れて行ったら、あなたの見たいアフリカなんて、到底見れやしないわ」

「ひとりで行ったりしたら承知しないって、ついこのあいだまで言ってたじゃないか」

「でも、そんなの私のわがままだもの。あなたの書こうとしてるものの完成が遅れるでしょう？」

「俺はジャーナリストじゃない。アフリカについての、俺の考えを書くことは、俺の本業じゃないんだ。道楽のつもりはないけど、本業が忙しくて、まだとても書ける段階じゃないよ。ことしは、去年よりももっと忙しくなる」

享子は、ウェイターに紅茶を注文し、

「私、きょう、東京に着いて、駅前の本屋に寄ってみたの。〈人材の大陸〉、ちゃんと本棚に置いてあるかなァと思って。そしたら、ちゃんとノンフィクションのコーナーに何冊か積んであって、二十五、六歳の男の人が買ったのよ。私、亜矢を抱いて、その人がお金を払うのを見てたの。レジの女の人が、ありがとうございましたって言ったあと、私も、ありがとうございましたって言って頭を下げちゃった。買った人、びっくりして私を見てたわ」

本を買ってくれたその見知らぬ人に、コーヒーとケーキでもご馳走したい気分だったと言って、享子は笑い、

「でも、本屋の店員さんも、びっくりして私を見てたわ。私、恥ずかしくなって、慌てて亜矢を抱いて本屋から出ちゃった」

戸倉も苦笑し、

「そりゃあ、びっくりしただろうな。本を買ってくれた人も、本屋の店員さんも。きっと、ぴんときたはずだぜ。あっ、この人、著者の奥さんなんだって」

と言った。

「わかるかしら?」

「だいたい見当はつくだろう」

「うわあ、私恥ずかしいことしちゃったわねェ」

戸倉は、ふと、今夜もこのホテルに、手塚夏彦は滞在しているのだろうかと考え、享子に、ニューヨークのティファニーで目にした腕時計と対面したいきさつを語って聞かせた。

「べつに大騒ぎするほどたいした問題じゃないんだけど、やっぱり、しばらく茫然《ぼうぜん》とその腕時計を見てたね」

「お正月、沼津にいるあいだ、そんな話、ぜんぜんしなかったわ」

「このホテルに来て思い出したんだ。だって、沼津にいるあいだじゅう、お父さんの碁の相手ばっかりさせられてたからね。でも、お父さんて、一見おとなしそうだけど、あの負けん気の強さには舌を巻くよ。やっぱり、お前の親父だけあるよ。お前の性格は、絶対、父親譲りだね。口にも顔にも出さないけど、すごく負けん気が強い」

「私、負けん気、強いかしら」

「うん。相当なもんだ。だから、俺と一緒にケニアに行くって夢を放棄するなんて、享子らしくないよ」

戸倉は、享子に気休めを言って励まそうと思ったのではなく、本気で、享子もケニアに行けると考えたのである。旅先で具合が悪くなれば、元気になるまで現地で休んでいればいい。俺たちは人生の同志ではないか。

彼は、享子と知り合ったのが、日本の大学を卒業した年であることが信じられなかった。その年、享子は、同じ大学の三年生になったばかりだった。留学に関するさまざまな手続きとか相談にのってくれた担当教授の部屋で、二人は初めて顔を合わせたのである。享子は、まだまだ時間の余裕があるのに、もう卒業論文の準備を始めていて、どんな資料が必要かを教えてもらうために、その教授の部屋を訪れた。教授は、享子に、

「戸倉くんに教えてもらったらいい。彼は、ことしの九月までは暇な身だ」

と言った。そのいまは亡き教授が、片田セツの父であった。戸倉は予定よりも三カ月

早く渡米したが、それまでのあいだに、戸倉と享子は、映画を一緒に観たり、街をあてもなく二時間も三時間も並んで歩いたりするようになっていた。戸倉は享子を好きになったが、自分が留学を終え、学位を取得し、弁護士として一人立ちするまで待っていてくれとは言えなかった。

戸倉は、自分が留学のために渡米し、学位を取得するまで、どんなに早くても六年はかかると計算していた。そのうえ弁護士としてなんとか食えるようになるには、そこからまだ三年は必要であろう。どんなに早くても、九年も享子に待っていてもらわなくてはならない。九年たてば、享子は三十歳になる。三十歳まで結婚を待ってくれなどとは、いくら何でも、享子には言えなかったのである。

けれども、享子は待っていたのだった。必ず月に一度、あるいは二度、享子からの手紙が、アメリカにいる戸倉のもとに届いた。八年前、二人は沼津で結婚式をあげたが、その際、享子の父が言った言葉は、いまでも思い出すと戸倉を我知らず微笑させる。

――いやいや、娘はほんとに三十まで待ちましたねェ。母親に似て、負けん気が強いですから、意地を張って待ちつづけてるんだろう。でも、若い者の心なんて、くるくる変わるから、そのうち他の男を好きになって、戸倉陸離のとの字も口にしなくなると思ってたんだけどねェ。母親そっくりだ。負けん気が強いうえに頑固ときてる――。

戸倉は、コーヒーを注文し、自分の考えを享子に言った。享子は涙ぐみ、それから、

微笑むと、

「そうね。ケニアで死んだって、それはそれで人生の思い出になるわよね。でも、まさかケニアで死ぬなんて、私、想像もしてなかったわ」

「馬鹿なこと言うな。死んだりするか。そんなことを言うんだったら、俺もアフリカに行こうなんて考えは捨てる」

戸倉は本気で怒った。すると享子は、こころもち首をかしげ、

「だけど、私みたいな持病持ちは、いつでも、どこでも死ぬ覚悟をしとかないと、安心して生きられないわ」

と言った。とっさに返す言葉を喪《うしな》い、戸倉は享子の顔を見つめた。その享子の言葉は、なにも病気をかかえた人間だけに必要な人生観だとは思えなくなっていったのである。

薄明かりを灯《とも》したホテルの部屋で、戸倉は妻の体からそっと離れると、ベッドに横たわって、

「おい、生きてるか？」

と訊いた。享子は、声を押し殺して笑い、

「まだ死んでる……」

とささやいた。

「俺がアメリカから出した手紙、あれ、返してくれよ。ときには、三日おきに書いたときもある。そんなときの手紙は、異常な精神状態で書いてるから、もう穴があったら入りたいくらい甘ったるい言葉を並べてたような気がするんだ。返してくれよ。頼むよ」

「駄目。あなたが浮気をしたときのために取っとくの」

そう言ったくせに、バスルームに行って戻って来ると、享子はカーテンの隙間から夜景を眺めたあと、

「浮気したってかまわないわよ。でも、私にわからないようにしてね」

と真顔で言った。

煙草を吸いたくてたまらなくなったが、戸倉は我慢して、

「浮気をしたら、一生後悔するぞって脅かしてたくせに、いったいどんな風の吹きまわしだい？」

と享子に問いかけた。ケニアに行くのをあきらめると言ったり、浮気をしてもかまわないと言ったり、いつもの享子らしくないことが、戸倉をかすかに不吉な心持ちにさせた。

「だって、あなた、ときどき寂しくなるときがあるでしょう？　私がほんとに元気なときって、そんなにたくさんはないんだもの」

享子は夜景に見入ったまま言った。そんな享子を自分の隣に呼び寄せると、戸倉は享

子の心臓のあたりに耳を当てがい、

「男の四十代ってのは、実際、肉体的には中だるみの時期でね。おまけに仕事はどんどん忙しくなる。奥さんが静かに寝てくれてるほうがありがたい場合が多いんだぜ」

と言った。

「でも、男性の中だるみの時期っていうのは、自分の奥さんに対してでしょう？　若い女性が出現したら、がぜん元気になるわ」

「人はパンのみにて生きるにあらずって言葉があるけど、夫婦はセックスのみにて結びつくにあらずだ」

「なんだか、答えになってないわよ」

「いいんだ、いいんだ。俺は浮気がばれたときのことを考えると、もうそれだけで身がすくむよ」

「そんなに私が怖い？」

「怖い」

二人は、強く抱き合って笑った。ふと戸倉は、アメリカに留学中、毎月届いた享子からの手紙の中に、妙に味わいの薄い、空疎なものを漂わせる文章がつづられた手紙があったことを思い出した。そんな手紙が半年近くつづいた時期があったのだった。彼は、その手紙によって、日本にいる享子の前に、自分以外の男性があらわれたことを感じ、異国でひとり悶々《もんもん》と安酒にひたったりした。あとになって、戸倉は享子を問い詰めたが、享子は、母にお見合いを強要されて閉口していたのだと答えた。しかし、戸倉はいままでも、享子の言葉を信じていなかった。そして、それはもはや遠い昔のことでもあった。

彼は、享子に、モス・クラブの会長との不思議な出会いについて話そうとしたが、結局黙っていた。手塚かおりという二十五歳の娘に、多少不心得な感情がなきにしもあらずであることを、彼自身認めたからであった。

第四章　春雷

引っ越しの作業もあらかた終わり、フク子が、食器類を洗い始めると、かおりは、新しいマンションのベランダに出て、小さな公園の桜に目をやった。五分咲きといったところで、あと二、三日いい天気がつづけば満開になりそうだった。

今泉夫人が勧めてくれた西麻布のマンションは、いくらなんでも、かおりには贅沢《ぜいたく》すぎた。それで別のマンションをみつけるのに一カ月近くもかかり、きょうやっと吉祥《きちじょう》寺《じ》の、外観は古いが、管理の行き届いた二ＬＤＫに引っ越してきたのである。

ひとり住まいよりも、フク子にそのままお手伝いとして働いてもらうほうがいいという今泉夫人の忠告は守ることにした。かおりがモス・クラブの会長になり、夜遅く帰宅する日がつづくようになると、確かに今泉夫人の言葉どおりで、フク子が夜食を作ってくれたり、話し相手をしてくれたりすることに、どれだけ心安らいだかしれなかったからである。

そして、正式に会長に就任して、三カ月が過ぎ、かおりは、もうモス・クラブの会長職を投げ出したくなっていた。伯父《おじ》が生きていたころ、円滑に動いていたモス・クラブ内のあらゆる部署は、かおりが会長に決まったその日から、あきらかなひずみが生じて、到底有り得ないような小さなトラブルが続発した。社員のあいだには派閥が出来、その日に会長の机に廻《まわ》ってこなければならない報告書とか伝票とかは遅滞した。かおりは、社員たちを叱ることに自信がなく、というよりも、叱り方そのものを知らなかった。

当初、役員会で、若い会長を護《まも》ることを誓った副会長は、どうやら、かおりが自ら退陣するのを待っているようだった。その副会長は、伯父が銀行マンだったころのかつての部下で、金融筋に顔のきく乾喜之介《いぬいきのすけ》という男である。かおりは、乾が、かおりに内緒で、各支店の所長たちと京都で会合を持ったことを、五日前、今泉夫人から教えられたのだった。

「おにぎりが出来ましたよ」

フク子が、白金台のマンションの居間とほぼ同じ広さを持つ居間から声をかけた。

「これくらいの広さが一番いいですね。お掃除がらくで。前のマンションは広すぎましたよ」

フク子は、新しいマンションに引っ越すときが、自分の職を失なう日だと覚悟していたらしく、このまま、かおりと一緒に生活出来ることを一カ月前に知って以来、ずっと機嫌がよく、息子の嫁に対する悪口も言わなくなっていた。

「あら、ごめんなさい。私、今夜、人と逢《あ》って食事をする約束なの」

かおりは、居間のソファに坐《すわ》り、お茶だけ飲んだ。七時に、戸倉が劉慈声を引き合わせてくれることになっていた。

「あら、出掛けるんですか？　引っ越しで疲れてるっていうのに」

フク子は、出掛けるなら事前にひとこと耳打ちしておいてくれればいいのにと言いたげに、重箱に並べたおにぎりとか玉子焼きとかを見やった。

ほんとに、どうして自分は、今夜の予定をフク子に言っておいてやらなかったのであろう。もしそうしていれば、フク子は、こんなに手の込んだ弁当を作らずにすんだのだ。

かおりはそう思い、フク子に謝った。最近の自分は、少しどうかしている。少しどころか、相当おかしい。やることなすことが全部ちぐはぐで、神経がまいってしまっている。やっぱり私には無理だったのだ。このままでは、モス・クラブは空中分解し、多くの会員に迷惑をかけることになる。さっさと白旗をあげて、乾に会長になってもらおう。

かおりは、不満そうなフク子の表情を見ないようにして、顔をうなだれたまま考え込んだ。

いまのところ、私の味方といえば、今泉夫人と経理部長の白坂良光《しらさかよしみつ》、それに業務部の数名の社員しかいない。やはり、伯父の読みは正しかった。結局、伯父の言葉どおり、泥棒犬根性の人間は、たちまち徒党を組んで、本性をあらわした。

かおりは、伯父の、役員や社員ひとりひとりに対する直截《ちょくせつ》で痛烈な人間分析を思いだした。

——乾は口も立つし、才知にも富んでいるが、泥棒犬みたいなところがある——。

——野宮《のみや》は、賞《ほ》めてもらわないといい仕事をしない。人間はみんなそうだが、野宮の場合は、それが少し異常だ。こんな人間は、移り気でね——。

服を着換えるため、自分の部屋に行き、ドアを閉めると、かおりはドレッサーの前の椅子に坐って、兄のことを考えた。きのう、かおりは都内のめぼしいホテルに電話をかけ、夏彦の行方を捜してみたのだが、みつからなかったのである。兄とは、正月に顔を合わせたきり逢っていなかった。

かおりが、赤坂《あかさか》にある中華料理店に着いたのは、約束の時間よりもかなり早く、そのため、彼女はブティックをのぞいたりして時間をつぶした。自分のほうから戸倉に頼んだことであったが、いまのかおりには、劉慈声という中国人に逢うのさえ徒労に思われていた。中国の旅行ツアーを企画する余力など、自分にはないと思えたからだった。彼女は、夜の人混みの中を何かに追われているかのように歩いた。渡る必要もない信号を渡ってみたり、何の興味もない呉服店のショーウィンドーの前で立ち停《ど》まったりした。

「私、やめた。モス・クラブの会長なんて、もうやめた。あしたにでも、乾さんと話し合って、役員会をひらいてもらおうっと」

かおりは、小声で、しかしはっきりと口に出して言うと、肩の荷は確かに降りたが、取り返しのつかない決心をしてしまったようにも感じた。

かおりは、夏彦に対して、抑えようのない憎しみを抱いた。なんと自分勝手で冷たい兄だろうと思った。これまでも、兄はいつも身勝手だったが、自分はそんな兄に不満はあっても憎しみという感情は抱いたことがない。仕方のない兄だなァと許してきたのだ。きっと兄は、モス・クラブの内情と、妹の苦衷《くちゆう》に、あらかたの察しはついているだろう。けれども、この数週間、電話一本かけてこない。なんと冷たくて意地悪な人間だろう。私は、モス・クラブの会長を辞めるが、兄を捜したりはしない。私も勝手に生きていくから、兄も勝手に生きていけばいいのだ。

かおりは、中華料理店への通りを悄然《しようぜん》と歩いて行きながら、そんなことを考えつづけた。

戸倉とは、正月の七日に逢ったきりで、講演の打ち合わせも、劉慈声という中国人に関する件も、電話で話しただけである。本来は、もっと早くに劉慈声と逢える予定だったが、四月の十日に帰国する劉には、こまごまとした雑用があり、戸倉も一月の半ばに五日間、二月と三月にも十日間ずつ、ニューヨークへ行ったため、きょうまで遅れたのであった。

かおりが、中華料理店の、予約してあった席につくと、五分もたたないうちに、戸倉と、長身の中国人がやって来た。事前に中国人だと知らなければ、とてもそうとは気づかないほど、劉の日本語も着ているものも、日本人と区別がつかなかった。挨拶を交わしあってから、メニューを劉に見せ、かおりは、

「どんなお料理を注文するかは、劉さんにおまかせいたします」

と言った。

「ここは広東《カントン》料理ですね。コックの何人かも中国人だそうですよ」

劉慈声は言って、

「予算はどのくらいですか？」

と訊《き》いた。

「予算は無限です」

そのかおりの言葉で、戸倉と劉は笑った。

「無限ですか。そりゃあすごい。でも、私たちの胃の許容量は有限ですからね」

劉慈声は、太くて柔らかい、穏やかな声で言い、ウェイターに何品かを注文した。

かおりは、戸倉と何度も目を合わせたが、なんとなく観察されているような気がして、

自分が会長を辞めてもモス・クラブは存続し、中国旅行の企画は進めなくてはならないのだと言い聞かせ、無理矢理気力を出して明るく振る舞った。

「陸離から聞いていましたが、こんなにお若い方が大きな会社の社長さんだなんて信じられないくらいです」

と劉は微笑《ほほえ》みながら言った。

「会長さんだよ」

戸倉は、劉にそう訂正した。

「いえ、どちらでもいいんです。モス・クラブというのは、ひとつの会ですから、会長と呼ぶだけで、意味は同じなんですの」

かおりは、そう応じ返したが、戸倉の視線が気になってきた。

かおりは、虚勢を張って笑顔を作ると、戸倉を見つめ返した。すると戸倉は、

「お仕事、いかがですか」

と訊いた。

「少しお痩せになったみたいですね」

さらに何か言おうとして、戸倉は言葉を選んでいる様子だったが、話題を変えた。

「慈声は、いいことずくめで、いま幸福の渦中にいるから、少々無理な仕事でもうけおってくれますよ」

と言って、視線を劉慈声に移した。

「いいことずくめってことはないよ。そんなことになったら、あとが怖い。いいことずくめなんてのは、人生の最終章にまで取っておかないと」

劉はそう言ったが、微笑は深くなった。

「どんないいことがおありでしたの？」

とかおりは訊いた。劉は、ただ微笑するだけで答えなかった。戸倉がビールを飲みながら、代わりに答えた。

「まず、二年間の孤独な生活を終えて、奥さんと息子さんの待つ中国へ帰る日が、もうそこまで近づいた。もうひとつは、息子さんが北京大学に合格した。さらに、慈声が実際に目にした日本の社会と日本人に関する著作を書き終えた。それにもうひとつ、奥さんの病気が全快した。ねっ、いいことずくめでしょう？」

「奥さま、ご病気だったんですか？」

かおりの問いに、劉は、最近まで知らなかったのだと答え、

「私に心配させてはいけないと思って、内緒にしてたんです。卵巣の病気で手術をしました。腫瘍《しゆよう》が出来てたんですが、悪性のものではないということがはっきりしたそうです」

と言った。

「まあ、それはよかったですわねェ。かさねがさね、おめでとうございます。北京大学なんて、東大に入るよりも難しいって聞きましたわ」

「倍率だけは、東大の何十倍ですが、それは人口が多いからです。いったい中国には何人の人間がいるのか。中国政府も、大都市とか中都市あたりまでは正確に調査出来ますが、いなかのことまでは把握出来ません。何百もの少数民族がいますし、人間の通れる道なんかない山の奥にも、たくさんの村がありますから」

「日本での生活はいかがでしたか？」

そのかおりの問いにも、劉は、ゆったりとした笑顔で応じた。

「いろんなことがありましたが、陸離が助けてくれたので、楽しい思い出ばかりです」

「俺は何にも助けてないよ。そうだ、一度二万円貸したことがあった。すぐに返してもらったけどね」

きっと、辛《つら》いことや、悔しいことがたくさんあったのだろう。だが、この劉慈声という男は、決してそれを口に出したりはしない。かおりは、そう思うと、自分の弱さに対して溜息《ためいき》を漏らした。

「中国旅行の手配の件ですが、私は旅行業の専門家ではありませんが、多少のお手伝いは出来ると思います。北京や上海《シャンハイ》のホテルでは、何人かの知り合いが働いていますし、中国の旅行社にも親しい友人がいます。手紙で問い合わせましたら、みんないい返事をくれました」

劉はそう言って背広のポケットから、中国の旅行社の住所と、そこの社長の名を書いた紙を出した。前菜が運ばれてきた。大きな皿の真ん中には、人参を彫って作られた鳳《ほう》凰《おう》が飾られていた。かおりは、その見事な細工に思わず見惚《みと》れた。

「この店のコックは、小さな包丁を使って人参で鳳凰だとか龍《りゅう》だとか、もっとたくさんの飾り物を作りますが、どんなに精巧なものでも五分もかかりません」

と劉は説明した。かおりは、それを持って帰って、フク子に見せてやりたいと思ったが、鳳凰の形に彫った人参が、しなびて、ひからびていくのを目にしたくないと思い直し、前菜を小皿に取った。

近々、中国に行ってみてはどうかと戸倉は勧め、

「モス・クラブ主催の中国旅行は、いつごろを予定してるんです？」

と訊いた。

「秋を予定しています。十月に十日間ぐらいの日程で」

「じゃあ、それまでに手塚さん自身で視察してきたらいい。五月に入ったら、慈声の生活も落ち着いてるでしょう。彼が、通訳をしたり、ツアーの打ち合わせに同席してくれるでしょう。中国といっても広いから、十日間でどこへ行くのかというスケジュールも、会長さん自らが、まず先に視察しておいたほうがいいでしょう」

はい、そうですね、と返事をしたが、かおりは、自分の声に力がなく、あきらかに気乗りがしない口振りであったことを自覚した。自分のほうから招待しておいて、こんな元気のない、気乗りのしない態度をとるのは失礼だと思ったので、かおりは、

「私、もうじき、モス・クラブの会長ではなくなると思います。そうなると、別の者が新しい会長に就任しますけれど、中国旅行の企画には変更がありません」

と言った。言ってから、ひどく後悔した。ますます自己嫌悪におちいり、前菜に箸をつける気力も失なった。けれども、かおりは、いま自分の前にいる二人の男性に、なにか寄りかかっていきたい気持ちに襲われた。なんだか春の風みたいな劉慈声と、強い意志と理性を独特の稚気で包んでいる戸倉陸離とが、頼りになる歳上《としうえ》の友人のように思えてきたのだった。

「私、さっき、モス・クラブの会長を辞めようと決めましたの。私は、修業が足りませんでした。そのことを、はっきり認めました」

とかおりは言った。

戸倉と劉は、ちらっと顔を見合わせた。その瞬間、かおりは、二人が仄《ほの》かに微笑んだような気がした。しかも、その微笑が、悪意から生じたものではないことにも気づいた。

「さっき決めたって言いましたね。さっきというのは、いつです？」

と戸倉が訊いた。

「このお店の近くを歩いてるときです」

「会長を辞任しろって、役員や社員から迫られてるんですか？」

「いいえ。まだ誰も口に出してそうは言っていません」

かおりは、自分が会長に就任してからの社内の不協和を、かいつまんで話して聞かせた。

「そんなに簡単に、城をあけわたすもんじゃありませんよ」

戸倉は笑顔で言って、何か意見を求めるみたいに劉慈声に視線を向けた。

「どこもかしこも、権力闘争ばかりですね」

と劉は言って、手帳を出し、ボールペンを走らせた。戸倉は、その劉の手帳に目をやっていたが、やがてかおりを見つめ、

「まず、ひとつひとつ問題を解決していくことです」

と言った。

「あなたが、二十五歳であろうが十二歳であろうが関係ない。あなたはモス・クラブの会長なんです。あなたは部下の仕事における怠慢を厳しく叱咤《しった》する義務と権利を持ってる。仕事に怠慢な社員には辞めてもらったらいい。あしたにでも、その怠慢な連中をひとりひとり呼んで、厳しく追及する。いやなら辞めろと言えばいい。その次に、乾っていう副会長と話をすること。会長に内密で何をやっているのかを問い詰めること。勿論《もちろん》、

あなたを舐《な》めてかかってるでしょうから、のらりくらりと誤魔化すでしょうがね」

そこまで言ってから、戸倉は、乾喜之介という男は、モス・クラブに幾ら出資しているのかと訊いた。

「モス・クラブを発足させるときの資金は、伯父が百パーセント出資しました。ですけど、その伯父の出した金の四十パーセントは、二人の友人から借りています。それは、二年前に返済しました」

「株式設立の際、名義だけの役員だとしても、書類上では出資者ということになってるでしょう。乾って男は、株の何パーセントを持ってるんです？」

戸倉の問いに答えているうちに、かおりは彼が弁護士であることを思い出した。なぜそれを忘れていたのであろうと不思議だったが、〈人材の大陸〉という著作物が、戸倉陸離に、極めて優れたジャーナリストとしての印象をもたらしていたのに気づいた。

「それから、何もかもを自分でやろうとしてはいけませんよ。人を使うんです。それは、あなたに味方する社員だけじゃない。その副会長も、うまく使う。つまり、乾という男は、どっちみち自分が親分になりたいんだから、それを逆に利用するんですよ」

戸倉の言葉がひと区切りつくのを待って、劉慈声は、何かの文章をしたためた手帳の一枚をちぎり、それをかおりに差し出した。

――天降大任於斯人、必先労其筋骨、苦其心志――。

かおりは、その文字に見入った。劉の、その文章の意味を伝える濁りのない、穏やかな声が心にしみた。

「天は、大任を帯びた人間に対して、必ず先に、その筋骨への労と、その心や意志への苦しみを降らせる、という意味です。孟子《もうし》の言葉です」

そして劉は、

「どうか五月に、中国に来て下さい。万難を排して、私の出来得る範囲のお手伝いをいたします」

とつけくわえた。万難を排してというひとことを耳にしたとき、かおりは、頬が紅潮した。それは、正月に、戸倉と講演の打ち合わせをしたとき、自分が口にした言葉であった。むきになって、突っ張って、そんな大仰《おおぎょう》な言葉を使った自分が、たったの三カ月でへこたれてしまった……。かおりはそう思った。

「おい、慈声。いい言葉だなァ。俺がへこたれたとき、そんないい言葉で励ましてくれたことなんてないぞ。ずるいなァ。とっておきの言葉を、なんだかこの日のために隠しといたって感じだな」

戸倉がそう言うと、

「陸離がへこたれることなんてないよ」

劉は応じ返して、さらに、

「この孟子の言葉は、大任を帯びた人間への言葉だからね」

と言って笑った。

「あっ、そうすると、俺は大任を帯びた人間じゃないのか。そうか、慈声は俺を過小評価してるな。俺だって、大任を帯びて生まれたんだ」

「天が、陸離に与えたのは、美しい奥さんと可愛《かわい》い娘だけだよ。ぼくはこの二年間、しょっちゅう見せつけられて、寂しい思いをした。北京の妻と息子に逢いたくて、泣いた夜がある。そういう日は、必ず、陸離のマンションに遊びに行ってる。ぼくを泣かせたのはいつも陸離だよ」

「そういうのを、言いがかりって言うんだ。まあいいや。それよりも、俺にも何かいい言葉をくれよ」

「考えとくよ」

「冷たいなァ……」

かおりは、戸倉と劉が、笑い合っているさまを見ていた。劉が書いてくれた孟子の言葉をもう一度、心の中で読み、その紙を大切にハンドバッグにしまった。

中華料理店から出ると、劉は、中国人の留学生が今夜アパートに遊びに来るのでと言い、地下鉄の駅へと去って行った。かおりは、劉の姿が消えたあと、自分はきっと北京で劉と再会出来ると思った。そして、その自分の思いを戸倉に言った。

「そう思うだけじゃあ、弱いですね」

戸倉は、ふいにきつい目をかおりに突き刺すように向けて言った。その言葉の意味がよくわからなくて、

「弱い……？　何がですか？」

と訊いてみた。

「自分は必ずモス・クラブの会長として、北京で劉慈声と再会してみせるって決意したら、きっとそのようになるでしょう」

「決意ですか？」

「そう、決意です。このようにしたいと望むのと、こうしてみせると決意するのとでは、結果が違うんです。決意しなきゃあ」

かおりは、雑踏の中で立ち停まったまま、戸倉を見つめ返した。戸倉に叱られているという気もしなかったし、励まされているという感じも受けなかった。それだけに、戸倉の言葉は説得力をもって、かおりの心に吸い込まれた。確かに自分は、こうしたいとか、このようになりたいとかの望みは抱いたが、こうしてみせる、このようになってみせると決意はしなかった……。かおりはそう思った。

「なんだか、お説教臭い言い方をしたみたいですね。お気を悪くなさらないで下さい」

戸倉は照れ笑いを浮かべ、腕時計を見てから、

「この近くのバーで、関口くんと待ち合わせてるんです。よろしかったらご一緒にいかがです？」

と誘った。かおりは、関口礼太とも正月以来、逢っていなかった。関口なら、兄の居所を知っているかもしれないと一瞬思ったが、居所がわかったとて何がどうなるものでもないと考えた。

「お正月に訪ねていらっしゃってから、関口さんとはお逢いしてませんの。私が、白金台から吉祥寺に引っ越したことも、おしらせしてないんです。きょう、引っ越しましたの」

「きょう……？　じゃあ、お疲れでしょう」

「いいえ、劉さんから、とても素敵な言葉をいただいたので、元気が出ました」

「そりゃあよかった。行きますか？　すぐそこです」

かおりは戸倉と並んで歩きだした。すると、戸倉は、

「関口くんを見たら、びっくりしますよ」

と言って、おかしそうに笑った。

「どうしてですの？」

「それは、逢ってからのお楽しみってことにしましょう」

さっき歩いた通りの風景が、いまはまったく違って見えた。かおりは、戸倉にも礼を

述べなければならないと思ったが、うまく言葉が出てこなかった。

「私、ひとつひとつ、片づけていきますわ」

それだけ言うと、正月に関口から聞かされた戸倉の高校生時代からの苦闘に思いを馳《は》せた。しかし、苦闘という言葉は、関口が使ったのではなく、話を聞いたかおりが、知らぬまに心に浮かべた二文字であった。

バーは、二階に著名なフランス料理店があるビルの三階にあった。長い一枚板のぶあついカウンターと、四人掛けのテーブルが二つあるだけだったが、いかにも酒を飲むところといった風情で、女性の従業員はいなかった。

「私、二階のフランス料理店には、伯父と来たことがときどきあるんですけど、三階にこんなお店があるなんて知りませんでした」

かおりは、カウンターの席で静かに酒を飲んでいる三、四人の客たちに視線を走らせて、そう言った。

「ホステスだとかウェイトレスがいない店で飲み直したいって男どもが常連ですよ」

戸倉は、いったんカウンターの席に坐ろうとしたが、

「テーブルにしましょうか」

と言って、一番奥のテーブルに誘った。関口礼太はまだ来ていなかった。しかし、かおりがテーブルにつくと、ひとりの客がカウンターの席から戸倉の隣にやって来て、

「どうもお久しぶりです」

とかおりに言った。かおりは、誰だろうと思い、その男をみつめた。短く切った髪には軽いウエーブがかかり、ジャケットもネクタイもシャツもスラックスも、イタリアのサルバトーレ・ロッシがデザインしたもので統一し、薄茶色の縁の眼鏡《めがね》をかけていた。

「関口礼太さんですよ」

戸倉が笑いながら言った。

「えっ！」

よく顔を見れば、確かに関口礼太であった。かおりは、ぽかんと関口を見つめ、それから、

「上から下まで全部、サルバトーレ・ロッシ……」

とつぶやいた。

「よくわかりますねェ。さすがはモス・クラブの会長だな。ぼくは、服を見ただけで、誰のデザインかなんて、まったくわからんなァ」

戸倉は言って、きまり悪そうに突っ立っている関口に坐るよう促した。

「いや、かおりさんも一緒だなんて思ってなかったから」

関口は、口をすぼめて、目だけあちこちに動かした。かおりの喉元から笑いがこみあげた。それは、どうしても抑えることが出来なかった。けれども、笑っているうちに、

もしかしたら関口の身辺に異変が生じたのではあるまいかと考え始めた。新聞社を辞めて、別の職業についたのだろうかと。

「そんなに、おかしいですかねェ」

椅子に坐り、煙草《たばこ》に火をつけると、関口は戸倉とかおりとを交互に見やって言った。

「ごめんなさい。おかしくて笑ってるんじゃないんです」

そうは言ったものの、かおりは、やはり、おかしくて笑っているのだった。関口の変貌が珍奇だというのではなく、関口の変わり方それ自体が。

「新聞記者を辞めちゃったんですか？」

とかおりは訊いた。

かおりは冗談めかして言ったつもりだったのだが、関口は眼鏡をかけているのに顔をしかめ、戸倉は他の客がみな振り返るくらいの大声で笑った。

「だって、以前の関口さんとまるで違うんですもの。いったい何が起こったのかって考えてしまいますわ」

とかおりは言った。

「それで新聞記者を辞めたのかって発想は、やっぱり、ぎくっとしちゃうなァ。社の連中にもいろんなことを言われたけど、新聞記者を辞めるのかって言葉はなかったから」

関口が、いやに深刻にテーブルの一点に目をやったまま、口をすぼめたり、への字に

したりして考え込んでいるので、かおりは、

「でも、とても似合います。そのヘアスタイルも、サルバトーレ・ロッシも」

とお世辞ではなく言った。そして、いったいどういう心境の変化によるものなのかと訊いてみた。

「もとはと言えば、かおりさんのお兄さんですよ」

と関口は答えた。

「兄が……？」

関口の、髪型も服装も最新流行を絵に描いたような変貌に、兄の夏彦が絡んでいると聞いて、かおりは驚き、そして意味もなく不吉なものを感じた。関口は、夏彦に高木泉という十八歳の娘を紹介されたことや、その泉に振り廻されて美容院に連れて行かれ、彼女の選んだ服を着せられたいきさつを、きまり悪そうに話して聞かせた。

かおりには、高木泉という名に記憶はなかった。兄は、歳上の女ではなく、そんな若い娘とつきあっているのかと思った。

「兄と、その高木泉って方とは、どんなつきあいなんですか？」

「さあ、仲のいい兄妹みたいな感じですね。泉ちゃんは、大学に合格したんです。いま羽根を伸ばして遊び廻ってるなァ。でも、長いこと手塚とは逢ってないって言ってましたよ」

関口は、ふと思い出したみたいに、かおりを見て、

「彼女のお母さんは、三年ほど前までモス・クラブのメンバーだったそうだけど」

と言った。かおりは、即座に、ひとりの女性の面立ちを心に描いた。この三年のあいだに、死亡以外の理由で退会していった女性は、たったひとりしかいなかったからである。高木澄子……。ああ、あの人なのか。かおりは、ほんの一、二度言葉を交わしただけなのに、妙に強い印象を残して退会していった高木澄子の、派手だが品の悪くない美貌を思い浮かべた。

戸倉は無言でウイスキーの水割りを飲んでいた。壁に凭《もた》れ、カウンターの向こう側に並べてある何百本もの酒壜《さかびん》に目をやっていた。ついさっきまで、声をあげて笑っていた戸倉とはまったく別人のような、これから格闘技でも始める人みたいな、顎《あご》を引いて一点を睨《にら》んでいる横顔であった。

かおりは、何か強い酒が飲みたくなった。喉や胸が、かあっと熱くなる酒を、ほんの少し体内に入れたくなった。彼女は、まだ何も注文していなかったので、

「私も少しお酒をいただきます」

と言った。戸倉に言いたかったのだが、話しかけてくるのを拒否しているかのような彼の横顔をこちらに向けさせることが怖くて、

「強いお酒を少しだけ」

と関口に言った。

「強い酒……。ウイスキーをストレートで？」

関口は、バーテンのほうに体をねじり、顔だけかおりに向けて訊いた。

「いいえ、もっと強いお酒のほうがいいんです」

「もっと強い酒ねェ。ウオッカとか……」

すると、戸倉は、またまったく別人のような無邪気な微笑をかおりに注いで、

「中国のマオタイ酒はどうです？　あれは五十三、四度ありますよ。この店には、マオタイ酒も置いてあるんです」

と言った。

「飲んでみますか？　ぼくは、世界中の酒の中で、マオタイ酒が一番好きですね」

「じゃあ、それをいただきます」

戸倉はバーテンにマオタイ酒を壜ごと持ってこさせ、それを小さなグラスに注ぐと、かおりの前に置いた。かおりは、何度か、その中国の酒の匂いだけは嗅いだことがあった。しかし、マオタイ酒の匂いは、かおりにとっては異臭以外の何物でもなく、いくら勧められても、舐めてみようという気すら起こらなかったのだった。

かおりは、グラスに半分ほどを口に含み、息を停めたまま飲み干した。むせそうになり、涙が滲《にじ》んだが、その独特の匂いは、口の中では、素朴でありながら、じつは人智《じんち》を

尽くした複雑な風味となって拡《ひろ》がった。喉や胸だけでなく、唇まで熱くなった。

「マオタイ酒は、いま中国に行っても飲めないんです。中国のどこを捜してもない。みんな日本人が買い占めて、日本で法外な値段で売られてる」

戸倉はそう言って、

「どうです？　うまいですか？」

と訊いた。

「慣れたら、きっとおいしくなるんだろうなって気がしますけど、いまは、おいしいなんて思えません」

「この壜を差し上げます。ときどき、かあっとなる酒が欲しくなったら、お飲みになるといい」

戸倉は、バーテンにマオタイ酒用のグラスを二つ持って来てもらい、それを自分と関口の前に置いた。

「ぼくは駄目ですよ。ひっくり返っちゃう。ウイスキーの水割りを一杯ゆっくり飲むっていうのが、ぼくの適量でもあり限界でもあるんです」

と関口は言って、短い前髪を指先で整えた。そのとき、バーの扉があき、二十歳《はたち》前と思える娘が、首だけ伸ばして店内を覗《のぞ》いた。

「あっ、いた、いた。やっとみつけた」

娘は、邪気のない声で言うと、かおりたちのテーブルに向かって一直線に歩いて来た。

かおりと戸倉に目礼したあと、

「とにかく、関口さんが行きそうな店を、かたっぱしから捜して歩いたのよ」

と関口に言った。

「よくわかったねェ。ぼくがこの店に来るのは、きょうで二回目だよ。どうしてわかったの?」

関口はそう言ってから、かおりと戸倉に、

「あのう、高木泉さんです」

と紹介した。

「へえ。お噂《うわさ》はかねがね」

戸倉がいたずらっぽく言った。かおりも軽く会釈して、初めましてと言ったが、多少体がこわばるのを感じた。兄の歳上の相手が、この娘の母であることは、ほぼ間違いないと思ったからだった。

「だって、一度、このお店から電話をかけてきたことがあったでしょう。私の試験の前日に。そのとき、お店の名前を私に言ったのよ。捜してるあいだに、ふっと思い出して、もしかしたら、あの店かなァって。もう私、くたびれちゃった。だって、関口さんのアパートにも行って、玄関の前でしばらく待ってたんだもの」

「何か急用かい？」

「そうなの。ちょっと待っててね」

泉は、また大股でバーのドアへと歩いて、外に出た。

「なんか風のようにやって来て、風のように行っちゃった。喋《しゃべ》り方も風みたいだ。確かにあの子にかかったら、たいていの男は、きりきりまいさせられそうだな」

戸倉は、おかしそうに関口の肩を叩《たた》いて言ったが、

「だけど、ちょっと待っててねっていうことは、また戻って来る気なんだろうな」

とつぶやき、バーのドアに目を向けた。関口も、なんだろうなァと言いながら、戸倉と同じように視線をドアに注いだ。

泉はバーに戻って来たが、ひとりではなかった。自分の母を連れていたのである。高木澄子の姿を認めた瞬間、かおりは自分の顔が青白むのを感じた。しかし、高木澄子も、娘にせきたてられるようにしてテーブルの近くまで来、そこでかおりと目が合うと小声を発して立ちつくした。けれども、気を取り直すみたいに、関口に微笑みかけたあと、戸倉とかおりに、

「申し訳ございません。みなさんでお楽しみになっていらっしゃるところに、急に割り込んでまいりまして」

と言った。

「あのお、泉さんのお母さんです」

関口が、かおりと戸倉に紹介すると、戸倉は立ち上がり、

「初めまして。どうぞお掛け下さい」

と言い、バーテンに椅子をもうひとつ運んでくれるよう頼んだ。

けれども、高木澄子は、丁寧な口調で戸倉の勧めを断り、

「急に予定が変わりまして、あした、旅行に出ることになりましたの。娘が関口さんに大変お世話になって、お陰さまで志望する大学に合格いたしましたのに、まだお礼も申し述べていなかったものですから」

と言った。

「いやあ、お礼なんて。ぼくが臨時の家庭教師なんかしなくても、泉さんは、ちゃんと合格しましたよ」

関口は、顔を赤らめ、しきりに頭髪に手をやった。

「立ったままも何ですから、どうぞお掛け下さい」

戸倉に再び勧められると、高木澄子は、ためらいながら、

「すぐに失礼いたしますから」

と言って、ちょうど、かおりと向かい合う格好で椅子に坐った。そして、かおりに、

「こんなところでお逢いするなんて……。お久しぶりでございます」

と頭を下げた。かおりも挨拶をし、

「私もびっくりいたしました。高木さんに、ことし大学生になるお嬢さまがいらっしゃるなんて想像も出来ませんでした」

と言った。三年前、モス・クラブのメンバーだったころの高木澄子には、どことなく暗いものがまとわりついていたように思えたが、いま自分の前に坐っている彼女からは、そうしたものはいっさい消えて、自信や艶《つや》やかさが、その美貌に加味されたように感じた。

高木澄子は、包装紙に包まれ、リボンで飾られた箱を関口に手渡し、つまらない物だが、自分の気持ちなので、どうか受け取っていただきたいと言った。関口は、かたくなに辞退した。すると、高木澄子は、

「しばらく日本からいなくなりますので、これを受け取っていただいて、娘を今後も見張っていただこうっていう魂胆ですのよ」

と笑った。

「ぼくの見張りなんて、役に立たないと思いますねェ。泉さんにしてみたら、ぼくの尾行をまくことなんて、赤ん坊の手をねじるよりも簡単ですよ」

そう言って、やっと関口は、高木澄子からの謝礼の品を受け取った。戸倉が、母と娘のために何か注文しようとした。だが、高木澄子は、タクシーを待たしているのでと言

って、立ち上がった。

「あしたの朝早い飛行機だから、今夜は成田《なりた》のホテルに泊まるんです」

泉は、そう説明した。高木澄子は、ちらっとかおりを見、

「それでは失礼いたします」

とお辞儀をした。かおりは、高木澄子が外国のどこへ行くのか知りたかった。きっと、兄も一緒に違いなかったからである。けれども、かおりには、

「どうぞ、お気をつけて」

という言葉しか口に出来なかった。

澄子と夏彦の関係が、娘の泉にも公然のことであるとは、かおりには思いも寄らなかった。そのために、かおりは、余計なことはいっさい口にせず、高木澄子と泉がバーから出て行くのを見ていた。兄が、いまどこでどんなふうに暮らしているのか。兄と高木澄子とは、どこへ行くのか……。かおりは、その場に泉がいるために、訊いてみることが出来なかったのである。しかも、泉だけでなく、関口もいるし、戸倉もいる。

けれども、すぐに泉がバーに戻って来て、関口からかおりを紹介されると、泉はあきらかにとまどいの表情を浮かべた。それまでの潑剌《はつらつ》とした話し方には、ぎごちなさが混じり、なるべくかおりと視線を合わさないよう努めている素振りを見せた。それで、かおりは、この泉という娘が、母と手塚夏彦との関係を知っていることに気づいたのであ

る。

「ねェ、関口さん、ディスコに行かない？」

と泉は言った。

「ディスコ？　いやあ、ぼくは、ああいうところは苦手だなァ。まだ一度も足を踏み入れたことがないからね」

「新聞記者がディスコに行ったことがないなんて、恥ずかしいことよ。ねェ、行きましょうよ」

「ぼくは踊れないから」

「音楽に合わせて体を動かしてりゃいいのよ」

「その合わせるということが、そもそも出来ないんだよね」

だが泉は、関口の上着の肩のあたりを引っ張って、執拗《しつよう》に誘った。その執拗さが多少異常なほどだったので、かおりは泉の気持ちを察した。手塚夏彦の妹の傍《そば》から離れたいのであろうと。

「行ってこいよ」

と戸倉が、からかうように言った。

「この人のお母さんから監視を頼まれたんだろう？　ディスコには、若い女を狙ってる男がうようよいるんだ。監視者としては、ひとりで行かせられないね」

「ぼくは、夜は静かなところにいたいんですよね。ショパンでも聴きたいなァ」

関口がそう言いながら立ち上がり、泉に腕を引っ張られて出て行った。

「ほんとに迷惑なんだけど、関口さん、あれでどこか楽しんでるところあるのよ」

かおりは言って、グラスに半分残っているマオタイ酒を、さっきと同じように息を停めて飲んだ。そして、戸倉に訊いた。

「かあっとなるお酒を飲みたくなったらっておっしゃいましたわね。私、ほんとにいま、かあっとなるお酒を飲みたかったんです。どうしておわかりになりましたの？」

「いや、別に、手塚さんのいまの心境がわかったわけじゃありません。仕事に追いまくられてると、ワインだとかビールだとか日本酒なんかじゃなくて、口や喉が焼けそうになる酒を飲みたくなりますからね。女性にも、そんなときがあるだろうと思って」

戸倉は、マオタイ酒の蓋をあけ、自分でグラスに満たした。

戸倉はそれを一息に飲み干し、

「うまいな」

と言った。かおりも、もう一杯欲しくなり、マオタイ酒の壜を手に取った。

「これは強い酒ですよ。ぼくでも、このグラスで六杯も飲むと、少し舌が廻らなくなります」

「私は、二杯なら大丈夫だと思います」

「そうですか。じゃあ、おつぎしましょう」

戸倉は、かおりのグラスにマオタイ酒を注ぎ、

「さっきの女性、朝早い便に乗るって言ってましたね。成田を朝早く発《た》つ国際線というと、香港《ホンコン》行きか北京行きですね。上海へ行く飛行機も八時か九時ごろの出発だし……。早朝の便は、それしかないな」

と言った。

「だったら、きっと香港ですわ」

かおりは、兄と高木澄子が中国へ行くとは考えられなかったので、思わずそう断定したのだが、言ってしまってから、戸倉に不審に思われないだろうかと心配になった。自分の断定の仕方は、他人の旅先を気楽に推理するといったものから幾分外れた調子であったように思えたのである。

「香港ねェ。そんなところかな」

戸倉はそう言ったあと、

「いま手塚さんは、非常に確信をもって、香港だって決めつけましたね。どうしてです？」

と訊いた。

「私、決めつけるみたいな言い方でしたかしら」

「ええ、それもなんだか、いやに冷たく突き放すみたいな言い方でしたね」

「あら、冷たい言い方でしたか？　私、きっと酔っぱらったんですわ。あの方の旅先を推理して、確信をもって冷たく断定するなんて、なんだかシャーロック・ホームズみたい」

かおりは、うろたえぎみに、そんな冗談を言ったが、自分は確かに冷たい言い方をしたのかもしれないと思った。だが、その冷たさは、兄や高木澄子に向けたものではなく、おそらく安堵《あんど》によって生じたのであろう。かおりは、自分をそう分析した。高木澄子は、三年前に夫を亡くしている。兄の相手は、人妻ではなかったし、モス・クラブの現会員でもなかった。ああ、よかった。そんな安堵が無意識のうちに働いたのだろう、と。

かおりは話題を変え、戸倉のアメリカ留学の時代のことについて訊いた。

「勉強、勉強、勉強ばっかりだったんですか？」

「ええ。もうあんなに勉強するのは、こりごりですね。でも、たまには遊びましたよ。友だちと金を出し合って、車でカナダまで行ってキャンプをしたり、東洋系の留学生を集めて野球のチームを作って、アメリカ人のチームと試合をしたり。野球をやったことのあるのは、チームでは、ぼくと台湾から来てる女の子だけで、他の連中はルールも何も知らない。そんなチームがアメリカ人に挑戦したもんだから、もうドタバタ喜劇でしたねェ」

戸倉は何を思い出したのか、途中で笑いだした。

「インド人の、かなり年長の留学生がいたんだけど、我がチームが一回の表で二十二点取られて、まだノーアウトのとき、『これは差別ではないのか、俺たちは、ただ守るだけで、攻撃する権利を与えられていないではないか』って、相手チームに抗議したんですよ。彼を納得させて守備位置に戻ってもらうために、随分苦労しましたねェ。三回でコールド負けになったんだけど、そのインド人は、二度と野球なんてするもんかって憮《ぶ》然《ぜん》としてた。彼の気持ちも、いまになるとよくわかる。とにかく、三回の表を終わった時点で、攻撃してる時間は十分で、守備についてる時間は一時間半だった。これは、インド人でなくても、どうも差別されてるんじゃないかって思いますよ。それで、我がオリエンタルズは、二試合やっただけで解散です」

戸倉はそう言って、また何か思い出し笑いをした。かおりは、野球のことはよく知らなかったが、野球をやるのは初めてだという東洋系の留学生の頭上を越えて行くボールと、グラウンドで右往左往している彼等《ら》を思い描いて笑った。笑いながら、戸倉という男から、確かに家庭の匂いが漂っているのを感じた。家庭を持っているのに、どこからも家庭というものを感じさせない男がいる。そんな男を、かおりはあまり好きではなかったし、どこか大切なところで信用出来なかった。家庭を持つ男は、やはりその背後に、家庭というものの存在を漂わせていなければならないとかおりは思うのである。

「さっきの女性、以前モス・クラブのメンバーだったんですか?」

と戸倉が訊いた。

「ええ。ご主人がお亡くなりになって、それで退会されましたの。うちのクラブのメンバーだったころより、ずっとお若く見えるし、ますますおきれいになられたような気がします」

かおりは、戸倉が高木澄子に心魅《ひ》かれたのであろうかと詮索《せんさく》し、自分も高木澄子みたいにとまではいかないにしても、もう少し華やかな顔立ちだったらいいのにと思った。

「手塚さんのお兄さんがはめてるティファニーの時計は、ひょっとしたら、さっきの女性が買ったのかな」

戸倉は微笑みながら、マオタイ酒用のグラスに目を落として言った。かおりは驚いて戸倉を見たが、考えてみれば、それほど驚くような推理を駆使しなくても、兄と高木澄子とを結びつけることは容易なのだった。関口に、あの泉という娘を紹介したのが、手塚夏彦であることを戸倉は知っているのだし、戸倉は夏彦と面識があるのだった。

「ええ。きっとそうですわ」

かおりは素直に言った。

「じゃあ、旅先は、やはり香港だな」

戸倉はいたずらっぽくかおりを見て、

「さっき、このマオタイ酒を差しあげるなんて言ったんですが、もう一杯いただいてもいいですか。なんかいい感じで酔ってきたもんですから」

と言った。

「どうぞ、幾らでも召しあがって下さい。こんどは私がおつぎします」

かおりは、戸倉のグラスにマオタイ酒を満たした。

「私、なんだか浮足だって、仕事の要《かなめ》を忘れてたんです。みんな、私を若いと思って、舐めてかかっているだろう。そんな考えが先走って、自信を失《な》くしてたんです」

「そりゃあ当然でしょう。ぼくだって、二十五歳でモス・クラブの会長になんかなったら、ドジばっかり踏んでますよ。ぼくが二十五歳のときは、あなたのようなおとなじゃなかった。学生だったたってこともあるけど、もっともっとガキでした。自分ではおとなのつもりだったけど」

「あら、私、おとなにはまだ程遠い小娘です。この三カ月で、いやというほど思い知りました」

「いや、とてもしっかりした方ですよ。二十五歳の女性が、自分をまだ小娘だなんて言えるのは、たいしたものです。世の中の二十五歳の女性は、たいてい自分を立派なおとなだと思ってるでしょうからね」

「私、伯父に叱られてばかりいました。大学生のころから、伯父の秘書みたいなことをしてたんです。何か失敗をするたびに、女は訓練のしがいがないって、冷たく言われるんです。それを言われると腹が立って、腹が立って、あんまり腹が立って涙が出てくるんです」

戸倉は真剣な目で、かおりを見つめ、

「あなたを立派な後継者に育てたかったんでしょうね。ぼくも、アメリカの大学で、担当教授から徹底的に罵倒されつづけた時期があります。そういう教育の仕方というのは、アメリカ人的ではないんです。人間のパーソナリティーにまで立ち入る叱り方は西洋ではタブーに近いんです。でも、その教授は厳しかったですね。ぼくは、本当に人種差別を受けてるような気がして、その教授を憎んだことが何度もある。ひとつのレポートをやっと仕上げて、ほっとしていると、休む間もなく、次のレポートを要求される。それも、ぼくの専門ではない分野の本を何冊も読まなければ書けないテーマばっかりなんです。でも、お陰で、本来なら絶対読まなかっただろう貴重な文献を何冊も読むことが出来た。学位を取得出来ることが内定した日、その教授は、ぼくを部屋に呼んで、『きみは、よく闘った。きょうまでの、ぼくの数々の無礼を、どうか許してくれ』って言った。ぼくは、顔をあげることが出来なかった」

戸倉はそこまで言うと、マオタイ酒の壜に蓋をし、バーテンに、これを何かで包んでくれと頼んだ。

「遅くまでつきあわせましたね。申し訳ありませんでした。ご健闘を祈りますよ」

と言って立ち上がり、何か大事な作戦を授けるみたいに、

「乾という副会長に、次はあなたに会長になってもらうつもりでいるってことを、明言しないで、それとなく匂わせとくんです」

と耳打ちした。

かおりは、身が引きしまる思いで、あしたからの自分を想像した。ゆるんだ気分に慣れつつある幾人かの社員に活《かつ》を入れ、各地方事務所の所長に召集をかけ、出納《すいとう》伝票と業務報告書を提出させよう。少しでも命令にそむく者には、辞めてもらっても結構だと言い、モス・クラブの会長はこの自分であることを改めて認識させよう。東京事務所の社員たちも、いやなら辞めればいいのだ。人は幾らでもいる。

「私が女だと思って馬鹿にしてたら、みんな馘《くび》にしてやるから」

かおりは胸の中で決然と言った。なんだか過激なくらいに戦闘的な気持ちになっていた。彼女は、関口礼太に、自分の新しい住所と電話番号を教えておこうと思い、ハンドバッグから名刺を出すと、その裏に、ボールペンで書いた。そして、それを戸倉に渡した。

「これ、新しい住所と電話番号ですの。さっき、関口さんにお渡しする時間がなかったものですから、もしお逢いする機会がありましたら、戸倉先生からお渡し願えないでし

ようか」

戸倉は、かおりの名刺を上着の胸ポケットにしまい、あさって関口と逢うことになっているので、そのとき渡しておきますと言った。けれども、かおりは、名刺の裏に新しい住所と電話番号を走り書きしている際、それが不自然な行為であることに気づいていた。なにもいま、慌てて、関口礼太に渡す必要はなかったし、それを戸倉に託すこともないのである。住所移転のしらせを葉書に刷って送れば、それで済むのだった。

かおりは、不自然さをつくろうために、

「兄のことで、関口さんにお訊きしたいことがあるものですから」

と言った。しかし、それもまた不自然な言い訳だと気づいた。関口に早急な用事があるのなら、あしたにでも自分のほうから新聞社に電話をすればいいし、戸倉にいちいち理由を述べることそれ自体がすでに不自然なのだった。

かおりは、バーから出て、通りに立つと、さっきの名刺を返していただきたいと戸倉に言った。戸倉は怪訝《けげん》そうにかおりを見つめ、

「どうしてです?　あさって、ちゃんと関口くんに渡しときますよ」

と言った。

「いえ、私のほうから、関口さんにお電話をいたしますので」

喋れば喋るほど不自然なことを積み重ねているので、かおりは、頭が混乱してきて、

そこでやっと自分の本心にたどり着いた。具体的に何を求めているというのではなかったが、かおりが、自分の新しい住所と電話番号を教えたい相手は、戸倉陸離なのであった。

「せっかく、若い女性から住所と電話番号を書いたものを貰《もら》ったのに、返してしまうなんて勿体《もったい》ないなァ。と言っても、ぼくが貰ったんじゃないんだけど」

胸ポケットから、名刺を出し、それを人差し指と薬指で挟んで、戸倉は微笑みながら、

「いつも何時ごろまで起きてらっしゃいますか？」

とかおりに訊いた。よほど疲れていないかぎり、一時よりも早く寝ることはない。そうかおりは答えた。

「ぼくは、もっと遅くまで起きてます。たいてい、ひとりで酒を飲んでる。仕事をしたあとも、酒を飲んでから寝ます。ときどき、電話で酒の相手をしてくれませんか。酔って、絡むなんてことは、断じてありませんから」

「私に、戸倉先生のお相手なんて務まりますかしら」

「じゃあ、今夜電話をかけます。一時に」

戸倉はそう言うと、名刺を胸ポケットに戻し、客待ちのタクシーにかおりを乗せた。

彼は、タクシーの窓ガラス越しに、

「きょうは疲れてて、酔っぱらいの相手はまっぴらだってときは、正直にそう言って下

さい」

と言い、

「さっきの泉っていう女の子の行きそうなディスコは、このあたりではどんな店ですか」

そう訊いた。かおりは、一軒のディスコクラブの名をあげ、道順を教えた。

かおりは、タクシーが動き出すと、戸倉がかおりに教えられた道を歩いて行く姿を見つめた。タクシーはすぐに広い通りに出たので、戸倉の姿は見えなくなった。かおりは、自分も戸倉と一緒にディスコへ行きたかった。けれども、それ以上に、今夜一時にかかってくる戸倉からの電話を待っていたいという思いのほうが強かった。

タクシーが、信号で停まるたびに、かおりは、伯父と今泉夫人との長電話を思い浮かべた。そして、戸倉の妻は、どんな女性であろうと思ったりした。

マンションに帰り着くと、フク子は、自分ひとりで持てない重い物以外は、すべて片づけて、風呂《ふろ》も磨き、洗濯物も済ませて、テレビを観ていた。

「お風呂なんて、あした磨いたらいいのに。何もかもいっぺんにやったら疲れて、へとへとになるわよ」

かおりは、服を着換えながらそう言ったが、それと同じことを、自分も戸倉から言われたのを思い出した。

「今泉さまからお電話がありましたよ。あした、会社にお電話をするっておっしゃってました」

フク子は、そう言ったあと、長い欠伸《あくび》をした。セーターとジーンズに着換えて、かおりは居間のソファに坐り、フク子に先に風呂に入って休むよう促した。フク子は遠慮していたが、さすがに疲れたのか、

「じゃあ、お言葉に甘えて」

と言い、自分の部屋に行くと、着換えとパジャマを持ち、風呂場に入った。かおりは、伯父がロンドンで買って来た年代物の置き時計に目をやった。十一時だった。

テレビを消し、かおりは、ソファに横たわると、大きなクッションを枕にして、塗り替えられて目に沁《し》みるほど白い天井を見るともなしに見ていたが、やがて、戸倉の授けてくれた作戦について頭をめぐらせた。

副会長に、次はあなたに会長になってもらうつもりでいるということを、明言しないで、それとなく匂わせておく――。確かに、野心を持った乾喜之介は、自分が会長になるときのための布石を打ち始める可能性がある。手塚かおりという小娘を、なにも急いで会長の座から追い立てなくても、時機が来れば、自分に順番が廻ってくるのだから、自分にとって大事なモス・クラブの信用を傷つけたり、モス・クラブ内部の運営に支障をきたすための小細工は、かえって損だと判断するだろう。しかし、明言しないで、そ

れとなく匂わせるためには、微妙な言葉の技術が必要だ。それだけでなく、乾の腹の内や、計算や、刻々と変化する感情を、正確に把握しておかなければならない。

「あーあ、モス・クラブって、大きくなりすぎちゃったのよね」

かおりは、投げやりな口調でつぶやいた。彼女は、関西支部の会員のあいだで、派閥が生じているという問題も、早急に解決しなければならないと考えた。会員のあいだで、それぞれグループが出来、反目しあっていくというのは、生前、伯父が最も憂慮し、警戒していた事態なのである。それは、たとえば老人会のゲートボールクラブの中でも生じるし、小さなテニスクラブの会員間でも生じるいかんともしがたい人間の営みみたいなものであった。伯父は、その問題が生じる最大の原因は、流れが停滞するからだと、かおりに教えた。

モス・クラブにおける流れとは何であろう。かおりは、ソファから身を起こし、メモ用紙に、やらなければならない事柄を箇条書きしたあと、モス・クラブが成立している図式を描いてみた。中心は会員たちであった。しからば、会員たちは、何を得ようとして、あるいは、何を得られるために、高い会費を払って会員でありつづけるのか。

モス・クラブが、まだ少人数だったころ、それは、各分野における本物の学者なり文化人なりが、向学心に燃える婦人たちに対して、単なるお話ではない、専門的な分野での講義を、真剣に行なったところから発生したのである。

ある生物学者は、生涯を賭けて、蜘蛛《くも》の研究に没頭してきた。それはじつに地味な研究で、限られた世界でしか光の当たらない仕事だった。けれども、その学者の、蜘蛛の生態に関する話は、多くの婦人たちに感動を与え、人間の生活、ひいては自分たちの幸福について考えさせたのだ。やがて、婦人たちの何人かは、東北のある地方にしか生息しない蜘蛛を、実際に見てみたいと言い出し、その学者とともに、東北へ旅行した。旅行の手配は、モス・クラブが面倒をみなければならなかった。

すると、自然発生的に、モス・クラブに旅行の企画部門が出来あがり、それは、国内だけでなく、国外をも網羅しなければならなくなった。東ヨーロッパの旅には、二十数名のメンバーが参加し、東欧七カ国をめぐったが、その旅行の発端となったのは、〈第二次世界大戦におけるアメリカとソ連の計算〉という現代史の研究家による講演であった。

モス・クラブが主催する旅行は、単なる物見遊山《ものみゆさん》ではなく、会員相互の向学心や好奇心が、その柱として据えられていたのだった。

だがこの一、二年、〈ヨーロッパの古城をめぐる旅〉だとか、〈音楽と料理の旅〉だとか、旅行代理店の謳《うた》い文句そっくりの、たいして意味のない旅行を企画し、結構収益をあげている。

確かに、生活における価値観は変化しつづけているとはいうものの、モス・クラブの原点だけは踏み外してはならない。かおりはそう思うのである。やはり、さまざまな分野の、本物の学者や芸術家やジャーナリストを、モス・クラブに招かねばならない。すべては、そこから始まったのだから、今後もそうでありつづけるだろう。

かおりは、これまで講師として招いた人たちのリストを机から出し、かおり自身が感銘を受け、会員のあいだでも評判のよかった各分野の専門家たちの名を手帳に控えた。そのような専門家たちは、わずか一時間半では、到底語り尽くせないものを持っているのだった。

これまでは、亡き伯父の人脈がすべてであった。しかし、これからは、自分が自分の手で多くの人と逢い、人脈を作っていかなければならない。かおりはそう思うと、瞬時に、自分の性格がそうした仕事に適していないのではないかと疑った。いささか引っ込み思案で、あつかましいくらいの行動力に欠けている。そして、いつも歳よりも若く見える頼りなげな顔……。

「だいたい、この顔が悪いのよ。だから甘く見られるんだわ。とびきりの美人か、反対に鬼瓦みたいか。そのどっちかだったらいいのに、私の顔って、なんだか中途半端なのよね」

かおりは、ふいに口寂しくなって、台所へ行くと、冷蔵庫をあけた。引っ越したばかりで、中はほとんどからっぽに近かった。台所をあちこち捜し廻っていると、誰かから貰ったせんべいの箱をみつけた。それを食べ始めたとき、フク子が風呂から出て来た。

「お先に入らせていただきました」

「疲れたでしょう。早く休むといいわ」

「髪を洗ったら、なんだか息が切れちゃって。もう歳ですかねェ。心臓は丈夫なはずなんですけど」

「あしたからは、いつもより三十分早く起こしてね。そうしないと遅刻しちゃうわ」

フク子は髪を乾かすと、自分の部屋に入ってしまった。

気密性の高さと管理の良さが、新しく引っ越したマンションの最大の長所であった。居間が広いぶん、台所が狭く、それがフク子にとっては唯一の不満らしかった。

かおりは風呂に入り、時間をかけて髪を洗った。一時という時間の近づいてくるのを、時計を気にしながら待っていたくなかったのである。

ふと、湯気がたちこめる浴室のタイルの壁に見入っていると、なんだか随分長いこと鎧《よろい》に行っていないような気がした。もうじき四月だといっても、鎧は、冬枯れの色から解き放たれてはいないだろう。カニ漁の季節も終わり、漁師たちは次は何を求めて出港するのであろう。かおりは、戸数に比して意外に多人数の小学生たちが列車から降りて来た姿を思い描き、また鎧の無人駅の、海に向けて置いてあるベンチに坐りたくなった。母がいるとかいないとかの疑念とは遠く離れて、ただそこに坐りたかった。

かおりは、一度も、兄とそこへ行ったことはない。だが、彼女は、兄も自分と同じように、一年に一度か二度、鎧駅にたたずんでいることを知っている。かおりは、無人の駅から眼下の村を見つめている兄の姿を想像すると、自分たちが兄妹であるということに、なぜか、はっとして、胸をつかれるような思いがするのだった。もはや、鎧という無人駅を介してしか、自分たちの兄妹としての絆《きずな》は存在しないのではないかという気がしてくる。いつも別々にせよ、あの日本海に面した寂しい駅に立つとき、自分と兄とは兄妹なのだ。そして、いつか、自分も兄も、あの駅に足を向けなくなる日がきっと来るだろう。

かおりは、伯父と兄とが、なぜあんなに仲が悪かったのだろうと考えた。その疑問について考えをめぐらせるのは、なにもきょうが初めてではなかった。そのつど、かおりの中には、幾つもの考えつく理由があったのだが、きょうは、いつもより明確に、しかも単純な答えが閃《ひらめ》いた。それは人間としての、お互いの好みという問題ではなかったろうかと。ただ単に、伯父は手塚夏彦という人間を嫌いだったのであり、兄もまたそうであったのだと。

かおりは、風呂場から出、ドライヤーで髪を乾かし、化粧水を肌に叩きつけた。見ないでおこうと思ったのに、視線は自然に居間の置き時計に向けられた。一時五分前だった。かおりは、ブラシを手に、ベランダに出て、軽いのぼせを取ろうとした。風呂上がりのせいだけでもなさそうな掌の汗が、ベランダのてすりを濡《ぬ》らした。何度も深呼吸をしているうちに、頭がぼおっとなり、かおりは居間に戻った。フク子の部屋に近づき、中の様子をうかがった。何も聞こえなかった。かおりは、電話機をソファの前の低いテーブルに置くと、今泉夫人と伯父との、深夜の長電話を思った。そこには、男と女の友情が成立していたのだと言い聞かせた。電話のベルが鳴った。

体がいたずらをするみたいに、ほんのつかのま、心臓の打ち方が強くなったが、それは、かおりが受話器を取ると鎮まった。

「眠くて迷惑だったら、いつでもそう言って下さいよ」

戸倉は言った。

「ええ、酔っぱらいの相手が面倒臭くなったら、がちゃんと切っちゃいます」

かおりもそう応じた。逢って話しているときよりも、はるかに強く、かおりの内部でざわめくものがあったが、それもしばらくするとおさまっていった。

「手塚さんが教えてくれたディスコに行ってみたんだけど、関口くんも、あの女子大生もいないんですよ。それで、いったん事務所に戻って、大急ぎで仕事をやっつけて、さっき帰ってきたんです」

「あら、私、きっとあのディスコ以外ないって思ったんですけど……。すみません。じゃあ、他のディスコに行ったんですのね」

「いいんですよ。どうせ長居をするつもりはなかったから。ディスコの中にいる関口くんを、ちょっと見てみたいって思っただけです」

受話器から聞こえてくる戸倉の声には、酔っぱらっているといった様子は、いささかも感じられなかった。

「あれから、事務所に戻られて仕事をなさったなんて……。お忙しいんですのね」

「いや、今夜どうしてもやらなきゃあいけない仕事じゃないんです。でも、あした、朝寝坊するためには、今夜やっつけとかなきゃいけない……。つまり、そういうことです」

「ほんとに酔ってらっしゃるんですか？　そんな感じ、ぜんぜんしませんわ」

かおりは、戸倉の妻がいまどうしているのかを知りたかった。夫が、別段用事もないのに、若い女性と電話で話をしているのを気にもとめず、テレビでも観ているのだろうか。それとも、もう寝たのであろうか。

「かなり酔ってますよ。十五分ぐらい前から、飲み直しを始めたところです。外で飲んでも、芯からは酔いませんからね。だけど、家に帰って、ひとりになって飲み直しを始めると、外で飲んだ酒も燃えだすんです。そうしとかないと、かえって体に悪いんです」

「いま、おひとりで飲んでらっしゃるんですの？」

かおりは、そんな言い方で、知りたいことに対して探りをいれた。

「家内は、早寝早起きなんです。娘がまだ小さいもんですから、娘のサイクルに合わせて生活しないと、体がもたなくなる。疲れると心臓にこたえますから」

「心臓……。奥さまは、心臓がお悪いんですか？」

かおりは、そう訊いた。すると、戸倉は、

「あれ？　家内の心臓のこと、前にお話ししませんでしたか？」

と言い、

「ああ、そうだ、手塚さんのお兄さんに言ったんだ。あれ？　待てよ、手塚さんのお兄さんに話したって記憶もないな」

と自問自答するみたいにつぶやいた。

かおりは、ちょっと待っていて下さいと戸倉に断り、台所に走ると、オレンジジュースとグラスとを持って戻って来た。長電話を楽しむ道具立てを作ろうと思ったのだが、オレンジジュースは、どうもそのためには頼りない。かおりは、しかし、せんべいをかじりながら戸倉と話をする気にはなれなかった。かおりは正直にそのことを戸倉に言った。

「どうぞ、せんべいでも、おしんこでも、好きなものをかじって下さい。ばりばりと音を立てて」

と笑いながら言った。

「そんなこと出来ませんわ。いま、やっぱり緊張してるんですもの」

言ってから、かおりは、危ない言葉を口にしてしまったなと慌てた。けれども、戸倉は、そんなかおりの言葉を別の意味あいとして受け取ったようだった。

「緊張するでしょうね。夜が明けたら、修羅場が待ち受けてるんだから。ぼくは、なんだか無責任に煽《あお》り立てるようなことを言ったみたいですね。あとで恨まれるかもしれない」

「そんな弱気なこと、おっしゃらないで下さい。私、せっかく、一度あげた白旗をおろして、戸倉さんの忠告を実行しようって決意したんですから。願望じゃなく、決意なんです」

「ほんとに、決意ですか？」

それまで、くつろいだ調子で喋っていた戸倉の口調が、ふいに厳しさを帯びた。

「ええ、私、決意したんです。願望じゃなく、決意……」

「じゃあ、もう勝った。手塚かおりは、勝ちましたよ。勝利という花は、もう手塚かおりの中で咲きましたよ。その花を、実際に目にする日は、何カ月か何年か先でしょうが、だけど、すでにあなたの中で咲いている。願望じゃなく、決意をしたんだから」

しばらく沈黙が生じた。だが、すぐに戸倉の声が聞こえた。

「ぼくは、女性というのは、箴言《しんげん》に感動したり、それを座右の銘にしたり、生き方の指標にしたりは、決してしないって思ってるんですが、どうですか？」

戸倉は、おそらく微笑んでいるのであろうと思われる口調で、かおりにそう質問した。

「箴言？」

「ええ、たとえば、劉慈声が、あなたに孟子の言葉を贈ったでしょう？　ああいった種類の言葉です。〈初心忘るべからず〉とか、〈冬来たりなば春遠からじ〉とか、いろいろあるでしょう」

かおりは、劉慈声から貰った孟子の言葉を、ハンドバッグにしまったままであることを思い出した。意味は記憶していたが、最初の一節が、何文字の漢字であったのか思い出せなかった。

「そうですね。確かに、そう言われてみれば、そうですね。でも、それは、箴言というものの持っている表現の仕方が、女性に適していないんだと思います。それに、箴言というのは、ほとんどが男性向けに出来てますでしょう？」

かおりは、戸倉と電話で話しながら、足の爪を見ているうちに、ペディキュアの似合う足ではないなと思ったりした。そう思いつつ、頭脳は、戸倉との会話に集中している。

「表現の問題か……。ぼくは、女性というのは、肉声以外の言葉で心を動かされることが少ないんだとばかり決めつけてましたよ。なるほどね、表現の問題か。じゃあ、女性を励ましたり、カツを入れたりするとき、箴言めいた言葉を使っても無駄なんだな。もっと、くだいた、生活に即した簡単な言葉でなきゃあ効果はないのか。なるほどなァ」

戸倉は、しきりに納得していた。

「男性は、何かの箴言で、生き方が変わったり、その言葉を大切に胸にしまって、ときどき噛《か》みしめて味わったりすることが多いんですか？」

かおりは、そう質問してみた。

「箴言を好きな男って多いですね。ぼくも、好きな男の部類に入るでしょう。親父《おやじ》とお袋が死んだとき、担任の教師が、こんな言葉を贈ってくれたんです。〈艱難《かんなん》汝《なんじ》を玉《たま》にす〉。もう使い古されたみたいな、誰でも知ってることわざだけど、当時のぼくには、これ以上生きるよすがになる言葉はないんじゃないかってくらい心に沁みて、よし、俺は玉になるんだって思いましたよ。俺って、根が単純なのかな……」

最後のひとことは、はっきりと自分に向かって問いかけている。その言い方は、ひどく子供っぽくて、かおりは、くすっと笑った。

「いま、笑いましたか？」

と戸倉は訊いた。

「いいえ、笑ったりなんかしてません」

かおりは、慌てて誤魔化した。笑ったと言っても、戸倉は気を悪くしないだろうと思ったが、とっさにそんな嘘《うそ》をついていた。

「そういえば、亡くなった伯父も、孔子《こうし》や孟子や、中国の古書に載っている言葉をたくさん知ってましたわ。私と話をしてる最中に、よくそんな言葉を挟んだりしましたけど、私は、ほとんど覚えていません。なんだか、ひとり悦《えつ》に入《い》ってるみたいに聞こえるんですもの」

「そうですか。じゃあ、箴言の話はやめましょう。ぼくだけ、だんだん悦に入って、手塚さんにうんざりされると困りますからね。せっかくみつけた話し相手を失なったら大変だ」

かおりは、モス・クラブが、いかなる経緯によって発足し、今日に至ったのかを戸倉に説明し、さっき、電話を待つあいだに考えたことを言った。そして、戸倉だったら、いまモス・クラブのメンバーに、誰の、どんな話を聞かせたいかと訊いた。戸倉は、躊躇《ちゅうちょ》なく三人の男性と二人の女性の名をあげた。男性の名には、どこの国の人間なのかわからない名前があった。

「デダ……、何ておっしゃいますの？」

「デダニ・カルンバです。ケニア人で、いまはナイロビで弁護士をしてます。ですが、アフリカ問題に関するオーソリティーでもある」

自分の親友の名をあげて、なんだか我田引水みたいだがと前置きし、

「いつか、デダニ・カルンバが日本に来るようなことがあれば、モス・クラブで講演をさせたいとぼくは思いますね。アフリカの現状を、彼は私見を挟まず、ただ事実だけを話すでしょう。感傷もなく、憎悪もなく、経済大国の無認識も無関心も責めず、淡々と、驚くべき現実を話すでしょう」

と戸倉は言った。そして、他の四人についても、簡略に説明した。その中には、かおりが、すでにその著書を読んだり、何かの雑誌で顔を見た者もいた。かおりは、メモ用紙に、五人の名前をひかえた。

「この五人は本物ですよ。だから講演も上手でしょう。わかりやすく話をすると思いますね」

と戸倉は言った。

「上手でしょうって、戸倉さんは、この方たちの講演をお聴きになったことはありませんの？」

「ありません。でも、だいたいの見当はつきますよ。贋物《にせもの》は難解です。その論法から言えば、本物はわかりやすいってことです。この人たちは本物だから、自分たちの専門分野のことを、門外漢にも、わかりやすく話して聞かせるでしょう」

言ってから、戸倉は、あっと大声をあげ、黙り込んだ。何事が起こったのかと、かおりは息をひそめて、耳に神経を集中した。かおりが、まず最初に考えたことは、戸倉の妻が起きて来て、それとは気づかぬ戸倉の背後で、そっと聞き耳をたてていたのではないかということだった。

「大変だ」

戸倉の声が聞こえた。

「どうなさったんですか？」

「ぼくは、もうじき、モス・クラブで講演をするんだ。もうあと十日もないのに、何を喋るのか、まだぜんぜん決めてない」

かおりは、ぐったりとソファに凭れ、体の固さをほぐそうと、深呼吸をした。

「本物はわかりやすい、なんて、とんでもないことを言っちまったなァ。まさに、自らの墓穴を掘るってやつですよ」

「戸倉先生は、きっと、わかりやすくお話をして下さいますわ。私、それに関しては、ぜんぜん心配していませんの」

同年齢の人間に言うみたいな口調だったような気がしたが、かおりはそのままつづけた。

「〈人材の大陸〉を本屋さんで買って、こんどの講演にそなえている会員さんが、たくさんいらっしゃいますのよ」

「そんな、余計にプレッシャーのかかるようなこと言わないで下さいよ」

「でも、本当なんですもの。モス・クラブの会員さんの中にも、本物と贋物がいると思うんです。ですけど、戸倉先生の講演を楽しみにしていらっしゃる会員さんは、みなさん本物ですわ」

かおりは、お世辞でなく、そう言った。

「聴衆が本物だってのは、喋るほうにしてみたら恐ろしいことですよ」

そう応じ返してから、戸倉は、

「ああ、いやだ、いやだ。講演なんて引き受けるんじゃなかったなァ」

と冗談とも本気ともつかない口調で言った。

「いまの、本気でおっしゃったんですか？　それとも冗談ですの？」

かおりは、なんだか自分よりも歳下の男と話している心持ちになってきた。戸倉には、ひどく分別のある部分と、どこか型破りなところとが混じり合っていることがわかってきて、会話を交わすごとに、かおりは自分が、心の芯のほうからほぐれていくのを感じた。

戸倉は、

「本気ですよ。ぼくは本気で後悔してるんです」

とふいに沈んだ声で言った。

「ぼくは、偉そうに、人さまに何かを教えたり、とくとくと話を聴かせたり出来る人間じゃない……。ぼくの何十倍も苦労した人間は山ほどいるし、ぼくよりも何十倍も努力をし、その努力を大きく結実させた人間もたくさんいる。それなのに、ぼくは生まれて初めて講演なんか頼まれて、なんだかいい気になっちまった……」

戸倉の言い方には、いまにも、モス・クラブでの講演をやめると言い出しそうな気配があったので、かおりは、うろたえて、ソファの上で背筋を伸ばした。

「どうなさったんですか？　そんな急に深刻な言い方をして……。講演なんてやめた、なんて、いまになって言われたら、私、困ります」

「いや、約束したんだから、講演をすっぽかしたりはしませんよ。ただ、後悔してるだけです。あなたがプレッシャーをかけるから、急に臆病になっただけです」

戸倉は、そのあと、

「さっき、ぼくが名前をあげた五人の人間と自分とを比べてみたんです。彼等は自分の道をひたすら突き進んでる。デダニがナイロビで弁護士をやってるのは、彼の大きな目標のために金が必要だからです。でも、ぼくは違う。ぼくも弁護士をして生活してるけど、〈人材の大陸〉を書いたり、まだもっと他に書こうなんて思ってるのは、つまり、単なる趣味かお遊びなんじゃないかって気がしてきた。もっと別の表現をすれば……」

と言って、それきり口を閉ざした。かおりは、ひょっとしたら、戸倉は声だけではわからないが相当に酔っぱらっているのではあるまいかと思った。それで、

「戸倉先生は、暗いお酒なんですか？」

と言葉を選ばず、素直に訊いた。戸倉の酒が暗いものであるなら、そのお相手は少々つらいなという気がしたのだった。

「いや、陽気な酒ですよ。これは誰からも賞められる。みんなを楽しくさせる酒なんです」

戸倉は相変わらず沈んだ声で言った。

「だったら、まだほんとにお酔いになってらっしゃらないんですね」

かおりは、ほっとして、少しからかうように言った。

「ええ、まだ自分らしくは酔ってないですね」

しかし、自分らしく酔うには、今夜は遅くなりすぎた。戸倉は笑いながらそう言うと、

「じゃあ、おやすみなさい」

と言った。かおりも、同じ言葉を返し、戸倉が先に電話を切るのを待って、受話器をおろした。そして、自分の足の爪に目をやったまま、しばらくぼんやりしていた。

かおりは、小さな覗き穴から、自分の心を覗き見するみたいに、闘志が萎えていないかどうかを確かめてみた。けれども、それは自分の闇の中に潜んで、みつけだすことは出来なかった。

歯を磨き、居間のテーブルの上にちらかっているものを片づけて、かおりは部屋に入

ると、ベッドに腰かけた。父が亡くなって以後、自分はずっとひとりぼっちだったなと思った。十九歳のとき、妻も子もある三十五歳の男と内緒の関係をつづけているときも、自分はひとりぼっちだった。夢中だったのは、ほんのひとときだけだったが、そのひとときのあいだですら、自分はまったくの有頂天になって心をときめかせていたわけではない。

かおりは、そんなことを考えているうちに、かつて伯父から言われた言葉を思い出した。

——ほんとの中味はどうなのかわからないが、どうもかおりは、歳の割に老成してるみたいだ。その老成は、お前の妙なコンプレックスから生じてるね——。

かおりは、そう言われたとき、なぜか、かっとなって、

「私のコンプレックスって、何なの？」

と突っかかるように訊いたのである。伯父は首をかしげ、

「俺にはわからん。お前は無器量な娘でもないし、五体満足で健康で、女としては、なかなか上等な部類だ。それなのに、お前には、どこか根深いコンプレックスがあるようだ」

と言ったあと、

「自分の母親のことかい？」

そう逆に質問してきたのだった。かおりは、きっぱりと、

「違うわ」

と答えたのだが、そう答えることは、伯父の言葉をはからずも肯定する形になったので、

「誰だって、コンプレックスがあるでしょう？　でも、それが何なのかをわかる人もいないでしょう？」

と言った。伯父はそれ以上、話を展開させようとはしなかった。それで、かおりも、それきり口を閉ざした。しかし、伯父の言葉は、随分長い期間、かおりの中で尾を曳《ひ》いた。何か、知られたくないものを知られてしまったような、不快な腹立ちがおさまらなかった。

かおりは、自分のコンプレックスが何を元凶としているかを知っている。

かおりは、小学校五年生のとき、ほんのちょっとしたいたずらをきっかけに、自分ひとりで性的な快感を得る方法を覚えたのである。そして、それをやめることが出来なかった。肉体が成長するに従って、彼女は、自分のうしろ姿に、それによる何らかの淫靡《いんび》なしるしがあらわれていて、他人の多くに見抜かれているのではないかと思い悩んだ。

しかし、もっと成長するにつれ、そのしるしは、うしろ姿だけでなく、体の一部に歪《ゆが》んだものを形造ったような気がした。いつか、自分を愛する男の目に触れる部分に。

かおりは、十九歳のとき、それを妻子ある男にあずけたが、その男との性は、自らが行なうことで得る歓《よろこ》びよりもはるかに希薄だった。だが、かおりには、希薄であることが、ごく自然な生理現象で、なにも哀《かな》しむべき問題ではなく、徐々に解決されていくものとは受け取れなかった。そこでかおりは、自分が男性によって性的な歓びを得られない女だと思い込んだ。しかも、そんな彼女の錯覚が晴れる前に、罪悪感の伴う関係は終わってしまったのである。

かおりは、戸倉の声が、いつまでも耳に残って眠れなかった。目を閉じると、走り過ぎるトンネルと山とがあらわれ、つかのまの海が、膨れあがったり、しぼんだりした。

翌朝、かおりは、首都高速が横に走り、窓を閉めていても、車の騒音が入り込んでくる会議室で、業務部の社員たちに、仕事の遅滞に関する厳しい指摘をし、自分の命じるとおりに働けない者は、いつ辞めてもらっても結構だと述べた。

「私が、年齢的にも、経験のうえからも、モス・クラブの会長として未熟であることは、誰にいわれなくてもわかっています。ですが、前会長が急死して、私が新しい会長と決まったかぎり、モス・クラブの社員は、私を中心として、以前よりもっと為《な》すべきことは為すという形で仕事をしていただかなければいけません。たとえば、二月度の支出伝票と、実際の支出とは、十二万三千円の違いがあります。きょうじゅうに、それを正確なものにして下さい。支出に伴う領収書がない場合は、各人の責任として経理部できっちり処理してもらいます」

顔を見あわせたり、あきらかに敵意の目を向けている社員たちを前にして、かおりは、心の中で自分を励ましつづけた。——モス・クラブは大きくなりすぎた。そのために、社員も増えた。その中には、寄生虫みたいな者もいる。私は大掃除をするのだ。私は、絶対に頑張るんだ。舐められてたまるものか——。

かおりは、したり顔でうなずきながら、そのじつ、ほくそ笑んでいるみたいな乾喜之介に、

「あした、大阪事務所の瀬戸《せと》さんと、福岡事務所の川口《かわぐち》さんに来てもらって下さい。経理と業務との、詳しい報告書を持って来るよう、乾さんから伝えて下さい」

と言った。

ことしの一月あたりから伸ばし始め、いまは前頭部の薄さをいっそう強調するだけの道具となったもみあげを、耳たぶの下の線で揃《そろ》え、三味線の撥《ばち》状に整えている乾喜之介は、表情を変えずに、

「月例の会議は今週の金曜ですが、それまでに二人を呼ぶんですか？」

とかおりに訊いた。月例会議には、各支部の事務所長と東京事務所の四人の部長が出席し、企画の提出とか月々の決算報告を行なうことになっている。

「ええ、月例の会議とは別のものです」

かおりは、乾の目を見つめて言った。それから、業務部の者に、

「ご苦労さまでした」

と言って、会議室から出て行かせた。次は企画部の連中が会議室にやって来る予定になっている。

かおりは時計を見た。企画部長が会議に集まる時間まで、まだ十五分あった。かおりは椅子から立ち上がり、通りに面したガラス窓のところに行き、首都高速を走るトラックやタクシーを見つめながら、乾に言った。

「乾さん、ここだけの話ですけど、私にモス・クラブをおさめきることなんか出来ませんわ。乾さんのお陰で、なんとか三カ月が過ぎたけど、やっぱり私には無理だと思うんです。ある程度、格好がついて、私の責任を果たしたら、乾さんに、モス・クラブを背負っていただいて、私はさっさと結婚しちゃおうって思うんです」

「どうしたんですか、弱気なこと言って。ひょっとしたら、好きな人でも出来たんですか？　困りますなァ、会長になって、まだやっと三カ月が過ぎたばかりだというのに」

そう言いながら立ち上がった乾の姿が、ガラス窓に映った。

かおりは、それが果たしてどれだけ功を奏するのか見当もつかない、彼女にとっては大芝居のセリフを、ふいに振り返って乾と対峙《たいじ》する形で投げつけた。

「私はなりたくて会長になったんじゃありません。何人かの役員の方のご意見も尊重し、

伯父の遺志も継いで、非力を承知で、モス・クラブの会長になったんです。私が非力だってことは、最初から、社員にも、乾さんにもわかってたはずです。でも、そんな私を助けてくれる社員は、全体の半分くらいですわ。私、モス・クラブは大きくなりすぎたような気がするんです。だから、私を助けてくれる社員だけで運営出来る規模に縮小してしまおうかと思ってるんです。そのためには、乾さんの意見もお訊きしたいし、乾さんの助けももっと必要になると思うんです」

それは、かおりの最初の言葉とはかなりの矛盾があったので、乾は左右の指でボールペンをまわしながら、

「会長を辞めるって言ったり、クラブを縮小するって言ったり……。どうも、おっしゃってることが衝動的ですなァ。縮小するって、具体的にどうなさるんです？」

「私を小馬鹿にしてる社員を、全部辞めさせますわ。それから、各支部で、クラブの運営に支障をきたすような派閥を作っている会員さんにも退会してもらうんです。たとえば、大阪の魚崎洋子《うおざきようこ》さん。草創の会員さんですけど、少し親分肌過ぎて、他のたくさんの会員さんが迷惑してます。このことは、大阪の何人かの会員さんが、私に手紙でしらせてくれています」

かおりは、乾が大阪に出張する際、必ず魚崎洋子と食事をしたり、高級クラブで飲んでいることを知っていたのである。

「衝動的かつ感情的過ぎますよ。会員の数を縮小し、社員も半分に減らしたら、モス・クラブのクオリティーが問われるし、事業益も減少する。私は反対ですね」

「でも、私は私を小馬鹿にして、その日に提出すべき伝票をなおざりにする社員や、それを管理出来ないでいる管理職を雇っておく気はありませんの。誰に辞めてもらうかは、このあと企画部の者たちと会議をして、夕方まで待てば答えが出ますわ。感情的に言えば、私はモス・クラブをつぶしたっていいくらいに考えてるんです。だから、こうやって乾さんだけにご相談してるんです」

「そう言われると、私の監督不行き届きということになりますな」

乾は、苦笑いを作って言った。

「いえ、そんなつもりで言ったんじゃありません。乾さんが私の至らないところをカバーして下さらなかったら、私、たったの一カ月で、何もかもを投げ出してしまいましたわ。若い会長を就任させておいて、すぐ他の人に代わるなんて、それこそモス・クラブのクオリティーを問われますもの。ですから、私が会長を辞めてもいい時期まで、乾さんにご苦労をおかけします」

かおりは、すがるように、乾を見つめた。

この小娘、ヒステリーを起こして、ひらきなおりやがったな……。乾は、いまおそらくそう考えているだろうと、かおりは推し量った。

「どっちにしても、業務部長には責任を取ってもらいます。この三カ月間、部下を管理出来なかったんですから」

とかおりは言った。業務部長と乾とが、前会長の急死のあと、親分子分の間柄になっていることに対しては、ほぼ確信があった。

「責任を取らせるって、どういうふうにです？」

「辞めてもらうんです。きっと、この三カ月間の支出伝票と、使った経費の領収書は、どんなに慌ててつくろっても、きょうの夕方までには揃わないでしょう。一週間待っても揃わないわ。それは使い込みと同じなんです」

かおりは、いつのまにか、不安も怯《おび》えも消えてしまって、自分が何物にも動じずに乾とわたり合っていることに気づいた。

「そんな、急に解雇を言い渡すなんて、いくらなんでも、人間としての道義に反しますよ。彼にも家庭があるんです」

「大切な家庭があるんなら、自分の仕事場も大切にすべきです。そうじゃありませんか？」

「まあ、とにかく、私にまかせて下さい」

乾は、かおりの表情をうかがいながら、うろたえぎみに言った。しかし、かおりは、自分がただのヒステリーから、ひとりの人間を解雇しようとしているのではないことを

わからせるために、経理部長に頼んで揃えてもらった伝票を机に置き、

「使途不明金が一番多いのは、業務部長なんです。彼が、自分の判を捺《お》して経理部に提出した伝票は、経理部長が処理に困って、宙に浮いたままですのよ」

と言った。そして、大きな紙袋から、支出伝票を一枚一枚出して、乾の前に並べた。

「モス・クラブの業務部長に、どうして接待ゴルフなんかが必要なのかしら。前会長の時代には有り得なかったことでしょう？　それに、この銀座のクラブでの飲食費、領収書のないタクシー代が合計で六万二千円。こんなものを会社が認めるわけにはいきません。業務部員のうちの四人が、これとおんなじような伝票を切ってますわ」

「いや、誠に私の不徳のいたすところですよ。業務部の統轄は、私の仕事ですから」

乾が、伝票に目をやったまま、そう言ったとき、企画部長が会議室のドアをノックし、

「よろしいでしょうか」

と訊いた。かおりは、わざと伝票をデスクに並べたまま、企画部員たちに入るよう伝えた。

夕刻、かおりは、経理部長の白坂を同席させ、業務部長と四人の業務部員に解雇を言い渡した。乾は終始、神妙な顔つきで椅子に腰を降ろしたまま、青ざめている業務部長から視線を外していた。かおりは、五人の社員に、手続きの上では自らが退社を申し出た形にして、退職金は支払うと言った。

四人の業務部員は、みな独身で、そのうちの二人は女性だった。二人とも三十歳に近く、モス・クラブでは古参の社員と言えた。

「気のゆるみというものが、こんな形で出たんでしょう。今回をいい薬にして、ひとまず解雇の件は、この乾に預けていただけませんか」

乾はそう切り出した。しかし、かおりがそれに対して何等かの反応を示す前に、二人の女性社員は、きつい目でかおりを睨み、乾さんのご厚意はありがたいが、会長が決めたのだから、私たちは辞めさせていただくと言って、会長室から出て行った。

かおりにとっては好都合で、二人がモス・クラブからいなくなることは、痛くも痒《かゆ》くもなかった。

「でも、いま二名の業務部員が辞めたのですから、業務部長も責任を取るのは当然じゃありませんの?」

とかおりは乾に言った。

「勿論そうですが、そのことは、私の責任において、しかるべきペナルティーを考えるということで」

おそらく、乾がそういう形でおさめてくるであろうことは予測がついていた。けれども、かおりは、伯父が生前洩《も》らした言葉をテキストにしなければならないと決めていた。伯父はこう言ったのである。

——一度裏切った人間は、いつかはまた同じことをする——。

だが、乾の顔も立てなければなるまい。ここで乾の申し出をあっさり蹴ってしまえば、乾に恥をかかすことになり、大きな恨みを買うだろう。かおりは、自分の砦《とりで》を固める時間を稼ぐあいだ、乾と真っ向から戦うのはやめたほうがいいと判断した。

「じゃあ、乾さんにおまかせしますわ」

かおりはそう言って、手早く机の上を片づけ始めた。乾と業務部長、それに二人の業務部員が会長室から去ると、かおりは経理部長の白坂に、

「私、今夜、今泉夫人のお宅に、報告がてら行って来ます」

と言い、そのあと小声で、

「モス・クラブを大切に思って、一所懸命に働いてくれてる人たちと、ゆっくりお食事でもしたいわね。こんな小娘の会長を護ってやろうって思ってくれてる人たちと」

とつけくわえた。かつて、伯父の関係する銀行に勤めていて、手塚民平という人物を慕っていた白坂は、無口で篤実《とくじつ》だった。彼は小声で言った。

「五、六人ずつ、どこかで一席設けましょうか」

「白坂さん、社員の誰が、乾さんの息がかかってるかわかる？」

「ええ、だいたい」

「乾さんは、裏で積極的に動いてるみたいね」

「そんな感じですね。しかし、企画部の石越《いしこし》くんは、信頼出来ます。彼は、ずっと乾さんにいじめられてきましたから」

白坂の口から、石越という名がある意味あいを含んで出たのは初めてであった。かおりは、三年前に入社した石越司郎《しろう》という社員とは、あまり親しく話をしたことはなかったが、仕事のやり方が敏捷《びんしょう》で、企画部の者たちの人望も厚いのを知っていた。

「石越さんが、どうして乾さんにいじめられてきたの？」

「乾さんの、いわゆる一本釣りに、まったく引っ掛からなかったからです。乾さんの本意がどこにあるのかはわかりませんが、前会長の時代から、乾さんは、子分の数を増やそうとしてました。それが乾さんの、つまり性格なんだろうと私は思ってましたが、前会長が亡くなって、それだけじゃなかったんだなってことがわかりましたね」

白坂は、会長室のドアの向こうを気にして、いっそう声を落とした。

「石越さんは、歳は幾つだったかしら」

とかおりは訊いた。

「もうじき三十です。それに、来月、二人目の子供が生まれるんです。彼は、会報の編集責任者ですから各支部の状況もよく把握してますよ。ちょっと型破りな人間ですが、私は、ああいう男を好きですね」

「型破りって？」

白坂は、ちょっと待っていて下さいと言って、会長室から出て行ったが、すぐに戻って来た。彼は、石越司郎の履歴書を、かおりの机に置いた。

「大学を卒業して、谷山建設に入社したんですが、三年前に辞めたんです。谷山建設といやあ、日本で三本の指に入る建設会社ですよ」

「どうして辞めたのかしら」

白坂は、ぎょろ目の光る丸顔をほころばせ、

「上司を、ぶんなぐったそうです」

「あら！　なぜ？」

「天誅《てんちゅう》を下したのだと言うだけで、いくら訊いても、理由は言いません。大学では、ボートの選手でした」

そして、今夜にでも、石越と話をしてみてはどうかと勧めた。かおりは、今夜は今泉夫人の家に行くつもりなのだと答えた。

「乾さんが動き出す前に、今泉夫人に逢っときたいの」

だが、白坂は、どうしても今夜中に、かおりと石越とを内密に逢わせたいらしく、遅くなっても、私たちは待っていると答えた。

「じゃあ、十時に、白坂さんの指定する場所へ行くわ。いま七時だから、十時だったら充分間に合うと思うな」

白坂は、社の連中が絶対来ない店がいいでしょうと言って、しばらく考えていたが、結局、港区にあるホテルのバーに決めた。

かおりは、社員の半分近くが帰った事務所を通って、エレベーターに乗った。業務部の二人が馘《くび》になったことは、早耳の社員の口から伝わったらしく、居残っている社員の表情には、いつもと違った固さがあった。にもかかわらず、業務部には幾つかの笑顔が見られたので、かおりは、二匹の寄生虫を駆除したという手ごたえを感じた。

今泉夫人宅を訪ね、自分の考えを伝えてから、かおりはタクシーで、待ち合わせ場所のホテルに向かった。この緊張は、きょうだけで終わるのではない。そして闘いは、才知だけでは勝てない。かおりは、タクシーの窓から、色とりどりに光って瞬《またた》く東京の街を眺め、自分に〈決意すること〉を教えてくれた戸倉陸離に感謝の気持ちを伝えたくてたまらなくなった。自分の判断と行動が、いかなる結果となって出て来るのかは、いまのところわからなかったが、かおりは、とにもかくにも、モス・クラブの会長としての仕事を、今夜初めて遂行したという歓びの中にあった。

かおりは、腕時計を見た。九時二十分だった。もしかしたら、戸倉はまだ事務所で仕事をしているかもしれない。そう思って、タクシーがスピードをゆるめるたびに、公衆電話を捜した。信号待ちで停まった際、かおりは運転手に頼んで、混雑する車道の端に停めてもらい、本屋の入口にある公衆電話に走ると、戸倉の事務所に電話をかけた。しかし、留守番電話になっていて、戸倉の秘書の声が流れた。かおりは、そのまま電話を切り、タクシーに戻った。

今夜、戸倉から電話はあるだろうか。戸倉が、もし、本当に私のことを心にかけていて、きょうの結果を心配していれば、夜中の一時に電話があるだろう。かおりは、そう思い、そのとき戸倉が自分らしく酔っていればいいのにと願った。

白坂と石越は、ホテルのバーの一番奥の席にいた。二人はまだ何も注文していなかった。タクシーがなかなか拾えず、五分ほど前に着いたばかりなのだと白坂は言った。

石越司郎は、その大きな体を、なんだか窮屈そうに縮めたまま、自分からは口を開かなかった。

「若き会長が、いよいよ暴れだしたって、石越くんに言ったら、じゃあ俺も目立たないように暴れるかって、さっきまで威勢がよかったんですがねェ」

白坂はそう言い、石越を見て笑った。男二人のためにウイスキーの水割りを注文し、かおりはビールを頼んだ。ウェイターが去ると、石越が、めりはりのある太い声で言った。

「乾さんが、各支部の連中と内密で逢ったのは、会長に対する不信任案をまとめるための下準備ですよ」

「不信任案……？」

「ええ、社員の三分の二が、不信任案に同意したら、会長は去る以外ないでしょう。これは内堀を埋めるやり方です。彼は、それだけじゃなく、外堀も埋めようとしてますね。外堀とは、会長さんじゃなく、モス・クラブを通じて商売をやりたがってる不動産業者と、何社かの貴金属店とか高級雑貨店です」

石越は、一枚のレポート用紙を出した。

そのレポート用紙には、十二人の社員の名が書かれてあった。

「これが、不信任案に賛同すると思われる連中です。でも、きょう、この中の二人が消えましたし、三人は風前の灯《ともしび》です。乾さんがその処分を預かるという形になってますが、やはり、責任は取らせるほうがいいでしょう。そうすることで、乾さんの立場を苦しくさせて、悪あがきのあげく、どんな方向転換をするか、じっくり観察出来ますよ。結果的に乾さんが恥をかいて、じゃあ私も辞めると言えば好都合ですが、それだけは口が裂けても言わんでしょう」

石越は、顎の張った頑固そうな顔に、何か怒っているような表情を浮かべて言ったが、言葉つきは穏やかでゆったりしていた。

現実に、自分に対して不信任票を投じるであろう社員の名を目にすると、かおりは気力が萎えそうになった。アルバイトを除いて、約三分の一の社員が、手塚かおりをモス・クラブの会長として認めていないのである。

「こんなにたくさんの社員が、私に会長を辞めてもらいたがってるのね」

かおりは、なんだか泣きだしそうになりながら言った。

「そんなに暗い顔をしないで下さいよ。この連中のすべてが、手塚かおりという会長に不信を抱いてるわけじゃありません。ほとんどは、自分の利害で、乾の口車に乗ってるだけです。若い会長に代わったからといって、モス・クラブの経営に支障が生じたわけでもないし、働きにくくなったってこともないんです。もし他に理由があるとすれば、世襲制に対する嫌悪感だけでしょう」

石越の言葉に、かおりは、

「それは私が若い女だから」

とつけくわえた。石越は、あえて反論せず、かすかに笑みを浮かべた。

「世の男どもは、女に使われることに、まだ慣れてないんですよ。ぼくは、五人姉弟の真ん中ですが、上も下も女で、親父が早く死んだもんだから、女ばっかりの家に育ったんです。そのうえ、女房の尻に敷かれてます。出来た子供も女……。もうじき二人目が生まれますが、それも女だと、もう絶望的です。しかも、自分が働いてる会社の一番偉い人も女……。こうなったら、あきらめるしかありませんよ」

石越がそう言って腕組みをしたので、かおりは笑った。彼の、歯に衣《きぬ》を着せない言い方に誠実なものを感じた。

「それで、大学時代は、女性の少ないボート部に入ったのね？」

「まあ、それもありますね」

かおりは、ハンドバッグから手帳を出し、昨夜、戸倉に教えてもらった五人の人物の名を言った。石越はそれを自分の手帳にひかえた。かおりは、原点に戻るという考えを述べ、

「ひとりはケニアの人よ。でも、あとの四人については、早急に調べて、企画部長とも相談して講演依頼を急いでほしいの」

と石越に言った。

次に、かおりは、大阪の会員が派閥を作っていて、他の多くの会員たちが不愉快な思いをしている事実を知っているかと石越に訊いた。

「魚崎洋子さんですね。ご主人は、大きな病院の経営者で、次の選挙では府会議員に立候補するそうです」

石越はそう応じた。

「なんとかならないかしら」

「大阪の会員さんの中には、モス・クラブじゃなくて魚崎クラブだって言う人もいるくらいですよ。でも退会してもらうには、それなりの正当な理由が必要ですからね」

「でも、この人はモス・クラブにとって癌《がん》だわ」

それまで黙っていた白坂が、

「大阪事務所の大掃除が必要ですね。魚崎さんに牛耳られて、他の会員さんにいやな思いをさせてるのは、大阪事務所全体の体質の問題ですから。あした、所長の瀬戸さんを呼んでらっしゃるんでしょう？　彼にも、使途不明金が八十万円近くあります。今夜あたり、乾さんと連絡を取り合って、それをどう取りつくろうか、やっきになってるでしょう。もしかしたら、魚崎さんに泣きつくかもしれませんねェ」

「泣きついてきたら、魚崎洋子さんはどうするかしら」

「助けてやるでしょう。八十万なんて金は、魚崎さんにとったらはした金ですから。それで、瀬戸さんに貸しを作れば、本当に魚崎クラブになるわけです」

その白坂の言葉で、石越は腕組みを解き、

「大幅な人事異動が必要ですね。それに、これは荒技ですが、大阪におとりの会員さんをひとり作るんです。何かにつけて魚崎さんに敵対する会員さんを」

と言った。

「どうやって、そんな会員さんを作るの？」

「それは、これから作戦を練りますよ。魚崎さんは気性の烈《はげ》しい人ですから、売られたケンカは買うでしょう。そしたら、ケンカ両成敗ということで、両者に退会していただく……。会則の中には、モス・クラブのほうから退会を申し渡せる条件として、他の会員に著しく迷惑を及ぼす行為を為したる場合というのがありますよ。しかし、魚崎さんの気性からすれば、そんな状態になれば、自分から退会していくでしょう。自分の味方をしてくれるはずの大阪事務所長は、人事異動で、札幌《さっぽろ》事務所あたりに行っちまってるんですから」

かおりは、白坂と石越に、他の問題についても意見を出してもらった。幾つかの問題はあったが、それらは簡単に手が打てるものだった。

いちおう、話は出尽くしたと思われたころ、石越は、社員の分際で失礼なことを言うようだがと前置きし、

「会長は、ときどき、とても暗くて元気のない顔をなさってるときがあります。それは、将として、すでに失格だと思うんです」

と怖い顔で、かおりに言った。

「暗い顔、してる？」

かおりは、亡き伯父だけでなく、他の人もそのように思う表情を、自分はひんぱんに見せているのかと、少し哀しい気分で石越に訊き返した。

「世の中で、二十五歳の女性と言えば、あの店の何がうまいとか、どこそこのブティックでバーゲンをやってるとか、そんなことを、きゃあきゃあ言い合って、気楽に暮らしてるんですから、モス・クラブの会長に就任して、思いも寄らないご苦労を背負ってし

まわれたことは、ぼくは災難だったなと、お気の毒に思ってるくらいです。でも、社員たちの前では、しょんぼりしないで下さい」

石越のその言葉に、かおりは、

「じゃあ、これからは楽しくもないのに笑ってるわ」

と多少憤然としながら言った。すると石越は、力を込めて、

「そうですよ。楽しくなくても笑ってて下さい。困ったことが起こったら、笑って下さい」

と真顔で言い、声を大きくさせた。石越も白坂も、注文したウイスキーの水割りに、ほとんど口をつけていなかったので、かおりは、石越が酒の勢いで言っているのではないことはわかった。だからこそ、余計に彼の言葉がこたえた。

「暗いってのは、つまり、太陽が当たってないんです。太陽の当たってないところには、ゲジゲジだとかムカデだとかミミズなんてのが湧いてしまう。でも、いつも明るいところには、不思議に、花が咲いたり、きれいな生き物が集まって来たりします。いやなことがあればあるほど、明るく笑ってて下さい。厄介な仕事は、ぼくたちが片づけますよ。うちの家内の取り柄は、とにかく明るいってことです」

そう言ったあと、石越は慌てて視線をそらせ、

「まあ、いまのは蛇足ですが」

と声を落とした。

白坂は苦笑し、目をバーの入口にやってから、

「あれ？　雨が降ってるのかな？」

とつぶやいた。バーに入って来る客の何人かの頭髪や肩に、濡れた跡があり、それは照明の下でビーズ玉のように光った。

「しょんぼりするの、私の小さいときからの癖なの。でも、直すわ。いつも気をつけて、しょんぼりしてるなと思ったら笑うわ。ヒヒヒとか、ククとか、ギャハハとか……」

かおりの言葉で、白坂は笑ったが、石越は笑わなかった。いっそう怖い顔で何か言いかけたので、かおりは手を振って、彼の言葉を制し、

「嘘よ。そんな笑い方はしないわ。冗談よ。石越さんの言いたいことはわかってるの」

三人は、ホテルの玄関を出て、タクシー乗り場に立った。雨は烈しかったし、風も強く吹いていた。都会の突然の嵐を、かおりは、ただうっとうしいだけのものとして感じながら、タクシーに乗ると、二人に手を振った。

かおりはマンションに帰り、風呂に入ると、ときどき湯舟の中で、笑顔の練習をやった。いろんな笑顔を作るたびに、顔を、あちこちに向けた。すぐに曇る手鏡で、自分の笑顔を映してみたが、どれも、かおりには笑顔に見えず、逆にべそをかいているような顔に思えた。

た。

「そんな馬鹿みたいに、おかしくもないのに笑えないわ」

かおりは、片方の手で目の前の湯を思い切り叩き、しぶきを受けながら、ひとりごちた。

「要するに、いつも明るく堂々とふるまってろってことなのよね」

その石越の、当今流行《はや》らない教訓めいた忠告を、実際に行なおうとして常に心がけるのは難しかった。けれども、かおりは、自分がしょんぼりしていないかどうかを、いつも注意していなければならぬと思った。そして、自分は、とうとう宣戦を布告したと、不安混じりの心で考えた。

乾も、乾の一派たち連中も、そうあっさりとしっぽを巻いてしまうほど甘くはないのだ。そして、白坂や石越が、いつまでも自分の味方でありつづける保証はない。

「でも、乾さんにとって一番怖いのは、モス・クラブが消滅してしまうことなのよね。こんなクラブは、一度つぶれたら、もう一度同じものを作り直すってわけにはいかないのよ。モス・クラブがつぶれたら、乾一派の野心も水の泡だわ」

自分が、いつかモス・クラブの経営を乾にあずける心づもりであるという言葉が、どれだけ効果を持ったかは、あしたからの乾の動きで明瞭になっていくだろう。しかし、いずれにせよ、業務部長だけは始末しなければならない。そして、大阪事務所の瀬戸も……。これだけは、乾にどれだけ怨念を抱かせる結果となっても断行しよう。かおりは、静かな心で、そう決めた。

「あっ、また、しょんぼりした顔をしている」

かおりは、思わず声を出して言った。そうか、私は何かを真剣に考えているとき、しょんぼりした表情になるのだ……。

「だけど、こんな顔をしないと、考え事がまとまらないんだもの」

風呂から出、髪を乾かしていると、フク子の声が聞こえた。

「凄《すご》い雷ですよ。どこか近くに落ちたんじゃないかしら……」

パジャマに着換え、居間からベランダ越しに夜空を見ると、ひっきりなしに閃光《せんこう》が走っていた。空中のどこかで、誰かがスイッチを入れたり切ったりして、大都会の光をあざ笑っているような気がしてきた。かおりは、ガラス窓越しに、青味を帯びた閃光を眺め、初めて戸倉陸離と出会った日も、日本海に雷光が走っていたことを思い出した。

かおりは、一時前から二時近くまで、音を小さくさせてテレビを観たが、耳と目は、絶えず電話機に注いだ。戸倉からの電話はかからなかった。

第五章　断崖

ひたすら怠惰でありつづけたのにもかかわらず、体の奥深くにしつこい疲労を蓄えさせたバリ島での長逗留《とうりゅう》を終えると、夏彦と澄子は、再び香港に戻って、九龍《カオルーン》の高級ホテルのスイートルームに腰を落ち着けた。

バリ島では二十六日間すごしたが、その間、夏彦は澄子の、わけのわからない不機嫌とかわがままとか焦躁《しょうそう》とかを扱いあぐねて、しばしば彼女から逃げ出し、まるで他人の物を盗むかのような心持ちで、自分ひとりの時間を持った。

空港からホテルのリムジンに乗り、とてつもない喧騒《けんそう》の中に入ると、夏彦はバリ島の海辺にいるときよりも落ち着いた気分になり、今夜は、澄子を包んでやろうと思ったのだが、ベランダで香港島の夕暮れを眺めているうちに、またひとりになりたくなった。

こわれた扇みたいな帆を張った舟が、九龍と香港島のあいだを横切り、群立する高層ビルに夕日が当たって、その舟の帆を赤くさせたり黒くさせたりした。

眼下には、花壇を設けた広くて長いプロムナードが見え、そこに群がる人間たちの中に、坐《すわ》りこんで動かない一団を見つけると、夏彦は、なぜかそこに紛れ込んでいきたくなり、シャワーを浴びている澄子に黙って部屋から出た。

ホテルの玄関を出、プロムナードを横切り、海に沿って歩きながら、夏彦はその一団の様子を窺《うかが》った。若い、貧しい身なりの女たちが、花壇の周りに坐って、ポリ容器に入った弁当を食べていた。貧しい身なりといっても、それが彼女たちの、ただ一枚の晴れ着であることはわかった。夏彦は女たちの近くまで行き、増えて来たサンパンを眺めるふりをして、ポリ容器の中味を見た。肉団子とご飯、それにザーサイが入っていた。女たちは、ときおり言葉を交わし合いはするのだが、一様に表情がなく、かすかながらにも笑顔をのぞかせる者はひとりもいなかった。

そのプロムナードにあって、女たちだけが、ひどくみすぼらしく、次第に混雑してくる人通りの大半は西洋人で、それ以外は、金のネックレスを幾重にも巻いていたり、小さくとも本物の宝石で身を飾っている中国人であった。

夏彦は、花壇の縁に腰をかけ、女たちの話し声に耳を傾けた。それが他の国の言葉ではなく、広東語であることがわかったが、ただそれだけのことで、夏彦には皆目広東語は解せない。

白い半袖のワンピースを着て、茶色いサンダルを履いた少女と目が合った。どう見ても、十五、六歳としか思えないその少女は、夏彦と目が合うと、そっと弁当を隠すように背を向けたが、気になる様子で、ときどき顔だけねじって、夏彦を見た。何度目かに目が合ったとき、夏彦は女に、英語は出来るかと訊《き》いた。少女は、少しだけと応じた。

二十人近い少女の仲間には、少女よりも年長と思える女たちが、その大半を占めていて、みな花壇の縁に腰かけたまま、いっせいに夏彦に視線を注いだ。

夏彦は、おおかた、どこかの工場で働く女たちが、誘い合わせてこのプロムナードまでやって来、高級ホテルを出入りする客とか、貴金属店の前に停《と》まるロールスロイスとかを見物しているのだろうと思い、少女に、ここで何をしているのかと英語で訊いた。少女は、顔を赤らめて答えなかった。

ヴィクトリア港には、幾つもの路線に分かれたフェリーが、ひっきりなしに行き来していた。そのフェリーは、女たちの操るサンパンが行く手で波にもまれていようがおかまいなしに、決めた航路を進んで行く。もし、サンパンとぶつかっても、それはフェリーを避《よ》けきれなかったサンパンのせいであり、サンパンに乗っている女や幼児がどうなろうとたいしたことではないといった進み方であった。

夏彦は、もう一度、女たちの話し声に耳を傾けた。やはり広東語だった。もしフィリピン語ならば、フィリピンから出稼ぎに来ている女たちということになるのだが、顔つきも、あきらかに中国系だった。

夏彦は、ホテルのボーイから、香港島の中環《ジョンワン》と呼ばれるオフィス街に、休日になると集まってくるフィリピン人の娘たちについて聞いたことがある。おもに金持の邸宅でメイドとして雇われ、フィリピンから香港に出稼ぎに来た娘たちは、日曜の午後に、なぜか中環に集まって、同郷の友だちと交歓するのだが、その数は千人を超えるので、日曜の午後ともなると、中環一帯は異様な光景を呈するというものだった。

「中には、掘り出し物がいますよ。米ドルなら、十ドルで充分」

ホテルのボーイは、そう耳打ちして笑ったのである。しかし、いま夏彦の近くで弁当を食べている女たちは、フィリピン人ではなかった。

夏彦は、金持の邸宅でメイドとして働く娘がすべてフィリピンからの出稼ぎとはかぎるまいと考えた。あるいは文化大革命の際、中国本土から逃げて来た者たちの子供が、いまこのくらいの年齢になり、やはり金持のメイドに雇われ、週に一度、ここに集まるのではなかろうかと推測した。

夏彦に話しかけられた少女は、ずっと体を固くさせて、夏彦に背を向けていた。そのうなじや、肩から腕にかけての線が、誰かに似ているような気がして、夏彦は煙草《たばこ》を吸いながら盗み見た。

「かおりだ」

夏彦は我知らず微笑《ほほえ》んだ。誰にも見られていないと思っているときの、かおりのうしろ姿にそっくりだ。けれども、この少女は、おかしな日本人に見られていると思って、こんなうしろ姿を作っている……。

「香港島へ行くフェリーは、どこから乗るのかな」

と夏彦は、少女の肩を指で軽くつついて訊いてみた。

少女は、振り返り、当惑の表情で首をかしげた。夏彦は同じ質問を繰り返した。だが、少女は困った顔つきをして、近くの仲間に助けを求めるように、再び背を向けた。

なんだ、英語が少し出来ると言ったのに、ほんとはぜんぜん駄目なんじゃないか……。

夏彦はそう思って立ち上がった。一群の中で最も年長とおぼしき女が、夏彦に近づいて来ると、恐ろしい見幕で何かまくしたて、あっちへ行けというふうに手を突き出した。

おかしな誤解をされたのだなと気づき、夏彦は、女を無視してフェリーの埠頭《ふとう》へと歩きだした。プロムナードを北西に行けば、天皇埠頭と呼ばれるフェリーの発着場がある筈《はず》だった。

すさまじい数の看板に灯《ひ》がともって、漢字やアルファベットの文字が、赤とか緑とかの光で動き始めた。風は冷たくなり、湾内には、周りを古タイヤで囲んだ小舟とかサンパンがぶつかり合っている。

夏彦は、中華レストランの入口に掲げてあるメニューを覗《のぞ》き込んだり、金製品を売る店のショーウィンドーの前で歩を停めたりしながら、天皇埠頭へと歩きつづけたが、何気なく振り返ると、さっきの少女がついて来ていた。少女は、夏彦の十メートルほどうしろにいて、目が合うと立ち停まり、風であおられる髪を手でおさえた。少女はひとりだけで、仲間はいなかった。

「なんだよ、十ドルのくちか？」

夏彦は、うんざりして、そうひとりごち、少し歩く速度を速めて信号を渡った。大きなディスコの前で、もう一度振り返った。少女は、相変わらず、さっきと同じ間隔をとって、ついて来ていた。夏彦はどうしたものかと迷ったが、やはり誤解は晴らさねばならぬと思い、あと戻りして、少女の傍《そば》に行き、

「俺は、そんなつもりじゃないんだ」

と日本語で言い、ついてくるなという仕草をした。けれども、少女は、ついてくるのをやめなかった。夏彦は仕方なく、少女の耳元で、

「俺は、きみとセックスをしたいんじゃない。わかるか？」

と英語で言った。少女は、うなずき、わかりにくい英語で、香港島へ行くフェリー乗り場まで案内すると言った。夏彦は、少女の無茶苦茶な英語を理解するのに骨を折ったが、ともかく意志の交流が出来たことでほっとし、ノー・サンキューと断り、手を振っ

た。だが、それでも少女はついて来た。

「やめてくれよ。ついてくるなって」

夏彦は、少女に大声で言った。人混みの中で、少女はまっすぐ夏彦を見つめるばかりだった。ほっときゃいいんだ、そのうち、あきらめるさ……。彼は、ネイザン・ロードの交差点を渡り、埠頭へ急いだ。しかし、歩いているうちに、自分がなぜフェリーで香港島に行こうとしているのかわからなくなった。それで、ふいに足を停め、来た道を引き返した。少女を無視してすれちがった瞬間、夏彦は、少女の肩が震えているのに気づき、驚いて立ち停まった。

少女のその震えは、悪寒《おかん》に襲われた病人のようでもあり、極度の緊張と怯《おび》えによってもたらされたもののようでもあった。それで、夏彦は思わず、

「どうしたんだ。病気なのかい？」

と訊いた。少女は強く首を左右に振り、わかりにくい英語で、

「恥ずかしい……」

と答えた。いったい何が恥ずかしいのか、夏彦には即座に理解出来なかった。少女は、突然、走って、仲間のいるほうへ帰ろうとした。そして、前を歩いている肥えた男の手提げ鞄《かばん》にぶつかって転んだ。重そうな鞄に、したたかに腹をぶつけたらしく、少女は、しばらく苦痛の表情を路上に向け、腹をおさえて立ち上がらなかった。男は、少女をか

っぱらいと勘違いした様子で、大声でののしり、少女の腕をつかんでひきずった。夏彦は、わめき声をあげている男に、

「この子は、俺の知り合いだ。急いでたから、あんたの鞄にぶつかっただけだよ。泥棒なんかじゃない。あんたの誤解だ」

と言った。男は、夏彦と少女とを見比べ、何か短い広東語をにくにくしげに吐き捨てて去って行った。

少女は膝小僧をすりむいて、そこから血を流していた。

「大丈夫か？　この人混みの中を急に走ったりするからだよ」

夏彦は、少女が解せないのを承知で、日本語で言った。ワンピースの裾が血で汚れるのを気にして、少女は片方の手で裾を少したくしあげ、布製のショルダーバッグからハンカチを出した。傷口にハンカチを当て、少女は夏彦を見ると、また顔を赤らめた。夏彦は、少女がなぜ「恥ずかしい」と言ったのか、なんとなくわかるような気がしてきた。

少女は確かにこの日本人の目的を誤解したのであろう。

そして、少女は思い悩んだあげく、日本人に体を売ろうと決めたのだ。だが、少女にとって、それは初めての経験だった。しかも、この日本人がそんなつもりで話しかけたのではなかったことに、やがて気づいた。だから、恥ずかしかったのだ、と。

夏彦は、少女も自分も同じ漢字の国の人間だから、筆談のほうが意志を伝えやすいだ

ろうと考え、ズボンのポケットから何枚かの領収書を出すと、その裏に字を書いた。最初に〈薬店〉と書き、少女に、ついてくるよう促した。かなり深いすり傷のようだったので、薬屋で消毒液とか包帯とかを買おうと思ったのである。大きなホテルにはドラッグストアがあるに違いないと思い、ネイザン・ロードの角へ向かった。何度も振り返り、そのたびに夏彦は、少女に微笑みかけた。ホテルの前で、夏彦は〈待機〉と書いた紙を少女に見せて、意味が通じたのかどうかをさぐった。少女は、夏彦を見やって、かすかにうなずき返した。

「ここで待てっていうのを、中国語で〈待機〉と書くのかな……」

夏彦は、自分でそう書いたくせに、ひとりで何度も首をかしげながら、ホテルに入った。

ドラッグストアで、噴霧式の消毒液と傷薬、それに絆創膏《ばんそうこう》と包帯を買い、紙袋に入れてもらっているあいだ、夏彦は、なんとなく、少女が待っていないような気がしていた。待っていろという意味は通じたらしいが、あの少女は、どこかに姿をくらましてしまっているだろう。そう思いながらも、夏彦はドラッグストアを出ると、本屋で、日本語で説明してある広東語の簡単な会話集を買った。それは、受験生時代に使った英単語集とほぼ同じくらいの大きさとぶあつさだったので、ジャケットの内ポケットにしまい、ホテルの玄関を出た。

少女はホテルのドアマンや道行く人々の怪訝《けげん》な視線を浴びながら、ワンピースの裾をたくしあげたまま、夏彦を待っていた。彼は、少女が自分を待っていたことが、自分でも奇妙に感じるくらい嬉《うれ》しくて、ネイザン・ロードの両脇に光るさまざまな看板やネオンを、一瞬、数限りない短冊が無限につらなっている祭の光景みたいだと思った。

ホテルのロビーで傷の手当てをするのが一番手っ取り早かったが、そうしなかったのは、きっと少女は、豪勢なロビーに足を踏み入れることをいやがるだろうと考えたからだった。夏彦は、繁華街を見やり、どこか傷の手当てをするのに適当な場所はないものかと捜した。そうだ、観光客相手の格式ばったレストランではなく、この少女でも臆せず入れる飲茶《ヤムチャ》の、小さな店に行こうと決め、〈飲茶〉と書いて、それを少女に示した。少女は、その夏彦の意図を理解出来ないのか、上目使いで夏彦の表情をさぐった。

「ちょっと待ってくれよ。〈広東語実用会話術〉ってのを買ったんだ」

夏彦は、内ポケットから本を出し、〈飲茶の店はどこにありますか〉という広東語を捜した。

「あった、あった、これだ」

夏彦は、広東語の上にひらがなでふられたルビを声を出して読んだ。

「やむちゃあはいびんどう？」

彼は、それを三回繰り返した。そのたびに少女は笑って首を左右に振った。

「あれ？　ぜんぜん通じてないみたいだな。やむちゃあはいびんどう？」

少女は、自分のほうから会話集を覗き込み、夏彦が口にしている広東語をみつけると、それを指差し、広東語で言った。抑揚や音域の使い方は、到底、真似《まね》が出来なかった。

そこで、きみの怪我《けが》の手当てをしよう。夏彦は、自分の意志を伝えるため、ほとんど髪を振り乱すといった格好で、表情や仕草を駆使した。少女は理解し、微笑んだ。

「笑い顔まで、かおりそっくりだよ……」

夏彦は言い、値段の安い飲茶の店に行こうと誘うには、どんな言葉がいいのかを、繁華街の雑踏の中に立ったまま、本のページをくって捜した。〈ちょっと待って〉という広東語が載っていた。それは〈等一陣〉と書かれてある。

「なんだ。〈待機〉じゃねェな。でも、ちゃんと、通じたぜ」

夏彦は、顔をしかめ、無意識のうちに少女の手を握って歩きだしていた。

飲茶の店といっても、格式ばった店、それほどでもない店、閉店して五年くらいたったのではないかと思われる店などを加えると、ネイザン・ロードや、そこから入り組む路地のあちこちに、かぞえられないほどあった。そして、どの通りにも、銀行のビルが、必ず二つか三つ、つぶれかけた雑居ビルの隣に建っていた。

「香港には、いったいどれだけの銀行があるんだよ。それに、この貴金属の店……。どの店も、台所事情はわからないけど、ちゃんと店をかまえてやがる……。銀行って商売を考えついたのも、ゴールド以外は、いざとなったら役に立たない機構を作りあげたのもユダヤ人か？　それとも華僑《かきよう》か？」

少女の手を引いて歩きながら、夏彦は、自分でもそれと気づくような、はしゃいだ気分で言った。

少女は、やがて夏彦よりも前を歩きだした。そのため、少女が夏彦の手を引いて、無邪気に道案内をしているといった格好に変わった。

「きみの名前は？」

夏彦は、この程度ならわかるだろうと思って、英語で訊いた。

「スー・ヤン」

少女は答えた。

「歳《とし》は幾つだい？」

「十六歳」

ネイザン・ロードを、まっすぐ北へ歩いて行くうちに、左手に回教寺院に似た建物が見えてきた。九龍公園の手前にさしかかると、ネイザン・ロードからは、夥《おびただ》しいネオンが忽然《こつぜん》と消え、右手のキャメロン・ロードとモディ・ロードに挟まれた一帯が、多少、下町っぽい表情を見せてきた。けれども、少女は、夏彦の手を引く力と歩く速度に力を込めて、回教寺院の前を通りすぎ、さらに北へ歩いた。

「どこへ行くんだ？」

夏彦は、それも英語で訊いた。言葉の代わりに、少女は振幅のある微笑を使った。それは、絶えず夏彦の心をおもんばかっていたので、自分に自信のあるときは力強く、夏彦に気を遣うときは弱かった。その微笑は、夏彦に、言葉など無用にさせていった。きみの行こうとしている店は、まだ先かと訊けば、少女は、自信をもって微笑み返したし、もうどこでもいい、そのへんの店に入ろうと言えば、頼りなさそうな笑みを向けた。

夏彦は、かおりと似たこの少女と、実際のかおりとの決定的な違いは、微笑によって、さまざまな意志を技巧的にではなく他者に伝えることが出来る点だと気づいた。勿論《もちろん》、かおりと、この少女とは、何もかもが違っている。それは、国籍の違いだけではない。にもかかわらず、微笑による表情を持っているか持っていないかが、たったひとつの相違であるような気がした。

夏彦は、今夜、ホテルに帰ったら、吉祥寺に引っ越したというかおりに電話をかけてみようと思った。

窓という窓に、人間の生活に使用する道具が陳列されてあるといった汚れたアパートのビルが、斜め向かいに見えた。ある窓には、女性の小さな下着と幼児のスカートが干してあったし、別の窓には、磨いた中華鍋と並べて、何かの干し肉らしい塊りがぶらさがっている。また別の窓には、竹製のすだれのかたわらに蘭《らん》の鉢植えが、隣の窓にはシーツが、その隣には、痩せた上半身をあらわにさせた老人の、何を目にしても変化しそうにない顔があった。

　そのようなアパートとアパートのあいだに、用心棒や客引きが目をすぼませて入口に立つキャバレーとかサウナが店をあけているのだった。

「どこまで行くんだ？」

　せっかく買った広東語の会話集を、ジャケットの内ポケットから出す気もなくなり、夏彦は訊いた。そのたびに、スーと名乗った少女は前方を指差した。いつまで行っても、ただ前方を指差すだけだった。

　おそらく、ひとつのビルの中に、何十所帯もの家庭があり、それら家庭には少なくとも五人以上の人間が住んでいると思われる風情が、窓辺に置かれてあるさまざまな生活道具の並べ方によって推測出来る古ぼけた建物が増えていき、やがて、そのような建物もまばらになった。スーは、片手でスカートをたくしあげ、片手で夏彦の手を引いて、道を右に曲がった。漢方薬店の軒先に吊《つ》り下げられている乾燥したこうもりが、夏彦の額に当たったった。夏彦は、驚いて声をあげた。そのこうもりは、五十センチ近くもあった。

　夏彦は、自分が九龍のどのあたりにいるのか見当がつかなくなった。

「飲茶の店だぜ。おかしなところに連れて行かないでくれよ」

〈痔疾《じしつ》専門医〉と書かれた、病院とは到底思えない細長いビルの横で立ち停まると、スーは、そのビルの隣の暗い路地を指差し、英語で、私の兄弟がいるのだと言った。

「兄弟？　飲茶の店じゃないのか？」

夏彦は、路地を覗き込み、スーに、さっき〈飲茶〉と書いた紙きれを見せた。スーは、笑顔で何度もうなずき、路地の暗がりを指差した。その路地にも、小さなアパートがひしめいていたが、よく目を凝らすと、〈光蘭飯店〉と書かれた看板があった。

こいつ、ちゃっかりしてやがる。自分の兄弟が営んでいる店に俺を引っ張って来たのだ……。夏彦はそう思って苦笑した。

路地には、おとな用のランニングシャツを着ただけの幼児が、手に余るほど長い箸を持って走り廻《まわ》っていた。スーは、その男の子に何か言い、箸を取り上げた。シイタケとモヤシを入れてある竹籠が、路地の両側に並び、にぎやかな広東語が、幾つもの窓から聞こえ、汗を滲《にじ》ませた男や女が、アパートの玄関先に腰を降ろしていた。路地を進んでいくと、夏彦は、また、乾燥したこうもりに顔をぶつけた。

「こうもりなんて、いったい何に効くんだ？　俺にはとてもこれが薬だとは思えんな。ましてて、食い物だなんて、考えたくもないよ」

夏彦は、振り返って、軒先で揺れているこうもりと、そのこうもりの作りだす影が、路地にしゃがむ人々の顔をよぎるのを見やった。

路地の前方は暗く、どこかの通りとつながっているのか、それとも行き止まりなのか、識別出来なかった。ただ、その路地にだけ、いくつかのぬかるみがあり、湿気が充満している。

〈光蘭飯店〉のガラス窓には、何かの神札が張られていたが、それもとうに色褪《あ》せて、書かれている文字は読めなかった。店内には、三人の客がいた。

スーは、日本式に言えば、ちょうど六畳の間くらいの店に足を踏み入れると、狭い通路の奥にある調理場に、快活な口調で何か言った。アンダーシャツを着て、汚れた前掛けをつけた背の高い青年が顔を出した。スーは、夏彦をテーブルにつかせ、青年を自分の兄だと説明した。

壁一面に、ペンキでメニューが書かれ、旧式のクーラーが店全体を震わせるほどの音をたてている。

「なんだ、どうしたんだ、どこでそんな怪我をしたんだ」

「大丈夫、ちょっと転んだの」

兄妹のやりとりは、おそらくそんな意味のことであろう。夏彦はそう思いながら、多少警戒の念で、スーの兄や客たちや、店自身の持つ雰囲気をさぐった。頼みもしない品をどんどん運んで来て、法外な金を要求するのではなかろうかと思ったのだった。けれども、スーの兄は、スーと何か言葉を交わしているうちに、その気難しそうな顔をほころばせ、ぎごちなく夏彦に握手を求めてきた。スーが、どのような説明をしたのかはわからないが、スーの兄は、少なくとも感謝の意をあらわしていた。夏彦と握手を交わすと、スーの兄は、夏彦の買った消毒薬とか包帯で、妹の膝の手当てをした。

「きみは、この店で働いてるのかい？」

と夏彦は英語でスーに訊いた。その英語は、スーの兄には理解出来たらしく、

「スーは、この店では働いてない。香港島でメイドをしている」

と妹に代わって答えた。

「大きなプールのある金持の家のメイドだよ」

スーの兄は、スーよりもずっと英語が上手だった。スーの兄は、ほぼ夏彦と同年配みたいに見えたので、夏彦は、妹の膝に包帯を巻きつけている手つきを見ながら、随分歳の離れた兄妹なのだなと思った。

スーの兄は、調理場に消え、幾つも積み重ねた小さな蒸籠《せいろう》を持って出て来ると、客たちのテーブルに並べた。それぞれの蒸籠の中で湯気をたてている料理は、店構えからは想像もつかない上品な細工を施した点心ばかりだった。

メニューを見たが、どの品も安かった。夏彦は、とりあえずビールを注文し、それからメニューを指差して五種類の点心を頼んだ。

二人の客が入って来ると、店は満員になった。店は繁盛している様子だったので、夏彦はなぜスーが、一瞬の心の迷いにせよ、見知らぬ日本人に体を売ろうなどと考えたの

かと思った。

スーの兄が、調理場からスーを呼んだ。スーが、怪我をしたほうの脚をひきずりながら調理場に入って行き、盆にグラスとビールを載せて戻って来たとき、三人の若い男が、〈光蘭飯店〉のドアをあけた。そのうちのひとりは、長い髪をポマードで固めて、べったりとオールバックにし、何年か前に流行した日本の演歌を、広東語の歌詞で口ずさみ、スーに何か言った。スーの顔から血の気が失《う》せ、調理場の兄を呼ぶ声がかすれた。

ふいに、夏彦は足を蹴られ、胸ぐらをつかまれた。二人の男が、夏彦の両腕をつかみ、力ずくで夏彦を椅子から立ち上がらせた。オールバックの男の手が光った。スーの兄が、調理場から走り出て来て、何か叫んだ。そのとき、夏彦は鈍い衝撃を左胸に感じた。スーや、客たちの悲鳴が聞こえ、オールバックの男の顔に、血の丸い点が幾つか散った。それから男たちは、無言で逃げ去った。

夏彦は、何が何だかわからないまま、自分の左胸に視線を落とした。ジャケットを貫いて、ナイフが刺さっていた。しかし、ナイフは、刺さったまま、だらりと下がり、ジャケットのあちこちに、血が散っている。スーも、スーの兄も、何人かの客たちも、立ちつくして、夏彦の胸を見ていた。夏彦は眩暈《めまい》に耐えながら、ナイフの柄をつかんだ。ナイフは確かに刺さっているのだが、夏彦の胸に痛みはなかった。客のひとりが、ドアをあけ、路地に向かって叫んだ。その声で、路地の人々が集まって来た。夏彦は立っていられなくなり、ナイフの柄をつかんだまま、床に尻もちをついた。ナイフを抜こうとするたびに、指のあちこちを切った。そのため、ジャケットの袖口が血に染まった。指から噴き出る血が、夏彦の口から、わけのわからない低い悲鳴を洩《も》らさせた。彼は力まかせにナイフを抜こうとするのだが、ナイフとジャケットは、夏彦の体の近くで前後するのだった。

「アイヤー！」

客の誰かがそう言って、夏彦に近づいて来ると、ただやみくもに動かしている夏彦の手を押さえ、ナイフを抜いた。そしてジャケットを夏彦の体から脱がした。胸からは、血は出ていなかった。ナイフは、ジャケットの内ポケットに入れてある広東語会話集の、小さいけれどもぶあつい本に刺さって、夏彦の体にまでは届かなかったのであった。

「アイヤー！」

客のひとりは、もうあと二、三ミリでナイフの先が突き出る寸前だったことを、〈光蘭飯店〉に集まった人々に見せようとして、広東語会話集を頭上に掲げた。〈光蘭飯店〉の店先からどよめきが起こり、夏彦の命を救った一冊の本の、ナイフによってえぐられた孔《あな》を見ようと、汗ばんだ人々が、押し殺した声をあげながら群がった。人々は、ナイフの刺さったあとを目にすると、首を振り、口々に夏彦に何か言った。

夏彦は、スーの兄に助けられて立ち上がった。彼はスーを捜した。スーは、調理場への通路の横で、壁に凭《もた》れて、夏彦を見ながら泣いていた。夏彦は、じっと自分の胸を見、それから、血がしたたり落ちている指に視線を移した。彼がナイフを抜こうとして自分で切った指の傷は、右の親指が最も深かった。人差し指にも、掌にも、浅い切り傷があったが、それらは、幾筋もの赤い線を作っているだけだった。

路地の人々の中から、猫背の老人が歩み寄り、達者な英語で、

「指を見せなさい」

と、言った。夏彦は、スーの泣き顔を見つめたまま、老人の前に手を差し出した。老人は、口をあけている親指の腹を仔細《しさい》に見て、親指のつけ根を強く押さえ、振り返って、広東語で何か言った。女が路地を走って行った。

「さっきの男たちは、なぜぼくを刺したんです？」

と、夏彦は、顎《あご》の尖《とが》った老人に訊いた。老人は、スーの兄に目をやった。スーの兄と老人は、小声で話し合っていたが、やがて、

「人間違《まちが》いをしたらしい。あんたと他の誰かとを間違えたんだ」

と老人は言った。老人が親指のつけ根を押さえているあいだ、血は止まっていた。女が、赤い小さな紙袋を持って帰って来た。その中には、線香の灰みたいなものが入っていた。老人は、その灰を傷口にふりかけ、

「あんたを刺した男の指は、もっとひどい怪我をしてるだろう。あの本にナイフが刺さ

ったからね」

と言った。すると、人々がいっせいに何か言った。客の何人かも、それに呼応して、老人に興奮した口調で説明した。それらの言葉を、老人は英語に訳した。

「あんたを刺した男は、親指のつけ根がちぎれかけていたそうだ。だけど、ここにいた連中は、飛び散った血が、あんたの胸から噴き出た血だと思ったそうだ」

老人は、きつく包帯を巻き、それまで自分が押さえていたところに、夏彦の左指をもって行き、ここが止血のポイントだと教えた。そして、いい薬を使ったので、たぶん化膿《かのう》しないだろうとつけくわえた。誰かが、盾の代わりを果たしてくれた本を、テーブルに置いた。ナイフの切り口のあるジャケットも、何人かの手を渡って、夏彦のもとに戻って来た。

夏彦は、ほとんど無意識にジャケットを着て、広東語会話集を内ポケットにしまい、人々をかきわけて、暗い、ぬかるみだらけの路地に出た。スーの兄が追いかけてきて、夏彦の名前を訊き、次に泊まっているホテルの名を訊いた。

夏彦は、路地のぬかるみを避ける気力もなく、ネイザン・ロードへと歩を運んだ。スーの兄の問いに対して、何も応じ返さなかった。スーの兄は、路地の途中まで追ってきて、何度も、夏彦の名前とホテルはどこかを訊いた。しかし、夏彦が振り返りもしないので、追ってくるのをやめ、英語で、

「すみません、すみません」

と叫んだ。

夏彦は、老人に教えられた止血のポイントというところを強く押さえたまま、ネイザン・ロードへの道を南へと下っていった。膝に力が入らず、まっすぐ歩けなかったし、歩くたびに眩暈は強くなった。それなのに、心は静かになっていった。

あの三人組が、他の人間と間違えて、なぜ自分を殺そうとしたのかということなど、夏彦にとってはどうでもいい問題であった。自分は、あのぬかるんだ路地の奥の、縁もゆかりもない小さな食堂で、見も知らない中国人のならず者に殺されたのだ。殺されたという言い方が最も正しい。たまたま、ジャケットの内ポケットに、ぶあつい本を入れてあり、それが盾の役割を果たし、ナイフは自分の左胸に刺さらなかった。ただそれは、じつに稀《まれ》な偶然の結果にすぎない。けれども、本当は、あの〈光蘭飯店〉で死んだ。いま、こうやって、指の血を止めながら、九龍の街を歩いてホテルへと帰っているが、自分は、あそこで死んだのだ。

そう思いつつ歩を運ぶ夏彦の心は、そのほうがよほど恐ろしく感じられるほどに、静かであった。その静けさは、ネイザン・ロードの騒音が近づくにつれて、いっそう深まった。そんな心を体験するのは初めてのことだった。

指の傷は、次第に痛みを増していった。彼は、ほんの三十分ほど前、少女を待たせて、薬を買うために入ったホテルのところまで来ると、やっと自分のズボンに目をやった。ベージュ色の麻のズボンには、かなりの量の血がついていた。ジャケットにも、血の点が飛び散っている。三叉路《さんさろ》を左に曲がり、サリスベリー・ロードの、とてつもないネオンの数を見、海のほうに視線を移した。人力車と、そこに人間を乗せて、どこかへ運ぼうなどとは考えていない老人の車力が、観光客に目を走らせていた。珍しがって、写真を撮る観光客から法外なモデル代をせしめるのが、彼等《ら》の商売であった。

「俺は、さっき、あそこで死んだんだなァ……」

夏彦は、そうつぶやき、内ポケットにある広東語会話集に、ジャケットの上から触れた。ジャケットの切り口を、そっと指でなぞってみた。切り口は二センチほどの幅なのに、よほど気をつけて指でさわらないと、そこに切り口があることを見落としてしまいそうだった。そこいらのちゃちなナイフではなく、プロの使う、とびきり鋭利なナイフだったのに違いない。夏彦は、歩きながら、慌てて止血のポイントを親指と人差し指とで押さえた。

ホテルにたどり着き、エレベーターに乗ると、途中の階から、顔見知りのボーイが乗って来て、夏彦のジャケットやズボンについた血に目をやり、

「どうなさったんです？」

と驚きの表情で訊いた。

「指を切ったんだ」

夏彦はエレベーターの壁にぐったりと凭れ、顔の位置に立てたままの腕の先を顎で示した。

「すごい血ですよ。病院へ行ったんですか？」

「いや。でも、大丈夫だ」

ボーイは、医者にかかったほうがいいと、しきりに勧めたが、夏彦は、線香の灰に似ていた粉は、きっと老人が言ったように、傷にはいい薬なのだろうと思っていた。

夏彦と澄子の泊まっている部屋のフロアに着き、エレベーターの扉が閉まったとき、彼は、このまま澄子のいる部屋に帰ることにためらいを感じた。

「落とし穴だらけなんだ」

夏彦は、声に出してつぶやき、再び、内ポケットの広東語会話集にさわった。自分は、どうして、少女のために薬や包帯を買ったあと、別の売店で、こんなぶあつい本を買ったのであろう。他にも、広東語の簡単な会話集は幾種類も並べてあった。別段、真剣に、あの少女と意志を通わせたいと考えたわけでもない。それなのに、自分は、一番ぶあつい会話集を買ったのだ。他の、もっと薄っぺらい本だったら、自分は死んでいた筈だ。

そして、なぜ、自分は本を内ポケットに入れたのだろう。

夏彦は、このまま澄子と顔を合わさず、日本に帰ってしまいたかった。自分の生き方が、卑劣で腐れ切ったものとして、静まり返っている心の芯から、夏彦に多くを語りかけてきたのである。

彼は何度かためらったが、結局、部屋のドアをノックした。傷口の痛みは、さらに強くなり、止血のポイントを押さえつづけているせいか、右の親指は痺《しび》れている。痛みと痺れは、どちらの感覚をも殺さず、逆に二つの異なる神経をあおった。

ビールの入ったグラスを片手に、澄子がドアをあけ、いまにも尖りかけている目を懸命に抑えながら、

「私といるのが、そんなに退屈?」

と言ったあと、顔を曇らせて、夏彦の親指に巻かれた包帯やら、服についた血を見つめた。

「どうしたの?」

夏彦は、澄子を押しのけ、部屋に入ると、ベッドにあおむけに倒れ込んだ。

「何があったの?」

澄子は、持っていたグラスを、海に面したところにあるテーブルに置くと、駆け寄ってきて訊いた。

「俺は、生きてる……」

夏彦は、やっと右の親指のつけ根から手を離し、そう言ったあと、煙草に火をつけて

くれと澄子に頼んだ。

澄子は、苛《いら》だたしげに、煙草をくわえると火をつけて、その吸い口を夏彦の唇に挟んだ。いつもそのような場合、澄子の瞳には、彼女が決して言葉としては使わない〈情事〉の下準備だとか、〈情人〉の精神的ゲームへと動きだす光が射すのだが、いまは、それとは幾分違った澄子本来の忍耐強さが満ちていた。

夏彦は、煙草のけむりを深く吸った。もう止血のポイントと教えられたところから指を離しても血は出ないだろうと思い、そっと外した。そして、何度も煙草の煙を肺に送り込み、白い包帯を見つめた。煙草を一本吸い終わっても、包帯の内側から血は滲んでこなかった。彼は、ほっとして、澄子を見た。

「ねえ、何があったの？」

澄子は、ベッドの横に立ちつくしたまま、包帯に視線を注いだまま、そう訊いた。夏彦は自分の身に起こったことを、なぜか誰にも話したくはなかった。しかし、どうして心に秘めておきたいのかわからなくて、そのために、長く口をつぐんだ。

「何よ、いつまで黙ってるの。声もかけずに勝手に出て行って、血だらけになって帰ってきて、お前とは関係ないって顔を、わざとらしく私に見せて……。言いたくないんなら、ずっと黙ってればいいわ。私も訊かない」

澄子は、両手を顔の横あたりで振り廻し、声がかすれるほどの大声で言った。

「ケンカしたんだよ。道ですれちがった中国人と。ケンカは、相手がふっかけてきたんだ。広東語で、すごい顔をして、まくしたててきてね。たぶん、チンピラだろう。ナイフを持ってやがった。気がついたら、親指の腹が切れて、そのチンピラも、どこかへ逃げちまった。殺す気はなかったみたいだな。きっと、脅しのつもりでナイフを出したんだけど、俺の指から血が出たんで、本人もびっくりしたんだろう。そんなに深い傷じゃないと思ったんだけど、意外に深く切れててね。通りがかった人が、手当てをしてくれた……。まったく、どこで何が起こるか、世の中、落とし穴だらけだよ」

夏彦は、澄子にそんな嘘《うそ》をつき、再び包帯を見て完全に血が止まってはいないにしても、もうそんなには出血しないだろうと考え、澄子に背を向ける格好で起きあがり、ジャケットとズボンを脱いだ。そして、電話でランドリー係を呼んだ。バスルームへ入り、汚れたジャケットとズボンを、ランドリー用の大きなビニール袋に入れ、バスローブを着た。

「ケンカって、何も原因もないのに起こらないでしょう？　何が原因なの？」

バスルームの外から、まだ怒りの残っている澄子の声が聞こえた。

「それが、まったく見当もつかないんだ。急に、うしろから、肩をつかまれて振り向いたら、そいつが怒鳴りまくった。俺は、茫然自失《ぼうぜんじしつ》だよ。通り魔に出食わしたようなもんだ」

「どうせ、九龍の、物騒な場所を探検に行ったんでしょう。何を捜す探検？」

澄子は、皮肉混じりで言い、

「でも、指の傷だけですんでよかった……。出会いがしらって、どんなときでも怖いのよ。相手の気分しだいで、心臓をひと突きってこともあるわ」

とつぶやいて、ベランダのほうに行った。その澄子の声を聞きながら、夏彦は、自分の命を救ってくれた広東語会話集を、どこに置いたのかと、変に泡を食って考えた。彼は、それさえも、澄子だけでなく、他の誰にも見られたくなかったのである。

広東語会話集が、いま脱いでランドリー用のビニール袋に入れたジャケットの内ポケットにしまったままであることに気づくと、夏彦は、ビニール袋から再びジャケットを取り出した。そのとき、ランドリー係のものらしいチャイムが鳴った。夏彦は、広東語会話集を、バスローブのポケットに突っ込んだ。

愛嬌《あいきよう》のある小柄なランドリー係は、夏彦からビニール袋を受け取ると、クリーニングに関して特別な注文はあるかと訊いた。まだ二十歳《はたち》になるかならないかの、少年と呼んでもいいランドリー係に、夏彦は、

「血が、たくさんついてるんだ。取れるかい？」

と訊いた。

「血ですか？」

ランドリー係は、なぜかドアのところから、それとなく首を突っ込み、ベランダの近くのソファでビールを飲んでいる澄子を見やったが、

「赤ワインではなく、血ですね。本物の血」

と言って、夏彦の包帯を指差した。

「ああ、赤ワインをこぼしたんじゃない。本物の血だよ」

「まかせて下さい。うちのホテルのランドリーでは、取れないしみなんてありません。血のほうが取りやすいんです。赤ワインのほうが難しい。それも、乾いてしまった赤ワインのしみを取るには、魔法が必要です」

夏彦は、ジャケットの胸には、ナイフによる孔《あな》があるのだから、もう着られないのだと思った。それならば、捨ててしまえばいい。なにも、クリーニングに出すことはないのだ……。

「でも、ミスター・テヅカ、もし、お食事の最中に、赤ワインをこぼしたときは、いい方法があります。お教えしましょうか？」

ランドリー係は、笑顔で言った。夏彦は、ジャケットの始末をどうしようかと迷いながら、ランドリー係の顔を見た。

「赤ワインが服についたら、すぐさま、塩をすり込むんです。ミスター・テヅカ」

「塩？」

「ええ、乾いてしまったら、もう塩は役に立ちませんが、濡れているときだったら、塩が赤ワインのしみを取ってくれます。赤ワインを服にこぼす。慌てずテーブルの食塩を、そこにすり込む。それも、うんと、たくさん」

「へえ、一度試してみるよ。白いハンカチに赤ワインをたらして、そこに塩をすり込んでみよう」

軟体動物みたいな動き方をするランドリー係の唇を見つめて、夏彦はそう言った。

「ぜひ試してみて下さい。塩は、出来るだけたくさん使う。塩をけちらないことです」

「よし、わかった。いいことを教えてもらったよ」

ジャケットの始末をどうしようかという結論が出ないうちに、ランドリー係は、あすの昼ごろ、お届けすると言って、去って行った。

夏彦は、バスローブのポケットに突っ込んである広東語会話集を、自分の旅行鞄にしまい、澄子の横に坐ると、

「腹が減ってるんだろう？　昼から何も食べてないからな」

「お腹は空いてるけど、あんまり凝った料理は食べたくないわ。チャーハンとかラーメンが食べたい。それも、肩の張らない店で」

夏彦は、ホテルの部屋で横になっていたかった。しかし、澄子の食べたいものにつきあうためには、また服を着て、部屋から出なければならない。

「だんだん痛くなって来たよ」

彼は、包帯の上から、傷口をそっと撫《な》でた。胃の中はからっぽなのに、食欲はまるで感じなかった。

「いまごろになって、怖くなってきたんでしょう」

澄子は、夏彦の右の掌を自分のほうに引き寄せて言った。

「ああ、怖いね。相手に殺す気があったら、俺は心臓をひと突きされて、人混みの中で死んでただろうな。さっきから、ずっとそれを考えてたんだ。人間って、なんておぼつかない吊り橋を歩いてるんだろうってね」

「日々、無事息災に生きることって、じつは不思議な幸運なのよ」

澄子は、それを投げやりな口調で言った。

「夏彦がいないとき、家に電話をかけたの。珍しく泉が出てきたわ。風邪《かぜ》をひいて、きのうから寝てるんだって。高いおみやげをねだられちゃった」

「どんなおみやげ？」

「純金のブレスレット。細くてもいいけど、変わった細工のが欲しいって言ってたわ」

「純金のブレスレットか」

夏彦は、体を動かし、ソファに横たわって、澄子の膝枕で目を閉じた。魔が差したように、ゆきずりの日本人に体を売ろうとしたスーの姿が浮かんだ。いまも、震えて泣きじゃくっているような気がした。

「日本に帰ろうか」

と夏彦は目を閉じたまま、澄子に言った。

「帰りたくなった？」

「妹のことが、ちょっと心配になってきたよ。モス・クラブがどうなろうと、俺にはどうでもいいけど、かおりがいろんなやつにいじめられて、疲れ果ててるんじゃないかって、心配なんだ。あいつ、泣くと目元が腫れて、不細工な顔になるんだ」

電話が鳴った。澄子は英語がまったく出来なかった。そして彼女には、多少とも勉強して、外国を旅する際に必要最小限の英語を話せるようになろうとする意志はまったくなかった。

電話はランドリーからであった。さっきの青年とは別の、太い声が聞こえた。

「ジャケットの胸ポケットに、二センチくらいの破れがあります。まるでナイフで切ったみたいな。これはリフォームすることが出来ません」

声の主は、そう言った。

「ああ、知ってます。そちらの責任じゃありません。ぼくが自分で切ったんです」

「いい品物なのに勿体《もったい》ない。もしご希望なら私の知り合いに、リフォームの名人がいますので、しみ抜きを済ませたら、その人に相談してみてはいかがでしょう。勿論、完全には戻りませんが、切り口をうまく縫い合わせて、わかりにくくすることが出来るかもしれません。香港島で仕立て屋をやってる男ですが」

「ご親切にありがとう。でも、あのままで結構です。しみ抜きだけして下さい」

「あの切り口に何か思い出でも？」

声の主は訊いた。顔は見えなかったが、夏彦には、その男の微笑が目に浮かぶような気がした。

「ええ。死んだ人間が生き返るような、奇蹟《きせき》的な思い出です」

「わかりました。それでは、しみ抜きだけにしておきましょう。スラックスのしみは、完全に取れます」

「ありがとう」

電話を切ると、夏彦は、もう一度、

「日本に帰ろうよ」

と澄子に言った。澄子も、長い旅に疲れているはずであった。ひとところで、無目的にのんびりしつづけてはいたが、やはり旅は旅なのだ。そして澄子の中には、夏彦を核にすえて発生する、彼女だけの神経戦がある。

「いやよ、私、まだ夏彦を解放しないわ」

澄子は、笑みの混じった、意地悪な表情で言った。

「私は、まだ満足してないんだもの」

「体が？」

「体も」

「それは、俺のせいじゃないよ」

「じゃあ、何のせい？」

「一年が過ぎると、ひとつ歳を取るっていう、なんとも恐ろしい法則のせいさ。澄子は、若さから遠ざかっていくことに対して、悪あがきをしてる。お陰で、俺は、働かなくても、うまい物が食え、のんびりとバリ島で日光浴をして、うたたねが出来、いま九龍の高級ホテルのスイートルームから香港島の夜景を眺めてる。だけど、俺も、澄子に気に入ってもらえる期間は、だんだん減っていくんだ。五十になった男を、誰が買う？」

澄子はソファから立ち上がり、夏彦の目を睨《にら》みつけながら近づいてきた。

夏彦は、てっきり澄子が、いつものいさかいの手順を踏んで、最初は感情を抑えた自己主張、次にはやはり感情を殺した愛情の表現、そして最後は憤怒《ふんぬ》を隠さず自分と情人との罵倒へと移るのであろうと思った。けれども、澄子は、夏彦の首に自分の両腕を柔らかく巻きつけ、

「ねえ、ほんとは何があったの？　さっき、旅行鞄に隠したのは何？」

と、子供の隠し事を訊きだそうとする母親みたいに言った。夏彦は、澄子の首筋に自

分の頰をすり寄せたが、何も答えなかった。さあ、そろそろ、爆発するだろう。どんなに寛容であろうとしても、それを持続出来やしないさ。だって、あんたにとって、俺は若い情人なんだからな。それも、必死でつかまえておきたい情人じゃない。あんたは、その気になれば、すぐに別の情人を手に入れられることを知ってる女さ。そして、そこがあんたの弱味でもある。醜女《しこめ》が、〈老い〉へのボーダーラインに立ってるんじゃない。若いころから、ずっと男の視線を受けつづけてきた女が、その視線の減少に気づいて、あがき始めてるんだ。醜女は、それを心の中で処理して、やりすごせるが、美人はそうはいかない。肉体を貪欲《どんよく》にさせて、そのボーダーラインからあとずさりしようとする……。俺がこれまでつきあってきた女は、みんなそうだった。あんただけ別だとは言わせないさ。

だが、澄子は、涼やかな微笑で、夏彦の頰から逃げ、

「そう簡単に、私から自由にさせてあげないわ」

と言った。夏彦は、澄子の涼やかな微笑を、何か珍しいものでもみつけたような心持ちで見つめた。

「あの弁護士さんは、ひどい二日酔いで、自分の乗った列車が、ずっと明るい海に沿って走ってるって錯覚してた……。でも、私も夏彦も違うわ。酔ってもいなければ二日酔いでもないのに、トンネルの壁を海だと思ってるのよ」

澄子は、夏彦の首に腕を巻きつけたまま、そう言った。

「何がおかしいんだ。変な笑い顔を作るなよ」

夏彦は、情人の礼儀を放棄した。そして、澄子の腕を、自分の首から力まかせに外した。彼は得体の知れない怒りを抑えきれなくなった。それは、静かだった心を、この女によって乱されたという理由をこじつけたうえでのことであった。

「私、笑ってないわ。笑ってるように見える？」

「鏡で見てみろよ。余裕たっぷりに、微笑んでらっしゃる。ペットの犬のわがままを、楽しみながら許してるって微笑みだね。でも、おあいにくさまだ。俺は、いまこの瞬間から、ペットの犬であることをやめさせていただく」

夏彦は、片方の手でバスローブを脱ぎ、それを澄子の顔に投げつけた。

それでもなお、澄子の動じない微笑は、涼やかさを増して夏彦を見ていた。夏彦は、ズボンを穿《は》き、旅行鞄から靴下を出した。とにかく、ここから出て行こうと決めたのである。

夏彦に投げつけられたバスローブを胸のところで抱くようにして、

「私は、いままで一度も、夏彦を自分のペットだなんて思ったことはないし、金で買ってるとも思わなかったわ。夏彦が、そう思ってるだけよ」

と言った。夏彦は、自分の左腕を突き出し、はめてある腕時計を示して、

「じゃあ、こんなべらぼうな贅沢品《ぜいたくひん》を、惜し気もなく買ってくれる魂胆は、いったい何

だっていうんだ」

「夏彦が、ほんとに欲しがったからよ。夏彦が、私に本気で何かをねだったのは初めてだったから」

「じゃあ、この旅行中、いつも機嫌が悪かったのは、なぜだよ。急に親切になったり、急にヒステリックになったり、急に寝たがったり、急におぼこい小娘みたいに俺から離れたり……。俺を人間扱いしてなかったじゃないか。澄子のやり方は、ペットの犬に対するやり方だった。えっ？　そうじゃないのか？」

澄子は、その夏彦の問いに、一瞬間を置いたのち、夏彦が茫然として体を硬直させてしまう言葉を返してきた。それも、初めて見せる羞恥《しゅうち》の表情を隠そうともしないで。

「私、愛されたかったの、夏彦に」

「愛されたい？」

「本音で物を言ってもらいたかったの。本気で求めて欲しかったの。おかしいでしょう？」

「ああ、おかしいね」

そう言ったものの、夏彦は自分の声から、力が失せるのを感じ、次の言葉が出てこなかった。

「夏彦、この部屋に帰って来たとき、どんな顔をしてたか知ってる？　土色で、唇にも色がなかったわ。膝が震えてた。夏彦は、自分の身に起こったことを私に知られたくないときは、ちゃんとうまく隠せる人よ。それが、さっきは出来なかった。よっぽど、恐ろしい目に遭ったのよ。そのあと、本音を私にぶつけたわ。何に対しても〈ほどほど〉であることを、まるで神聖な戒律みたいに大事にしてきた夏彦が、あのとき、生き方を変えた……。私、ああ、これでやっと愛してもらえるって思ったの」

「世迷《よま》い言を言うなよ。ただの女になり下がったのか？」

彼は、澄子にそう言ったが、片方の手だけで靴下を穿くという難儀な作業に再び取りかかる気力も喪《うしな》い、澄子を見つめつづけた。

「死んだ夫は、私にしょっちゅう暴力をふるったわ。顔が曲がるくらい殴ったり、本気で殺そうとしてるんじゃないかしらって思うほどの力で蹴ったりした。なぜだと思う？」

夏彦はその理由を知っていた。だが、夏彦は、

「べつに知りたいとは思わないな」

と言った。

「夏彦は私のことを知りたくない……。でも、私は夏彦のことを知りたいの」

澄子はバスローブを持ったまま、ベッドに腰を降ろしている夏彦の隣に坐り、

「ねえ、旅行鞄に、何を隠したの？」

ともう一度問いかけてきた。それを告白させることが、まるで愛情に向かう最初の条件だと心に期したように。そして、それはまさしくそのとおりだったのである。夏彦は、自分が確かに生き方を変えようとしていることに気づかされた。澄子の、思いがけない言動によって気づかされたのだった。

「本だよ」

と夏彦は穿きかけた靴下を旅行鞄の近くに投げ捨てて言った。

「本？」

「広東語会話集……」

彼は、見てもいいよというふうに、旅行鞄に顔を向けて、顎をしゃくった。澄子は、

「見てもいいの？」

と訊いた。

「いいよ。だけど、まったくいい勘してるな。それに……」

「それに、なあに？」

「まさか本気で愛してくれなんて言葉を、澄子が使うなんて考えもしなかったよ」

澄子はベッドから立ち上がり、旅行鞄から広東語会話集を出した。その本の、ちょうど真ん中にある切り口に、澄子はしばらく気づかず、怪訝な面持ちで、広東語会話集の表紙を見たり、裏表紙に目をやったりしたが、ページをくろうとして、鋭利な刃物によ

る長細い孔《あな》をみつけた。

「俺のジャケットの内ポケットに入ってたんだ。それが入ってなかったら、俺は死んでたよ」

澄子は無言で、手に持った本と夏彦とを交互に見つめた。

「ナイフが胸に刺さってるのを見たとき、俺は、とにかく必死でナイフを抜こうとした。自分が、そのときどんな声をたててたのか、まるで覚えてない。何を考えてたのかも覚えてない。ただ、俺は死ぬって思った。それで、ナイフを胸から抜こうとしたんだ。だけど、どうやっても抜けない。ナイフは動くのに抜けないいんだ。指は、そのとき切った……。俺を刺したやつのほうが、怪我は大きかったって、周りの人たちが言ってたよ。そいつの親指は、ぶらぶらになってたって。服についてる血は、ほとんどそいつの血だろう」

「どうして、そんなことになったの？」

澄子の問いに、夏彦は、あらましを説明した。

「そのスーっていう女の子、かおりに似てたんだ。小学生のころのかおりにね。べつに、変な気を起こしたんじゃない。この下のプロムナードで弁当を食べてたから、こんなところで弁当を食べて何をしてるんだろうって思った。それで声をかけた」

喋っているうちに、夏彦は澄子の胸に顔をうずめたくなった。

「夏彦が、妹さんのことを、そんなに愛《いと》しそうに言ったのは初めてね」

澄子は、あと、二、三ミリでぶあつい本を貫きかけているナイフの刺し跡にじっと目を凝らしたまま、穏やかな口調で言った。

「なんだか、夢みたい……」

「何が？」

夏彦は澄子の横顔を見やって訊いた。

「相手が刺そうとしたところに、この本があったってことが」

「まったく、夢みたいだな。それも、悪い酒に幻惑されてひきずり込まれたみたいな夢だよ。だけど、その酒は自分が好きこのんで飲んだんじゃない。いつのまにか、飲んでたんだ。自分が気がつかない瞬間にね」

澄子は、広東語会話集を夏彦の膝に置き、

「私と別れるとき、この本を私にちょうだい」

と言った。

「私、この本のナイフの跡を見て、きっと、いろんなことを考えるわ。あしたは、どんな仕事をしようかとか、今夜は、どんな本を読もうかとか、日曜日にはどんなお料理を作ろうかとか、あの株は売ったほうがいいとか、あの人間とはもうつきあわないでおこうとか……」

夏彦は、広東語会話集を旅行鞄にしまった。彼は、澄子という人間がわからなくなった。優しいのか冷たいのか、情にもろいのか、そうではないのか、感情家なのか理論家なのか。

「別れるときか……。いいねェ。洒落《しやれ》た別れの品だよ。うん、とてもいいね。気がきいてる」

わざと茶化して、夏彦はバスルームに行くと、シャワーを浴びるために裸になった。澄子のシャワーキャップを手にかぶせ、包帯が濡《ぬ》れないようにして、コックをひねった。あえてそうしたのではないのに、夏彦は、澄子とのあいだに、未消化なものを残して、自分だけ違う場所に移ったような気がした。澄子がいま坐っている場所とバスルームとは、五メートルと離れてはいなかった。にもかかわらず、彼は、澄子を置き去りにして、自分だけの世界へ逃げたといううしろめたさを感じた。

澄子があそこまで喋《しやべ》ったのだから、なぜ死んだ亭主は、澄子に異常なほどの暴力をふるったのかを訊いてやるべきだろう。自分は、泉から教えられて、その理由を知っているが、知らないふりをして、澄子に問いかけてやるべきだろう。そうすることが、澄子の望む地点へと互いが歩み寄るための糸口になるであろう。夏彦は、湯をぬるくさせ、右腕をしぶきから遠ざけながらシャワーキャップを浴び、そう考えつづけた。

「ひとりで洗える？　私のシャワーキャップで手首から先を包んだらいいわ」

バスルームのドアをあけ、澄子が言った。

「ああ、もうそうしてるよ。でも髪はなんとか洗えても、背中は片手では洗えないな」

夏彦は頭からシャワーを浴びながら、そう言った。

「背中、洗ってくれないかなァ」

夏彦は、いまはそう頼んでみるのが、礼儀というやつであろうと思った。

夏彦にとっては、澄子が自分に愛されたがっていることを認識したのは、思いも寄らない驚きであった。いかなる対処をすればいいのかわからず、かなり落ち着きのない、うろたえた状態にあったので、その件に関しては、とりあえず触れずにおきたかった。

澄子が服を脱ぎ、バスローブを身にまとって、浴室に入って来た。澄子に体を洗ってもらうのは、初めてであった。

「きょうは、静かに寝たいよ」

と夏彦は言った。くすっと笑い、澄子は、

「静かに寝させてあげるわよ」

と言った。

「だんだん、あのナイフが目の前でちらつきだしたよ。何か光ったような気がしただけで、男がナイフを持ってたところは見てないんだ。それなのに、男がどんなふうにナイフをにぎって、どんな角度から俺の胸を刺したのか、それが目に映ってきやがる」

澄子は、それには答えず、石鹸《せっけん》を夏彦の背中に塗っていた。

「外国の観光客をおびき寄せて、注文もしてないのに、どんどん料理とか酒とかを運んでくるような店じゃなかった。そのスーって女の子の兄貴が、ひとりで切りもりしてて、客も、近所の常連が来るような感じでね。飲茶の店で、値段も安いし、丁寧に作った点心を出してたんだ。ただ、繁華街からは外れてて、九龍独特のアパートが並んでる場所だったよ。俺が、あのへんの住人じゃないってことは、ひと目でわかった筈なのに、そいつらは、店に入って来るなり、俺に何か言って、あっというまにナイフで刺した。最初から、俺を殺すつもりで、店に入って来たんだ。そうとしか思えないよ。みんなは、人間違《まちが》いをしたんだって、口を揃《そろ》えて言ってたけど、ほんとにそうなのかな……。俺を尾《つ》けて来て、尾けてるあいだに、殺そうと決めたんじゃないかな……。いまになると、どうもそんな気がするよ」

澄子は、シャワーの湯で石鹸を洗い流しながら、

「そのスーっていう女の子、夏彦の見込み違いじゃないの？」

と言った。

「女の子の腹の内なんて、見た目じゃわからないわ。おとなしそうな子ほど、凄腕《すごうで》だったりするわよ」

澄子は、石鹸を洗い流すと、大きなバスタオルで夏彦の体を拭き始めた。

「でも、スーは、俺を鴨《かも》にして金儲《かねもう》けをしてやろうなんて、考えてなかったと思うよ。それだけは確信がある」

夏彦は、自分たちの会話が、大事なところから外れていると感じたが、浴槽の流し口に落ちていく泡を悄然《しょうぜん》と見やったまま、再び静かな心に戻っていった。

「もしかしたら、夏彦を刺した男は、そのスーって女の子を好きなのかもしれないわね。スーが、日本人の男と歩いてるのを見て、こいつ、とうとうそんな女になったのかって誤解して、逆上したのかもしれない」

と澄子は言い、夏彦の髪と上半身を拭くと、便器に蓋をして、それを椅子代わりに腰かけた。

「私、小学生のときから、不良のレッテルを張られてたの」

と澄子は言った。

「中学生のときも、高校生のときも、大学生のときも、周りの人間は私をワルだと決めつけてたわ。でも、私、ワルでも何でもない普通の女の子だったのよ。どうして、周りの人たちにそう思われるのか不思議で仕方がなかったわ。私の髪の毛、もともと少し茶色がかってるの。それなのに、ほんのちょっと栗《くり》色に染めてるって噂《うわさ》がたって、小学校五年生のとき、両親が学校に呼ばれたわ。私、小さいころから、汚れたものを身につけてるのが嫌いだったの。髪は毎日洗いたかったし、プリーツスカートの襞《ひだ》にきちんとアイロンが当たっていないと気分が悪かった。ソックスは、絶対に真っ白なのを穿きたかった。そうしたら、中学生になると、お洒落にうつつを抜かしてるみたいに思われて、担任の先生にマークされたわ。男の子が、勝手に私につきまとうの。でも、私の気に入る男の子たちじゃなかったから知らん振りしてた。そのうち、男子生徒に色目を使って、手玉に取ってるって噂がひろまったわ」

澄子は膝に立てた手で頬杖《ほおづえ》をつき、くすっと笑った。

「きっと夏彦も信じないと思うけど、私が初めて男性とキスしたのは、大学二年生のときよ。好きな男の子はいたけど、二人きりで話をしたこともないし、手を握ったこともなかったわ。なのに、高校一年生のときには、妊娠して中絶したなんて噂を立てられたわ」

「見た目が派手で目立ったから、やっかまれたんだろう」

話が、次第に澄子の傷口に近づいていくような気がして、夏彦は話の軌道を変えるため、浴槽から立ち上がった。本当は、このままずっと、湯気のたちこめるバスルームで坐っていたかった。しかし、澄子は、傷口を飛び越えて、夫との生活について話し始めた。夏彦は、ほっとして、浴槽の縁に坐った。

「夫と知り合ったのは、私が大学四年生のとき。大恋愛だったのよ。寝ても醒《さ》めても、彼のことを考えてたわ」

澄子は、バスルームにたちこめている湯気が消えていくのを惜しむように、換気孔を見つめ、もう一度、熱い湯を出してくれと言った。

「やけどするよ」

夏彦はそう言いながらも、シャワーのコックをひねってやった。

「夫は、会社勤めをして三年目だったけど、ほとんど毎日、私と逢《あ》いたがったわ。急に残業をしなきゃあいけなくなって、私との約束の時間に遅れそうになると、慌てて電話をかけてくるの。それも、わざわざ会社から外に出て、公衆電話で。私の両親は、彼のことを気に入らなかったの。それで、結婚を反対されて、私たち、かけおちしたのよ。なんだか、きのうのことみたいな気がするわ」

「かけおち？」

夏彦は、澄子のほうに顔をねじって笑った。

「かけおちって、どこへ？」

「京都の嵐山《あらしやま》へ。だって、桜の季節だったから、お花見もかねて」

夏彦も澄子も、声をあげて笑った。しかし、夏彦はたちまち笑いを消し、

「もういいよ。楽しい話だけにしとこう。そんな大恋愛の末に結婚した相手が、どうして、澄子を毎日殴ったり蹴ったりするようになったのか、俺は聞きたくないよ。それは、夫婦の問題だ。澄子だって、そんなこと話したくはないだろう？」

と言って、シャワーのコックを止め、バスローブを着た。

「そうね」

澄子は、そう小声で応じたが、夏彦がバスルームから出て、ベランダの近くのソファに移り、冷たいミネラルウォーターを飲み始めても、蓋をした便器を椅子代わりにして坐りつづけたままだった。

おそらく、澄子は、高校二年生のときに自分を襲った卑劣な災厄を、この俺に話して聞かせたいのだろうと夏彦は思った。それによって、今夜、俺の身に起こった恐ろしい事件に関する〈人間の謎〉について、澄子なりの考えを述べたいのであろう。だが、俺は、もう充分、〈人間の謎〉というものに突き当たり、その渦にもまれながら、この部屋へ帰って来た。そう、まさしく〈人間の謎〉というしかないな。俺の胸を刺そうとしたナイフが、広東語会話集によって寸前のところでふせがれたってことは。

夏彦は、澄子を呼んだ。

「ずっと、便器に坐ってるつもりかい？」

「湯気の中にいたいの。バスローブが、だんだん湿って、ほんのちょっとのあいだだけ、皺《しわ》がのびて、なんだかアンニュイで、いい気持ち……」

「日本に帰ろうよ」

「私を愛してくれる？」

夏彦は、ヴィクトリア湾を行き来しているフェリーの、にぎやかすぎる明かりを追いながら、

「あしたの朝、返事をするよ」

と答えた。

その翌々日の夕刻、夏彦と澄子は成田空港に着いた。

結局、澄子は、少女のころの大きな災難を夏彦に語ることはなかった。それは、夏彦が、澄子の過去に関する話題からの避け方に細心の心配りをして、彼女にその糸口を与えなかったというせいもあったが、澄子が己の過去を打ち明けてまでも得たいと願うものの発端が、香港に着いて二日目の朝に始まったせいもあった。

おそらく夏彦の変貌は、いまのところ澄子以外の人間には気づかれないところにあって、その変貌の質も、立ち居振る舞いや嗜好《しこう》や話題や表情に、顕著に表面化するものではなかった。けれども、もともと夏彦の中にあった何物かが、あの九龍の貧民街の一角の食堂における事件を契機として、急速に、しかも奥深いところで立ち上がり、澄子を逆に不安にさせるほど、穏やかで思慮深く動きだしたのである。

夏彦は、リムジンバスの発着であわただしい夕暮れの空港で、澄子を見つめて言った。

「俺、ひとりで帰るよ。あしたの夜は、六本木の〈シェード〉にいる。もし何かの都合で俺がいなかったら、マスターに伝言しといてくれ」

「今夜はどうするの？」

「関口のアパートに泊まるよ」

「妹さんのところには行かないの？」

「敷居が高くてね。でも、電話してみるつもりだ。それで、あしたからアパート捜しをする」

「途中まで、私とタクシーで行ったら？　新聞社の近くで降りたらいいのに」

澄子と一緒に都内までタクシーで行き、関口礼太のいる新聞社の近くで降りるのが便利であるには違いなかったが、夏彦は、やはりいちおう、空港で澄子と別れたかった。

彼は、澄子をタクシー乗り場まで送り、

「ひとりになって、考えなきゃいけないことがいっぱいあるんだ」

と言って笑った。

澄子の乗ったタクシーを見送ったあと、夏彦は、空港ロビーに戻り、関口の勤める新聞社に電話をかけた。

「あれ？　帰って来たのか？」

関口の声が聞こえた。

「バリ島で遊んでたんだ」

「知ってるよ。泉ちゃんから聞いたからね」

「今晩、お前のアパートに泊めてくれないかなァ」

「俺んとこ？　蒲団《ふとん》、一組しかないし、電話もないし風呂もないよ」

「電話もない？　お前、新聞記者だろう？　何か事件でも起こったら、会社はどうやって、お前に連絡を取るんだよ」

「管理人のおじさんの部屋に連絡してもらうんだけど、いまもデスクから、いいかげんに電話ぐらいつけろって文句を言われたとこなんだ」

「当たり前だよ。自分の住んでるところに電話をひいてない新聞記者なんて、お前ぐらいのもんだよ」

　関口礼太は、自分も話があるので、夏彦の帰りを待っていたのだと言った。

「泉のことか？」

　夏彦は、ひやかすように訊いた。この一カ月近く、関口は、さんざん泉に翻弄されていたのではあるまいかと思ったのだった。

「かおりさんのことだよ」

「かおり？　かおりがどうしたんだ？」

　逢ってから話そうと関口は言い、

「きょうは、いまから出掛けなきゃいけないんだ。フランス文学の老大家が死んでね。追悼文を二人の作家に書いてもらった。その原稿を貰《もら》いに行くんだ。社に帰って来て出稿してたら、たぶん九時ぐらいになるよ」

「じゃあ、十時に西麻布の例の日本料理屋で逢おう」

電話を切ると、夏彦は、モス・クラブに電話をかけようかどうか迷ったが、結局、空港ロビーから出て、タクシーに乗った。

とにかく、澄子に金を出してもらってのホテル暮らしには終止符を打とうと考えた。それはなにも、あの事件によって気ままな生活にも終止符を打とうと決めたのではなく、贅沢をつつしもうと反省したのでもなかった。夏彦は、テーブルひとつにしても、枕にしても、見慣れたもの、使い慣れた生活用品の中で暮らそうと思ったのである。自分の匂いのない幾つかの生活必需品に囲まれたホテル暮らしに疲れたのであった。

夏彦は、タクシーが都心に近づくにつれて、自分が予想していた感情が湧き起こってこないのを、拍子抜けした気分で見すえた。彼は、自分の嫌いな東京の街並を、あの事件をくぐった目で見れば、何もかも違う映像として、別の観点でとらえるのではあるまいかと予想していたのだった。しかし、景観という点なら、東京よりもはるかに無秩序で、吐き気をもよおすほど生活臭に満ち、徹底的な美意識の違いによる光彩を放つ香港の繁華街は、そこから離れてまだ五、六時間しかたっていないにもかかわらず、懐しい汚濁として夏彦の脳裏に拡《ひろ》がっていた。

彼は、タクシーの窓から、首都高速の防音壁を見つめながら、あの光蘭飯店にまた行ってみたいなと思った。あそこには、太陽の光も風も入ってこられない路地があり、住人たちの体臭や食用油の匂いや、子供たちが舞いあげる埃《ほこり》に滲んだ、どでかいこうもりが、干枯《ひか》らびて軒先につるされている。何に効く漢方薬なのか見当もつかないが、あのこうもりは、路地の住人の誰かが、それを必要とする病にかかるまで、ああやってつるされつづけるのであろう。

そして、あのスーと、スーの兄……。夏彦は、半分意識を失なったような状態で光蘭飯店を出て表通りへと歩きだした自分を追ってきたスーの兄の、「すみません、すみません」と叫んでいた姿を思い浮かべようとした。調理場の通路の壁ぎわで泣いていたスーの顔を思い描いた。

「アイヤー」という住人たちの驚きの声と、それらの、脂ぎっていたり、青くむくんでいたり、まるで貧しさの塊りであるかのような双眸《そうぼう》を見ひらいて、ナイフとナイフに貫かれそうになった本を見つめていた顔々……。そう、あそこは俺の終焉《しゅうえん》の場所だ。俺は、あそこで終わった。

夏彦はそう思った。けれども、俺は、あそこで、ふらふらと立ち上がり、茫然自失でありながら、飛んでくることをやめない矢みたいな、思考とも感情ともつかない精神を心の深い部分から繰り出していた。ああ、なんと懐しい場所を見いだしたことだろう。俺は、必ずいつか、あの路地を歩いて、光蘭飯店のすすけたドアをあけ、自分の死んだ場所に行くだろう。そのとき、もしかしたら、光蘭飯店という店はなく、スーの兄もいなくなっているかもしれない。住人たちの顔ぶれも変わり、手当てをしてくれた老人も、この世からいなくなり、路地までも姿を消しているかもしれない。けれども、俺は道を誤たず、あの場所に行く自信がある。そして、そのとき、俺はいったい誰を、あの場所に伴いたいだろう……。

そこまで考えたとき、夏彦の胸には、極《ご》く自然に、澄子の顔が浮かんだ。彼は、香港での二日間で、澄子が、その容貌や経済力によって多くの人々に与えている印象とか固定概念とはまったく異なる本質を隠し持った女であることを知った。澄子は、家庭を大切にし、娘の成長に、自由でありながら保守的な教育を与え、夫に従順な、貞淑な妻であったのだ。

夏彦は、澄子の死んだ夫が、いかなる心の乱れによって、妻の遠い過去における不幸を、理不尽な嫉妬への火薬にしたのかは知らない。だが、彼は、あの事件の翌朝、約束どおり、愛情を求める澄子に、愛情によってしか為すことの不可能な愛撫《あいぶ》で、多少ぎごちなく応じたのだった。

夏彦は、泉のことを思い、タクシーのガラス窓に映る自分を見て、にやっと笑った。

――お母さんを愛してあげてほしいの――という泉の、すっとんきょうな言葉が甦《よみがえ》ったからである。

夏彦は、モス・クラブの事務所から二百メートルほど離れた渋谷の交差点でタクシーを停め、そこで降りた。首都高速を挟んだ反対側の歩道に立って、たぶんいまも会長の部屋として使用されているであろう窓を見つめた。ブラインドが降りているので、中は見えなかったが、事務所にはまだ明かりがついていて、人の動く影がちらついた。

「乾の腹は読めてるんだ」

彼は、勤め帰りの人々の邪魔にならないよう、歩道と車道との境い目あたりに立ち、心の中でつぶやいた。

「乾に乗っ取られるくらいなら、モス・クラブをつぶしてしまえよ。そのほうが、さばさばするよ」

夏彦は、しばらくモス・クラブの事務所を眺めつづけた。いま、モス・クラブが、どんな状況にあるのかを、オフィス・ビルを出入りする社員の表情で、自分なりに探ってみようと考えたのだった。

経理部の女子社員が二人、ビルの玄関から出て来ると、二、三言、言葉を交わして、左右に別れ、それぞれ帰路についた。勿論、あたりの騒音で、女子社員の声は聞こえなかったが、夏彦は、二人のうちの、クラブ設立時から勤めている亭主持ちの社員が、振り返って笑顔で何か言った際の表情から、多くの推理を試みた。

あの女は、モス・クラブの社員になれたことをとても歓《よろこ》んでいたっけ。そして、モス・クラブのステイタスが高まり、会員数が増えつづけていたとき、それを、まるで自分の誇りのように思っていると、社員旅行のバスの中で俺や伯父《おじ》に恥ずかしそうに言ったこともある。しかも、彼女は、副会長の乾喜之介を嫌っていた。彼女は、いつも地味な存在で、あまり感情を出すタイプではない。もし、乾がモス・クラブを牛耳っているのなら、彼女からあのような笑顔がこぼれたりはしないだろう……。

夏彦は、さらに何人かの社員の顔を見ようと思い、二十メートルばかり、モス・クラブの事務所に近づいた。しかし、もし社員の誰かが、路上に立って事務所の様子を窺《うかが》っている自分に気づいたら、と思うと、きびすを返して、あてもなく歩きだした。

腕時計を見ると、八時半だった。ショルダーバッグを肩に掛け、大きな旅行鞄を押して歩いたが、十時まで、こうやって歩きつづけるわけにもいかず、彼は、関口礼太が、あのむさくるしい髪を切った美容院で、自分の髪を揃えてもらおうと思い、タクシーを停めた。

関口礼太は、西麻布の日本料理屋に入ってくると、照れ臭そうに、片手で頭のてっぺんを押さえた。

「なんだ、お前、もとの髪型に戻っちまったんじゃないのか？」

夏彦が言うと、関口は、頭のてっぺんから手を離した。寝癖のついた髪が立ち上がった。

「名古屋コーチンに、逆戻りだな」

夏彦は苦笑して、関口の猪口《ちょこ》に酒をついだ。

「忙しくてね」

「忙しくても、ドライヤーぐらいあてろよ。泉は何も言わないのか？　その頭を見て」

「逢うたびに、罵倒されてるよ」

関口は、夏彦の右手の包帯を見て、どうしたのかと訊いた。

「マカオのカジノでイカサマがばれて、指をつめられたんだ」

「でも、ちゃんと五本あるよ」

「その眼鏡《めがね》、よく似合うな。しかし、眼鏡をかけてても、やっぱり、しかめっ面をするんだな」

「うん、それも泉ちゃんに、逢うたびに注意されてるね」

関口礼太は、若い板前に、もずくの酢の物と平目の刺し身を注文し、

「一カ月近くも、外国へ行ってると、日本の食い物が恋しくならないか？」

と訊いた。彼は、しきりに腕時計を見て、時間を気にしていた。

「いままで一番長かった外国旅行は、ニューヨークに四十日いたことなんだ。ニューヨークにも、たくさん日本料理店はあるけど、俺は一度も行かなかった。べつに日本の食い物が恋しくてたまらないなんてことはなかったからね。でも、こんどは、しょっちゅ

う日本食が頭にちらついたな。きのうの夜なんか、香港でエビシューマイとフカヒレのスープを食べながら、わさび茶漬けのことを考えた。バリ島では、あつあつのご飯に、生玉子をぶっかけて食いたいって、しみじみ思った。だから、きょうは、この店で、わさび茶漬けを食って帰るんだ」

「ほんとに、俺のアパートに泊まるつもりか？」

「迷惑か？」

「迷惑じゃないけど、ほんとに、蒲団が一組しかないんだ」

関口は、言いたいことがあるのだが、それを口にするきっかけをつかみかねているといった表情で、視線をあちこちに動かした。

「まだ仕事が残ってるのか？」

時間を気にしている関口に訊いた。

「ひょっとしたら、泉ちゃんが来るかもしれないんだよ。お前の電話のあとに、泉ちゃんからかかってきたから、今晩、この店でお前と逢うって言ったんだ。そしたら、私も行こうかなって言ってたから」

「泉は、こないよ。一カ月ぶりにお袋が帰って来たんだ。今夜は一緒に水いらずで過ごすだろう」

夏彦は、かおりに関して、どんな話があるのかと関口に訊いた。

「モス・クラブで、大ナタをふるったそうなんだ」

「大ナタ？」

「五、六人の社員を馘《くび》にして、四人を左遷《させん》して、大幅な人事異動をやったそうだよ」

「かおりが？　やるねェ。誰の馘を切ったんだ？」

「それは、俺は知らないんだけど、そのために、いろいろと厄介な問題が持ちあがってるみたいなんだ。おととい、近くを通りかかったからって言って、社に来たから、三十分ほど喫茶店でお茶を飲んだんだけど、かおりさん、ひどく疲れてるみたいだったな」

関口は、煙草をふかしながら、

「今夜は、かおりさんのマンションに泊まったらどうだい？　彼女、来月には中国へ行くそうだよ」

と言った。夏彦は、ひとりで酒を酌《く》み、さぞかし疲れていることだろうなと思った。しかし、かおりの性格から考えて、いちどきに何人かの社員を馘にしたり左遷したりするのは、どうも不自然なように思われた。

夏彦は、かおりの性格をよく知っているつもりだった。為すべきことには几帳面《きちようめん》でファイターだったが、それは、勉強だとか仕事だとかの部分においてであり、対人間というところでは、一種病的ではないかと思えるほどの諦観を持っている。

夏彦の知っているかおりには、相手が同性であれ異性であれ、交友によって、その関係の深さや密度が次第に醸造されることはないのだった。その瞬間において、相手をことのほか好ましく感じ、自分の鎧兜《よろいかぶと》を脱ぎ、馬鹿話に興じて騒いだり、親身になって話し合ったりしても、次の日には冷めている。高まったり深まったりした関係は、そのつど、もとに戻って、次に逢ったときは、再び一から始める。その繰り返しなのだった。かおりは、いつも情緒的ではあったが情動的ではなかった。そして稀に情動的に行動するとき、かおりの中では、大事な情緒が欠落する。その奇妙な振子は、如実に、かおりの面立ちにあらわれて、ときに、かおりを清楚《せいそ》で溌剌《はつらつ》に見せ、ときにまったく精彩のない、苦衷《くちゆう》を背負った女に見せるのである。

そんなかおりが、モス・クラブの会長として大ナタをふるった？　それは綿密な計算のうえなのか、それとも単に情動的な行為だったのか……。

夏彦は、傷が化膿するのを用心して、この二日間、一滴もアルコールを口にしなかったのだが、かおりがふるったという大ナタの裏にあるものに思いを傾けているうちに、二本の銚子を空にした。

「かおりとは、白金台のマンションを処分した日以来逢ってないんだ。あのとき、かおりは、白金台のマンションを売った金の半分を俺にくれたよ。相続税を払って、その残りは手つかずで銀行に貯金してある。かおりは半分だって言ったけど、半分よりもかなり多めに俺に渡したはずなんだ。俺は、その金を受け取ったとき、兄妹としての手切れ金みたいに感じた。俺のひがみじゃなく、確かに、かおりはそんな顔をしてやがった。まあ、あいつの気持ちも当然だけどね」

夏彦がそう言うと、

「でも、お前の身分は、会長が預かるという形で、まだモス・クラブに残ってるんだぜ」

と関口は言った。夏彦は驚いて、関口の顔を見やった。

「かおりがそう言ったのか？」

関口は、また視線を落ち着きなく動かし、

「いや、かおりさんの口から直接聞いたわけじゃないんだけど」

と答えた。

「誰から聞いたんだ？　かおり以外から、そんなことがお前の耳に入るなんて、おかしいじゃないか」

「風の噂ってやつだよ」

「風の噂で、新聞記者の耳に届くほど、モス・クラブは大きな会社か？　お前、モス・クラブの役員の誰かと親しいってわけでもないだろう」

当惑を隠せない顔を、檜《ひのき》のカウンターに落としたまま、関口礼太は夏彦の疑問に答えようとはしなかった。

こいつ、いったい何を隠してやがる……。夏彦は、見当がつかなくて、そんな関口の横顔を盗み見た。関口は、入口のほうに顔を向け、入ってきた泉に手を振ると、いかにも、助け舟があらわれてほっとしたといった表情で、

「勘が外れたな。泉ちゃん、来たじゃないか」

と夏彦に笑顔で言った。泉は、夏彦の隣に坐るなり、

「お母さん、夕御飯を食べたら、お風呂にも入らないで、居間のソファに横になって、そのまま寝ちゃったの。だから、こっそり抜け出して来たわ」

と言った。泉の左の手首には、澄子が香港で買った金のブレスレットが巻かれていた。夏彦の旅行鞄には、かおりのために、同じ店で買ったブレスレットが入っている。

大学生になって、娘としてあきらかに一皮むけた泉を、夏彦はなんだか照れ臭い思いで見つめ、

「ちゃんと大学に行って講義を受けてるのか？」

と訊いた。

「履修した講義を受けなかったのは、二回だけなのよ。それも、おとといの午前中のだけ。風邪をひいて熱があったから。でも、昼からの講義は、まだ熱がひかないのに受けたんだから。すっごく真面目《まじめ》な学生なの」

「病気で熱があるときは休めよ。それほどたいした講義でもないんだろう？」

泉に対してぎごちなくなっているのを感じながら、夏彦はそう言って、無理に微笑を作った。

「ねエ、お母さんと何があったの？」

泉は、声をひそめて訊いた。

「何がって？」

「なんだか、ぎごちないのよね。お母さんも手塚くんも。でも、旅のあいだに、二人にトラブルが生じたって雰囲気でもない……。とすると、その反対なのかな」

夏彦がどう答えようかと思っているうちに、泉は、

「どうしたの？　その包帯」

と声を大きくさせた。

「マカオのカジノでイカサマがばれて、指をつめられたそうだよ」

と関口が言った。

「違うよ。あれは冗談だ。ほんとは、バリ島で魚に嚙《か》みつかれたんだ。岩場に追い込んで捕まえようとしたときにね」

「へえ、どんな魚？」

泉は、そう訊いたあと、妙にきつい視線を夏彦に注いだ。

「鯛《たい》の一種だよ。まさか鯛に嚙まれるとは思わなかったな」

夏彦は、バリ島で、実際に魚に指先を噛まれて大怪我した男を目撃したのである。

その男は、岩場の多い遠浅の海で、膝までつかって、現地の漁師たちを真似て、魚を追っていた。夏彦は、浜辺で、その白い風景をぼんやり見ていたのだった。夏彦の近くには、大きなグラスにウオッカを注ぎ、そこに果汁を絞り入れて、のべつまくなしに小声で女を口説いている肥満したアメリカ人が、ときおり夏彦に首尾を報告するかのようにウィンクをおくってきていた。

魚に指を噛まれたのは、日本人だった。突然、漁師たちのあいだに、ざわめきが生じ、その中から悲愴な叫び声が起こった。日本語で、

「指がないよォ、指がないよォ」

と男は叫び、よろめきつつ、浜辺を歩き始めたのだった。男は、怪我をしたほうの腕を突きあげて、浜辺を右に向かったかと思うと、ふいに、きびすを返して、反対側に歩いた。そんなことを繰り返しながら、次第に夏彦のほうに近づいてきた。近づくにつれて、ただ白いだけの風景の中に、血に染まった腕が屹立《きつりつ》して見えた。アメリカ人は、果汁と混ぜたウオッカを飲み、夏彦に、

「あいつ、何て言ってるんだい？」

と訊いた。

「指がないって言ってる」

すると、アメリカ人は、からかう調子で、その日本人に、

「おい、どうして指をなくしたんだ？」

と声をかけた。日本人は、

「魚に嚙まれた。魚に嚙まれたんだ。助けてくれ。このままだと、俺は死ぬ」

と叫んだ。そう応じたということは、アメリカ人の英語は解せたが、英語で答え返すだけの冷静さを失なっているのだろうと夏彦は思った。それで、夏彦は、血まみれの腕を突きあげて、こちらへ歩いてくる日本人の言葉を、アメリカ人に訳してやった。アメリカ人は、身をのけぞらせ、膝を叩《たた》いて笑い、かたわらの女に、

「聞いたか？　魚に嚙まれたんだってよ。まさか鮫《さめ》じゃあるまいし、指を魚に嚙まれただけで、あの野郎、泣いてやがる」

と言った。夏彦は、そのアメリカ人の態度にむかっとして、砂浜から立ち上がると、取り乱して、悲鳴とも呻《うめ》きともつかない声を発しつづけている日本人に近づいた。彼が嚙まれたのは、右手の人差し指で、夥《おびただ》しい血が噴き出していた。その出血の量は尋常ではなく、夏彦は男の腕をつかむと、笑い転げているアメリカ人に、

「凄い怪我だ。早く病院に連れて行かないと」

と言った。すると、アメリカ人は手招きをし、

「俺は医者だよ」

と言った。アメリカ人は、男の怪我を見るなり、なーんだといった表情で立ち上がり、ついてくるよう促すと、

「俺はベトナムに六年いたんだ。軍医だった。毎日毎日、たったいま腕や脚をふっとばされた兵隊が、俺のところにかつぎ込まれたよ」

と怒ったように言ったのだった。

この間抜け野郎め、魚に指の先っぽを食いちぎられたくらいで、がたがたするなってんだ。元ベトナム従軍の軍医だったというアメリカ人の言葉つきには、そんなところがあった。

アメリカ人の営む小さな診療所は、浜から歩いて十分ほどだったが、指を怪我した日本人は、その十分間を自力で歩けず、

「血を止めてくれ、誰か血を止めてくれよォ」

と声をかすれさせて、何度もしゃがみ込んだ。するとアメリカ人の医者は、顔を真っ赤にさせて、

「うるせえ！　人間、そんなことじゃあ、死んだりしねェよ。自分の祖国のためでもない戦争に駆り出された俺の友だちはなァ、両脚をふっとばされてるのに、歩こうとしたんだぜ。女房と子供のいる祖国へ、歩いて帰ろうとしたんだぜ」

と怒鳴った。しかし、診療所に着くと、アメリカ人の医者の治療は丁寧だった。傷口

を縫合し、三日分の痛み止めと、抗生物質をくれ、

「しばらく酒は飲むなよ」

と言った。

夏彦は、自分の包帯に目をやり、口元に近づけた猪口をカウンターに置いた。あの、鯛に似た魚に指先を食いちぎられた男の、うろたえて浜辺を行ったり来たりしていた姿は、光蘭飯店の中で、ナイフを抜こうとしていた自分と同じだった。いや、俺のほうが、もっと思考能力を失なっていた。俺の胸を突き刺したナイフは、確かにジャケットを貫いて、胸に刺さっていたのだからな。

夏彦は、バリ島の浜辺で血まみれの腕を突きあげたまま右往左往していた男の映像を思い描いたが、それはそのうち、光蘭飯店から出て、路地を歩き始めた自分のうしろ姿に変わった。もし、あのとき、元ベトナム従軍の軍医がいたとすれば、そんな俺にどんな言葉を投げかけただろう。夏彦は、三重顎の、太りすぎて、いささか息づかいの苦しげなアメリカ人を、ある懐しさとともに思い浮かべ、ぼんやりと、板前の包丁さばきに見入った。

ふと、泉を見ると、妙に冷たく距離を保ったような視線とぶつかった。

「なんだよ、その目は」

夏彦は微笑を浮かべて泉に言った。

「どんな旅行だったの？　楽しかった？」

その泉の訊き方にも、さりげなく突き放したみたいなところがあった。

「楽しい旅じゃなかったよ」

「でも、不愉快な旅でもなかったのね」

「どうしたんだ？　いやにご機嫌が悪いんだな」

「だって、お母さんは、旅行のことは何も喋らないで寝ちゃうし、手塚くんは手塚くんで、いつもの手塚くんらしくないんだもの」

「俺らしくないって、たとえば？」

泉はあきらかにすねた表情で、

「お母さんと手塚くんが旅行から帰ってくると、いつも二人とも、もっとぎすぎすしてるわ」

と言った。

「いつもと同じように、ぎすぎすしてないといけないのか？　女って、意地悪だな」

最後のひとことは余計だったなと、夏彦は言ったとたんに思ったが、やはり泉はその言葉で気色《けしき》ばんだ。しかし、それすらも、本来の泉らしくなかった。

「私のどこが意地悪なの？　私は意地悪な女じゃないわ」

「わかった、わかった。いまのは失言だ。謝まるよ」

板前が、

「これが最後のご注文になりますが」

と言ったので、夏彦は時計を見た。十時半を少し廻っている。夏彦は、わさび茶漬けを頼んだが、関口は、何も注文せず、見えすいた嘘をついて、いつもと違うおかしな雲行きから自分だけ逃げようとした。

「俺、仕事をやり残してたよ。うっかり忘れてた。いまから社に帰るよ」

「なんだ、俺を泊めてくれないのか？」

「いや、泊まるつもりだったら、いつ来てくれてもいいよ。管理人の電話番号はねェ」

関口は手帳をちぎり、そこに電話番号を書くと、そそくさと出て行った。そのときになって、夏彦はやっと、今夜はかおりのマンションを訪ねようかという気になった。お手伝いのフク子と顔を合わせるのは気がひけたが、香港で買ったブレスレットを渡すという口実がある。

夏彦は、相変わらず気色ばんだまま、固い表情を調理場の一角に向けている泉の機嫌を取ろうとして話題を変えた。

「少しは気になる存在の男子学生はいるかい？」

だが、泉は夏彦の言葉を無視して、

「私、意地悪な女じゃないわ」

と言った。

「だから、失言だって謝まってるだろう。機嫌を直せよ。夢にまで見たわさび茶漬けを、俺はいい気分で食いたいんだよ」

「どうぞ気分よく召し上がれ」

泉は帰ろうとして立ち上がった。夏彦は、そんな泉の腕をつかみ、

「何を怒ってるのか、さっぱりわかんないなァ。こういう帰り方をされると、お互い、気分が悪いだろう？　俺がわさび茶漬けを食い終わるまで待っててくれよ」

泉は、無言で椅子に坐り直したが、夏彦がわさび茶漬けを食べ始めると、

「私、内緒で出てきたから、やっぱり帰るわ。お母さん、きっと夜中に目を醒ますだろうし」

と言った。

「夜中までつきあえとは言わないよ。いつもの泉に戻ってもらわないと、寝つきが悪いじゃないか」

「じゃあ、旅行中、お母さんとのあいだに何があったのか、包み隠さず話してくれる？」

それは親子といえども、プライヴァシーの侵害じゃないのかと言いかけて、夏彦はやめた。

ある部分においては、おとな以上におとなだが、それはある年齢に達した子供だからであって、俺と澄子が、一夜のうちに、いや、一瞬において、つながりあったことを、いくら微に入り細をうがち、泉に話して聞かせたとて、理解されはしない。俺もガキだが、泉もガキなのだ。

「しかも、女のガキだ」

夏彦は、自分に言い聞かせるみたいに、そうひとりごちた。しかし、夏彦の中には、香港で自分の身に起こった不思議な出来事を、泉になら話してもいいという気持ちが生じた。

彼は、たぶん今夜は、かおりのマンションに泊まるはめになるだろうと思い、かおりに電話をかけなければと考えたが、同時に、ふと、九龍の光蘭飯店での事件を、自分はかおりに話して聞かせるだろうかとも考えた。

「かおりには、黙ってるだろうな……」

夏彦は、そう思った。それが、いかに人生という吊り橋における象徴の出来事であったとしても、かおりという女の心を走り抜ける感慨は、いつも一過性なのだ。

夏彦は、泉になら、話してもいいような気がしたが、それは、泉という十八歳の娘をかいかぶっているのかもしれないという警戒心もあって、とりあえず黙々とわさび茶漬けを食べ、食べ終わって、泉を見つめた。

「俺の妹はねェ、物事を理解出来る女なんだ。だけど、なんて言ったらいいのかなァ、つまり、〈意気に感じる〉ってことのないやつなんだよ。俺は、それがあいつの人間としての最大の欠点じゃないかって思うようになったんだ。ねェ、泉、〈意気に感じる〉っていう意味はわかるかい？」

するとと、泉は、夏彦がびっくりするような言葉を返してきた。

「〈意気に感じる〉。そんな言葉が手塚くんの口から出るなんて信じられない……」

泉の、その言葉は、夏彦の神経を逆撫でし、自尊心を傷つけ、しかも泉という娘を改めて見なおさせた。

「俺が、〈意気に感じる〉なんて言葉を使ったら、おかしいか？」

「だって、手塚くんは、人の善意とか誠意とかを、ちゃんと受けとめるレーダーがあるくせに、そのことに対して、意気に感じないようにしようって努めてきたんでしょう？」

夏彦は笑った。この小娘、たいしたことを言いやがる。あのスーという娘も、確かに澄子の言うとおり、俺が考えているよりもワルだったのかもしれないな……。

「そうさ、そう簡単に、意気に感じてたまるか。意気に感じて、ドジを踏んだ革命家が、この歴史上には、掃いて捨てるほどいるんだからな」

と夏彦は言った。

「女って、みんなそうなんだろう？　思想とか誠意とかに対して意気に感じ、自分を捨ててもいいと思うのは、男だけなんだろう？」

夏彦は、本当に教えてもらいたくて、泉に訊いた。

「女だって、意気に感じるわ。私は、どっちかというと、そんなタイプだろうなって自分で思う。でも、女性って、どんなときでも基本的には打算があるから、何に意気を感じるかってところで、男とは本質的に違うんじゃないかしら」

泉は熟考して、いかにも言葉を選んでいるといった顔つきで、自分の意見を述べた。

「ふうん、じゃあ、女は、どんな種類の意気に感じるんだ？　たとえば、ある男の努力だとか生き方とかを意気に感じて、それが恋愛に発展するって場合もあるだろう？　でも、男は、ひとりの女の生き方を意気に感じて、それによって恋愛に進むってことは少ない。それは、女と比べるとって意味だけどね」

「そこね、問題は」

泉はカウンターに頬杖をついて何か言おうとしたが、板前たちが店じまいをしたがっている雰囲気を察知し、店を代えてコーヒーでも飲もうと誘った。

「最高のわさび茶漬けだったね。感動で涙が出たよ」

板前のひとりにそう言って、夏彦は勘定をすました。

「望郷をあおるように、ちょいとわさびをきかせましたからね」

と板前は鉢巻きを外しながら言った。夏彦は笑い、

「気のきいたことをしてくれるなァ」

と言い返し、大きな旅行鞄を転がして店を出、若者たちの行き来する通りへと出た。

「どこへ行く？　とにかくこの荷物なんだ。あんまり歩かさないでくれよ」

その夏彦の言葉で、泉は、通りを渡ったところの、何色かの派手なパイプネオンで店の前面を飾っている喫茶店を指差した。

「あの店はどう？　私の趣味じゃないけど、道を渡るだけで行けるわ。それに、あそこはいつも満員だったことがないし」

信号が変わるのを待って、夏彦と泉は道を渡った。歩きながら、泉は話しかけてきた。

「意気に感じるって言葉が、何かのキーワードなの？　それとも、おかしな論議にすり代えて、何かを誤魔化そうって魂胆？」

夏彦は苦笑し、

「俺は、泉に何でも包み隠さず話してきただろう？　誤魔化すつもりなら、このまま逃げちゃうさ」

と言い、大きく舌打ちをした。

「チクショウ、関口の野郎、自分だけ逃げちまいやがって。あいつこそ、意気に感じるって部分の欠落してる手合じゃないのか？」

「関口さんは、熱血漢よ。意気に感じることが多すぎて、身がもたないってところがあるんだから」

泉は、機嫌を直したようだった。

「あれ？　関口を、いやに高く評価してるみたいだなァ」

「私、関口さんのファンだもの。あの人を見てると、母性本能が、ざわざわと騒ぐんだもの」

泉は、まんざら冗談でもなさそうな口ぶりで言った。

「でも、母性本能って、気まぐれだぜ？」

夏彦は、多少悔しまぎれに言った。泉は、喫茶店の入口で立ち停まり、いやに真剣に考えていたが、

「そうね、そうかもしれない」

と言って、中に入った。そして、すぐに出て来た。

「満員。どうしてかしら。この店が満員だったことなんて、いままで一度もないのよ」

入口の近くで、泉は夏彦の旅行鞄を椅子代わりにして腰を降ろし、自分の前を通りすぎた同じ年格好の娘のショルダーバッグを見つめた。そして夏彦を手招きして囁《ささや》いた。

「あのショルダーバッグ、二十五万円もするのよ。チチ・ニーノの店で、いいなァと思って値札を見て、びっくりしたの」

「中年の男友だちが、五、六人いるんだろう」

　夏彦は、路上で旅行鞄に腰かけている泉の肩に手を置き、

「九龍で、不思議な目に遭ったんだ」

　と言った。分不相応な服や装飾品を身にまとった娘たちと、存在感の希薄な青年たちがたむろする気どった店で話をするよりも、ざわついてはいるが、夜の路上のほうが、気持ちがなごんだ。

「誰にも内緒にしとくつもりだったんだけど、澄子にはすぐにかぎつけられて、結局、泥を吐かされた。でも俺の体験は、たとえば俺の妹に話して聞かせても、甲斐《かい》がない。へえって、そのときは驚いて、あいつなりにいろいろと感慨を持つだろうけど、ただそれだけのことさ。そこから、何かを吸収して、何かに発展していくってことがない。それは、俺の妹が〈意気に感じる〉ってことのない女だからさ。それで、女はみんなそうなのかなって泉に訊いてみたんだよ」

「九龍で不思議な目に遭ったって、どんな目に遭ったの？」

　夏彦は、泉と並んで旅行鞄に坐った。底に移動用の車輪がついているので、足に力を込めていないと、横に滑ったり後に下がったりした。彼は、澄子に話したときよりも、はるかに順序だて、思い出すかぎりの細部、つまり、あの湿った路地の様子や光蘭飯店のテーブルの配置とか、ついたての模様なども話したので、話し終えたときには、足元

に煙草の吸い殻が七つもたまった。

「へえ……」

泉は、聞き終えると、そう言い、路上に視線を落として、

「私も、ただ、へえって言うしかないわ」

とつぶやいた。

「そんな恐ろしい不思議な体験の何に、私は意気に感じたらいいの？　私のお母さんは、その話を聞いて、どんなふうに応じたの？」

「自分の高校時代の事件を、危うく何度も口にしかけたよ。でも、とうとう喋らなかった。山陰本線の、城崎から鎧《よろい》へ行く列車のことを、ちらっと言いやがった。私も夏彦も、トンネルの壁を海だと思ってるってね」

喫茶店の支配人らしい男が、うさん臭そうな目つきで出てくると、席があいたのでそんなところで待っている必要はないと、慇懃《いんぎん》な言葉遣いで言った。

「いや、もう待ちくたびれて、帰ろうって決めたところだよ」

夏彦は言い、立ち上がって、旅行鞄を押しながら、西麻布の交差点へと歩いた。

「山陰本線の列車のことって？」

泉も軽く手をそえて旅行鞄を押しながら、そう訊いた。それで、夏彦は、城崎と鎧を行き来する海岸沿いの列車について説明した。しかし、澄子にもそうだったが、泉にも、

なぜ自分が城崎と鎧の区間を何度も行き来したのかは黙っていた。

「その山陰本線の列車からの風景を持ち出すことが、意気に感じることなの？」

「うん、なんとなく、そんな気がするんだ。スーっていう女の子を無視出来なかった俺の意気。いや、違うな。突然、トンネルの話を出した澄子の気持ち。いや、それも違う……。やめよう。言葉にすると大事なところから外れていくよ」

交差点の近くで、タクシーを捜したが、空車はやってこなかった。

「今夜は、関口さんのところに泊まるの？」

と泉は聞き取りにくい声で訊いた。

「いや、妹のマンションに泊まろうかと思ってるんだ。でも、愛想をつかされてるから、ひょっとしたら門前払いをくうかもしれないけどね」

「じゃあ、私の友だちのマンションに泊まったら？」

泉は顔をあげ、夏彦の肘のあたりにそっと手をあてがって言った。その行為が、意識的なものなのか、そうではないのか、夏彦にはわからなかった。

「友だちのマンション？」

「そう。素敵なマンションなの。ここから歩いて二十分くらいのところ。一泊五千円なの」

夏彦は、ぽかんと泉を見つめ、

「一泊五千円って、どういうことなんだ」

と訊いた。

「五千円ていうのは実費なんだって。お酒も好きなように飲んでもいいし、冷蔵庫には、いろんなものが詰まっているし。私の友だちは、しょっちゅう、そこを利用してる……。電話をしたら、彼女はすぐにマンションから出て行くの。別の友だちのところに泊めてもらうんだって」

「その部屋を一泊五千円で借りる連中は、まさかひとりで泊まるわけじゃないだろう？」

「当たり前よ。男の子と一緒よ」

「泉も、そのマンションを利用したことがあるのか？」

そっと、かぶりを振り、自分はまだ一度もそこに泊まったことはないのだと、泉は言った。

「だって、私、男の人とキスしたこともないんだもの」

夏彦は、ここは気のきいた冗談でかわすのが最もいい方法だと思った。しかし、その前に、泉は身を寄せてきた。

「受験勉強の疲れが、いまごろ出て来たんだ。危ない、危ない。おい、泉。お前、いま危ない時期だぞ」

夏彦は、泉のおでこを指でつつきながら、笑顔で言ったが、その笑顔のどこかが確かにこわばっているのを感じた。

泉は、機敏に一歩大きく跳びはねて退《さ》がり、

「そうかな、私、危ないのかな」

と剽軽《ひょうきん》ぶって言った。

「びっくりさせるなよ。その気になるじゃないか」

「やだなァ、女たらし。私、手塚くんだけは仁義を守る男だと思って、うっかり、安心しちゃったのよね。そうか、受験勉強の疲れが、女の子をみんな公衆便所にさせちゃうんだ。危ない、危ない」

「公衆便所……。おい、泉。大学生になって下品になったんじゃないのか？」

「そうよ。女って、疲れると下品になるのよ」

泉は、くすくす笑い、跳びはねながら、夏彦の周りを廻った。空のタクシーがやってきたので、夏彦はそれを停め、泉を乗せた。

「ちゃんと、まっすぐ家に帰るんだぞ」

「帰るわよ。たぶん、夜中にはお母さんが起きて、私とお喋りをしたがるわ。そのくらいはつきあわないと、おみやげのブレスレットを返せって言われかねないもの」

泉は、タクシーの中から手を振り、慌てて窓ガラスを降ろすと、

「チチ・ニーノの店の地下に、イタリア料理店が出来たの。こんどご馳走《ちそう》してくれる?」

と言った。

「ああ、いいよ。イタリアのワインだったら、ガヤの赤がいいな」

泉の乗ったタクシーが交差点を曲がるのを見届けたあと、夏彦は再び旅行鞄を椅子代わりにして坐り、身を寄せてきた瞬間の泉を思った。彼はそうやって十分ばかり、夜の路上で黙念としていたが、やがてタクシーを停め、手帳に控えておいたかおりの住所を見て、運転手に、とりあえず吉祥寺へ行ってくれと言った。

とにかく、住むところを決めよう。男ひとりが住むのだから、台所と風呂と部屋がひとつあればいい。そんなことを考えているうちに、夏彦の心には、またあの光蘭飯店での自分の姿が甦った。

俺は、あのときは死ななかったが、いつか間違いなく死の瞬間は来るのだ。老衰にせよ、不慮の事故にせよ、苦痛に満ちた病にせよ、その瞬間は訪れる。そのとき、やはり俺は、あのナイフを何とかして抜こうとしたのと同じことをするだろうか。うろたえて、茫然自失となりながら、懸命にあがくだろうか。

彼は、住むところが決まったら、鎧へ行ってこようと決めた。もうそろそろ、あえて曖昧なままにしてある問題に結着をつけてもいいだろう。それは、その気になれば簡単なことなのだ。小さな漁村の家々を一軒一軒訪ねれば、すべては判明するだろう。夏彦は、澄子と一緒に行きたいと思った。

かおりのマンションはすぐにわかった。チャイムを押すと、フク子の声で返答があったので、夏彦は、

「こんばんは。夏彦だけど」

と言った。見知らぬ家のチャイムを押して、断られたらすごすご帰ろうと思っている気の弱いセールスマンみたいな心境だった。

「あらまあ」

というフク子の声には、厄介者が来て迷惑がっているような節はなかった。

ドアをあけ、フク子は、夏彦を上から下まで見つめながら、

「まあ、お久しぶりですこと。どこをうろうろしてたんです?」

と言った。その口調は、伯父が健在なころ、夏彦が何日か家をあけて帰宅した際に、きまって口にするフク子の第一声と同じだった。夏彦は、玄関で靴を脱ぎながら、

「かおりは?」

と訊いた。

「十二時前には帰るって、さっき電話がありました」

「今夜、泊めてもらおうと思って」

とりあえず玄関のところに旅行鞄を置き、夏彦は女所帯の部屋にあがると、遠慮ぎみに居間へと歩を運んだ。

「白金台のマンションと違って、ここは二部屋しかないんですよ」

「いいんだ、いいんだ、俺はこの居間のソファに寝るから」

フク子は、それには答えず、台所に行った。そうしてもらえればありがたいし、またそうするのが当然だ。フク子の短い沈黙には、彼女の意見がはっきりと含まれていた。

「かおり、元気かい？」

フク子のいれてくれた茶をすすって、夏彦は訊いた。

「お疲れのようですね。九時よりも早く帰ってくる日なんて、週のうちに一回か二回ぐらいで、日曜日も、何やかやとお仕事で出掛けますから」

そして、フク子は耳を澄ますようにして、玄関のほうに目を向け、

「あっ、お帰りになったみたいだわ」

と言った。夏彦も耳を澄ましたが、機密性の高い部屋から廊下の気配を感じ取ることは出来なかった。しかし、フク子の言ったとおり、チャイムが鳴った。夏彦は、なんとなく居ずまいを正して、かおりが居間に入ってくるのを待った。

迎えに出たフク子の低い声が聞こえた。それにつづいて、かおりの、

「えっ、お兄さんなの？」

という声がした。ソファから立ち上がるのは、いかにも卑屈だし、坐ったままというのもあつかましいと考え、夏彦は背筋を伸ばした。想像していた以上に憔悴《しょうすい》した、けれども、そこだけ別人のように強い目の光を放つかおりが、夏彦の前に立っていた。

「気持ちはわかるけど、そんな恐ろしい目で睨むなよ」

夏彦は、道化て、両手を合わせ、頭を下げた。

「いつ、日本に帰って来たの？」

とかおりは訊いた。

「きょうだよ。関口のアパートに泊まるつもりだったんだけど、なんとなく、お前のことが気になったもんだから」

いまさら、そんなことが言えた義理かよ……。夏彦は心の内でそう思いながら言った。

「あしたからアパートを捜すつもりなんだ。だから、きょう一晩だけ泊めてくれないかなァ」

「どうしたの？　何をそんなに遠慮してるの？　自分勝手なことをして、外国で優雅に遊んで、ただいまのひとことも言わずに、ふらっと帰ってくるのは、なにも今度が初めてじゃないでしょう？」

口ではそう言ったくせに、かおりは、いかにも憎しみの対象と向かい合うみたいに、ハンドバッグを持って突っ立ったままであった。

「それに、お兄さんの寝る部屋はないわ。部屋は二つで、ひとつはフク子さんの部屋だし、私の部屋はベッドで、余ってる蒲団はないんだもの」

「俺、このソファで寝るよ。毛布一枚ぐらいはあるだろう？　あしたになったら出ていくから」

かおりは、台所にいるフク子にちらっと視線を投げ、やっとハンドバッグをテーブルに置くと、自分の部屋のドアをあけ、ベッドに腰を降ろした。そして、

「私、お兄さんは、もう二度と自分から私に連絡を取ったりしないもんだとばかり思ってたわ」

と言った。

「じゃあ、どうして、俺を馘にしないんだ。モス・クラブでの俺の処遇は、会長が預かるって形で、そのままになってるそうじゃないか。関口がそう言ってたぜ。辞表が出てないからか？　それだったら、俺はいますぐにも辞表を書くよ」

腹を立てるのはお門違いだと重々承知しながらも、夏彦は次第にひらきなおって、語調が冷たくなるのを抑えられなかった。

「お兄さんて勝手ね」

かおりは、あきれかえって相手にもならないといった調子でつぶやき、意味不明の笑

みを浮かべた。それから、部屋のドアを閉めた。

「着換えるわ」

ドア越しに、かおりは言った。フク子は、そっと自分の部屋に引き込み、それっきり出てこなかった。

「私、あさって、中国へ行くの。十日間の予定。だから、それまで、私の部屋を使ったらいいわ。いまの東京で、そう簡単に、自分の条件に合ったアパートなんて見つからないわよ」

「中国？　いよいよ中国ツアーをやるのか？」

「そう。やらないとモス・クラブの能力が疑われるもの。ツアーに参加を予定してる会員さんは、八十人もいるのよ」

コットン・パンツにトレーナーという格好で部屋から出てくると、かおりは、夏彦の右手の包帯に気づき、どうしたのかと訊いた。

新しい包帯とガーゼを買うつもりだったのだが、泉との微妙な時間が、夏彦にそのことを忘れさせてしまったのだった。

「チンピラにナイフで胸を刺されてね。ナイフを胸から引き抜こうとして、自分で指を切ったんだ。香港の九龍で」

夏彦はそう言ったあと、包帯とガーゼはないかとかおりに訊いた。

「救急箱の中に入ってたと思うわ」

かおりは、台所の天袋を捜し、救急箱を持って戻ってきた。夏彦の言葉を、ふざけた冗談と取ったらしく、怪我のことにはそれ以上触れてこなかった。

きのうの朝、香港のホテルで包帯とガーゼを代えたのだが、その際、夏彦は、指の傷が、想像を超えて深く長いのに驚いた。親指の先端から第一関節のところまで斜めに切れて、いちおう癒着《ゆちゃく》していたが、表面から見ただけでも五ミリ以上の深さに及んでいた。もし、病院に行っていたら、三針か四針は縫っていたに違いなかった。傷を目にして、澄子は病院に行くよう勧めたが、夏彦は老人の使った薬を信じて、様子を見ることにしたのである。

夏彦は、シャワーを浴びてから包帯とガーゼを代えようと考え、玄関口に置いたままの旅行鞄を居間に運び、かおりのために買った金のブレスレットを出した。

「おみやげだ。純金のにしようと思ったら、店のやつが、純金は柔らかすぎて傷がつきやすいから二十二金のほうがいいって言うんだ」

「私に？」

かおりは、ブレスレットの入った箱と夏彦とを不審な面持ちで交互に見つめた。

「誰の財布から出た金で買おうが、俺はお前のために買ったんだから受け取ってくれよ。受け取らないんだったら、俺はいますぐこの部屋を出て行くよ」

機先を制するように言って、夏彦は、かおりからも小箱からも目をそらせ、ゆっくりと包帯をほどき始めた。かおりは小箱からケースを出し、蓋をあけると、ブレスレットを見つめ、

「うわあ、すごく変わった細工ね。高かったでしょう」

と言った。

「うん、高かった。おんなじ細工で、十八金のやつがあったから、よっぽどそっちにしようかって迷ったよ」

「ありがとう。素敵だわ。こういうものに関するセンスだけは、お兄さんは信用出来るのよね」

かおりは素直に受け取って礼を言ったが、その言葉に刺を含むことは忘れなかった。夏彦は笑い、着換えを持って浴室へ行った。頭と顔と、左手が届く部分を、時間をかけて洗い、体を拭いていると、電話の音が聞こえた。タオルを持つ手を止め、何気なく耳を澄ました。

「兄が帰って来て……。いえ、いまお風呂に入っています。はい、空港には劉さんが迎えに来て下さいます。それでは、北京で。おやすみなさい」

かおりの、いやに早口の、ひそやかな声が聞こえた。

その話し方に、多少秘密めいたものを感じたが、夏彦は、人の私事をあれこれ詮索《せんさく》す

ることをあえていましめる自己訓練を課してきて、それはすでに彼の中で定着していたのだった。ただ、極く自然に、かおりにかかってきた深夜の電話を、自分なりに分析したにすぎなかった。

話し方や、その早急な切り方から推測して、相手は男性で、しかもモス・クラブの社員ではなく、かおりよりも年長だ。一緒に中国へ発《た》つのではなく、北京で合流するらしい。そして、どうやら電話の相手は、俺という人間を知っているらしい。実際に顔を合わしたことがあるのかどうかは別にしても……。

夏彦は、バスタオルで頭髪を拭きながら居間に戻り、

「北京には誰と行くんだ？」

とかおりに訊いた。

「いろいろ迷ったんだけど、石越さんに一緒に行ってもらうことにしたの」

「石越？　あの企画部の？」

「そう。女子社員と行くほうが気がらくなんだけど、中国の旅行社との交渉が目的だし、それに、彼、力持ちだから、なにかと便利でしょう？」

「彼、会報の編集長だったよな？」

「いまは業務部の次長よ。業務部は部長がいないから、実質的には石越さんが部長みたいなもんなの」

「部長がいない？」

「そう。辞めてもらったの。あの人と、大阪事務所の所長は、諸悪の根源だったわ」

「あの二人を馘にしたのか？」

夏彦は、風呂場に行きかけたかおりに訊いた。かおりは、顔を夏彦に向けないまま、大きくうなずいた。

「乾の面目丸つぶれじゃないか。よく乾が承知したな」

するとかおりは、怒りをあらわにさせて振り返り、

「私、お兄さんにモス・クラブの内情を質問されたくないわ。お兄さんにとったら、知ってる人間のゴシップを聞くみたいに楽しいでしょうけど」

と言って、さらに何か言おうとしたが、そのまま風呂場に入ってしまった。

夏彦は、ゆっくりと包帯を解いていった。念のためにと、澄子が塗った消毒液が、傷口にあてがったガーゼを黄色く染めていた。そのガーゼも取り、屑籠《くずかご》に捨ててから、夏彦は長いこと傷口に見入った。表面から見ても、五ミリほどの深さが赤黒く肉の奥で走っていたので、実際には、それよりも深く切れているに違いなかった。老人が傷口にすり込んだ薬は、いったい何だったのであろうと夏彦は思った。

彼は、救急箱をあけ、包帯とガーゼを捜し、それを親指に巻いた。そして、旅行鞄から、ズボンやジャケットを出してハンガーに吊るした。ナイフによって、胸のところに

孔があいたジャケットを見つめているうちに、なぜかいますぐにも、焼き捨ててしまいたい衝動に駆られた。

第六章　月光

　タクシーが北京の市街地に入り、天安門広場の前の交差点で停《と》まったとき、それまで居眠りをしていた劉慈声が目を醒《さ》まし、いま北京の庶民にとって大きな問題は、交通事故の急増と物価の高騰だと言った。

「年々でもなければ月々でもない。日々、車が増えつづけてる。歩行者教育が徹底する前に、自動車が北京の道という道を走りだしたんだ」

　信号のない場所を走って渡ろうとして、危うくトラックにはねられかけた大学生らしい青年が、遠ざかっていくトラックに何やら罵声を浴びせている光景を指差し、

「運転者も歩行者も、自動車のスピードに、まだ慣れていないんだ。一週間ほど前にも、近所の子供が、タクシーにはねられて死んだよ。運転も乱暴だけど、信号を守らない歩

行者も悪い」

と言った。午後三時だった。広場にも、右手に見える人民大会堂の近くにも、市民の姿は少なく、二、三組のアメリカ人らしい団体のツーリストが、工作員と呼ばれる中国人ガイドの説明を聞いていた。

「空港で、俺の鞄《かばん》をあけた女の税関員が、トイレットペーパーについて、しつこく質問するんだ。観光客が、どうしてこんなにたくさんトイレットペーパーを持って来たのかってね。正直に、友だちに頼まれてみやげ物として持ってきたって答えたら、取り上げようとするんだぜ」

戸倉陸離は、五つが一束になったトイレットペーパーの包みを三束、旅行鞄に入れて中国民航機に乗ったのである。それは、出発の前夜、北京飯店に泊まっているかおりに国際電話をかけた際、劉がトイレットペーパーを欲しがっていると聞いたからだった。

「まさか、みやげにトイレットペーパーを頼まれるなんて思わなかったよ」

戸倉は走りだしたタクシーの中で、自分の首筋を揉《も》みながら言った。一週間の休暇を取るために、三日ほどほとんど徹夜で仕事を片づけなければならなかったので、彼は、とにかくホテルに着いたら眠りたかった。

「女房が喜ぶよ。いま北京にはトイレットペーパーがなくて、おとなひとりが月に一巻しか買えないいんだ。トイレットペーパーをめぐって、北京でも上海でも南京《ナンキン》でも、民衆は血まなこになってる」

「じゃあ、俺は、劉慈声の十五カ月分のトイレットペーパーを日本から運んできたってわけだ」

「謝々、謝々」

劉は、笑顔で礼を言い、それから珍しく、自国を批判する言葉を口にした。

「トイレットペーパーだけじゃない。とにかく、物がない。工場を動かしてるのは官僚たちだからね。いたるところ、官僚ばっかりだ。文化大革命のつけが、とてつもなく大きな形で、いまごろやってきた」

戸倉は、北京に来るたびに、天安門《てんあんもん》広場前を東西に伸びる幅広い東長安街と西長安街を行き来する自転車に乗った人々の表情やら服装を観察してしまう。

彼は、そこがいかなる政治体制にあろうとも、訪れた外国の政治について己の意見を差し挟まないことを厳守していた。どんなに心を許し合っていようとも、他国の友人の政治的発言に、同意も反対もせず、ただ聞き役であることを守るのだった。戸倉は、それが外国人観光客としての基本的礼儀だと考えていたのである。

まだ通勤ラッシュの時間ではなかったので、西長安街を自転車で行き来する人々の数は多くなかった。けれども、着ている物は、以前よりもはるかに色彩が豊かになり、若い女性たちはみな口紅を塗っていた。

劉は、前方をみつめたまま、

「もし生きていたら、いまの中国における優秀な働き手になっていただろう何万人もの人材が、文化大革命でなぶり殺しにされた」

と言ったが、すぐにいつもの劉に戻り、

「手塚さんは、本当によく働くね。きのうは、北京の二つの旅行会社に行き、午前と午後に分けて、仕事の打ち合わせをして、夜は、旅行社の幹部を招待して宴席を持った。きょうも、幹部や工作員と昼食を取ったあと、細かい契約事項について交渉して、それから故宮博物館の見学に行ったよ。石越さんは、きのうの宴会でマオタイを飲みすぎて、故宮見物をやめて寝てる」

「あさって、西安《シーアン》へ行くんだろう?」

「そう。それから一度北京へ戻って、南京に行って二泊して、列車で上海へ行き、上海で二泊するんだ。そして上海空港から日本へ帰る予定だよ」

「俺は、西安には一緒に行くけど、北京へ帰ってきたら、彼女とは別行動になるな」

劉は意外な顔つきで戸倉を見、

「最後まで一緒じゃないのかい?」

「だって、彼女も石越さんも仕事だぜ。南京では南京の、上海では上海の、旅行会社の人間と交渉するんだろう? 俺がずっと一緒だと邪魔になるよ」

と戸倉は言った。

「あれ？　おかしいな」

劉は、そう言ってから、西長安街を西単《シーダン》へと走っているタクシーの運転手に、方向転換するよう指示した。彼は、戸倉が北京にくると、まず最初に天安門広場の前に行きたがることを知っていたので、東長安街の、北京市人民政府の建物の近くにある北京飯店をわざと通り越して、タクシーを走らせてきたのだった。

「なにがおかしい？」

と戸倉は訊《き》いた。

「手塚さんは、陸離もずっと一緒に旅をすると思ってるよ。だから、南京のホテルにも、上海のホテルにも、北京から予約の確認をいれた。戸倉陸離の部屋も、ちゃんと確保されてるかどうかをね」

劉は手帳を出し、ボールペンで何やら書き記した。

戸倉は、何かの職業学校から出てくる学生たちを、ぼんやり見つめ、かおりに中国へ行こうという決断を下させたのが、間違いなくこの自分であることを思った。

深夜の電話によって、彼は、かおりからモス・クラブのその日その日の動きを聞き、作戦を授けたり、励ましたりしてきた。戸倉の忠告や意見が、どれだけ功を奏したのか、まだ結果は出ていないものの、表立った大波はとりあえず鎮まって、モス・クラブには、かおりを中心とする秩序が組み立てられたことは確かだった。しかし、それと同時に、戸倉とかおりのあいだは、ほんの指一本で取り払われる薄く透けたカーテンの仕切りだけになっていた。仕切りを、もういつでも、たとえば北京飯店の一室で逢《あ》った瞬間にでも、戸倉がその気になれば失《な》くしてしまうことが出来る。

自分もなんとか休暇を取って旅に同行するから、思い切って中国へ行き、旅行代理店を介さず、モス・クラブ独自で中国ツアーを行なうための具体的な交渉をしろと勧めたとき、戸倉は、どことなく消極的でありながらも、自分が手塚かおりという女性と、ある地点に向かって歩きだしたのを自覚した。その勧めに、妙に掠《かす》れた声で応じ返したかおりの心も、戸倉は読むことが出来た。けれども、戸倉は、自分もかおりも、ある地点へと歩きだす力が、ともに抑えがたい、のっぴきならないものに高まっているわけではないことも知っていた。確かに、二人のあいだには、恋に似た感情があったが、恋そのものとは距離があった。少なくとも、戸倉はそうであった。そして彼は、自分の勘によって、かおりもまたそうなのであろうと考えていたのである。それでもなお、自分たちは、時間の問題だ……。たとえ十日間にせよ、一緒に旅をつづければ、まるで自然の成り行きのように、自分はかおりを抱くだろう。かおりも拒否しないであろう。

戸倉は飛行機の中でも、そのことを考えつづけ、またいま、北京の西長安街を東へ走るタクシーの中でも、同じことに思いを傾けた。

彼は、それはそれでいいではないかと成り行きに身をまかせる気になれない自分を、昨今流行《はや》らない男だなと胸の内で冷笑した。そんなに躊躇《ちゆうちよ》するのなら、初めから、若い女の家に、深夜の電話などかけなければいい。まったく下心はなかったなんて言わせないぜ。大袈裟《おおげさ》に考えず、行っちまえ、行っちまえ。戸倉は、地方から北京見物にやってきたらしい日に灼《や》けた中年の女たちの、はしゃいで天安門前で写真を撮り合っている笑顔を見ながら、そうひとりごちた。

「おい慈声」

戸倉は前方に見えてきた北京飯店の建物と、王府井《ワンフーチン》大街界隈《かいわい》の賑《にぎ》わいに目をやり、冗談めかして言った。しかし、途中で真顔になっていた。

「俺と手塚かおりが、西安に一緒に行くのも危ないよ。もう、俺と彼女は、時間の問題だ」

「感情に、〈時間の問題〉なんてものはないよ」

劉慈声は、少し困ったような顔つきで言った。彼はまたこうも言った。

「ただの感情なんだろう？　陸離に、手塚さんへの愛情はない。そうだろう？　ぼくも男だからね、だいたい陸離の気持ちはわかる。愛情というものは、育つにしてもこわれるにしても、時間がある役割を果たすけど、感情は時間とは無関係だ。ぼくはそう思うね」

「じゃあ、肉欲は？」

戸倉は、北京飯店の玄関前に至る坂道で、タクシーから降りながら訊いた。玄関前には、ほとんどが日本の企業のものと思われる車が列を為《な》して停まっていて、いっこうに動こうとしなかったからだった。

「肉欲は、〈時間の問題〉だよ。これぱっかりは、どうしようもない。とくに男はね」

劉は笑って言い、タクシーのトランクから陸離の旅行鞄を出すと、ボーイを呼んだ。

「享子さんに、絶対にばれないという自信はあるかい？　ぼくは享子さんとも親友だから、享子さんを結果的に裏切るようなことは出来ない。陸離と手塚さんが、どんな関係になろうと、とにかくこの中国にいるあいだは、ぼくにわからないようにやってくれ」

最後の言葉を、冷たく突き放す言い方で言い、劉は、東楼、中楼、西楼という名称で区分されている北京飯店の、東楼にあるフロントに行った。

戸倉は、二年ぶりに訪れる北京飯店の、東楼、中楼、西楼を一直線に結ぶ長い通路が好きだった。東楼の端から西楼の端までは、ゆっくり歩けば七、八分はかかる。途中に木の低い階段があったり、朱塗りの天井にそぐわないリノリュームの床があったり、黒光りする太い円柱と、龍や麒麟《きりん》を色鮮やかに描いた壁と、ぶあつい絨毯《じゅうたん》の敷きつめられた広い通路には、漢方薬を売るコーナー、掛け軸や工芸品のコーナー、郵便局、電報電話室、両替所、喫茶室、レストランなどが設けられている。

八年前、戸倉が初めて中国に来たとき、北京飯店の、その広くて長い通路に人はまばらで、ひそやかな話し声が高い天井に響いていた。しかし、二年前に訪れたときには、そこには、日本人や西洋人が、観光客もビジネスマンも、ひっきりなしに行き来して、雑然とした趣きを呈し、戸倉を驚かせた。

そしていま、どれだけ人間でごったがえしても、どこか悠然としたたたずまいを崩さない北京飯店は、二年前よりも落ち着きを取り戻したように思われた。もともと、団体客を受け付けないこのホテルは、北京のあちこちに急ピッチで建設された別の新しいホテルのお陰で、本来の味わいを甦《よみがえ》らせたのかもしれなかった。

戸倉は、劉と懇意らしいフロント係の笑顔に迎えられ、宿泊手続きを終え、部屋の鍵を受け取った。

「西楼の三階です」

フロント係は上手な英語で言い、ボーイに荷物を運ぶよう指示した。

「手塚さんの部屋は、東楼の四階だよ。随分離れてるね」

と劉は笑顔で言った。

「石越さんの部屋も、西楼の三階でね。何か用事が出来て、手塚さんの部屋に行って、書類を忘れて取りに戻ると、それだけでへとへとになるって言ってたよ」

劉は腕時計を見、

「故宮見物はまだ終わらないだろうな」

と言って、西楼へと歩きだした。戸倉の荷物は、あとでボーイが運んでくることになった。

「今夜はどんな予定になってるんだ？」

戸倉は劉慈声と並んで歩きながら、そう訊いた。日本円を両替しなければならなかったが、戸倉は先に部屋に入り、ひと眠りしたかった。

「今夜は、ぼくが、陸離と手塚さんたちを招待する。前門全聚徳烤鴨店《ぜんもんぜんしゅうとくこうおうてん》でね。個室を予約しといた」

戸倉は、劉を見やり、

「慈声の招待？　いや、それはいかん。あそこは高いんだ。四人分の料金を払ったら、劉家の二カ月分の収入がふっとぶ」

と言った。劉は首を振り、

「かまわないよ。それぐらいのことはさせてくれ。北京ダックをご馳走《ちそう》しようと提案したのは、ぼくの女房なんだ」

「慈声の奥さんも一緒かい？　それは楽しみだなァ。もう八年も逢ってない」

「いや、残念だけど、女房と息子は、おととい、福建《フーチエン》へ行った。女房の弟の具合が悪くてね。癌《がん》なんだ。もうそんなに長くないらしい。女房も陸離に逢いたがってたけどね」

中楼をすぎ、西楼の、ダイニングルームへの幅広い階段の横で、劉は歩く速度を弱めた。そして、天井の絵を見あげ、

「あしたの夜は、雑技《ざつぎ》を観に行かないか。切符は買ってあるんだ」

と誘った。

「陸離は、八年前も、二年前も、雑技を観たいって言ったよ」

「ああ、観たい観たいと思って、まだ一度も観たことがない。観たいねェ。俺の大学時代の友だちが、いまでも逢うと、上海で観た雑技のことを話題にするんだ。たかが曲芸だろうって思ってたらドギモを抜かれるぞってね」

「手塚さんも誘ったんだけど、あまり乗り気じゃないみたいだったよ」

と劉は微笑《ほほえ》んだ。

「彼女も、たかが曲芸だろうって思ってるんだろう。それに、日本の曲芸だとかサーカスには、昔から何となく暗いイメージがあるからね」

劉は、西楼の階段を昇りながら、

「火に油を注ぐみたいだけど、手塚さんは陸離のことが好きだね。それも、かなり熱烈に」

と言った。そして、こうつけくわえた。

「ぼくの死んだ親父《おやじ》が、よくこう言ったよ。好きな女が出来たら、一緒に雑技見物に行

け、途中で出ようという女とは結婚するなってね。ねェ、陸離、手塚さんが雑技を観て、あまり面白そうでもない様子だったら、心を全部、奥さんのところに戻してしまえよ」

その言葉は劉慈声らしくなかったので、戸倉は、男同士だと思って、うっかりかおりとのことについて口走った自分を責めた。秘密であることで、逆に保たれている均衡は、劉慈声という人間の今後の視線と沈黙によって崩れかねないのである。

「さっきのは冗談だよ。俺には女房も子供もいる。手塚かおりは二十五歳で独身なんだ。中年のおじさんのさもしい願望を、気を許してる劉慈声に言ったまでさ。こっちに下心がまるでないというわけじゃあないからな」

戸倉は劉の背中を強く叩《たた》いて笑い、劉の、なんだか子供じみた提案を、いささかあきれる思いで聞き流した。

「そうだな。陸離は、そんな馬鹿な男じゃない。ぼくは、むっつり助平だから、陸離の、おじさん的願望を、てっきり本気だと思って余計な心配をしたよ。ぼくにも、若い娘への下心はあるからね」

劉も笑った。三階にあがると、客室係の服務員たちがいる詰め所があった。劉と顔見知りらしい男の服務員が、廊下の奥を指差し、何か言ったあと、戸倉にも親しそうに笑顔を向けた。

「一番奥の部屋だそうだよ」

と劉は言った。静まり返った廊下を歩きながら、戸倉は、成田から北京へ向かう中国民航機の客室乗務員たちの無愛想さについて語った。

「俺は、北京に着くころ、席をうしろに倒して、うとうとしてたんだ。そしたら、最終着陸態勢に入ったっていうアナウンスがあったらしい。だけど俺には聞こえなかったんだ。客室乗務員は、俺に何をしたと思う。目を吊《つ》りあげて怒鳴りながら、乱暴に肩を揺するんだ。それから、席を元に戻せって、顎《あご》をしゃくるんだぜ。乗客全部にそんな態度をとるのかと思ったら、おんなじように寝てるアメリカ人には、優しく笑顔で起こして、座席の背まで自分で元に戻してやってる。見てたら、金髪と青い目には、気持ちが悪いくらい愛想がいいんだ。あきれたねェ。昔は、日本の航空会社の客室乗務員もそうだった。だけど、顎をしゃくって命令したりはしなかったよ」

「中国の国内便の客室乗務員は、もっと無愛想だよ。彼女たちも、つまり、中国では公務員なんだ。しかも一人前にエリート意識だけは強い。自分たちが接客業だってことに気づいてないんだ。中国民航や中華民航の客室乗務員に不快感を持ってるのは、じつは飛行機に乗る中国人乗客全員だね。西洋人へのあの媚《こび》を見て、いまいましがったり、恥ずかしがったりしてる中国人は多いよ」

戸倉は、自分の部屋に入り、その広さに驚いた。頑丈な一人掛けのソファが四つ、それに向かいあう格好で、五人のおとなが坐《すわ》っても余裕のありそうな大きなソファが置いてあり、カーテンで仕切られた部屋の奥に、ベッドが二つ並んでいた。劉は、満員で、この部屋しかなかったのだと言った。

「ちょっと広すぎるよ。部屋の中でジョギングが出来そうだ」

戸倉は部屋を見わたし、東に面した大きな窓をあけた。煉瓦《れんが》造りの古い建物に沿った道では、ホテルの従業員たちが自転車のうしろにリヤカーをつないで、何かを運んでいた。酒類とか調味料などを収納する倉庫が近くにあるらしい。

戸倉は、壁ぎわの、紫檀《したん》の台に載っている壺《つぼ》に顔を近づけ、

「壺までがでっかい。まさかこれ、年代物の景徳鎮《けいとくちん》じゃないだろうな。もしそうだったら、俺はこの壺に近づかないぞ。割ったりしたら大変だよ」

劉は笑い、ソファに坐ると、ティーバッグを入れてある竹製の小箱をあけて、底の深い茶碗《ちゃわん》に魔法壜《びん》の湯を注いだ。そして、高い天井を見あげ、

「ぼくたちの国は、どこへ行くんだろうね」

と言った。

「ぼくは、時を待つということに疲れたよ。とにかく物心ついたころから、時を待ちつづけてきて、そのあいだに少なくとも二回の嵐があった。文化大革命、それに四人組の時代だ。小さな波風をあげたらきりがない。どこかが前進すれば、必ず別のどこかが後退してる。その繰り返しで、結局気がつくと、少しも前進していない。そうしているう

ちに、ぼくたちは歳《とし》だけとっていく。ぼくたちは個では日本人に絶対負けない。だけど団結して組織を作ると、とたんに太刀《たち》打ち出来なくなる。どうしてだろう。それが中国人の国民性なのかな。それとも、それが社会主義というものの特長なのかな」

戸倉は、劉のいれてくれたジャスミン茶を飲んだ。そして、ひたすら聞き役であることを守ろうとした。

「ぼくは、日本で、インド人の留学生と親しくなって、ときどき彼のアパートでインド料理をご馳走になった。彼は農業技師で、日本の農業技術を勉強するために、妻と三人の子をインドに残して留学してきたんだ。彼も、ぼくと同じ疑問を自分の国に対して抱いてた。五十年前も二十年前も五年前も、そしていまも、何もかもが少しも変化しない、あのインドのとてつもない混沌《こんとん》……。彼はそれを自国の宗教のせいにした。しかし、ぼくは、自国に対する彼とよく似た悩みを、宗教を否定する社会主義の中に見てる。それはいったいどういうことなんだろうね」

劉は、戸倉を見て微笑み、声を明るくさせ、

「四十にして惑わずって言葉は、要するに、四十歳になると、いろいろ惑うことが多くなるから、心して惑わないようにしろという戒めなんだろうね」

と言った。

「なんだよ、それは俺へのいやみかい？」

戸倉は、多少ほっとした思いで、そう言い返した。劉慈声は、かつて一度も、政治や生活への愚痴を口にしたことがなかっただけに、まったく聞き役に徹して、自分の意見を述べないのは、友人として卑怯《ひきょう》な気がしてきていたからだった。

部屋の電話が鳴った。劉が受話器をとり、

「手塚さんだよ」

と言って戸倉に渡し、六時半に西楼の玄関で待っている、そう言い残して出ていった。

「いまホテルに帰って来て、フロントで戸倉先生の部屋の番号を訊きましたの」

かおりの、弾んだ声が聞こえた。

「いま、どこ?」

と戸倉は訊いた。

「自分の部屋です。故宮は、観光客でぎっしりで、午門から神武門まで、ただ真っすぐ歩いただけ。とてもゆっくり見物なんて出来ませんでした」

「そう。でも午門から神武門まででも、結構疲れますよ」

「少し休んだら、王府井を歩いてみようかって思ってるんです」

「元気だなァ。ぼくは、この旅行のために、猛烈に仕事をこなしてきて、もう息も絶え絶えだ。ビールでも飲んで、少し寝ようと思ってる。六時半に、慈声が迎えに来ますよ。彼が北京ダックをご馳走するってきかない。もちろん、手塚さんと石越さんも一緒にね。

西楼の玄関で待ち合わせたんです」

　かおりは、ほんの一瞬、沈黙し、すぐに、

「じゃあ、六時半に西楼の玄関に行きます。それまで、おやすみなさい」

　と言って、電話を切りかけた。戸倉は、六時に電話で起こしてくれないかと頼んだ。

「寝すごす公算が強いからね」

「はい、六時に電話で起こしてさしあげますわ」

　電話を切り、戸倉は浴室に行くと、とりあえず顔と手を洗った。こちらがうしろに引くと、必ずかおりも同じように引いてしまう。戸倉は、何度目かの深夜の電話で知ったかおりの独特の処し方を、いまの電話でも感じた。それが、彼女の遠慮とかつつましさから出ているのか、それとも手塚かおりという人間の性癖なのか、戸倉にはまだわからなかった。しかし職業柄、戸倉には、そのような人間は、こちらが押せば、同じように押し返してくる場合が多いことを知っていたのである。彼は確かに疲れていて、眠りたかったのだが、同じホテルの中からの声を聞いて、かおりの顔を見たくなった。あの弾んだ声は、北京での仕事が順調に運んでいることもあるにせよ、やはり、この俺という人間に対する反応でもあったはずだ。そう思ったが、彼は、

「うへっ、うぬぼれるんじゃないよ、色男ぶって。とりあえず、寝ろ」

　と自分に言い聞かせ、ベッドにもぐり込んだ。

だが、戸倉は目を閉じて五分もたたないうちに、これは到底眠れないと悟って起きあがった。やはり、かおりの顔を見たいという思いが、戸倉の神経を冴《さ》えさせていたのだった。

王府井大街を歩いてみると言っていたが、まだ部屋から出てはいないだろう。戸倉はそう思い、フロントに電話をかけ、かおりの部屋番号を訊いた。しかし、フロント係の返事が返ってくる前に、誰かが戸倉の部屋をノックした。

「モス・クラブの石越です」

「どうぞ、お入り下さい」

戸倉は、フロント係に、もう部屋番号を教えてもらう必要はなくなったと伝え、電話を切ると、慌てて服を着、ドアをあけた。石越とは、きょう初めて顔を合わすのである。一見、いかつく見える、肩幅の広い男が立っていた。石越は部屋に入る前に、名刺を渡し、初対面の挨拶をした。

「このたびは、いろいろお世話になり、ありがとうございます。戸倉先生のお勧めがなかったら、うちの会長は腰をあげなかったと思います。それに、劉さんという優秀な通訳までご紹介下さって」

石越は、ビニール袋を手に部屋へ入ってくると、ソファに坐った。ほんの一週間ほど前に石越に男の子が生まれたことを、戸倉はかおりから教えられて知っていたので、

「お子さまがお生まれになったそうですね。おめでとうございます」

と述べた。そして、自分が石越という人間を見たこともないのに、その言動や性格のあらましをかおりから訊き、今後、頼りになる部下になるであろうと推測して、中国旅行に伴うよう勧めたことが間違っていなかったのを知った。

「きのうの夜の宴会で、これをこっそり持って帰ってきました」

石越は、そう言って、ビニール袋からマオタイ酒を出した。

「封を切ってありますが、ほんの少ししか減っていません。ホテルの売店にも、友誼《ゆうぎ》商店にも、マオタイ酒だけがないんです。よく似た酒は、何種類も売ってるのに、この中国でほんとに、このマオタイだけがない。日本人が買い占めてるって、友誼商店の服務員が言ってました。それで、こっそり持って来たんです」

「じゃあ、さっそく、軽く一杯いきますか」

戸倉が言うと、石越は、頭をかかえて、両手を左右に振った。

「ぼくは、やっと一時間ほど前に、二日酔いから立ち直ったところです。当分は、マオタイの匂いもいやですね。前菜のとき、紹興酒《しようこうしゆ》を相当飲んで、そのあとにマオタイで十八回乾杯したもんですから、完全に前後不覚になりましたよ。会長が心配してたから、いま部屋に電話をかけたんですが、まだ帰ってませんでした」

石越が飲まないのなら、自分もあえて飲むこともない。そう思って、戸倉はお茶をいれた。

「ぼくは、ほんの十分ほど前に、手塚さんから電話をもらいました。故宮見物から帰って、これから王府井を歩いてみるって言ってましたよ」

戸倉の言葉に、石越は溜息《ためいき》をつき、

「ぼくが会長の部屋に電話をしたのは、五分ほど前です。じゃあ、もう故宮から帰ってきて、すぐに王府井へ出掛けたんですねェ。北京へ着いてから、急に元気が良くなった……。なんだか、はしゃいでるって感じですよ。中国の旅行社の人たちも、会長があんまり若いんで、びっくりしてました」

「若いから、じっとしてられないんでしょう。ぼくも、二十五、六のときは、そうだったな」

するると、ジャスミン茶をすすっていた石越が、あらたまった態度で言った。

「じつは、これは私と会長が日本を発《た》つ前日の重役会議で持ちあがったことなんですが、モス・クラブには、今後のことも考えて、クラブとしての明確な形が必要じゃないのかという意見が強まったんです」

「明確な形？」

と戸倉は訊いた。

「ええ。会員が、モス・クラブの会員であることによって得られる有形の特典です。いままでは、クラブは会員に無形のものを提供して、クラブ独自の基礎を築きました。ですが、そこには事業としての限界もある。たとえばイギリスにしてもアメリカにしても、これは主に男性のためのクラブですが、しかも、女人禁制のクラブで、サウナもあれば、アスレチックもある。プールもあり、バーもあり、ポーカーだとかブラックジャックなんかの、カードで遊ぶ場所もある。そんなメンバーズ・クラブがありますよね。そういう建物を、モス・クラブも持つべきではないかっていう意見なんです。男子禁制のね。勿論《もちろん》、中味のすべては女性用にするんですが」

「しかし、いま、そんな建物を東京の都内に持つことは可能ですか？」

「古くからの会員さんで、ご主人にも先立たれ、息子夫婦とうまくいかずに、この十年近く、世田谷《せたがや》の古い洋館で一人住まいをなさってた方が、亡くなられたんです。土地も建物も、当然、息子さんが相続するんですが、相続税を払うために、自分の家か、その世田谷の家かのどちらかを手放さなきゃならなくなりました。とにかく仲の悪い嫁《よめ》姑《しゅうとめ》で、奥さんは、お姑さんの思い出が沁《し》み込んでる家には住みたくないと言って、その世田谷の家を売ることに決めました。そこをモス・クラブが買ってメンバーのための本格的な拠点を作ろうっていう案なんです。相手は早く売却したがってますし、買い手は腐るほどいるわけですから、早急に結論を出さなければいけません」

「世田谷の土地なら、どんなに借金をしても買って損はしないでしょう。万一、モス・

クラブの経営が怪しくなったら、それを売ればいい」

戸倉は、そう答えた。大きくうなずいたあと、石越は、

「ところがですねェ」

と、腕組みをして言った。

「会長には、まったくその気がないんです。多少なりとも、その件について検討してみようという気もない」

石越は煙草に火をつけ、しきりに首をかしげた。

「飛行機の中で、ちょっと打診してみたんですが、返事もしない。まるで興味を示さないんですよ。いまは中国の旅行をまとめることで頭が一杯だってことなんでしょうかねェ」

戸倉は、かおりが自分との深夜の電話を、石越に話しているとは思えなかった。しかし、石越は、あきらかにこの戸倉陸離の果たしている役割を承知している。そうでなければ、会社の機密に属する計画を、無防備に打ち明けたりはしないはずだ。なんか、俺を、モス・クラブの顧問弁護士と錯覚してるみたいだな。戸倉は、そう思って、石越の野太い面構えを見やった。

「この一カ月近く、心ここに在らずって感じなんですよ。モス・クラブのゴミ掃除も、まだ第一段階が終わったってところで、本格的な大掃除には至っていません。副会長の

乾さんは、ゴキブリにたとえると、スリッパの裏で叩かれて腹わたが出たってとこでしょう。でも、まだ生きてる。ここでしっかりと頭をつぶしとかないと、いつのまにか元気を取り戻して、前よりも強くなってしまう。でも、会長は、もう乾っていうゴキブリは死んだと思ってるんです」

「その乾さんは、世田谷の土地をモス・クラブが購入することについて、どんな意見なんです？」

と戸倉は訊いてみた。

「大乗り気ですね。自分の出番が廻《まわ》ってきたってところでしょう。彼は、もともと銀行マンですし、前会長とのつながりもあって、金融筋には結構顔がききますから。世田谷の土地を買うには、銀行からの融資が必要です」

戸倉は、ジャスミン茶を半分飲み残したまま、

「どうです？　我々も王府井を歩きませんか」

と誘った。石越は同意し、十分ほど待っていてくれと言って、自分の部屋に戻った。

戸倉は、交換台に電話をかけ、日本への国際電話を申し込んだ。風邪《かぜ》気味だった享子のことが気にかかっていたのである。そして享子には、中国へ帰った劉慈声に、なんとか時間を作って北京へ遊びにこいと誘われたというふうに言ってあった。

国際電話はすぐにつながった。

「さっき、北京飯店に着いたよ。なんだか落ち着かないくらい、でっかい部屋だ」

　享子は、

「劉さんの奥さんに逢った？」

　と訊いたが、すぐに小さく咳《せき》こんだ。その咳こみ方は、風邪のそれではなかった。戸倉は眉をひそめ、

「おかしいと思ったら、我慢してないで、医者に電話をしろよ」

　と言った。享子の咳が、心臓の発作の前段階にあらわれるものであることに気づいたからだった。

「それから、横になって、家のことは何にもするな。すぐに沼津のお母さんに電話をして、来てもらえ。わかったな？」

　戸倉の言葉に、享子は、低い声で、

「わかった。そうするわ」

　と答えた。戸倉は、娘の亜矢に代わってもらい、

「お母さんはまた病気だから、亜矢は、どんなことをしちゃあいけないんだ？　言ってごらん」

　と訊いてみた。

　ひとつ、勝手に表に出ない。ふたつ、自分で出来ることをお母さんに頼まない。みっ

つ、お母さんにお洗濯やお掃除をさせない。もし、してるのを見たら、やめさせる。

「もうひとつあるだろう？　電話がかかってきても、お母さんには出させない、だ」

亜矢は、それを復唱し、享子と代わった。

「そんなに心配しなくても。私、もう病気慣れしてるから」

「でも、沼津のお母さんに電話をして、絶対に来てもらうんだぞ。今晩、また電話をかけるよ」

「劉さんの奥さんへのおみやげ、ちゃんと渡してね。忘れちゃ駄目よ」

戸倉は電話を切ると、もう一度交換台に国際電話を申し込んだ。念のために、片田セツにも、享子のことを頼んでおこうと思った。セツは了解し、今夜にでもお宅にお寄りしてきますと言った。

部屋から出ると、石越は廊下で待っていた。客室係にルーム・キーを預け、階段を降りて、西楼の玄関から表に出た。ホテルの前の道を東に向かうと、すぐに北へ七百メートルほどつづく賑やかな通りに入った。人の群れが、戸倉と石越を包み込んだ。

薄曇りで風が強く、王府井大街の両側に植えられた並木がそよいでいた。昔からそこに店を構える骨董品店や文具店や毛皮用品店などのビルの横に延びる路地には、リヤカーを改造して、布で簡単な屋根をつけた屋台が店を張っていた。ラーメンを売る屋台、羊の焼き肉を売る屋台、水菓子、草餅、ゼンマイ仕掛けの玩具、人気女優のブロマイド……。

「ぼくはね、北京に来ると、必ず王府井を歩くことにしてるんです。八年前は、こんなに屋台は出てなかったし、中国人はみんな人民服を着てた。若い女性は、体の線が出るスラックスは穿《は》けなかったし、胸の第一ボタンも外せなかった。だけど、二年前に来たときは、まったく変わってた。老人でさえ、人民服を着てない。若者は、いろんな色や柄のTシャツを着て、女性は化粧をしてた。でも、そんな変化よりも、もっとぼくが驚くのは、この雑踏から立ち昇ってる熱気なんです。この熱気は、もう日本からは失くなったものだなって思う。日本には、ここよりも人の集まるところがたくさんある。東京という街自体が、すでにひとつの雑踏と言ってもいい。でも、人間の熱気ってやつがない」

戸倉は、いろんな店のショーウィンドーをのぞきながら、石越にそう言った。

「ぼくは、いつも二種類の風景に憧れるんです。ひとつは、見渡すかぎり何もない、とてつもなく広大なところ。そこに、ぽつんとひとりで立ってみたいと思う。もうひとつは、生きるために必死な人々が行き交う熱気に満ちた雑踏。そこに自分も群衆のひとりとして紛れ込んでいたいと思う」

戸倉はズボンのポケットに両腕を突っ込み、王府井大街の前方を顎で示した。

「もう少し行くと、西へ延びる通りがあるんです。東安門大街って通りなんですが、そこには、夜になると、たくさん屋台が出る。二年前もそうだったから、いまは、もっと屋台の数は増えてるでしょう。そこには、大道芸人もいれば、香具師《やし》もいる。大のおとなが、どうしてこんな物を買ってみようと思うのかって代物《しろもの》も売ってる」

石越は、いかつい顔に笑みを浮かべ、

「へえ、たとえば？」

と訊いた。

「二年前、東安門大街で、小さな台の上にガラスの玉を並べて、それを売ってたんです。何でもない、ただのガラス玉です。ビー玉の倍ぐらいの大きさの。ぼくは、中国語はさっぱりわからないけど、男の身ぶりや手つきで、そのガラス玉が、どれほど万能な力を持っているかってことを信じ込んだ。首や肩がこっていれば、そこにガラス玉を当てて寝る。寝て体を少し動かす。ちょうど指圧をするみたいに、首や肩のこりが取れる。輪ゴムを置いて、その中にガラス玉も置けば、文鎮の役も果たす。ガラス玉を二つ、掌で握って動かせば、掌のいろんなつぼを刺激して健康にいい。栓を抜いたコーラやビールの壜の口に載せれば、ガスが抜けない……。男は、もっといろんな使い道を、次から次へと説明した。ぼくは、もうほとんど夢中になりましてね。まるで魔法の玉に出くわしたような気分で、三つも買った」

石越は声をあげて笑った。

「でも、日本に帰って、そのガラス玉を見ると、俺はどうしてこんな物を買ったのかと、我ながらあきれました。やっぱり、どう考えても、ただのガラス玉で、文鎮の代わりにしようなんて気は起こらないし、それで肩のこりが治るなんて思えない。女房に、それいったい何なのって訊かれて、ぼくは、ただひたすら、うーんと唸《うな》りつづけるしかなかったですね」

戸倉の話に、石越はまた大声で笑った。靴屋の入口に、立て札があり、そこに赤いペンキで字が書かれていた。

「これは何かの標語ですね。最初の文章はわかりますよ。道に痰《たん》を吐くなってことですね。次のは、道に煙草の吸い殻を捨てるなだ。三つめのは何かな。何とかで歩くな……。その何とかってのは〈小三角〉だ。小三角で歩くな……。〈小三角〉って日本語に訳すと何ですか?」

戸倉は、二年前、〈小三角〉の意味を劉に教えてもらっていた。そして、石越に、

「何だと思いますか? 当てたら、中国のヨーグルトを奢《おご》りますよ」

と笑って言った。

王府井大街の右側に、服を売る店と茶を売る店に挟まれて、ガラス張りの明るい果物屋がある。〈四季香〉というのが店の名だが、そこには、白い壜に入ったヨーグルトが売られていて、戸倉はそれを気に入っていた。

「小三角……。小さな三角……。うーん、何だろうな」

石越は、標語の文字に見入り、顔を空に向けたり、首をかしげたりして考えていたが、

「小さな三角状になって歩くな。つまり、他の人の迷惑になるから、何人も群れをなして歩くなってことですか？」

と言った。

「外れた」

「わからんなァ。教えて下さい」

「小三角ってのは、パンツのことですよ」

戸倉が教えると、石越は、煙草をくわえたまま、納得したように大きくうなずいた。

「なるほどねえ。パンツ一枚の格好でうろうろするなってことか。小さな三角……。なるほどパンツか」

石越は、しきりに感心し、

「しかし、さすがに漢字の国だなァ。絶妙の三文字ですよ」

と言って再び歩きだした。

四季香という大きな果物屋に入ろうとしたとき、戸倉は向こうから歩いてくるかおりをみつけて立ち停まった。石越も、かおりに気づいたが、かおりは二人に気づかず、漢方薬店のショーウィンドーを覗《のぞ》いている。

石越が近づいていって声をかけるまでの、ほんの短いあいだ、戸倉は、かおりの、何

やら熱心にショーウィンドーを覗き込む横顔を見つめた。初めて、城崎駅で逢ったときのかおりと、いま北京の王府井大街にいるかおりとは、同じ人間のようには思えなかった。いまのほうが、溌剌《はつらつ》としていて、うんとおとなびて見える。しかしいつも、戸倉の中で動くかおりは、あの鎧《よろい》駅で、眼下の入江と漁村を見つめていたうしろ姿であった。そして戸倉は、自分が浜坂から引き返す列車から、そんなかおりを見ていたことは、まだ一度も口にしていなかった。

夜中に電話で話しているとき、彼は幾度となく、なぜ鎧駅の無人のプラットホームに立っていたのかを訊いてみたくなるのだが、喉元まで出かかっても、戸倉はいつもその問いを飲み込んできたのだった。

深夜の電話で語り合うようになったころ、戸倉がその問いを差し控えた理由は、ただ単に、個人の内緒事に立ち入りたくなかったからにすぎなかった。けれども、いまは違った。あの日の、鎧駅におけるかおりの姿は、戸倉にとって、なにやら強固な秘密の行為として刻印され、戸倉が実際には目にしなかった映像までが無数のかけらのようにくっつき、戸倉だけのかおりというものを創《つく》りあげていたのである。そして、もしかしたら、自分は、実際のかおりではなく、日本海沿いの無人駅でぽつねんとたたずんでいたかおりを、いとおしく思っているのかもしれないという気がするのだった。

石越に声をかけられ、戸倉のほうに視線を注いだかおりは、いったん笑顔をのぞかせたあと、とりすまして丁寧に頭を下げた。

「初めての中国はいかがです。お仕事はうまくいったみたいですね。さっき、慈声から聞きました」

戸倉は、自転車の荷台に幼児を乗せた婦人の肩ごしに、かおりに話しかけた。そうしながら、視野の片隅で石越の表情を窺《うかが》った。自分たちは、暗黙のうちに、きょうという日を迎えた。そんな気がした。けれども、戸倉の、かおりへの思いには、どこを捜しても、性的なものはなかった。にもかかわらず、ほんの一歩進めば、男と女の性にはまり込むのである。

「劉さんが、とても骨を折って下さいましたの。ことしの九月に、モス・クラブのメンバーが三十人、中国旅行を楽しめますわ」

かおりはそう言って、手に持つビニール袋をかかげた。

「扇子をたくさん買いました。女子社員たちへのおみやげに。男の社員には何を買おうかって、迷ってたんです」

「おみやげなんて、上海で買わなきゃあ、荷物が重くなって大変ですよ。ぼくも、二年前、友だちに頼まれて、端渓《たんけい》の硯《すずり》を、この王府井で買ったんです。それから、成都《せいと》へ行き、桂林《けいりん》へ行き、上海へ行った。途中で何度、その硯を捨てたいと思ったかしれませんよ。とにかく重くて……」

と戸倉は言った。

「お休みになりませんでしたの？」

「横になったんだけど、眠れなくて」

戸倉は、かおりと並んで歩きだしたが、自分たちが、王府井大街を東長安街へと引き返していることに、しばらく気づかなかった。振り返ると、石越の姿がなかった。戸倉とかおりは、石越を捜した。四季香という果物屋の中も捜し、附近《ふきん》の店も覗いたが、石越はいなかった。いかにも、気をきかせて姿を消したといったふうに感じられた。

「石越さん、どこへ行ったのかしら」

かおりは、そう言って、他の店も覗こうとしたが、彼女も戸倉と同じ思いを抱いたらしく、少し困ったような表情を作って、再び東長安街への雑踏を歩きだした。

「昼間、話をするのは久しぶりですね。いつも、夜中の電話ばっかりだから」

戸倉は、親たちに手を引かれた小学生の、首に巻いた赤いネッカチーフを見つめて言った。夫婦連れの多くは、子供を真ん中にして手をつなぎあい、王府井大街を歩いている。

「中国は、一人っ子政策で、子供を一人しか持てない。でも、政府の目の行き届かない地方じゃあ、生み放題だ。もう子供を生めない歳になって、子供に先立たれたら、どうなるんだろう。寂しい老夫婦が、北京や上海や南京にたくさん出来るだろうな」

戸倉は、ぎごちなくなっている自分を、なんだかいやに情けなく感じた。しかし、人混みは、戸倉とかおりを否応なく寄り添わせていった。

「あした、朝早くから、万里の長城へ行くつもりなんです。劉さんもご一緒して下さいますの。戸倉先生はどうなさいますか？」

とかおりは訊いた。あしたは、少しゆっくり寝たいと戸倉は答え、

「万里の長城には、もう二回行ってるから、ぼくはやめておきましょう。二年前、ものすごい数の観光バスや車の渋滞で閉口しましたからね。あなたも覚悟しておいたほうがいい。行きも帰りも大渋滞ですよ」

そう言って、再びうしろを見渡し、石越を捜した。

「でも、せっかく北京へ来たんだから、行ってみたいんです。案外、つまらないところなんですか？」

「いや、やっぱりとてつもないものです。多少無理をしても、観ておいたほうがいい。長城の坂を昇って行くと、北西に広大な景色がひらける。きっと慈声はこう言うでしょう。『このずっと向こうが蒙古《もうこ》大平原です』って。勿論、蒙古大平原が実際に見えるわけじゃない。ただ天と地がひとつになって、霞《かす》んでるだけです。でも、ぼくはいつも、あの天と地がひとつになって霞んでるのを見ると、そこへ向かって歩いていきたくなる。なんだか、一時間ほどで、そこに辿《たど》り着けるような気がしてね」

そして、自分はその天と地がつながる場所に、多くの懐しい人たちが笑顔で待ち受けているような気がするのだ。戸倉はそう心の中で言った。しかし、懐しい人たちとは、いったい誰だろう。まず筆頭は父と母……。「行ってくるよ」と言い残して、そのまま帰ってこなかった父と母……。それに、あのペーパーナイフを遺《のこ》して逝ったビルマ人のボウ・ザワナ。ああ、そうだ、人間だけじゃない。小学生のとき家で飼っていた雑種犬のテスと、ハムスターの与太郎。

そのとき、戸倉はふと、自分の愛したものは、なぜかみんな自分より先に死んでしまうという想念に襲われた。生きている限り、必ず、親しい者の死と遭遇することは、自然の成り行きであったが、その瞬間の戸倉には、そのようには受け留められなかった。

彼は、享子も近いうちに死ぬのではないかという気がして、足を停めた。享子が心臓に病を持って、すでに数年がすぎ、その間、何度も発作で寝込んだが、戸倉は、死という言葉を思い浮かべたことはなかったのである。いつかきっと良くなる。そう信じ込んできたのに、突然、享子の死という思いが発生すると、それはにわかに幽暗な雲みたいに、戸倉の心にひろがってしまった。

「どうなさいましたの？」

かおりが、そう問いかけてきた。王府井大街から幾つか派生する路地には、商いの準備を始める青年と屋台の数が増えていた。みな、元気ですばしっこそうな二十代の青年だった。

「振り返って考えてみると、二十代って年齢が、一番長かったように感じるなァ」

と戸倉は言った。本当にそう思ったのである。

それは、かおりの問いに答えないために、いかにも、自分が何か他のことを考えていたことを演じようとして、とっさに口にした言葉であった。いま、自分は妻のことを考えていたのだ。それも、自分の愛する者は、みな自分より先に死んでしまうという突然の思いによって生じたのだ。現に、いま妻は、いつものことだとは言うものの、おそらく発作のために臥《ふ》しているだろう……。沼津の実家の母は、大慌てで、上京の準備をしているだろう。親切な友人の医者は、往診のために、もう医院から出たかもしれない……。

そのようなことを、王府井大街で並んで歩いているかおりに喋《しやべ》るわけにはいかなかった。

「私、もうじき二十六歳ですの。このあいだ、二十歳《はたち》になったばかりなのに」

かおりは、次第に本来のものへとほぐれていく笑顔を見せて言った。

「いや、十代も三十代も、なんだか、あっというまで、二十代だけが、いやに長い。ぼくは、いまつくづくそう思ったな。四十代になったからじゃないような気がする」

「五十代になったら、三十代が一番長く感じるって、おっしゃるかもしれませんわ」

戸倉は、屋台の準備をするTシャツを着た青年に再び目をやり、自分でもおかしいと思えるほど生真面目《きまじめ》な表情で、首を横に振った。

「いや、二十代って、実際、長い年代なんですよ。ぼくは、自分が五十代になっても、七十歳になっても、自分の二十代というものだけは、妙にそこだけ屹立《きつりつ》してるような気がしますね」

戸倉はそう言ったあと、かおりに視線を注ぎ、

「かおりは、いまその二十代のど真ん中にいるんだ」

と言った。深夜の電話で、随分酔っているふりをして、「かおり」と呼び捨てにしたことはあったが、白昼、面と向かって、そうしたのは初めてだった。

「私は、いま二十代の渦中にいますから、それが、長いのか短いのか、わからない……。出来るだけ、三十代は先のほうにあってほしいですもの」

「そりゃそうだな。でも、ぼくは、二十代のころ、早く三十歳になりたかった」

「どうして？」

「三十をすぎないと、本当の意味で、仕事が出来ないって思ったからね。二十代ってのは、おとなになりきれないんだな。とくに、男はね」

かおりの横を数人の女性が賑やかに通りすぎ、彼女たちの勢いで、かおりの体は、戸倉の腕に凭《もた》れる格好になった。しかし、戸倉には、かおりが、数人の元気のいい婦人た

ちにことよせて、自発的に身を寄せたことを知った。

「きっと二十代ってのは、実人生の何たるかに向かい合って、しかも、まだくちばしが黄色くて、失敗したり、右往左往したり、焦ったり……。そんな年代だから、振り返ると、いやに長く感じられるんだろうな」

喋っているうちに、戸倉は、二十代という年代について、さまざまな形容を思いつき、それを次から次へと口に出した。

「世の中って、厳しいなァと教えられる年代。鼻っ柱をへし折られる年代。挫折の年代。自信喪失の年代。でも、まだあきらめない年代。とにかく、現実というものに徹底的にぶち当たる年代。恋愛に対して狡猾《こうかつ》になる年代。友情に対しても狡猾になる年代。一攫《いっかく》千金《せんきん》を夢見る年代。貧しい年代」

戸倉は、王府井大街から東長安街に出、通りを右に曲がっても、なお、両手をズボンのポケットに突っ込み、もっと二十代という年代を的確にあらわせる言葉はないものかと頭をめぐらした。

ときおり、戸倉の顔を見て微笑んだり、道に視線を落として考え込んだりしていたかおりが、

「それ、全部、私にあてはまる……」

と言った。

「いや、特定の個人について言ってるんじゃない。ぼくは、二十代について、一般的に思い浮かぶ概念を言ってるだけです。誰にもあてはまる特長をね」

と戸倉は言って、かおりの、ふいに暗くなった表情に見入り、

「でも、かおりは一攫千金を夢見る女でもないし、貧しくもない」

かおりは、北京飯店の建物に目をやり、

「私、貧しいんです。そりゃあ、普通のお勤めをしてる同じ年頃の女性と比べたら、たくさん収入があります。でも、そんなことじゃなくて、私、きっと貧しい人間だって思う……」

と言った。

「なにが？」

戸倉は訊いた。王府井大街と比すと、はるかに人通りの密度の薄い東長安街に出たことが、彼を幾分ほっとさせていた。

「私という人間そのものが」

薄曇りだった北京の街に日が差した。

「いろんな物に対して、その人なりの咀嚼《そしやく》力《りよく》ってあるでしょう？　私は、いつも、気取って、自分が感じてもいないことを感じたと言い、思いもしないことを、思うって言いますわ。ほんとは、たいして、何もわかってないくせに……」

「それは誰だって、そうだよ」

「いいえ。私は、とくにそんなところがあります。そのうち、戸倉先生も、あきれて、うんざりするようなところが」

「もし、そうだとしたら、それこそ、二十代という年代のせいだ」

かおりは、口にすべきかどうか迷っている様子だったが、北京飯店の東楼のロビーに入ったとき、戸倉に言った。

「私って、凄《すご》く狡猾なんです。何でも計算ずくで、そのくせ、自分の計算はいつも間違うんです。そして、根本的に冷たい……。そう、ほんとに私って、冷たいんです」

どちらからともなく、戸倉とかおりは、北京飯店の東楼から西楼への、長いロビーを歩いていた。このまま行けば、自然にかおりは俺の部屋に入るかもしれない……。戸倉はそう思ったが、長いロビーのあちこちに設けられている売店や喫茶コーナーや、郵便局や両替所が、成り行きというものに突然水を差すことが、おおいに有り得る。そんな煮え切らない心を、自分でいやに重くかかえ込んで、彼はゆっくりと絨毯を踏みしめた。

戸倉は、腕時計を見、妻に国際電話をかけてから一時間ほどたったと思った。旅先で、享子の発作を知ったことは、今回が初めてではなかった。しかし、これほどまで容態が気にかかったこともなかった。

売店に、大きな凧《たこ》が置いてあった。黄色い蝶《ちょう》が二匹描かれてある。凧は一種類だけでなく、他に幾つもあり、外人観光客をあてこんで、一般の中国人が遊ぶものよりも、色彩とか絵柄を中国的に誇張してある。

二年前も、戸倉は中国の凧を買いたいと思い、その売店の前を行ったり来たりしたのだが、機内手荷物として持って帰るのは億劫《おっくう》だし、運んでいるうちに破れてはいけないと考え、結局あきらめている。彼は、二匹の蝶が描かれた凧を、立ち停まって見入り、値札にも目をやった。三十元だった。戸倉は、その凧を欲しくてたまらなくなった。そして、もうひとり、男の子が欲しいなと思った。戸倉は、こんなきれいな凧ならば、五歳の幼女でも歓《よろこ》ぶだろうかと、かおりに訊こうとした。すると、かおりは、さっきの自分の言葉に対する返事を待ちつづけているかのように、戸倉を見つめていた。けれども、かおりの目の中に、ちらつく翳《かげ》はなく、誘《いざな》う潤みも、拒否の光もなかった。

「冷たい？　うん、そんな目をしてるよ。いざとなったら、幾らでも冷たくなれる人かもしれないな」

戸倉は、感じたことを正直に言った。だが、あえて口にした自分の言葉によって、彼は自分自身を煽《あお》り始めたのである。この、かおりの目を、女の持つありとあらゆる欲望の窓にしてみたい、と。この、どうかしたひょうしに、童女のような、いつもいじめられている子のような、恋に身もだえたことのないような、しかし、ふいにやぶれかぶれになってしまいそうなもののものぞかせる娘を抱きたい、と。

「私、冷たくなんかありません」

とかおりは、聞こえるか聞こえないかの声で言った。

「自分でそう言ったんだよ。私って冷たいんですって」

「さっきは、そう言ったけど、あれは嘘《うそ》です」

「いや、きっと、この北京に来て、自分のある部分がわかったんだ。電話では、顔を見せないからね。ぼくの部屋の前までは柔らかいけど、部屋に入ったら、かおりは亀の甲《こう》羅《ら》に変わる」

俺は、いったい若い娘を口説いてるのか？　それとも逃げまわってるのか？　戸倉は、自分の気持ちがよくわからなくなった。

その亀の甲羅という戸倉の言葉がおかしかったのか、かおりは、くすっと笑った。

「私、王府井で、戸倉先生と逢ったときから、もう亀の甲羅になってますわ」

とかおりは言った。北京の市内や近郊の観光から帰ってきたアメリカ人や日本人やドイツ人たちが、いつのまにか東楼と中楼を結ぶロビーを談笑しながら行き来し始めて、周りは賑やかになった。

「ぼくの部屋に来る？　ひとりじゃ広すぎるよ」

「亀の甲羅と一緒だとつまらないでしょう？」

かおりは、微笑していた。戸倉は、かおりが怒ってもいなければ、気を悪くもしていないどころか、かえって王府井大街で逢ったときよりも、ほぐれていることが怪訝《けげん》だった。

しかし、考えてみれば、俺たちは、もう充分、深夜の電話で黙約を結んできたのだ。戸倉は、それに気づくと、微笑み返して、西楼のロビーへと歩きだした。

戸倉は、自分を堅物《かたぶつ》だとは思っていなかったし、道徳家とも考えていなかった。享子と結婚して以来、享子以外の女の体に触れることがなかったのは、単に機会がなかったからだと考えていたのだが、かおりと並んで自分の部屋へ向かっていると、これまでとはかなり異なった考えが湧いてきた。俺は、自分で気づかないだけで、じつは保守的で、倫理観の強い人間なのではなかろうか。その証拠に、俺を煮え切らなくさせている最大の理由は、俺とそうなってしまうことが、かおりにとっては何ひとつ有益ではなく、それどころか、ただ傷つくだけだという考えが絶えず離れない。実際、かおりは何も得ない。俺は、家庭を捨てる気など毛頭ない。そんな俺と、まだ二十五歳の娘が、深い関係になってどうしようというのだ。妻も子もある男にとって最も大きな不安は、相手の女が騒ぎたてることだ。しかし、かおりは、騒ぎたてて、俺の家庭をこわしにくる女ではない。女というものは、いったん一緒に寝たら、どう豹変《ひょうへん》するか知れたものではないが、俺はそんなことを恐れてはいない。自業自得で、相当厄介な目に遭うのは覚悟のうえだ。

「あーあ、俺って男は、昨今流行らない男だよ。若い娘と遊んで得意がってる中年男は山ほどいるし、そんなことを屁《へ》とも思わない娘も山ほどいるっていうのに」

戸倉は、そう胸の内でつぶやき、薄く苦笑した。西楼の天井が見えてきたとき、戸倉はふと、劉慈声から聞いた話を思い出し、それをかおりに話したくなった。

「長征って知ってるだろう？　毛沢東率いる紅軍の、奇蹟《きせき》としか言いようのない、あの長征だよ」

「ええ、その言葉と意味ぐらいは」

かおりはそう応じ、戸倉を見やった。

「とてつもない長征を経て、いよいよあした北京へ入るという日のことだよ」

戸倉は、そこで言葉を区切り、かおりの手を握って、西楼の階段を昇った。

手を握ったあと、じわりと、戸倉の心に忍び入る冷えた思考があった。これは、まるで恋人であることをやめて、友だちという関係に変わったときに、男と女がよく使う手口のような手の握り方だな、と。

「紅軍は、あした北京に紅い旗を立てれば、革命が成就するっていう前夜だった。だけど、あした負けたら、いままでの苦闘は水泡に帰す。いよいよ最後の決戦を、あと数時間後に控えて、兵隊たちは泥のように眠ってたそうだよ」

戸倉には、かおりが興味を持って耳を傾けているのか、それとも聞いている素振りを装って、他のことを思案しているのか、どっちとも区別がつかなかった。だが、西楼の、ひっそりとした階段を昇りつつ、戸倉は、かまわず話しつづけた。

「きょうまで生きてこられたのが不思議と言うしかない絶体絶命の日々だった。運良く敵の弾に当たって死ななかった兵士も、長征の途上で、餓死するか病気にかかるかして、大半が死に、その夜、かろうじて集結した兵士も、ほとんどが疲れ切って声も出なかったり、ひどい怪我《けが》で息も絶え絶えの状態だったそうだ」

勝手に、自分が興味を抱いたことを、そのときの自分の気分次第で、気持ち良く演説をしてしまうのは、酔っている場合だけの悪い癖だと、戸倉はこれまで思ってきたのだが、それが、酔っているときだけの悪癖ではなさそうなのを知って、かおりが迷惑がっていないだろうかと窺ってみた。かおりは、部屋係の服務員の視線を気にしながらも、長い廊下の突き当たりにある戸倉の部屋へと歩を運んでいた。うわのそらのようでもあり、熱心に戸倉の話に聞き入っているようでもあった。

これが、かおりのやり方なんだな、と戸倉は思った。やり方というよりも、癖なのかもしれない。この、相手の気持ちをはぐらかしたり、萎えさせたりする癖が、これまで何回かあったに違いない恋の邪魔をしてきたのではなかろうか……。戸倉は、ふと、そういうふうに感じたりした。

「兵士は、死んだように眠ってる。もうじき夜が明ける。夜が明けたら、勝つか負けるかしかない最後の戦《いくさ》が待ち受けている。そのとき、ひとりの男が、突然立ち上がって、スピーカーを手に持ち、こう叫んだ。『みんな、聞け。みんな、よくぞ今日まで、我々とともに生き抜いてくれた。よく闘い抜いてきてくれた。しかし、いいか、夜が明けたら、いよいよ北京に入る。いいか、貴様ら、最後の最後というときに、この土壇場にきて、北京の、三千年来にわたってまみれてきた化粧の匂いに、たぶらかされるんじゃねェぞ』。この男は、日中戦争が始まるまで日本に留学してたから、日本語が上手だった。彼は、この夜明けの突然の演説を、なんと日本語で言ったそうだよ。目を醒まして、この男の演説を聞いている兵士たちには、彼が何を言ってるのかわからなかった。だって、日本語なんだからね」

化粧の匂いに、三千年来にわたってまみれてきた、この中国の都……。戸倉はそう思いながら、自分の部屋の前に立ち、

「泥のように眠ってた兵士たちは、ただぽかんと、この男を見、日本語での演説を聞いてたんだけど、男の凄い気迫にうたれて、自力で立てる者はみな立ち上がり、重傷の者も仲間に支えられて身を起こしたそうだ。すると、男の演説を黙って聞いていたもうひとりの幹部が、スピーカーを受け取った。その幹部も日本に留学したことがあったから、男が日本語で何を言ったか理解出来たんだ。その幹部はこう言ったそうだ。『いま同志は、革命の成就を目前にして興奮のあまり日本語で喋った。同志が何を言ったのか、私

が訳そう。同志は、さあ、起きろ、きょうまで生き延びてきて、最後の戦いで死ぬなよ。北京に赤い旗を立てるまで、みんな死ぬなよと言ったのだ』。ぼくは、こんな話が好きだよ。ふたりとも、凄い男だなって思う。日本語で『三千年来にわたってまみれてきた化粧の匂いにたぶらかされるんじゃねェぞ』って言った男もただ者じゃないし、その日本語を何食わぬ顔で別の言葉に訳した男もただ者じゃない。こんな男たちがいなければ、とてもじゃないが一国の革命なんて為しとげられないだろうなって感動する」

戸倉は部屋の鍵をあけ、かおりの手を握ったまま中に入った。

「こういう話に感動したり、凄いなァって思いにひたるのは、男だけかい?」

彼は、手を離し、向かい合って立ったまま、かおりにそう訊いた。かおりは、心もち首をかしげ、視線を床に落とした。

「可愛《かわい》いな」

両手でかおりの肩をつかんで引き寄せると、戸倉は伏せているかおりの顔をあげさせ、唇を重ねた。そして、かおりの上気している頬を撫《な》でた。

ふたりは、いったん離れ、ソファに並んで坐った。戸倉が、かおりをもう一度引き寄せたとき、電話が鳴った。劉慈声だった。

「起こして申し訳ない。急用が出来たんだ」

「いや、寝てないよ。眠れなくて、さっき王府井をぶらぶらして、いま帰ってきたところだ」

ソファから立ち上がると、かおりは東に面した窓のところに行き、戸倉に背を向けた。

「どうしても陸離に逢わせたい人がいる。周長徳《しゅうちょうとく》という華僑だ。こんどニューヨークのホテルを買収する。だけどアメリカ人の顧問弁護士との関係がうまくいかなくて、信頼出来る弁護士を捜してる。それも、ニューヨーク州で弁護士資格を持ってる人間をね」

と劉は言った。

「周長徳？　ハワイにも二つの大きなホテルを持っている男だ。名前は知ってるよ。一年の半分をニューヨークで暮らしている。九龍の貧民街で育ってね。ホテルのドアボーイから今日を為した男だ。金髪の妾《めかけ》の名前も知ってるぜ」

戸倉は、かおりが気になって、早く電話を切りたかった。

「いま時間を取れないかな。周長徳の部屋は、陸離の部屋のちょうど真上だよ。ぼくは、そこから電話をかけてるんだ」

と劉慈声は言った。

「俺は、休暇で来たんだよ」

「わかってるよ。だけど、これはアフリカに関係した話なんだ。彼は、アフリカでも仕事をしたがってる。こんど、ナイロビに事務所を持つことになった」

「アフリカ？　どうして周長徳が、アフリカに関係するんだ」

戸倉は、やっと興味を感じて訊いた。

「それは、直接逢って話したほうがいいだろう？　彼は、今夜は予定があるし、あした朝早く上海へ行き、午後には日本へ行き、あさって、ニューヨークに帰る。とりあえず、いま逢える時間は、一時間しかないんだ。彼も戸倉陸離と早急に逢いたがってる」

送話口を押さえ、戸倉はかおりを見た。かおりは振り返り、小声で、

「お仕事ですか？」

と訊いた。

「慈声が、ぼくを、ひとりの華僑に逢わせたがってるんだ。いまから一時間しか時間がないらしい」

「じゃあ、私、自分の部屋に帰っています。六時半に、西楼の玄関に行きますわ」

いささか奇異に感じるほど、かおりの顔には悲哀の色があった。もう走りだした列車を停められないと戸倉は思い、行きかけたかおりを手で制し、

「慈声には断るよ。ぼくは、かおりに逢うために北京へ来たんだ。仕事をしに来たんじゃない」

しかし、かおりは、泣き笑いのような表情をつくり、部屋から出て行った。劉が、もしもしと大声で言っていた。

「わかった。いまから行くよ。俺の部屋の、ちょうど真上なんだな。周さんは、日本語はどうなんだ」

「まったく喋れない。広東語と英語だけだよ」

電話を切ると、戸倉は、洗面所に行き、妻のものとは違う口紅の匂いと味を落とした。なぜ劉慈声は周長徳という大金持の華僑なんかと面識があるのだろう。あいつは、人脈作りのために精力的に動き廻ったりする男ではないが、不思議なくらい顔が広い。いろんな国のいろんな分野の人間と交流がある。あいつの人徳だろうな。戸倉はそう思い、部屋を出ると、長い廊下を行き、四階への階段を昇り、周長徳の部屋をノックした。小柄な、銀髪の中国人がドアをあけ、笑顔で握手を求めると、

「初めまして。周長徳です。せっかくの休暇なのに、私のために時間を取っていただいて、ありがとうございます」

そう英語で言った。戸倉も簡単に挨拶をし、

「周さんのお名前は存知あげています」

と言い、ソファに坐ってジャスミン茶を飲んでいる劉を見た。劉は、微笑み、軽く片手をあげた。

にこやかに戸倉を招き入れ、ソファに坐るよう勧めると、周長徳は、もうひとり坐ってもまだゆとりのありそうな肘掛け椅子に腰を降ろし、

「時間がありませんので、本題に入りましょう」

と言った。彼は、机の上にニューヨークの地図とナイロビの地図を拡《ひろ》げながら、

「戸倉さんのことは、J&Mブラザーズ・カンパニーの会長からも、二年ほど前に推薦されたことがあります。まさか、きょう北京でお逢い出来るとは思いませんでしたし、まさか劉慈声さんのお友だちだとは思いませんでした。少し驚きましたよ」

「私も少し驚きました。さっき、私の部屋から出て行った劉さんが、私の部屋の真上にある周さんの部屋から電話をかけて来て、いますぐ周さんと逢えと言う。劉さんは、決して急がないし、他人にも急がしたことのない人ですから。それに、どうして劉さんが、周長徳さんの部屋にいるかも、私にとってはミステリーです」

劉は、英語は解せなかったので、ただ微笑しているだけだったが、周長徳は、色艶《いろつや》のいい顔を崩し、声をあげて笑った。

「私には、四人の息子と二人の娘がいます。五人はアメリカで教育を受けましたが、一番下の息子だけが、日本に留学しました。留学なんて口実で、日本に遊びに行ったようなものです。劉さんがいなかったら、私の出来の悪い息子は、メルセデスを乗り廻し、日本人の女性と遊び呆《ほう》けて、大学院どころか大学の卒業も難しかったでしょう。劉さんは、息子が日本で得た最も素晴らしい友人です」

周は、中国製の煙草を戸倉に勧め、自分もそれに火をつけると、本題に入った。

「ニューヨークでの、私の顧問弁護士は、最初は、チャールズ・クオンでした。しかし、あまり有能ではなかったので、五年前に手を切り、ジェフリー・ベーカーと契約した」

ジェフリー・ベーカー……。なるほど、あのピンハネの名人か。戸倉は、ジェフリー・ベーカーの、ドイツ系の無表情な赤ら顔を思い浮かべた。あいつには、J&M社も、一度ひどい目に遭ったことがある。保守派の政治家に顔がきく弁護士で、それだけが利用価値のペテン師だ……。

「しかし、ベーカーは、どうやら東洋人を甘く見すぎたようです。私は先月、彼を告訴しました。詐欺罪でね。たいした男じゃない。だが、私には、ことしのうちに交渉して締結しなければならない大きな契約がある。信頼出来る有能な顧問弁護士が必要です。それを、戸倉さんにお願いしたいのです。じつは、私はあした東京に行き、戸倉さんの事務所に電話をかけるつもりでした」

周は、アタッシェケースから、封筒を出し、それを戸倉の前に置いた。J&Mブラザーズ・カンパニーの封筒で、会長からの紹介状が入っていた。この話が、どこでどうやってアフリカと結びつくのだろう。戸倉は、多少まどろっこしい思いで、周を見つめた。

「二軒のホテルを買収します。どちらも、まだ金額面で合意していません。金額面以外にも、相手は幾つかの附帯条件をつけてきました。しかし、この二軒のホテルを買収したら、私はホテル業から引退します。あとは、息子たちにまかせるつもりです」

周長徳は、腕時計に目をやり、先を急ぐかのように、ナイロビの地図の一点を指差した。

「私は、来年の二月で六十七歳になります。まだまだ引退する歳ではないと自分で思っています。しかし、ホテル業はすべて息子たちにまかせて、残りの人生を、五十年前に死んだ大切な友人との約束を果たすために使いたい。そのために、ナイロビに事務所を作りました。二階建ての、白い壁の事務所で、いまはケニア人の若い夫婦が管理人として住んでいます」

戸倉は、ときおりかすかに嗅覚を撫でるかおりの口紅の匂いに気を乱されながらも、周長徳の話に聞き入った。周長徳が指差した箇所は、デダニ・カルンバの事務所の近くだった。

「ナイロビで、何をなさるんです？」

と戸倉は訊いた。自分の目に光が増し、自然に身を乗りだしたのに気づいた。

「ナイロビに拠点を定めておいて、エチオピアやスーダンに樹木を繁《しげ》らせたい。あの熱の砂漠にです。勿論、金儲《かねもう》けのためではありません」

周はそう言って、大きく息をつくと、また破顔一笑した。

「戸倉さんは、ニューヨークの弁護士クラブで、居合わせたトッド・インダストリー社の社長を名指しでやっつけたそうですね。サウジアラビアに幽霊会社を作って、そこを通して南アフリカの鉱山会社と取り引きをしてる男に。『いつか必ずアフリカの時代が来る。その兆候があらわれたとき、まっさきにつぶれるのは、あんた自身であり、あんたの会社だ。あんたは、恥知らずな奴隷商人にすぎない』って」

「世界の権力構造の凄さを思い知っていない若造の短気な言葉ですよ。でも、よくそんなことまでご存知ですね。私が、弁護士クラブのパーティーで、トッド・インダストリー社の社長に嚙《か》みついたのは、確か、六年前です。もうすっかり忘れていました。いま周さんに言われて、思い出しました」

戸倉が言うと、周は、

「買収するホテルの件も含めて、私の恩返しに力を貸して下さい。エチオピアやスーダンに樹木を繁らせるのは、途方もない難仕事です。まずナイロビにそのための財団法人を設立しなければならないし、優秀な技術者や作業員が必要です。私の作る財団法人の、顧問弁護士になっていただきたい」

華僑特有の、動かない目が、戸倉の顔を見つめていた。戸倉は即答を避けた。どんな約束なのか、いかなる恩返しなのかは知ろうとは思わなかった。周という人間に悪感情も抱かなかった。ただ戸倉は、熱砂の大地に樹木を繁らせるための財団法人が、悪辣《あくらつ》な金儲けの隠れミノであることを警戒したのだった。

戸倉は、周長徳の本業に関する顧問弁護士を引き受けることに異存はなかった。自分の、弁護士としての仕事振りは、おそらくJ&Mブラザーズ社の会長からも詳しく聞き、それ以外にも独自の調査をしたうえで、周は依頼してきたのであろうと推測出来たからである。

実際の台所事情はわからないものの、戸倉は、周長徳の経営するシュレーンホテルグループの信用と実績、それに堅実な経営方針を幾つかの噂《うわさ》で耳にしていた。周は、ホテルを、香港、ハワイ、マイアミ、シカゴ、ワシントン、ロサンゼルス、ラスベガスに持っている。ヨーロッパでも、ミュンヘンとローマ、それにパリとマドリードに現地法人の形でホテルを所有していて、どこも赤字経営のところはなかった。こんど、ニューヨークに二つのホテルを持てば、アメリカ、香港、ヨーロッパを合わせて、十四のホテルを所有することになるのだった。

「ことしの秋から、北京にも、中国との合弁で、ホテルの建設が始まります。ここから車で二十分ほどのところに」

と周は言い、また腕時計を見た。戸倉は、ただ一度、それも六年前、ニューヨークの弁護士クラブでアメリカ人の事業家に言った言葉だけを依《よ》りどころに、周が戸倉陸離という弁護士とアフリカとを結びつけたとは思えなかった。何かもっと他に、根拠がなければならない。

「周さんのお申し出は、大変光栄でありがたく思います。ニューヨークのホテルの件は、私独自の調査が済み次第、お返事が出来るのですが、アフリカに作る財団法人の件に関しては、なぜ私を指名して下さるのか、少々納得がいきません。日本人の私が、わざわざナイロビに出向かなくても、ナイロビにはケニア人だけでなく、アメリカ人やイギリス人の弁護士がいます。現地に住む弁護士に依頼されたほうが、費用の面でも、その他いろんな面でも、便利だと思いますが」

と戸倉は言った。周は、ゆっくりと何度もうなずき、

「戸倉さんにお願いするのには、二つの理由があります。ひとつは、エチオピアやスーダンに樹木を繁らせる農林技術の問題です。おそらく、農林技術については、日本は世界でも一番でしょう。そうすると、植林を専門とする日本の企業に、技術の導入や研究をまかせることになる。となると、ナイロビに設立する財団法人の顧問弁護士も日本人のほうがいい。アフリカに興味を抱いている弁護士なら、なおさらいい」

と言った。

「私が、アフリカに個人的な興味を持っていることをどうしてご存知なんです？　トッド・インダストリー社の社長に嚙みついたからだけでないはずですが」

「勿論。しかし、もうひとつの理由を説明する時間が、きょうはありません」

周は立ち上がり、握手を求めた。戸倉も立ち上がって周と握手をした。

「せっかくのヴァカンスなのに、私の都合で仕事のためのお時間をとっていただいて、

ありがとうございました」

周は、いやに強く長く戸倉の手を握り続けた。劉も立ち上がり、戸倉と一緒にドアのところまで行った。戸倉がドアをあけ、部屋から出て行きかけると、周は、アタッシェケースをあけ、茶色い木製の、ペーパーナイフらしいものを右手に持ち、それを天井に向かって二回突き上げた。そして、こう言った。

「私利私欲を憎め。私利私欲のための権力と、それを為さんとする者たちと闘え……。華僑には不似合いな言葉です。しかし、私は、残りの人生を、そんな人間として生きようと決めました」

戸倉は驚いて、鳥肌がたった。彼は、我知らず周に近づき、そのペーパーナイフを見つめ、

「ボウ・ザワナ……」

とつぶやいた。

「そうです。ボウ・ザワナです。あなたの親友の、ビルマ人のボウ・ザワナが、十五年前、アメリカに留学していたとき使っていたペーパーナイフです」

戸倉は、無言で、周とペーパーナイフを見やった。ふと気づくと、仕立てのいい背広を着た長身の若い中国人が、スーツバッグを片手に立っていた。別室に待機していた周の秘書らしかった。

「六月三日に東京へ行きます。五日間滞在の予定です。そのとき、戸倉さんとゆっくり打ち合わせをいたしましょう」

そう周は言ったが、戸倉は、それまで待てないと思った。いますぐにも、周とボウ・ザワナとの関係を知りたかった。そんな戸倉の心を見透かしたかのように、

「でも、私がなぜ、このペーパーナイフを持っているのか、手紙に書いて、戸倉さんにお送りしましょう。六月に東京でお逢いする前に届くようにします」

と言った。そして、秘書に急ぐよう命じた。

戸倉と劉は、無言で廊下を行き、階段を降りた。時計を見ると五時前だった。夕食のための待ち合わせは六時半だったので、戸倉は西楼のロビーにある喫茶室でアイスクリームでも食べようかと思った。しかし、むしょうに、ひとりになりたい気持ちもあった。

三階の客室係の詰め所に近い一角で立ち停まり、

「これで、陸離はアフリカに行けるね」

と劉が言った。

「俺は、慈声に、ボウ・ザワナというビルマ人のことを話したことがあったかな」

戸倉は、詰め所に坐っている服務員の肩あたりに焦点の定まらない目を注いで訊いた。

「少しだけね。ニューヨークにいたころ、留学生用の寮で一緒の部屋だったんだろう?」

「ああ、でも、ボウは死んだ。十二年前に、ラングーンで。俺は、あいつが、あのペーパーナイフを使ってるのを見たことがない。同じ部屋で暮らしてたんだ。ボウが、もしあのペーパーナイフを使ってたんなら、俺は覚えてるはずだ」

「周さんが北京に来てて、北京飯店に泊まってることは知ってたんだけど、今回はとても忙しくて、残念だけどぼくと逢う時間はないって言ってたんだ。それが、さっき、陸離と別れて西楼の玄関まで行ったとき、偶然逢って、少しだけ時間があいたから、部屋でお茶を飲もうって誘われた。ぼくも、周長徳の口から戸倉陸離の名前が出たときはびっくりしたけど、彼も、ぼくと陸離とが友だちで、しかも陸離がいま同じホテルにいると聞いたときは驚いてたよ。でも、ぼくには、そのビルマ人の話はしなかった。ぼくには英語はわからない。あのペーパーナイフは、ボウ・ザワナっていうビルマ人が持ってたものなのかい？」

劉慈声は、長身の背を幾分曲げて、戸倉に訊いた。

「と周長徳は言ってる……。彼は、『私利私欲を憎め。私利私欲のための権力と、それを為さんとする者たちと闘え』っていう言葉も口にした。その言葉は、ボウが自分で作ったペーパーナイフの柄にビルマ語で彫ってあった言葉だ。ボウは、死ぬ前に、俺のためにペーパーナイフを作ってくれた。それがラングーンから日本へ届いたのは、ことしの一月だよ」

戸倉は、そう説明してから、六時半まであまり時間はないが、それまでどうするのかと劉に訊いた。劉は、予約してホテルの駐車場に待たせてあるタクシーを使ってもいいかと戸倉の了解を求めた。それに乗って、いったん家に帰り、トイレットペーパーを置いて来たいのだ、と。

「ああ、そうだ。おみやげのトイレットペーパーを渡すのを忘れてた」

戸倉は足早に自分の部屋に行き、トイレットペーパー十五巻分の包みを劉に渡した。それを出したことで、旅行鞄の中にやっと余裕が生じた。劉は、トイレットペーパーの包みを小脇に帰っていった。

戸倉は長いソファに寝そべり、周長徳の言った言葉を思い起こしてみた。周は、確か、こう言ったのだ。――残りの人生を、五十年前に死んだ大切な友人との約束を果たすために使いたい――。

その約束が、エチオピアやスーダンに樹木を繁らすということのようだが、それとボウ・ザワナと、どんな関係があるのだろう。周の大切な友人が死んだのは五十年前であり、ボウ・ザワナが死んだのは十二年前なのだ。しかも、ボウ・ザワナはアフリカ人ではなくビルマ人だ……。

「周長徳からの手紙を待つしかないな」

戸倉は、そうひとりごち、目を閉じた。すると、妻の容態がいやに気にかかってきた。

彼は何かにせきたてられるように起きあがり、また国際電話を申し込んだ。こんどは、つながるのに、少し時間がかかった。

電話に出てきたのは、片田セツだった。

「いま、お医者さまが帰られたところです」

とセツは言い、それから享子と代わった。

電話に出てくるなり、享子は、発作のせいなのか、それともセツに聞かれたくないのか、聞き取りにくい、くぐもった声で、

「あなた、早く帰って来て」

と言った。戸倉が外国にいるとき、享子は一度もそんなことを電話で言ったことはなかったのである。そのため、戸倉は、今回はよほど容態が悪いのだろうかと案じ、

「医者はどう言ってるんだ。いつもよりひどいのか?」

と訊いた。

「いつもより軽いの。無理をしないで、すぐに横になって、お医者さんに来てもらったから」

「早く帰って来てなんて、珍しいことを言うから、心配するじゃないか」

「でも、なんだか寂しいの。こんなこと初めて。あなた、早く帰って来て」

そして、享子は、発作の原因もわかっているのだと言った。

「このごろ、ずっとよく眠れなかったの。夜中に目が醒めて、そのまま朝まで眠れない日がつづいたから。それに、少し風邪ぎみだったし」

「眠れないなんて、俺に一度も言わなかったぞ。じゃあ、俺が遅く帰った日とか、遅くまで居間で飲んでたときなんか、ずっと狸寝入《たぬきねい》りしてたのか？」

　戸倉は、自分が寝室にいて、居間で享子が電話で話している際の、声の響き方を思い浮かべようとした。戸倉の住むマンションは機密性が高く、寝室と居間とのあいだには、台所と食堂、それに浴室が配置されている。そのため、普通の声で話していれば、寝室のドアをあけても、居間の話し声は聞き取れないのだった。しかし戸倉は、かおりと話している自分の声を、しょっちゅう享子は聞いていたのではあるまいかと思った。

　享子は、夜中に目が醒めるのは、たいてい三時ごろで、それっきり朝まで一睡も出来ない日が、この一カ月近くつづいたと答え、

「だって、そんな時間に睡眠薬を服《の》んだら、こんどは朝起きられないもの。八時半に亜矢を幼稚園に送って行かなきゃいけないのよ」

　と言った。あまり喋らすのはよくないと考え、

「やっぱり、我が家にはお手伝いさんが必要だな。帰ったら、さっそく、手を打とう」

「午前中だけ来てくれるお手伝いさんなんているかしら」

「もう喋るのはやめろ。早く帰るよ。蘇州《そしゆう》に行くのは、次の機会にする」

「……ごめんなさい。楽しみにしてた中国旅行なのに」

「いいんだ。早く帰るから心配しなくていいよ。それに、毎晩、電話をかけるよ。日本時間の十時にね。十時きっかりだ」

戸倉は、片田セツに代わってもらい、礼を述べたあと、シュレーンホテルグループがニューヨークで買収しようとしている二軒のホテルについて調査するよう言った。

「それから、社長の周長徳の経歴とグループの経営状態もね。チャックに頼めば、五日もかからないだろう」

チャックというのは、ニューヨークで小さなリサーチ会社を経営しているイタリア系アメリカ人だった。戸倉と同じ時期にアメリカに留学していたのだが、そのまま祖国には帰らず、八年前にアメリカの市民権を得た。遊び好きで陽気なイタリア人だったが、彼の調査能力は、単に資料とかデータの分析によるものではなく、たとえば、ある会社のトップの、人には知られたくない過去であったり、現在の隠し事などを、じつに細かく正確に入手することにあった。

「チャックは、六月に入ると、アラスカに魚釣りに行く。だから、あしたにでも国際電話をかけておいてくれよ。調査結果は、五月の末までに必ず欲しいって念を押しといてくれ。五月の末に、東京の俺の事務所に届くように」

戸倉は片田セツにそう頼んで電話を切った。東に面した窓の下では、ホテルの従業員たちが、煉瓦造りの倉庫を出たり入ったりし、朱色の空が、倉庫からつづく煉瓦塀の向こうにひろがっている。

かおりとのこと。突然あらわれた周長徳と、彼の持ち出したボウ・ザワナの話。アフリカに植樹のために設立する財団法人のこと。いつにない享子の言葉……。戸倉は、考えのまとまらないまま、ぼんやりと北京の暮れかかった空を見つめた。

俺は、つまるところ、かおりと恋という遊びをしたいだけなんだろうな。無論、俺はかおりを、その場限りの女として扱おうなんて思ってやしない。しかし、結果としては、やはりそうなってしまう。それもまた俺の私利私欲ってやつだ。まさか北京で、周長徳という華僑と逢い、彼の口からボウ・ザワナの言葉を聞こうとは思いもよらなかった。享子の口から、早く帰って来てなんて言葉が出るなんて、偶然とは思えない。これは、きっと何かあるんだ。何かが、俺の頭を軽く叩いてるんだ。でも、そう思ってても、俺は、かおりとふたりきりになったら、やっぱりかおりを抱くだろう。理性では抑えられない愛情や欲望を、かおりに対して抱いているわけではない。それでも、やっぱり、かおりを抱いてしまうだろう。それは、いったい、どういうことなんだ……。それが、つまり男と女ってことなのか？

戸倉は、ふんと鼻で笑った。西安に行くのはやめて、あしたかあさって、日本へ帰ろう。大事な女房が病気で、帰って来てくれと頼んでるんだ。女房とかおりとどっちが大切だ。それは同じ秤《はかり》に載るべきものではない。女房は、俺の同志なんだ。人生の同志だ。その同志を裏切ったり哀《かな》しませたり出来るもんか。おじさんが、若い娘と夜中に長電話をして、何を血迷ってるんだ。えっ、おじさん、しっかりしろよ。

戸倉は、死んだボウ・ザワナの風貌を思い浮かべ、彼が痩せた体を丸めるようにして、ラングーンで彼の帰国を待ちつづける恋人に手紙を書いていた姿を思った。そうしているうちに、なぜか日本海に沿って走る列車が、つかのまの海を見せ、たちまちトンネルへ入ってしまう光景が、脳裏に鮮やかに映し出された。

俺が、いま、かおりという若い娘と、恋という遊びをしたがっている精神状況も、またじつに象徴的だなと戸倉は思った。人生にも、香辛料が必要だ。アメリカやヨーロッパの女たちは、もう随分前から、楽しむためのセックスと愛情のためのセックスとを区別して使い分けている。彼女たちは、それを間違いなく〈区別〉出来ると言い張っている。

とりわけ、職業を持つ女性にとって、セックスは人生における二番目に重要な事柄らしい。一番大切なのは、いい職場で自分に適した仕事をすること。次は、どうやってセックスを楽しむかということ。三番目が家庭。

冗談じゃない、それが人間の証《あか》しだって？　笑わすなよ。彼女たちも、ひどい二日酔いの心で、あの海岸列車に乗ってるのさ。いや、彼女たちだけでなく、富める国に生きる者どもは、みな海岸列車に乗って、時代の毒にたぶらかされ、長いトンネルの中ではうたたねをし、海の横に出ると麻痺《まひ》した目で景色を見やり、自分たちはずっと広々とした海に沿って進んでいると錯覚している。

ふん、とんでもない話さ。この無思想と享楽の時代が、トンネルの真っ只中《ただなか》でなくて何だろう。二時間後に交通事故で死ぬかもしれず、あしたには不治の病を得るかもしれない、このあすをもしれない人間が、トンネルの中をとぼとぼ進む二本足の驕《おご》れる動物でなくて何だろう。香辛料だけを食って生きるグルメたちで、海岸列車は満員だ。

この、香辛料だけを食って生きようとするグルメたちは、自分だけは歳を取らないと思っているか、あるいは、どうせいつかは老人になるのだから、いまのうちに楽しんでおこうと考えてるやつらだ。自分だけは病気になったり不慮の事故に遭わないと思っているか、もしくは、元気なうちにしたい放題のことをしておこうという魂胆のやつらだ。

歳を取ったり、不慮の事故に遭ったり、突然の病を得るのは、なにも生き物だけではない。ひとつの国というものも同じ目に遭い、ひとつの時代というものも、また同じなのだ。俺たちの国も、俺たちが生きている時代も、トンネルとトンネルのあいだに、わずかに海が見える。あの海岸列車さ。

そんなことを胸の内で喋っているうちに、戸倉は昂揚《こうよう》してきた。周長徳の恩返しが、裏のない純粋な意志と行為によって為されることを願った。もし、それが悪辣な金儲けの隠れミノであれば、チャックは必ずその気配を察知し、善行の背後の計画を探るだろう。


彼は慌てて、四たび日本への国際電話を申し込んだ。彼は電話に出てきた片田セツに、

「さっきの話だけど、チャックにもうひとつ調べてもらいたいことがある」

と言った。片田セツは、メモの用意をするのでちょっと待ってくれと言い、すぐに、

「どうぞおっしゃって下さい」

と応じた。

「周長徳は、社業から身を引いて、エチオピアとスーダンに樹《き》を植えるための財団法人を作る。もうナイロビに、そのための事務所を持った。これは、商売なのか、それとも慈善事業なのか、それも調べてくれ」

「エチオピアとスーダンに樹を植える？　その周長徳という人がですか？」


戸倉の、やると言ったら必ず懸命な努力をする執念の持続力を知っている片田セツは、言わば彼の本業とは無関係なアフリカへの思い入れをよく承知していたので、大仕事が始まったときみたいな、張りのある歯切れのいい声で質問した。

「そうだ。砂漠に樹を繁らすんだよ。香港からアメリカに住居を移したホテル王がね。彼は、なぜそんなことをするのかを、ただ五十年前に死んだ友人への約束と恩返しだとしか説明してない。彼は、さっき俺に、そのための財団法人の顧問弁護士になって依頼し

てきたんだ。九龍の貧民出身の華僑だよ。貧民出身の中国人が、正しく華僑の範疇《はんちゅう》に入れていいのかどうかは別問題として、周長徳には、アフリカに樹木を繁らせるための無駄遣いの金が腐るほどあることだけは確かだろう」

「さっき？　北京でお逢いになったんですか？　偶然に？」

「ああ、まったく偶然にね。彼は、あした上海から東京へ行く。東京での主な仕事は、俺に逢うことだったそうだよ」

喋っているうちに、戸倉の中では、かおりのことが、身辺に生じている、いま最もわずらわしい問題に変わっていった。

戸倉は、片田セツに、周長徳がボウ・ザワナを知っていたこと、ボウ・ザワナのペーパーナイフを持っていて、その柄に彫り込まれた言葉を暗唱したことまで話して聞かせたくなった。

俺は、かおりにとって、頼りになるおじさんであればいい……。セツと喋っていると、そんな気持ちになり、心が落ち着いていった。

「いいな。商売なのか、慈善事業なのか。そこのところの正確な情報を頼むって、チャックに念を押しといてくれ」

「チャックがどこで遊んでても、必ずつかまえます」

と片田セツは弾んだ声で言った。

「私もアフリカにつれていって下さいね」

「ああ、周長徳の本心に汚れがなければね」

「私、アフリカで、象に踏みつぶされてもかまいませんわ。ライオンに食べられてもいいんです」

セツは、そう言ったあと、

「あっ、奥さまも、私と同じことをおっしゃっています。アフリカに行けるの？　そう訊いてらっしゃいます」

「周長徳の心次第さ」

セツは、おそらくベッドに横たわっているのであろう享子の言葉を伝えた。

「私、アフリカに行くために元気になってみせる。そうおっしゃってます」

「ああ、そうだよ、『なってみせる』って決意をしなきゃあ、病気の思うつぼだ。決意したら、勝つさ」

戸倉は、いっそう昂揚してきて、大声でそう言うと電話を切った。

翌日の早朝、戸倉は、王府井の近くで、休日以外は行商にやってくる豆乳売りを目当てに、ホテルから散歩がてら出ていった。通勤の自転車を漕ぐ夥《おびただ》しい人々の顔を朝日が照らした。バスも満員で、何十人かが列を作って登校する小学生の赤いネッカチーフまでが、戸倉にはイデオロギーとはまったく無関係な可愛い飾り物に見えた。

王府井大街への曲がり角のところから、東長安街をほんの少し東に行った路上に、十何台の自転車が停まり、出勤前の人々が、碗の中に入った温かい豆乳に、ちぎった揚げパンをひたして、ある者は立ったまま、ある者はしゃがんで、朝食をとっていた。

「おっ、いたいた」

戸倉は、中国人の群れの中に割り込み、行商人に金を払うと、豆乳にザラ目の砂糖を混ぜてもらい、揚げパンを二つ買った。揚げパンは、無口な中年の男が、いま目の前で揚げたばかりで、練炭の火で温めた豆乳は、多少の甘さがパンの風味を増すようである。

揚げパンをちぎって豆乳にひたし、戸倉は腰を降ろす場所を捜した。ネギと、羽根をむしった鶏を二羽、足元に置き、建物の外壁に突き出た柵に坐っていた老人が、碗の中の豆乳を飲み干すと、席を譲ってくれた。戸倉は「謝々」と礼を言い、そこに腰かけて豆乳を飲み、揚げパンを食べた。

「マメのチチをお好きですか?」

たどたどしい日本語で話しかけられた。どう見ても学生とは思えない身なりの、度の強い眼鏡《めがね》をかけた青年だった。

「豆の乳と書いて、トウニュウって言うんですよ」

おそらく、日本語を学んでいて、実際に日本語を使い、日本人と話してみたいのであ

ろうと思い、戸倉は、青年に何度も、

「トウニュウ、トウニュウ」

と発音してみせた。

「学生ですか？」

と戸倉は訊いてみた。青年は、自分は労働者だと答え、夜、日本語学校に通っていると説明し、手提げ鞄の中から教科書を出した。

「学校に行き始めて、六カ月になります」

青年は、次から次へと話しかけてきた。〝てにをは〟は無茶苦茶で、知っている単語も慣用語も少なかったが、物おじせず、自分の言いたいことを何とか日本語で喋ろうと懸命で、そのうち額に小粒な汗を噴き出した。それでも、なんとか、戸倉と青年との会話は成り立った。

「日本人は、中学校、高校、大学と合わせて、十年間英語を学んでるのに、ひとりでイギリスへ行って、買い物も出来なければ、道を訊くことも出来ない。十年も勉強して……。あなたは六カ月で、もうこれだけぼくと日本語で会話が出来る。立派ですよ」

戸倉はそう言ったが、青年は〈立派〉という言葉を知らなかった。戸倉が、それを青年のわかる言葉に置き換えると、何度も「リッパ、リッパ」と繰り返し、ノートとボールペンを差し出した。戸倉は、そこに字を書き、読み方をローマ字でつけくわえた。二十分ほどのあいだに、青年は、自分の知らない七つの熟語を習得して、勤め先へと去っていった。

いい天気で、北京の空には北西の方向から、ちぎれ雲が、ときおり流れてくるだけだった。

戸倉は箸で揚げパンを口に運びながら、もう自転車の群れの中に消えてしまった青年のあとを追うようにして、東長安街を見やった。

やはり、きょう日本へ帰ろうと彼は思った。飛行機に空席があればいいのだが、もし、きょうの便になければ、あしたでもいい。

「だけど、かりに空席があっても、紅毛碧眼《こうもうへきがん》にはにこにこして、日本人には目を三角にさせて睨《にら》みやがる客室乗務員がいる中国民航には絶対に乗らないぞ」

ホテルに帰ったら、さっそく航空会社に電話をして、成田行きの便を予約しよう。戸倉は、昨夜の、劉慈声の招待による小さな宴席でのかおりの表情やら言葉つきなどを思い浮かべながら、豆乳の入っている碗の底に沈んだザラ目の砂糖を箸でかきまわして溶かした。

かおりは、ほとんど戸倉の目を真っすぐ見ることがなかった。それは、ホテルで戸倉と初めて唇を合わせたことを、劉や石越に微塵《みじん》も勘づかれたくないための、かえって逆効果な態度というのではなく、もっと別な何かを秘めていたような気がする。後悔、躊躊、あるいは自己嫌悪……。戸倉は食事中、かおりの中で揺れ動いているものが、おそらくその三種類の心であろうと読んだ。戸倉との恋の発展に対するときめきは、その三つの感情のかたすみで小さくなっている……。

戸倉は、そんな自分の読みが、ほぼ間違ってはいないと確信していた。しかし、かおりの心の分析は、とりもなおさず自分の心のそれと同じ結果が生じるのである。

ホテルに帰るタクシーの中で、かおりの気分が悪くなり、そのためタクシーから降りさせて、しばらく外気を吸わせたのだが、もし、そのようなことがなければ、戸倉はいったん自分の部屋に戻ってから、そっとかおりの部屋に忍んでいったかもしれないのだった。

人生の同志である妻を裏切れるものか。俺は、かおりにとって頼りになるおじさんであればいい。そう心に期したにもかかわらず、彼は、食事の最中、やはり今夜、俺はかおりを抱くだろうと考えていたのである。情欲にせきたてられるわけでもなく、愛情で自己を抑えられなくなったのでもなく、肉体の関係などに至ってはならないと自らをいましめながらも、かおりの部屋に忍んでいこうとしているのはなぜだろう。戸倉は、きっとさまざまな心労によって、急に気分が悪くなったのであろうかおりに外気を吸わせながら、一瞬、男と女というものがわからなくなった。だから、劉や石越が、かおりに早く横になって、ぐっすり眠るようにと勧めるのを、安堵《あんど》の思いで聞いていた。万里の長城見物もやめようと決めたのに、かおりは、今朝、戸倉や石越よりも先に目を醒まし、やはり万里の長城に行きたいと言いだした。

戸倉は、空になった碗を返し、三人は、そろそろ万里の長城へと出発したころだろうと見当をつけ、北京飯店へと引き返した。

北京飯店の玄関には、ほとんどが日本企業の差し廻しであるタクシーや運転手つきの社用車がひしめいていて、取り引き関係の人間を乗せると、どこかへ出ていった。

戸倉は、なるべくかおりとは顔を合わせたくなかったので、ホテル前の道を進んで西楼の玄関から入るつもりだった。しかし、彼が通勤の人々を縫って歩き、ホテルの車用の出入口を横切りかけると、クラクションが何度も鳴った。振り返ると、タクシーに乗った石越が、窓ガラスを降ろして手を振っている。

仕方なく、あともどりし、戸倉は、タクシーの中を覗いた。劉は助手席に坐っていた。

「どこへ行ってらしたんですか？　ホテルの中を随分捜しましたの」

とかおりは言った。昨夜と比べると、自然さを取り戻している。

「豆乳と揚げパンを食べに行ってたんだ。ぼくの大好物でね。ホテルのレストランでも、前の日に頼んでおけば出してくれますよ」

そう戸倉が言うと、

「ぼくは、また二日酔いなんです。きのうは、二、三日酒を断とうって、強く決心したのに、結局飲んじゃった。老酒《ラオチユー》とマオタイを飲んだのがまずかったかな。やっぱり酒のチャンポンはいかん」

石越が充血した目をこすりながら言った。戸倉は、昨夜、劉にだけ耳打ちしておいたのだが、やはり何の説明もなく予定を変更し、自分だけ日本に帰ってしまうわけにもいくまいと思った。劉の口から、万里の長城へ行く車中で伝えておいてもらおうという考えだったが、かおりの顔を見ると、そうもいかなくなった。

「もし飛行機のチケットが取れたら、ぼくは、きょう、日本に帰ります」

急用が出来たことにすれば済むのだが、彼は、努めて何気ない口調で、

「家内の具合が悪いので」

とつけくわえた。

「ええ？　じゃあ、西安にご一緒して下さるのも中止ですか？」

と石越が訊いた。

「ぼくも残念だけど、仕方がない。娘もまだ小さくて、ほっとくわけにはいかないんでね」

「奥さま、そんなにお悪いんですか？」

かおりはそう言うと、タクシーから降りて来た。

「いつもの発作だけど、うちにはお手伝いさんがいないもんで。家内も、帰ってきて欲

しいって言ってる」

かおりは何か言いたそうに戸倉を見つめた。しかし、

「私たちのために、わざわざ北京まで来て下さって。どうか奥さまをお大事に」

とだけつぶやいた。

「また東京で。どうかいい旅を」

戸倉もそう応じ、かおりにタクシーに乗るよう促した。

「でも、飛行機に空席がなければ、もう一日北京にいますよ。そしたら、今晩、雑技を観に行きましょう」

戸倉は、劉にも軽く手を振った。三人の乗ったタクシーは東長安街へ出て行った。

西楼のロビーにある喫茶室に行き、戸倉はアイスクリームを食べた。あるところから、いっこうに動きだそうとしない自分を、かおりはどのように思っているだろう。そう考えて、彼は自分の態度が、不自然なままに時を経ていくことを危惧した。

それにしても、昨夜、かおりがうかがわせた躊躇や後悔や自己嫌悪とかを感じさせる、あのなんだか自信のなさそうな表情は、まだ二十五歳の娘らしくない。きっと、まっとうな心の娘なのだ。そして俺は、かおりがそんな娘だからこそ、好きになったのだ。

「しかし、俺みたいな男は、面白くも何ともないな。こんな調子じゃあ、浮気なんて一生しないで、この世を終えちまうよ」

べつに戸倉は、禁欲主義者でもなければ、格別に己を律しているわけでもなかった。ただ彼は、自分の心の、そのときどきの移ろいで、人間を傷つけたくなかったのである。そして彼は、妻の爪の色に赤味が差していると、自分が妻をどんなに愛しているかを知るのだった。享子との肉体の触れ合いは、いつも享子の体調が中心だったので、ときに戸倉の性的欲望が癇癪《かんしやく》を起こすこともなくはなかった。しかし、彼は妻に、それを隠したりはしない。いま、自分がどんなにそれを求めているかを、享子の耳元で駄々っ子のように告白する。

「ねえ、一分で終わってみせるから、いいだろう？　なんなら三十秒という短時間に挑戦してもいいぜ」

「そんな間尺《ましやく》に合わないことに応じられないわ」

「じゃあ、お前がまったく興奮しないようにやってみせるよ。それならいいだろう？」

「そういうお心遣いを、ありがた迷惑って言うのよ」

いつも、だいたいそのような会話があって、戸倉は笑い、享子は上気しながら、

「ごめんね」

と微笑むのだった。その微笑は、戸倉の性的欲望の癇癪を、精神的な安息へといなしてくれると同時に、妻というひとりの女を、なぜか徹底的に服従させたような原始的な誇りを抱かせる。すると、戸倉の性欲は、ひとまず、まったく異なった対象へのエネル

ギーに転化して、亜矢を上手に遊ばせながら、部屋の掃除をしたり、洗い物を片づけたりする手ぎわを敏速にさせるのだった。

やがて、享子の体調が良好になると、戸倉の中でくすぶっていたものを、享子自身が呼び醒まして、

「これはもう夫婦の燃えるがごとき愛情を超えて、ボランティアの域だな」

と溜息をつかせるほど、夫を求めるのである。

享子は、計算して振る舞っているのではない。おそらく、彼女の持って生まれた性格と、賢さが、はからずも夫に男性としての優しさと充足感とを導き出しているにすぎなかった。しかも享子は、夫婦の交わりの際、いつも徹底して愛されたがった。いつも積極的に受け身だったのである。

「俺は罰が当たるな。若い娘を好きになって、深い関係にまでなったりしたら、罰が当たるよ。セックスにプライベートもオフィシャルもない。セックスはセックスだ」

彼は、アイスクリームをもうひとつ注文し、航空会社の事務所が開く時間まで、喫茶室で時間をつぶした。

案の定、日本へ行く便は、どの航空会社も満席だった。しかし、あしたの便に席が取れたので、それを予約し、部屋に帰った。ちょうど部屋係が掃除をしている最中だった。

彼は、日本の自宅に電話をかけ、享子に、あした帰ると伝えた。

「どうだい、具合は」

「だいぶ良くなってきたわ。咳が少なくなってきたから」

戸倉は、沼津から急遽《きゆうきよ》やってきてくれた享子の母に代わってもらい、礼を述べて、

「何かおみやげで欲しいものはありませんか。太股《ふともも》まで割れたチャイナドレスなんてどうです？」

と訊いた。享子の母は笑い、前々から、いい墨と硯が欲しかったのだと答えた。

「墨と硯？」

「昔、書道を習いかけたことがあったんだけど、店が忙しくて、それどころじゃなくなって。でも、陸離さんが、いい墨と硯を買ってくれるんなら、先生について六十の手習いをしようかと思うの」

「じゃあ、ちょっとやそっとでは六十の手習いを頓挫《とんざ》出来なくなるくらいの上等な墨と硯を買って帰りますよ。それに、いろんな太さの筆もね」

戸倉は部屋から出、東楼の手前にある両替所へ行くと、円を中国の兌換券《だかんけん》に替えた。そしてその足で、北京飯店を出て、天安門広場へと歩いた。流璃廠《リユリーチヤン》にある有名な文房具専門店の〈栄宝斎〉で、墨と硯、それに何本かの筆を買おうと思ったのだった。

人民大会堂の前を南に行き、前門大街を真っすぐ進むと、右に大柵欄《ダーシーラン》という広い通りがあった。その通りから南新華街に入ると流璃廠で、色あざやかな中国建築が建ち並ん

でいる。朱塗りの柱や緑色の扉の上には、薄桃色の牡丹《ぼたん》の花が壁に彫刻され、四角い敷石が、通りに敷きつめられ、仏像、陶磁器、民族楽器、古書、拓本、印材、文具を売る店がその一角を占めていた。

戸倉は、ジャケットを脱いで手に持つと、まず流璃厰東街に足を向け、幾つもの老舗《しにせ》の店を、一軒一軒時間をかけて覗いた。そうして時間をつぶさなければ、きょうという一日が、妙に長いものになりそうな気がした。

彼は、今夜の予定の雑技見物を、ひどく億劫に感じた。かおりは、あるいは侮辱されたと思っているかもしれない。いや、かもしれないではなく、はっきりそう思っていることだろう。かおりは、すでに意志を決めて、俺に手をつかまれたまま、俺の部屋に入ったのだから。それなのに、俺は、周長徳に逢うために、かおりに対してじつに無礼な振る舞いをした。あーあ、やっぱり、不倫てのは、疲れるよ。彼は、本気で自分に腹を立てた。

戸倉は、栄宝斎で、少し奮発して端渓の硯を買い、それから墨は安徽《あんき》省の徽墨《きぼく》を、筆は浙江《せっこう》省の湖筆を選んだ。

それを包んでもらい、またぶらぶらと骨董品店で小さな壺を手に取ってみたり、象牙細工の店で、幾つかの品物の値段を見たりして時間をつぶした。それから歩いて北京飯店へ戻り、ホテル内のレストランで食事をすると、部屋に帰り、ソファでうたたねをした。

かおりたち一行が帰ってきたのは、予定の三時を二時間近くすぎたころだった。タクシーが途中の道で故障し、通りかかった観光バスに乗せてもらって万里の長城へ行き、帰りも、また同じ観光バスに便乗させてもらったとのことだった。

「故障の原因はわかったんですが、部品がなくて、どうにもならなくなったんですよ。行くことも引き返すことも出来なくて、途方に暮れてたら、オンボロの観光バスが停まってくれましてね。山東省《さんとう》から来た農民のツアーで、その人たちが、乗れって勧めてくれて。でも、その人たちのスケジュールに合わせなきゃいけないもんだから、彼等《ら》が見学したり、みやげ物を買ったりするのを待ってたんです」

石越はそう言ったあと、

「飛行機、やっぱり満席でしたか」

と訊いた。

「ええ。どこも満席。でも、あしたの便が取れたんで、あした帰ります」

「じゃあ、この切符、陸離と手塚さんに。開演は七時からだ。代わりのタクシーの運転手にちゃんと送り迎えをするよう言っとくよ」

劉は、雑技の切符を、さすがに疲れた表情のかおりに渡すと、あしたの西安行きの準備をするのでと言って帰って行った。石越も、シャワーを浴びたいと言いながら、自分の部屋に引き込んでしまった。

「きょうは、満月なんですって。劉さんたら、農村から来た人が、いつまでたってもバスに戻ってこないもんだから、もうこうなったら万里の長城で満月を観ましょうって、本気で言うんです」

かおりは、また戸倉の目を見ないで言った。そして、東楼の、漢方薬を売っているコーナーへと歩いた。

「万里の長城から満月を観る、か。雑技見物よりも、ずっといいかもしれない」

「私も、そうしたいなって本気で思いました。でも、雑技も観たいんです」

「ただの曲芸だと思っているだろう？」

「数千年の歴史に磨かれた曲芸でしょう？」

戸倉は微笑み、

「うん、そうとも言えるな」

「三千年来にわたってまみれてきた化粧の匂いも混ざってるかしら……」

「さあ、どうかな。他の国の曲芸師が出来ないことを、北京の雑技団がやるとき、三千年来の化粧の匂いが、ふっと、その曲芸師の筋肉に見えない力を授けるかもしれない」

するとかおりはやっと戸倉の目を見、

「私、馬鹿ですね。そう思ってらっしゃるでしょう？　こんな小娘、どうでもいいんでしょう?」

　と言って涙ぐんだ。

「どうでもよくないから、迷ってるんだ。かおりは小娘だとも馬鹿だとも思ってない。かおりが馬鹿だったら、ぼくは好きにならないさ」

　戸倉は、漢方薬コーナーから離れ、顔を伏せて中楼のほうへあと戻りしていくかおりと並んで歩を運びながらそう言った。

「いいえ、私は馬鹿です。だって、戸倉先生は、私をまったく必要としてないんですもの。先生には、円満で幸福な家庭があり、仕事も順調で、自分ではもうどうにもならない悩みを持ってらっしゃるわけでもありません。それなのに、どうして私は、馬鹿なことを考えたのかしらって思います。私は、先生にとって必要な存在だとうぬぼれてたんです。だから、やっぱり私は馬鹿ですわ」

　戸倉は、口に出せば、どんな言い方をしようともキザにならざるを得ない言葉を思い切って言った。

「ぼくは、かおりを好きだ。好きになれば、当然抱きたい。でも、そうなって、かおりは何を得る?　どんな得なことがある?　男と女が好きになるってことは、勿論、損得の問題じゃない。だけど、ほんとにかおりは、何ひとつ得ないんだ。ぼくは、楽しいだろう。若い娘と恋をして楽しむ。かおりが、ぼくの家庭を乱さないかぎり、ぼくは得なことばかりだ。そんなことは、はっきり目に見えてるのに、ぼくは自分の気持ちだけで、かおりを好き勝手には出来ないよ。たぶん、ぼくは馬鹿だ。流行らない古臭い男なんだな。女房も子供もいる男が、ひとりの若い娘を好きになり、その女と深い関係になる……。それは世の中の規範がどう変化しようと、どんな洒落《しゃれ》た理屈をつけようと、結局は、ぼく自身の私利私欲を満たしてるだけだ。かおりが、その気になれば誰とでも寝て、好きになったからその人と寝て何が悪いのよっていうような女だったら、ぼくはなにもこんなに迷う必要なんてないんだ」

しばらく沈黙があった。北京飯店の中楼から西楼まで歩き、また戸倉とかおりは、東楼へと向きを変えた。

「私、自分が何かを得ようと思って、戸倉先生と中国へ来たんじゃありません。それに、私は、戸倉先生にそんなにも大切にされるような女じゃないんです。私は……」

かおりは、そこでふいに口をつぐんだ。戸倉は、ややこしいご託なんか放り投げて、かおりをこのまま部屋につれて行き、ベッドに押し倒したくなった。だが、そんな自分の衝動は、いまこの瞬間の愛情であって、それこそ単なる欲望にしかすぎないのだと彼は思った。

雑技を観にいくためには、早めの夕食を済まさなければならなかった。戸倉は、もう雑技見物など、どうでもよくなっていた。しかし戸倉に、早く夕食を取らないと雑技見物に遅れると促したのは、かおりだった。

「十五分後に、レストランでお待ちします」

そう言うと、かおりは小走りで東楼へと向かった。戸倉は自分の部屋に戻らず、フロントに行くと、石越の部屋に電話をかけた。

「ぼくと手塚さんは、雑技を観にいくから、先に晩飯を済ませますが、石越さんはどうしますか」

戸倉は、石越も一緒に、三人で食事を取りたかった。

「私は、まだ腹が減ってないんです。帰りの観光バスの中で、ほんの少し日本語がわかる年寄りに、草餅を食べろって勧められたんです。日本の〈よもぎ餅〉とそっくりの、中にあんの入った草餅なんです。それがうまくて、三つも食べましてね」

そして石越は、今夜は王府井で屋台の回民料理でも食べようと思っていると言った。

「ほら、日本で言うとジンギスカンっていうやつですよ。羊の肉を焼いて、タレにつけて食べるやつ。若い夫婦が屋台を出してましてね。北京にいるあいだに一度食べようと思ってたんです」

戸倉は仕方なく、先にレストランに行き、かおりを待った。かおりは、服を着換えてやってきた。

かおりは、何かを振り切ったかのように、仕事の話を始め、会員専用のクラブハウスを世田谷に買わないかという案が社内で出されたことを説明した。

「相手も、モス・クラブに売りたがってるんです。私も欲しいと思ったんですけど、そうなると、乾さんの出番を、こっちでわざわざ用意してあげることになりそうなんです」

「乾の出番？」

「だって、値を吊り上げてる地上げ屋と乾さんは、裏でしめしあわせてるみたいなんですもの」

「あの手この手で、攪乱《かくらん》してくる男だなァ。なかなかしぶといね。油断してると、すぐに寝首をかきにくる」

「でも、世田谷の古い洋館を、クラブハウスに出来れば、いろんな形で、会員さんに使ってもらえますし、会社にも大きな財産が出来るんです」

「その洋館を、どうしても手に入れたいのかい？」

と戸倉は訊いた。

「はい。喉から手が出るくらい」

戸倉は、石越からその話を耳にしたことは黙っていた。そして、会長は、まったく乗り気ではなかったという言葉を思い浮かべ、ほんのわずかなあいだに、かおりはモス・クラブの会長として成長したことを知った。

「どうしたらいいか、じっくり考えてみるよ。なんだかんだと言ったたって、持ち主は、少しでも高く売りたいからね」

戸倉とかおりは、大急ぎで食事を済ませ、タクシーに乗った。

万里の長城へ行く途中で故障してしまったタクシーに代わって、別の若い運転手とタクシーが、劇場への道へと向かった。すぐ近くだろうと思っていたのに、タクシーは、東長安街を西へ行き、どこかの大通りへと右折してから、団地の建ち並ぶ道に入り、再び大通りに出た。運転手は道を間違えたらしかった。

運転手が、並木に沿った夕暮れの通りにタクシーを停め、クリーニング屋の店先で、丸椅子に坐って談笑している男たちに道を訊いた。そのあたりは、新興の団地ではなく、北京市内でもとりわけ古い建物の密集する地域らしかった。老人の吹く横笛を聴いている者もいれば、茶を飲みながら碁を打っている者もいた。新聞紙に包まれた小さくて四角い何かを、両の掌で大切そうに持って、とぼとぼ歩いている少年もいれば、おそらく近くに人がいなければ抱擁しあいたいだろうなと思わせる若い男女が一組、柳の木に凭れて話し込んでいる。

それらの風景の上に、確かに満月があった。少し赤味がかった満月は、いやに静かな街の一角に、あたかも遠い昔を思い起こさせる物体の息づきとして、その姿を見せているかのようだった。

「ほんとに、満月だね」

と戸倉はかおりに言った。

「昔、こんな道を歩いたような気がするよ。小学生になるかならないかのころ……」

「私、やっぱり万里の長城にずっと坐ってればよかった。きっと、あそこなら、もっと大きな満月が見られるでしょうね」

その言葉には、飛行機の席が取れていれば、きょう再び北京で戸倉と顔を合わさずに済んだ、そのほうがよかったのだという意味が含まれているように思われた。

タクシーの運転手が帰って来て、二人に中国語で何か言い、照れ臭そうに笑うと、車をバックさせた。

「私、自分に自信がないんです」

かおりは、車の窓から月を見あげながら、そう言った。

「そのくせ、いつも高望みをします」

「高望みって、どんな？」

「私、賢い男性しか好きになれません。自分は馬鹿なくせして……。私、変なところで、おませだったんです。中学生ぐらいのときから、賢くない男の子は大嫌いでした。でも、十九歳のとき、ぜんぜん賢くない人を、結局は馬鹿な人を好きになりました。いま思えば、それも自分に自信がなかったからなんです」

「十九歳で、自分に自信を持ってるやつなんて、鼻持ちならないよ。それに、かおりが、自分に自信がないなんておかしい。かおりには、凄く魅力がある。だって、ぼくは本気でかおりに惚《ほ》れたんだ。女房子供がいるくせにね。ぼくのほうこそ、大馬鹿者だ」

とんでもない迷い方をしたものとばかり思っていたが、タクシーは十分もたたないうちに、大きな玄関に乏しいネオンの灯《とも》る劇場に着いた。

愛想のいい運転手は、タクシーから降り、観光バスの並ぶ横を歩きだした戸倉とかおりを追ってきて、自分の腕時計の針を指で示した。短針を八のところに、長針を九のところに、指を文字盤の上でなぞって示すと、タクシーの待っている場所も手振りで教えた。八時四十五分ごろ、あそこで待っている。雑技が終わるのは、きっとそのころになる……。運転手は、そのことを二人に伝えたかったらしかった。

開演間近で、各地方からやってきた中国人は、売店の前に並び、菓子や茶を買っていた。戸倉は、日に灼けた人々を見て、

「山東省だとか、雲南《うんなん》省だとか、遠い黄河のほとりの村にいる人たちには、死ぬまでに一度は北京に来てみたいと思っている人がたくさんいるそうだよ。一生に一度の夢なんだ。北京や上海で、京劇や雑技を観て、天安門広場で記念写真を撮り、王府井でおみやげを買う……。長征に青春を賭け、文化大革命で自我を殺し、四人組に慨嘆し、歳を取ってしまった政治家の中にも、万里の長城にまだ行ったことがないという人がいる。北

京に住んでても、そんな余裕なんかなかったんだろうね」

とかおりに言った。

ふたつに別れた扉の真ん中に、観客への注意書きが張られてあった。それは、市街のあちこちに見られるものと同じで、そこに〈小三角〉という文字もあった。戸倉は〈小三角〉が何を意味しているのかを、かおりに当ててみるよう言った。かおりは、くすっと笑い、

「下着のことでしょう？」

と答えた。

「あれ？　よく知ってるね。まさか一発で言い当てるとは思わなかったな」

「石越さんが教えてくれたんです。きょう、万里の長城の休憩所で。私が、わからないって首をかしげると、鬼の首でも取ったみたいに嬉《うれ》しがって……」

劉が取ってくれた席は、一階の、前から三列目だった。二人の席の前の部分は、ほとんどアメリカ人の観光客が占めていた。スケジュールに組み込まれているから、仕方なく観にきたが、たかが中国のサーカスではないか。こんなものを観るよりも、もっと他のことをして楽しみたい。アメリカ人の多くは、あきらかにそんな表情で、二階席の、地方からやってきた中国人の家族連れを珍しそうに見あげたり、時代遅れのカーテンの色や、腰を浮かせたり足を組み直すたびに軋《きし》む座席を、汚なそうに点検したりしていた。

「面白くなかったら、いつでもそう言えばいいよ。途中で帰ればいいんだから」

と戸倉は言った。

けたたましい開演ベルがなり、進行役を務める女性が舞台に出てきた。女性は、柿色のロングドレスを着て、派手すぎる舞台化粧をして、大仰《おおぎょう》な身ぶりで観客たちへの歓迎の言葉を述べた。最初の演目が、いかなるものかを説明しはじめたことだけは、表情で察しがついた。幕があがった。

最初は、玉乗りの曲芸だった。なんだ玉乗りか。こんなのは、もう見飽きてるよ。外国人の観客は、みんなそう思っているだろうな……。戸倉は我知らず、前列のアメリカ人たちの表情をうかがい、そっとかおりの横顔に視線を移した。

男の曲芸師は、顔に白粉《おしろい》を濃く塗り、口紅をひき、眉を描き、頰紅まで施している。戸倉は、それを見て、玉乗りは、言わば前哨戦《ぜんしょうせん》だなと考えた。烈《はげ》しい曲芸は汗をかくので、男の曲芸師は化粧をしないのである。

「ほんと。男の人がお化粧をしてる。三千年来の、化粧の匂いですわね」

かおりは、声をひそめて言った。三人の男性が玉に乗って舞台を廻ったり、玉から降りて宙返りをしているうちに、道具係が、滑り台を運んできた。男たちは、滑り台の階段を、玉に乗ったまま昇り、玉に乗ったまま滑り降りた。一階席の後方や二階席から、やんやの歓声が起こった。

どうだい、このとんでもない曲芸は……、と戸倉は手を叩きながら、胸の中で言った。玉に乗ったまま階段を昇るなんて、奇蹟みたいな技さ。

「どうして、玉に乗ったまま階段を昇れるんですか？」

かおりが、ぽかんとした顔を戸倉に向けた。

「魔法だね。これだけは、タネも仕掛けもない。長い年月による筋肉と平衡感覚の訓練から生じた魔法だ。ひとり一人は、とてつもないことをやってのける国だよ。でも、十億の民の社会主義化には、まだ成功していない。ぼくは、この急速な自由化が、このまずっとつづいていくとは思えないんだ。権力を喪《うしな》いたくないイデオロギーの亡者が血迷えば、別の形の文化大革命が再び起こるにきまってる」

演目が進んでいくうちに、かおりは戸倉に話しかけてこなくなった。かおりは、前列の客の髪にひっつくくらい身を乗りだし、舞台で繰り拡げられる曲芸を凝視していた。

戸倉は、劉慈声の父が言ったという言葉を思いだし、これはまずいなと苦笑した。

――好きな女が出来たら雑技を観せろ。そのとき何の興味も示さない女とは結婚するな――。

木の椅子を使った曲芸が始まると、かおりは、ときおり、「あっ」と小声で叫んで、両手で口元を覆った。舞台に、あおむけに寝転んだ男が、あげた足の裏に木の台を載せ、その上に椅子が上へ上へと積まれていく。その椅子は、逆立ちをした女性が積んでいくのだが、女性も足に椅子を載せ、もうひとりの女性がその椅子に乗って逆立ちし、足で玉を回しているのだった。舞台の天井に吊られてある照明器具に、傘が当たりそうになった。それでも、なお椅子は積まれ、傘の先は、おそらく二階の客だけでなく、一階の真ん中あたりからうしろにいる客にも見えないだろうと思われた。

てっぺんで逆立ちをしてる女が、傘を横にして足でくるくると回しながら、片手を椅子から離した。その手に、もう一本の傘が投げられ、それは片手で逆立ちしている女によってひろげられた。

「落ちたら、どうしよう」

かおりが、両手で口元を覆ったまま言った。そのとき、戸倉は、かおりへの恋の形を決めた。

それは、いわば戸倉が一方的に決めた自分勝手な形であった。かおりにとってみれば、侮辱であったり、自分というものへのある種の冒瀆《ぼうとく》と感じられるものともいえる。しかし戸倉は、この、どこかけなげで、脆《もろ》いところのある、冷めているようで何かに溺れやすそうな、礼儀正しい、おとなの会話が出来る二十五歳の娘を、いっそう好きになった。大切に扱ってやらなければならないと思ったのである。

椅子を使った曲芸が終わると、一息入れるといった雰囲気で、派手なチェックのジャケットを着た男が、筆を持って登場し、幾つもの、水の入った水槽が並べられた。真ん中に何も書かれていない画用紙が、イーゼルと一緒に置かれた。

「手品だよ」

と戸倉はかおりに教えた。

手品師は、赤い絵具で画用紙に金魚を五匹描いた。そうして、その画用紙を観客に掲げたあと丸め、水槽の上で振った。丸めた画用紙の中から五匹の生きている金魚がこぼれ落ち、水槽の中で泳いだ。画用紙が開かれると、さっき描いた五匹の金魚は消えていた。

次に、手品師は、魚をすくう大きな網を持つと、空中でそれを振った。何十匹もの金魚が、忽然《こつぜん》と網の上にあらわれ、音をたてて飛び跳ねた。それは水槽に入れられて泳ぎつづけた。手品師は、観客に何か言った。観客があちこちで手を振った。手品師は、それらの観客の頭上で網をすくった。また何十匹もの金魚が網の上で跳ねた。手品師は何回も、観客の頭上から、金魚をすくい出し、用意されていた水槽は、たちまち金魚で一杯になった。

「信じられない」

とかおりがつぶやいた。

「まったく信じられないな」

戸倉も、手品師が持つ細い柄のついた網から一瞬も目を離さずに言った。いったい、あの金魚は、どこから出てくるのだろう。一匹や二匹なら、それほど驚きはしないが、網をひと振りするだけで、少なくとも三十匹以上もの、いきのいい金魚が空中からすくい出されるのだった。

「あの柄の中ですわ」

とかおりは言った。

「もう二百匹以上の金魚を出したぜ。それも、みんな生きてて、元気に飛び跳ねてる。あの網の柄の中に、金魚を隠してあるって言うのかい？　冗談じゃない。あの柄の長さは、せいぜい一メートルだし、太さも直径三センチぐらいだよ。どう考えたって、百匹以上の金魚が入るはずがないよ」

「だって、それ以外、考えられないんですもの」

ふたりが、声をひそめて話しているうちにも、手品師は、観客の頭上から生きた金魚をすくい出していた。金魚は、用意された水槽に入りきれなくなっていた。

「タネのない手品なんてありえない。あの金魚がどこから出てくるのか、ぼくは絶対みつけるぞ」

戸倉は、手品師の手つきに見入った。

「金魚は、水の中でしか生きられないんだ。水から出して一分もたったら死んじゃうよ。でも、あの金魚のいきのよさを見ろよ。だから、網の上に出現するまでは、水の中にいるはずなんだ」

戸倉は、たとえば、鍵をかけた箱の中に入った女が、別の場所からあらわれたり、空中に浮かんだ人間をノコギリで切ったり、がんじがらめに縛られて、箱に閉じ込められ、プールに投げ入れられた男が脱出するといった手品に、それほど驚きはしなかった。トリックの巧妙さに感心しても、茫然自失となることはない。しかし、いま目前で行なわれている中国人の手品には、度肝を抜かれる思いがした。手品師は何も複雑な道具など持っていない。漁師の使う、ごく普通の、柄のついた網を持っているだけだった。ただそれだけの道具を、さっとひと振りするだけで、空中から何十匹もの生きた金魚をすくい出すのだった。その行為の単純さと、為される結果の途方のなさ……。

「これがほんとの錬金術ですわね。金魚じゃなく金貨だったら、正真正銘の錬金術」

とかおりは言って、手品師が網をひと振りするたびに拍手をした。

「でも、金貨は生き物じゃないからね。それも鳩《はと》と違って、ポケットや、どこかの隙間に入れとくってわけにはいかない。つまり金魚だってことが凄いんだ」

戸倉が、かおりの耳元に口を近づけて言うと、手品師は舞台の袖に引っ込んだ。

「あら、終わっちゃった……」

かおりは残念そうにつぶやいた。しかし、それで終わりではなかった。手品師は、竹の細い釣り竿《ざお》を片手に持ってあらわれた。竿の先には釣り針のついた糸があった。

手品師は、いかにも釣りにきた暇な男みたいな仕草で、空中の一点に狙いを定めてから、竿を振った。生きた金魚が、針にかかって体をばたつかせた。

「どこから出たんだ？　一匹だけだからね。さっきみたいに何十匹もじゃない」

「私、絶対、みつけますわ」

　手品師は、次から次へと空中から金魚を釣りあげた。そして、観客に声をかけた。たくさん手のあがった場所に行き、観客の頭上に竿をしならせた。観客の頭上でも、金魚は釣りあげられた。

「私、手を振ってみようかしら。頭の上でだったら、タネがわかるかもしれない」

「振ってごらんよ。大声で。やってくれるかもしれないよ」

「でも、恥ずかしいわ」

「恥ずかしくなんかないさ。こんな魔法みたいなことを目の前でやられたら、恥なんて、たいした問題じゃなくなっちまう」

「じゃあ、戸倉先生が、おもいっきり大声で呼んで下さい」

　よし、こんど手品師が観客に声をかけたら、立ち上がって手を振ろう。戸倉はそう思って、手品師を見つめた。

　戸倉は、かおりへの恋の形を、自分ひとりで決めてしまって、せいせいしていたので、手品に熱狂してしまうことに抵抗を感じなかった。

手品師が、それまでとは多少異なる、勿体《もったい》ぶった喋り方で、観客に何か言った。そのために、戸倉はまっ先に手をあげて大声で手品師を呼ぶ気合をはぐらかされた。彼が手をあげる前に、後方に坐った中国人たちが、いっせいに立ち上がって手を振り、手品師を呼んだ。なかには、幼い息子を両手で高々と持ちあげて、手品師を呼んでいる者もいた。

手品師は微笑みながら、客席へ降り、戸倉の近くを通って、後方の列に陣取る観客のところへ歩いて行くと、竿と、針のついた糸とを一閃《いっせん》させた。釣りあげられたのは金魚ではなく、体長五十センチ近い、丸々と肥えた錦鯉《にしきごい》だった。その錦鯉は、勢いよく跳ねて、水滴を周囲に散らした。それは、戸倉とかおりの顔にも振りかかった。歓声と拍手の中で、手品師は折れそうなくらいにしなった竿と、いずこからか釣りあげた錦鯉を観客に見せながら舞台に戻った。そうやって幕が降りた。

「あの錦鯉、どこにいた？　まさか竿の中に隠してあったなんて言うんじゃないだろうな」

と戸倉はかおりに言った。かおりは、首を横に振り、ただ戸倉を見つめるばかりで、何も言わなかった。

「わかった。この中で、客は、ぼくとかおりの二人だけなんだ。あとは、みんなさくらだ。それ以外考えられないよ」

「そんな恐ろしいこと言わないで下さい」

かおりは笑いながらも、本当に恐ろしそうな表情をしていた。

「でも、他にどんなタネがある？　五十センチもの錦鯉を、どこに、どんなふうに隠しとくんだ？　観客の中に、手品師の相棒がいるとしか考えられないだろう？」

「相棒は、たくさんの観客にまぎれて、どうやって、あの錦鯉を隠してるんですか？　釣り針が飛んできたとき、どうやって出して、どうやって、その針に引っ掛けるのかしら……」

「ボストンバッグに入れてあるんだよ。特殊な、中が水槽になったボストンバッグに」

かおりは、その戸倉の言葉に、口元を押さえて笑った。

「あっ、馬鹿にしてるな？　だったら、かおりの推理を聞きたいもんだな」

「タネを明かしてやろうなんて気力、もう私にはありませんわ。ただぽかんとしてるだけ……。私はそれでいいんです」

最後は、自転車を使った曲芸だった。それもまた人間技とは思えない曲芸だったが、戸倉はさっきの錦鯉が、心から離れなかった。もう手品のことは忘れて、自転車の曲芸に拍手を送っているかおりに、戸倉は、何度も手品のタネについて話しかけたくなった。しかし、かおりの無邪気な目の光を見ると、せっかく楽しんでいるところに邪魔を入れるような気がして、口をつぐんだ。

戸倉とかおりが劇場を出たのは、タクシーの運転手が示した時刻より五分早いだけだった。しかし、タクシーは、約束した場所にいなかった。たぶん、待っている時間に、他の客を乗せて商売をしているのだろう。八時四十五分までに戻ってくればいいと思っているのに違いない。戸倉は、そう見当をつけて、少し待つことにした。劇場の前には、爆竹売りとカレンダー売りが露店を出していた。

団体客を乗せた観光バスが、あたりに排気ガスを残して去ってしまうと、子供づれの客たちの話し声が通りすぎた。満月は、さっきよりもずっと高い天空に移って、青味がかった色に変わっていた。

「どうしたのかしら、あのタクシー」

とかおりが言った。

「いまごろ慌てて、劇場に向かってるだろう。八時四十五分までには絶対帰ってこられると踏んでたのに、意外に時間がかかったもんだから。待つしかないね。すっぽかしてしまうことはないと思うよ」

するとかおりはハンドバッグから北京市内の地図を出し、

「道を間違えて、同じところをぐるぐる廻ったけど、案外、ホテルから近いんじゃありませんか？　それだったら、私、歩いて帰りたい」

と言った。

三十分待ったが、タクシーは戻ってこなかった。劇場の名は国際倶楽部だった。地図を見ると、東長安街を東に行き、それが建国門外大街と名を変えるあたりを北へ曲がったところである。

「歩いたら、結構かかりそうだよ。でも、大通りへ出てしまったら、一本道だ」

「じゃあ、私、歩きます」

そう言うなり、かおりは、戸倉を置き去りにして歩きだした。戸倉は、そんなかおりを、しばらく呆気《あっけ》にとられて見ていたが、思わず苦笑いして、あとを追った。

「ひとりじゃ危ないよ」

「いいんです。ひとりで、さっきの手品のタネを考えますから」

「じゃあ、護衛として、並んで歩くよ」

「護衛なんて、いりません」

「ほんとに、いらないのか」

「はい」

「日本に帰ってからも？」

かおりは何か言いかけて、涙ぐんだ。人通りは少なくなり、柳並木がつづく暗い道が、建国門外大街とおぼしき通りへと延びていた。かおりは歩調をゆるめ、

「私、すねてるんじゃありません」

と言った。

「ああ、わかってるよ。怒ってるんだ。誰だってぼくみたいな男を怒るだろう。ぼくも、自分で自分を怒ってるよ」

かおりは、柳の枝をつかみ、それを真横に引っ張ったまま立ち停まった。そこは、店じまいした金物屋の前で、防火用の水を入れてあるドラム缶に睡蓮《すいれん》が浮かんでいた。

「こんな凄い月の光の下だから、ぼくの自分勝手な、いい気なもんだって笑われそうな理想を言ってもいいかな。うーん、理想っていうのでもないな。欲望、あるいは形式……。うん。つまり、そのふたつの折衷《せっちゅう》ってところだな」

戸倉は、いやに静かな通りのたたずまいを見渡してから言った。

「欲望と形式の折衷……。まるで、さっきの手品みたい」

かおりの言葉は挑戦的だったが、そう言ったあとの物腰は、じりじりと引き下がっていくみたいだった。実際、かおりは、戸倉が近づいていくと、柳の枝をつかんだまま、少しずつ、あとずさりした。

「あの手品が、欲望と形式の折衷？　へえ、どうしてだい？」

「だって、金魚も錦鯉も、水の中でしか生きられないんですもの。そんな生き物を、空中から取り出すんですもの」

かおりは言って、またあとずさりした。ちょうど、一本の柳の木を中心にして、戸倉が二、三歩その周りを廻れば、かおりも同じように、うしろ向きに廻るといった格好になった。

「よくわからないな。それが、なぜ欲望と形式の折衷なのか」

戸倉が、かおりをつかまえようとして、足を踏み出した瞬間、顎に柳の枝が当たった。かおりが、つかんでいた枝を手から離したので、それが、あたかも鞭《むち》の代わりとなって、戸倉の顎を打ったのだった。

かおりは、慌てて、戸倉に駆け寄り、

「ごめんなさい。大丈夫ですか？」

と言い、顎を押さえている戸倉の手を握った。そのかおりの手を握り返し、

「ぼくは、かおりを好きだが、これ以上の関係になろうとする欲望に鍵をかけるよ。でも、好きだっていう感情を捨てることは出来ない。だから、いつも、かおりに何かしてあげる。何か欲しいものがあったら、ぼくにねだったらいい。困ったことがあったら、何でも、ぼくに相談したらいい。ぼくは、自分に出来ないことは出来ないと言う」

「私も、戸倉先生を好きです。私たち、わざわざ北京まできて、キスをしただけですのね。それも、一回だけ」

「じゃあ、もう一回して、それで最後にしようか？」

戸倉は、かおりの肩をつかんだ。かおりは顔を伏せ、

「駄目です。もう、あれが最初で最後です」

と言って、体を固くさせた。その拒否の仕方には、断固としたものがあった。

「戸倉先生が、そんなに私を大切にしてくれても、私は、すぐに他の、奥さまも子供さんもある人を好きになって、その人とあっというまに深い関係になってしまうかもしれませんわ」

かおりは顔をあげ、涙ぐんでいる目で戸倉を見つめた。

「どんな生き方をしようと、それはかおりの自由だよ」

柳の枝で打たれたところが、だんだん痛くなってきた。

戸倉は、その痛みで、顎にかなりなミミズ腫れが出来ているのではあるまいかと思った。

「冷たい言い方ですのね」

かおりは、また柳の枝をつかんだ。戸倉は、もう一回、その枝で打たれそうな気がした。何度打たれても、それはそれでいいではないか。俺は、かおりに恥をかかせたのだからな。ここまで来て引き下がるのも、つまるところ、俺の私利私欲だよ。

「戸倉先生は、立派です。凄いなァって思うくらい立派です」

とかおりは言った。

「どんな厭味《いやみ》を言われても、ぼくは黙ってるしかない」

「厭味じゃありません。きっと、あとで、戸倉先生に感謝するときがくると思います」

「でも、いまは、怒ってるだろう?」

「いいえ」

かおりは強くかぶりを振った。

「なんだか、ほっとしています。だって、戸倉先生は、成り行きに逆らったんですもの。私は、そうじゃありません。私は、どんなことでも、なるようになると思って、それに逆らわずにきたんです。私は、戸倉先生と知り合って、なるようになるという考え方が、だんだん嫌いになりました。でも、中国に行ったらって思うたびに、なるようになるわって自分に言い聞かせたんです。だけど、なるようになりませんでした」

戸倉は、黙っているしかなかった。何を言っても、それはかおりに対して傲慢な、自分に対しては虚飾の言葉になってしまうに違いないからだった。

「帰ろうか。歩いて帰るんだから、遠いよ」

戸倉が促すと、かおりは柳の枝から手を離し、古い団地や民家の窓に明かりの灯る道を歩きだした。

前方の四つ辻《つじ》だけが、青かった。戸倉はそれを、何かの人工的な明かりのせいだと思った。しかし、その場所に辿り着くと、そこには、民家の光も街路灯もなかった。

「この青いのは、月の光かな」

彼は、四つ辻で立ち停まり、周りを見やった。煉瓦を積んだ荷車の上で、老人が煙草を吸っているだけで、他に人間の姿はなかった。

「あらっ」

とかおりが戸倉の顎を見て小さく声をあげた。

「ミミズ腫れ……」

「ミミズ腫れだけかい？　あんまり痛いから、切れてるんじゃないかと思ったよ」

「すみません。わざとしたんじゃないんです」

「もっと強く殴ったっていいんだ」

すると、かおりは、

「もう夜中の電話は、おしまいですの？」

と訊いた。

「かけてもいいのかい？」

「ええ。でも、わざと出ないかもしれません。鳴ってる電話を見て、舌を出してるかも」

戸倉は、真上の満月を見た。かおりの匂いが近づいたような気がした。かおりの唇が、戸倉の顎のミミズ腫れに触れた。そんなかおりの髪を撫で、戸倉は歩きだした。


（下巻につづく）

この作品は一九九二年一〇月に文春文庫として刊行されました。

初出紙　「毎日新聞」朝刊、一九八八年一月三日
～一九八八年八月一二日
単行本　一九八九年九月、毎日新聞社刊

集英社文庫　目録（日本文学）

三津田信三　怪談のテープ起こし
美奈川護　ギンカムロ
美奈川護　弾丸スタントヒーローズ
湊かなえ　白ゆき姫殺人事件
湊かなえ　ユートピア
宮尾登美子　影絵
宮尾登美子　朱夏(上)(下)
宮尾登美子　天涯の花
宮尾登美子　岩伍覚え書
宮木あや子　雨の塔
宮木あや子　太陽の庭
宮城公博　外道クライマー
宮城谷昌光　青雲はるかに(上)(下)
宮子あずさ　看護婦だからできること
宮子あずさ　看護婦だからできることII
宮子あずさ　老親《ろうしん》の看《み》かた、私の老い方
宮子あずさ　ナースな言葉　こっそり教える看護の極意
宮子あずさ　ナース主義！
宮子あずさ　卵の腕まくり　看護婦だからできることIII
宮沢賢治　銀河鉄道の旅
宮沢賢治　注文の多い料理店
宮下奈都　太陽のパスタ、豆のスープ
宮下奈都　窓の向こうのガーシュウィン
宮田珠己　ジェットコースターにもほどがある
宮田珠己　だいたい四国八十八ヶ所
宮部みゆき　地下街の雨
宮部みゆき　R.P.G.
宮部みゆき　ここはボツコニアン 1
宮部みゆき　ここはボツコニアン 2　魔王がいた街
宮部みゆき　ここはボツコニアン 3　二軍三国志
宮部みゆき　ここはボツコニアン 4　ほらホラHorrorの村
宮部みゆき　ここはボツコニアン 5 FINAL　ためらいの迷宮
宮本輝　焚火の終わり(上)(下)
宮本輝　海岸列車(上)(下)
宮本輝　水のかたち(上)(下)
宮本輝　いのちの姿　完全版
宮本輝　田園発　港行き自転車(上)(下)
宮本昌孝　藩校早春賦
宮本昌孝　夏雲あがれ(上)(下)
宮本昌孝　みならい忍法帖　入門篇
宮本昌孝　みならい忍法帖　応用篇
三好徹　興亡三国志一〜五
武者小路実篤　友情・初恋
村上通哉　うつくしい人　東山魁夷
村上龍　テニスボーイの憂鬱(上)(下)
村上龍　ニューヨーク・シティ・マラソン
村上龍　ラッフルズホテル
村上龍　すべての男は消耗品である

集英社文庫　目録（日本文学）

村上龍　龍言飛語
村上龍　昭和歌謡大全集
村上龍　エクスタシー
村上龍　ＫＹＯＫＯ
村上龍　はじめての夜 二度目の夜 最後の夜
村上龍　メランコリア
村上龍／中田英寿　文体とパスの精度
村上龍　タナトス
村上龍　2days 4girls
村上龍　69 sixty nine
村田沙耶香　ハコブネ
村山由佳　天使の卵 エンジェルス・エッグ
村山由佳　BAD KIDS
村山由佳　もう一度デジャ・ヴ
村山由佳　野生の風
村山由佳　きみのためにできること

村山由佳　キスまでの距離 おいしいコーヒーのいれ方Ⅰ
村山由佳　青のフェルマータ
村山由佳　僕らの夏 おいしいコーヒーのいれ方Ⅱ
村山由佳　彼女の朝 おいしいコーヒーのいれ方Ⅲ
村山由佳　翼 cry for the moon
村山由佳　雪の降る音 おいしいコーヒーのいれ方Ⅳ
村山由佳　緑の午後 おいしいコーヒーのいれ方Ⅴ
村山由佳　海を抱く BAD KIDS
村山由佳　遠い背中 おいしいコーヒーのいれ方Ⅵ
村山由佳　夜明けまで1《ワン》マイル somebody loves you
村山由佳　坂の途中 おいしいコーヒーのいれ方Ⅶ
村山由佳　優しい秘密 おいしいコーヒーのいれ方Ⅷ
村山由佳　聞きたい言葉 おいしいコーヒーのいれ方Ⅸ
村山由佳　天使の梯子
村山由佳　夢のあとさき おいしいコーヒーのいれ方Ⅹ
村山由佳　ヘヴンリー・ブルー

村山由佳　蜂蜜色の瞳 おいしいコーヒーのいれ方 Second Season Ⅰ
村山由佳　明日の約束 おいしいコーヒーのいれ方 Second Season Ⅱ
村山由佳　約束 ―村山由佳の絵のない絵本―
村山由佳　消せない告白 おいしいコーヒーのいれ方 Second Season Ⅲ
村山由佳　凍える月 おいしいコーヒーのいれ方 Second Season Ⅳ
村山由佳　雲の果て おいしいコーヒーのいれ方 Second Season Ⅴ
村山由佳　彼方の声 おいしいコーヒーのいれ方 Second Season Ⅵ
村山由佳　遥かなる水の音
村山由佳　記憶の海 おいしいコーヒーのいれ方 Second Season Ⅶ
村山由佳　地図のない旅 おいしいコーヒーのいれ方 Second Season Ⅷ
村山由佳　放蕩記
村山由佳　天使の柩
村山由佳　La Vie en Rose ラヴィアンローズ
群ようこ　トラちゃん
群ようこ　姉の結婚
群ようこ　でも女

集英社文庫　目録（日本文学）

集英社文庫　目録（日本文学）

集英社文庫　目録（日本文学）

山川方夫　夏の葬列
山川方夫　安南の王子
山口百恵　蒼い時
山崎宇子　ラブ×ドック
山崎ナオコーラ　「ジューシー」ってなんですか？
山田詠美　メイク・ミー・シック
山田詠美　熱帯安楽椅子
山田詠美　色彩の息子
山田詠美　ラビット病
山田かまち　17歳のポケット
山中伸弥／畑中正一　iPS細胞ができた！ ひろがる人類の夢
山前譲・編　文豪の探偵小説
山前譲・編　文豪のミステリー小説
山本一力　銭売り賽蔵《さいぞう》
山本一力　戌亥《いぬい》の追風《おいて》
山本兼一　雷神の筒

山本兼一　ジパング島発見記
山本兼一　命もいらず名もいらず(上)幕末篇
山本兼一　命もいらず名もいらず(下)明治篇
山本兼一　修羅走る関ヶ原
山本文緒　あなたには帰る家がある
山本文緒　ぼくのパジャマでおやすみ
山本文緒　おひさまのブランケット
山本文緒　シュガーレス・ラヴ
山本文緒　まぶしくて見えない
山本文緒　落花流水
山本幸久　笑う招き猫
山本幸久　はなうた日和
山本幸久　男は敵、女はもっと敵
山本幸久　美晴さんランナウェイ
山本幸久　床屋さんへちょっと
山本幸久　GO！GO！アリゲーターズ

唯川恵　さよならをするために
唯川恵　彼女は恋を我慢できない
唯川恵　OL10年やりました
唯川恵　シフォンの風
唯川恵　キスよりもせつなく
唯川恵　ロンリー・コンプレックス
唯川恵　彼の隣りの席
唯川恵　ただそれだけの片想い
唯川恵　孤独で優しい夜
唯川恵　恋人はいつも不在
唯川恵　あなたへの日々
唯川恵　シングル・ブルー
唯川恵　愛しても届かない
唯川恵　イブの憂鬱
唯川恵　めまい
唯川恵　病む月

集英社文庫

海岸列車《かいがんれっしゃ》 上《じょう》

2015年1月25日 第1刷
2019年8月14日 第3刷

定価はカバーに表示してあります。

著 者 宮本《みやもと》 輝《てる》

発行者 徳永 真

発行所 株式会社 集英社
東京都千代田区一ツ橋2-5-10 〒101-8050
電話 【編集部】03-3230-6095
【読者係】03-3230-6080
【販売部】03-3230-6393(書店専用)

印 刷 凸版印刷株式会社

製 本 凸版印刷株式会社

フォーマットデザイン アリヤマデザインストア マークデザイン 居山浩二

ISBN978-4-08-745270-9 C0193